马蹄集

THE HORSESHOE SET

张克 ◆ 著

上海三联书店

目　　录
SODERZHANIE

辑三 ＞ 朝向中国现代文学的张望

辑一

左顾右盼识鲁迅

怨恨之思：鲁迅与尼采 *

尼采在《查拉图斯特拉如是说》里有这样的话："每一种德性对另一种德性都是妒忌的，而嫉妒是一种可怕的东西。种种德性也可能毁于妒忌。谁若为妒忌之火焰所包围，他最后就会像蝎子一样，以毒刺来蜇自己。"[①]尼采此处描述的始于妒忌而终于自蜇的心理轨迹，正是怨恨心灵的运行机制。它肇始于个体的生存竞争，"每一种德性"互相的妒忌恰恰证明"每一种德性"都无可逃遁的有限性。怨恨乃人的有限性之表征，几可视为人先验的罪性！无强悍的力量攻伐、克服其他的德性，无力以自己为最高贵的标准创立恒定的德性的等级，只能"以毒刺来蜇自己"正是怨恨心灵特有的自我毒害，用鲁迅的文学来表述就是"有一游魂，化为长蛇，口有毒牙。不以啮人，自啮其身，终以陨颠"。[②] 怨恨这一心理、精神现象可谓鲁迅与尼采精神世界里异常触目的命题。在尼采反基督教的精神战役里，他视怨恨为善与恶的道德判断的真正源头、奴隶道德的造反秘密，断定基督教的爱其

---

* 本文缘起于时在新加坡南洋理工大学任教的张钊贻先生的约稿。张先生在编《尼采与华文文学论文集》时，了解到笔者在博士论文里曾援引舍勒的怨恨现象学讨论鲁迅的国民性批判问题，就交代笔者直接讨论鲁迅与尼采。张先生其后多次鼓励笔者应持之以恒以尼采、舍勒的怨恨现象学为思想资源从事更具价值的研究，其情之真、其意之厚令人感慨系之。
① 尼采：《查拉斯图特拉如是说》，孙周兴译，商务印书馆 2010 年版，第 49 页。
② 鲁迅：《野草·墓碣文》，《鲁迅全集》第 2 卷，人民文学出版社 2005 年版，第 207 页。

实就是最阴毒的怨恨之花。在鲁迅的中国国民性的批判中,自怨恨心理机制及其后果这一视角进行的对奴性的酷烈批判、切身自省,亦令人铭心刻骨。对照之下不难发现,在鲁迅中国国民性的批判里,分明有着尼采关于怨恨之思的变形与回响。竹内好就认为,上文所引鲁迅笔下的"长蛇","显然是被创作出来的'超人'的遗骸"。① 木山英雄则明确指引,"我以为鲁迅对奴隶性的这么严厉的解剖,多来自于尼采的有关弱者的怨恨和复仇感的心理学"。② 这其中的隐微曲折究竟如何,虽已有学人殚精竭虑的探究,仍需不断地思索与领会。

一、怨恨之思与颓废之境

尼采的《论道德的谱系》一书比较集中地讨论了怨恨问题。按照尼采在自传性的《看哪这人》一书里的介绍,作为"一个为了重估一切价值的心理学家",尼采在该书的三篇文章中分别讨论了"基督教的心理学:基督教,源出于嫉妒仇恨……一种对高贵价值的统治的大反叛","良知的心理学……它是残忍本能","禁欲主义理想、教士理想的无限权力(的来源)……"问题。③ 这几个问题均与怨恨心理息息相关。根据目前学者的研究,还不能确定鲁迅是否读到过中、日或德文的《论道德的谱系》一书。不过,尼采的这些思致在鲁迅熟悉的《查拉图斯特拉如是说》一书中亦非鲜见,甚至可以说怨恨就是高迈的超人、创造者、查拉图斯特拉等要克服的人间的群盲、圣徒、学者等的精神秘密,前者与后者之间的精神连接就是"当我居于他们身边时,我是居于他们之上。由此他们对我生出了怨恨"。④ 尼采在《论道德的

---

① 竹内好:《鲁迅》,李心峰译,浙江文艺出版社 1986 年版,第 104 页。
② 木山英雄:《文学复古与文学革命》,赵京华编选,北京大学出版社 2004 年版,第 251 页。
③ 尼采:《看哪这人——尼采自述》,张念东、凌素心译,中央编译出版社 2001 年版,第 90—91 页。
④ 尼采:《查拉斯图特拉如是说》,孙周兴译,商务印书馆 2010 年版,第 199 页。

谱系》里的如下论述在他关于怨恨研究意向上的继承者——同时是激烈的反对者舍勒看来，"这大约是尼采提出独具特色的命题最重要的段落"。[①] 尼采写道："奴隶在道德上进行反抗伊始，怨恨本身变得富有创造性并且娩出价值，这种怨恨发自一些人，他们不能通过采取行动做出直接的反应，而只能以一种想象中的报复得到补偿。所有高贵的道德都产生于一种凯旋式的自我肯定，而奴隶道德则起始于对'外界'，对'他人'，对'非我'的否定：这种否定就是奴隶道德的创造性行为。这种从反方向寻求确定价值的行为——值得注意的是，这是向外界而不是向自身方向寻求价值——这就是一种怨恨：奴隶道德的形成总是先需要一个对立的外部环境，从物理学的角度讲，它需要外界的刺激才能出场，这种行动从本质上说是对外界的反应……"[②] 尼采自然是高扬生命本能的充盈、血气与自然性，对这种不能做出对抗性的行动、只停留在被动反应水平的怨恨行径有着极强的敌意和蔑视。但尼采不能否认，"怨恨本身变得富有创造性并且娩出价值"这一生存性事实。尼采更深知怨恨有其不可小觑的威力，他也洞悉，在敌视生命本能的怨恨机制里，"一切不向外在倾泻的本能都转向内在——这就是我所说的人的内在化；于是，在人的身上滋生了后来被称之为人的灵魂的东西。全部内在世界本来就如同夹在两张皮之间那样薄，当人向外在倾斜受到阻碍的时候，它就向四面八方伸展，从而具有深度、广度和高度"。[③] 尼采可以说是对怨恨的"深度、广度和高度"首次做出开创性论述的现代哲人。他何以能如此？

---

① 舍勒：《道德建构中的怨恨》，刘小枫选编《舍勒选集》（上），上海三联书店 1999 年版，第 400 页。

② 本段文字出自尼采《论道德的谱系》，此处采用罗悌伦译文，转引自舍勒《道德建构中的怨恨》，前揭，第 399—340 页。

③ 尼采：《论道德的谱系》，谢地坤等译，漓江出版社 2000 年版，第 61 页。

如尼采所言,"最高者必定从最深者而来获得自己的高度"。① 这与尼采对颓废问题的全身心投入有关。在尼采那里,最深切的问题,也即现代性的内在症结就是颓废。尼采明言,"实际上,我最深层的关注就是颓废问题,……'善与恶'只是这个问题的变种而已"。② 我们知道,尼采认定所谓"善与恶"的道德判断是无能者怨恨心理的产物,所以对"善与恶"这个道德问题的推究是离不开对怨恨精神的批判的。这句话提醒我们,怨恨问题其实也是颓废问题的变种! 尼采对自己曾经的精神偶像瓦格纳的讨伐正是因为他发觉了瓦格纳骨子里是"颓废艺术家"、"欧洲颓废的主角",③身上有着"衰竭者的三大兴奋剂,即残忍、做作和无辜"。④ 为了克服颓废,尼采在知识、道德的高度紧张中做出了种种的努力。他礼赞希腊酒神,推崇超人,提出重估一切价值,摆弄精神谱系学,乃至最终指归于权力意志与永恒轮回的大和解。尼采对欧洲道德谱系、生命类型做出了全面深湛的透视,尤其他从各种道德说教对身体、生命本能的残害入手,对包括基督教在内的各种反生命意志的坏的良知进行了激烈的批判,指出他们均源于奴隶造反的怨恨企图。在这一怨恨企图的发作过程中,高贵者的勇敢、激情乃至暴力、野性在卑劣、低能者的怨恨本能中被敌视、诬蔑和隐匿,心怀怨恨的无能者重新设想了何谓善与恶,进而建立了新的爱的生命类型,依靠新的强权、惩罚和暴力织就了浸染着怨恨毒素的道德蜘蛛网,最终使欧洲精神陷入颓废的深渊而难以自拔。尼采自诩的,就是"我对颓废问题是内行的","从丰富生命的充盈和自信来俯视颓废本能的隐蔽活动——这就是我经受的为时最长的训练",

---

① 尼采:《看哪这人——尼采自述》,张念东、凌素心译,中央编译出版社 2001 年版,第 242 页。
② 尼采:《瓦格纳事件》,孙周兴译,商务印书馆 2012 年版,第 4 页。
③ 尼采:《瓦格纳事件》,孙周兴译,商务印书馆 2012 年版,第 20—21 页。
④ 尼采:《瓦格纳事件》,孙周兴译,商务印书馆 2012 年版,第 57 页。

"我既是个颓废者,也是其对立物",他要做的就是,"我的哲学已经向复仇感和怨恨感宣战,甚至进击到'自由意志'学说的领域了——向基督教宣战,这不过是由此产生的一种个别现象而已"。① 一言以蔽之,尼采要调动全部的生命本能的力量,教人克服自身的颓废和怨恨。

在青年鲁迅的眼里,尼采正是这样一个张扬"意力",有着强大文化整合力量的"易信仰"者:"至尼伕氏,则刺取达尔文进化之说,掊击景教,别说超人。虽云据科学为根,而宗教与幻想之臭味不脱,则其张主,特为易信仰,而非灭信仰昭然矣。"②鲁迅对尼采精神的汲取,除个体心性品质上的亲近外,与他同样置身于类似的颓废之境有关。在鲁迅的感受里,其置身的颓废的老大中国,正遭遇生存竞争的危险境地,用他的话说,已经到了如下可怕的程度:"衣食家室邦国之争,形现既昭,已不可以讳掩;而二士室处,亦有呼吸,于是生颢气之争,强肺者致胜。"③在这种强力对抗的境遇里,中国在内政外交上的怯懦、失败、苟且势必在如鲁迅这样的中国现代知识分子的内心激荡起屈辱,愤怒和自觉自身无力无能的挫败感。鲁迅又极力攻击于颓败之境里讨巧以自利的伪士作派——"吾中国爱智之世,……惟自知良懦无可为,乃独图脱屣尘埃,惝恍古国,任人群堕于虫兽,而己身以隐逸终",④"驯至卑懦俭啬,退让畏葸,无古民之朴野,有末世之浇漓"。⑤ 他试图从精神意志上找到"新源"以克服中国文化精神上的内在颓败,这同样得益于尼采的启示——"求古源尽者将求方来之泉,

① 尼采:《看哪这人——尼采自述》,张念东、凌素心译,中央编译出版社 2001 年版,第 7、8、15 页。
② 鲁迅:《集外集拾遗补编·破恶声论》,《鲁迅全集》第 8 卷,人民文学出版社 2005 年版,第 31 页。
③ 鲁迅:《坟·摩罗诗力说》,《鲁迅全集》第 1 卷,人民文学出版社 2005 年版,第 68 页。
④ 鲁迅:《坟·摩罗诗力说》,《鲁迅全集》第 1 卷,人民文学出版社 2005 年版,第 69 页。
⑤ 鲁迅:《坟·摩罗诗力说》,《鲁迅全集》第 1 卷,人民文学出版社 2005 年版,第 71 页。

将求新源。嗟我昆弟,新生之作,新泉之涌于渊深,其非远矣"①,所以他热烈接纳了以尼采、施蒂纳等为代表的新神思宗的意志哲学。不过,鲁迅以为尼采"刺取达尔文进化之说",恐怕是自己切身感受的放大,因为尼采的意志哲学对达尔文的进化论更多的是批判而非"刺取"。鲁迅对尼采的这种并非准确的感受应源于他对中国处于颓废之境的现实思考。达尔文进化论的中国变种,严复所阐释的"物竞天择,适者生存"的生物进化论观点和"优胜劣汰"、"世道必进"的社会进化理论,正是以极端强调生存性竞争的方式对颓废中国的境遇做出了急切的回应,满足了身陷颓废境遇中的中国知识分子的心理需求。因为进化论的信仰者可以得到的最大领悟是:"他们在强者与弱者的位置交换上发现民族救亡的契机。"②这是鲁迅接受尼采的现实处境和思想前提,这使他更多地看到了尼采意志哲学与达尔文进化论的契合而非分歧。

需要考虑的是,鲁迅接受进化论思想后为何又心仪尼采为代表的新神思宗? 笔者以为,最根本的原因在于,严复的"进化论"解决不了"强者与弱者的位置交换"如何能够实现的启动机制问题。严复的进化论无法提供启动这一转化的内在精神动力,这得到以尼采为代表的新神思宗的意志哲学里寻找。在鲁迅看来,浅薄的进化论者如果仅仅在位置颠倒的主奴辩证法中寻求救国的秘诀,而不触及内在的精神颓废问题,势必会滑向一种鲁迅所说的"执进化留良之言语,功小弱而逞欲"的"兽性爱国"。③ 而"功小弱而逞欲"的"兽性爱国"一定是怨愤的卑怯行径,这是鲁迅深为警惕的。"鲁迅这时不在奴隶及

---

① 鲁迅:《坟·摩罗诗力说》,《鲁迅全集》第 1 卷,人民文学出版社 2005 年版,第 65 页。

② 北冈正子:《摩罗诗力说材源考》,何乃英译,北京师范大学出版社 1983 年版,第 185 页。

③ 鲁迅:《集外集拾遗补编·破恶声论》,《鲁迅全集》第 8 卷,人民文学出版社 2005 年版,第 35 页。

其主人关系的主从位置转化中寻求救国之道,而在以人类精神进化为基调的新价值体系的创造中寻找出路,这种特异思想所光照的世界,与西欧以及追随西欧的后进国家的图式完全不同。"① 像尼采一样,鲁迅深味"善与恶"其实与权力意志的强与弱有关,他亦注意到了"尼佉不恶野人,谓中有新力,言亦确凿不可移。盖文明之朕,固孕于蛮荒,野人犷獷其形,而隐曜即伏于内。文明如华,蛮野如蕾,文明如实,蛮野如华,上征在是,希望亦在是"。② 为克服自身的颓废和怨恨,他希冀自己的其实就是如尼采那样有着文化整合力量的"易信仰"者,"外之既不后于世界之思潮,内之仍弗失固有之血脉,取今复古,别立新宗,人生意义,致之深邃,则国人之自觉至,个性张,沙聚之邦,由是转为人国"。③ 更重要的是,如同尼采一样,终其一生鲁迅在知识、道德的高度紧张中同样做出了卓越的努力,建立了自己特有的精神谱系学,且对中国文化传统中的各种生命类型有着精彩的透视。自然,受制于其置身的颓废之境、尤其是所反抗的精神谱系的差异,二人的怨恨之思亦有不同之处,这也是无庸质疑的。

二、怨恨及其克服

在中国国民性的批判中,鲁迅对国人心理中的怨恨机制及其后果的批判可以说是其显著的特点。此类批判意识渗透到了他的作品的每一个角落。譬如对女师大事件中"寡妇主义"心理的剖析;④ 在名文《魏晋风度及文章与药及酒之关系》中对曹植"违心之论"的分析;

---

① 北冈正子:《摩罗诗力说材源考》,何乃英译,北京师范大学出版社 1983 年版,第 213 页。

② 鲁迅:《坟·摩罗诗力说》,《鲁迅全集》第 1 卷,人民文学出版社 2005 年版,第 66 页。

③ 鲁迅:《坟·文化偏至论》,《鲁迅全集》第 1 卷,人民文学出版社 2005 年版,第 57 页。

④ 鲁迅:《坟·寡妇主义》,《鲁迅全集》第 1 卷,人民文学出版社 2005 年版,第 278 页。

对嵇康阮籍内心隐秘的戳穿;①对以"外国也有"的借口为中国的陈规辩护的讥讽;②对京派和海派在论争的表象下"实践了'因为爱他,所以恨他'的妙语"的揭露;③对那种看起来"纵使他如何义形于色",却"对于黑暗的主力,不置一辞,不发一矢,而但向'弱者'唠叨不已"的"杀人者的帮凶"的愤怒;④……而在鲁迅的小说世界中对怨恨心理的揭露同样频密且触目惊心,呈现出怨恨心理的多种日常生活形态,譬如《祝福》里在"几乎无事的悲剧"中众人从对祥林嫂的痛苦的咀嚼中得到心理补偿的情状;《孤独者》中魏连殳的族人"排成阵势,互相策应"试图强迫他们认为是"新党"的魏连殳在其祖母的大殓上"全部照旧"的做法;《风波》中九斤太太"一代不如一代"的感慨,七斤嫂子对婆婆的指桑骂槐、对女儿六斤的打骂、对丈夫七斤的责怪;《弟兄》中张沛君在兄弟生病后的"怨愤自己"和梦境中对兄弟孩子的虐待;《示众》和《阿Q正传》中观看行刑的场面里赤裸裸的嗜血的情状;《幸福的家庭》中潦倒的作家夫妇对孩子的迁怒;《肥皂》中伪士四铭对儿子的怨愤和责怪……

与尼采相比,鲁迅对怨恨心理的透视中有一个特别突出的现象,这就是他对始于"怯懦"（相关的表述有卑怯、怯弱、卑懦……）的怨恨心理有着异乎寻常的敏感和激愤。当然,尼采也有对怯懦的瞩目,但如果说尼采对怯懦、怨恨的批判是来自山峰的高迈的俯视,那么鲁迅对怯懦的透视里分明有着陷于重重包围式的挣扎感。在青年鲁迅看来,"怯懦"这种心理体验的出现应是人类丧失最原始的本能力量

---

① 鲁迅:《而已集·魏晋风度及文章与药及酒之关系》,《鲁迅全集》第3卷,人民文学出版社2005年版,第526、535页。

② 鲁迅:《准风月谈·外国也有》,《鲁迅全集》第5卷,人民文学出版社2005年版,第363页。

③ 鲁迅:《且介亭杂文二集·"京派"和"海派"》,《鲁迅全集》第6卷,人民文学出版社2005年版,第312页。

④ 鲁迅:《花边文学·论秦理斋夫人事》,《鲁迅全集》第5卷,人民文学出版社2005年版,第509页。

走向所谓文明的标志："特生民之始，既以武健勇烈，抗拒战斗，渐近于文明矣，化定俗移，转为新懦，知前征之至险，则爽然思归其雌，而战场在前，复自知不可避，于是运其神思，创为理想之邦……"[①]这和尼采关于道德判断源于无能者的怨恨的思想有着高度的契合。自五四时期起，对"卑怯"的怨恨的剖析成为了鲁迅透视中国国民性的重要视角，譬如鲁迅对"合群的自大"、"爱国的自大"那种"蹲在影子里张目摇舌"，"看似猛烈，其实却很卑怯"的批判。鲁迅点出了"这便是文化竞争失败之后，不能再见振拨改进的原因"。"所谓文化竞争失败"触及的正是现代中国作为颓废境遇易生怨恨的特点。[②] 在《文坛三户》一文中鲁迅抨击的"破落户"的心理同样是始于"怯懦"的怨恨："一叹天时不良，二叹地理可恶，三叹自己无能。但这无能又并非真无能，乃是自己不屑有能，所以这无能的高尚，倒远在有能之上。你们剑拔弩张，汗流浃背，到底做成了些什么呢？惟我的颓唐相，是'十年一觉扬州梦'，惟我的破衣上，是'襟上杭州旧酒痕'，连懒态和污渍，也都有历史的甚深意义的。可惜俗人不懂得，于是他们的杰作上，就大抵放射着一种特别的神采：是'顾影自怜'。"[③]无能的"破落户"的这种阿Q式的"怨恨"想象还仅仅只有粉饰性的"顾影自怜"的心理补偿作用，有时这种卑怯的怨恨更有着阴鸷的攻击性，这正是鲁迅发掘的"国骂"的隐秘："要攻击高门大族的坚固的旧堡垒，却去瞄准他的血统，在战略上，真可谓奇谲的了。最先发明这一句'他妈的'的人物，确实算一个天才——然而是一个卑劣的天才。"[④]而更可怕

---

① 鲁迅：《坟·摩罗诗力说》，《鲁迅全集》第 1 卷，人民文学出版社 2005 年版，第 68—69 页。

② 鲁迅：《热风·随感录三十八》，《鲁迅全集》第 1 卷，人民文学出版社 2005 年版，第 327—330 页。

③ 鲁迅：《且介亭杂文二集·文坛三户》，《鲁迅全集》第 6 卷，人民文学出版社 2005 年版，第 353 页。

④ 鲁迅：《坟·论"他妈的"》，《鲁迅全集》第 1 卷，人民文学出版社 2005 年版，第 247 页。

的,是在艰难的生存中,弱者对更弱者的践踏,"我觉得中国人所蕴蓄的怨愤已经够多了,自然是受强者的蹂躏所致的。但他们却不很向强者反抗,而反在弱者身上发泄,兵和匪不相争,无枪的百姓却受兵匪之苦,就是最近便的证据。再露骨地说,怕还可以证明这些人的卑怯。卑怯的人,即使有万丈的愤火,除弱草以外,又能烧掉甚么呢"?①"勇者愤怒,抽刃向更强者;怯者愤怒,却抽刃向更弱者。不可救药的民族中,一定有许多英雄,专向孩子们瞪眼。这些屠头们!"②总体上看,鲁迅对那种集卑怯与凶恶于一身的"怨恨"心理的批判是最为严厉的,且多是从日常生活的表象中透视其背后隐匿的怨恨机制。譬如当有人把中国人的"听天由命"和"中庸"归因于"惰性"时,鲁迅毫不客气地指出了这两种生活的态度都只不过是始于"卑怯"的怨恨的托词:"我以为这两种态度的根柢,怕不可仅以惰性了之,其实乃是卑怯。遇见强者,不敢反抗,便以'中庸'这些话来粉饰,聊以自慰。所以中国人倘有权力,看见别人奈何他不得,或者有"多数"作他护符的时候,多是凶残横恣,宛然一个暴君,做事并不中庸;待到满口'中庸'时,乃是势力已失,早非'中庸'不可的时候了。一到全败,则又有"命运"来做话柄,纵为奴隶,也处之泰然,但又无往而不合于圣道。这些现象,实在可以使中国人败亡,无论有没有外敌。要救正这些,也只好先行发露各样的劣点,撕下那好看的假面具来。"③

鲁迅并非没有看到人总有相对的强弱之分,因而人的无能、弱小是一个既定的生存性事实。问题是怎么看待这一事实,如鲁迅所说:"在黄金世界还未到来之前,人们恐怕总不免同时含有这两种性质,只看发现时候的情形怎样,就显出勇敢和卑怯的大区别来。可惜中国人但对于羊显凶兽相,而对于凶兽则显羊相,所以即使显示着凶兽

① 鲁迅:《坟·杂忆》,《鲁迅全集》第1卷,人民文学出版社2005年版,第238页。
② 鲁迅:《华盖集·杂感》,《鲁迅全集》第3卷,人民文学出版社2005年版,第52页。
③ 鲁迅:《华盖集·通讯》,《鲁迅全集》第3卷,人民文学出版社2005年版,第27页。

相，也还是卑怯的国民。这样下去，一定要完结的。"①鲁迅自己对真正的弱者有着深切的"同情"乃至内疚。可以肯定的是，此类同情、内疚在尼采看来，却只是怨恨的渊薮，对自由的禁锢，这是高贵者要绝然摧毁、克服的奴隶道德。值得留意的是，鲁迅在对怨恨的理性分析的深度上、广度上和尼采不相上下，甚至可以说在对日常生活中隐匿的怨恨机制的敏感发现上还更胜一筹，但的确没有尼采那样的高贵者的"高度"，因为尼采明确提出了克服怨恨、颓废的新神——高贵的"超人"或"查拉图斯特拉"，而鲁迅只是努力做到"撕下那好看的假面具来"之类的真诚而已。鲁迅究竟是怎样看待尼采对怨恨的克服的呢？或者说，他会怎样看待超人的"高度"呢？

鲁迅对尼采的"超人"的态度是很值得思量的，五四时期他曾说："尼采式的超人，虽然太觉渺茫，但就世界现有人种的事实看来，却可以确信将来总有尤为高尚尤近圆满的人类出现。到那时候，类人猿上面，怕要添出'类猿人'这一个名词。"②鲁迅这时应该还是在自然进化论的思致上理解尼采的"超人"的，虽然从自然事实上觉察到尼采超人的"渺茫"，但自己并不想放弃其出现的希望。当然，鲁迅有着尼采那里甚少的犹疑，《狂人日记》里对"真的人"的冀望分明有着尼采"超人"的影响，但那语气是充满了惊惧的呢喃，和尼采天马行空式的高迈恰成对照。在晚年的另一处文字里，鲁迅对尼采的"超人"有了更冷静的态度，"尼采教人们准备着'超人'的出现，倘不出现，那准备便是空虚。但尼采却自有其下场之法的：发狂和死。否则，就不免安于空虚，或者反抗这空虚，即使在孤独中毫无'末人'的希求温暖之

---

① 鲁迅：《华盖集·忽然想到七》，《鲁迅全集》第 3 卷，人民文学出版社 2005 年版，第 64 页。

② 鲁迅：《热风·随感录四十一》，《鲁迅全集》第 1 卷，人民文学出版社 2005 年版，第 341 页。

心,也不过蔑视一切权威,收缩而为虚无主义者"。① 在这段话里鲁迅分明是在讥讽尼采及其"超人"作为高贵者的"渺茫"。笔者相信大多数中国学人会与鲁迅有着相同的感受,倾向于接受鲁迅的论断。如果做一个恰切的类比,此时鲁迅眼中的尼采不就是现代思想界的"娜拉"吗?如果我们把鲁迅此处的论述和他的名文《娜拉走后怎样》一文稍加对照,是不难发现这一点的。笔者愿意提出一个臆断,常常"撕下那好看的假面具来"的鲁迅对尼采"超人"的理解的确显得犀利且切于人事,很"实",这和他能提出"娜拉走后怎样"的命题是基于同一种透视人世的眼光。笔者以为,这种眼光里有着因深刻浸润法家思想生成的"峻急"气质。极有意味的是,检视"鲁迅与尼采"研究的诸种话题及著述,法家文化的隐而不彰似乎还未引起学人的自觉。如果扩而言之,就整体的鲁迅研究而言,与对鲁迅与儒、道、佛、墨等文化资源关系的多有探讨相比,鲁迅与法家文化的研究之薄弱也颇值得留意。笔者深感兴趣的问题是,鲁迅以法家的峻急眼光透视尼采的超人,这中间是否隐藏着隔膜、误解呢?中国的学人若不假思索地认可鲁迅对尼采的"渺茫"的讥讽,是否也是因为我们理解人世的精神底色也不过是同样笼罩在法家"法、术、势"思想的暗光里的呢?

鲁迅似乎不能觉察、进而思索"超人"或"查拉图斯特拉"作为尼采思想的"面具"的一面。尼采曾说:"任何深刻的精神需要一个假面具,而且,在任何深刻的精神的周围持续地生长着一个假面具,这是由于经常错误地,即浅薄地解释他说出的每句话,他采取的每个步骤,他给予的每个生活标志。"②尼采到底在鲁迅熟悉的《查拉斯图特拉如是说》里讲了什么,哪些是他的面具、哪些是他的谎言,哪些又是他的微言大义,这似乎是个应引起深思的问题。鲁迅曾经说:"尼采

---

① 鲁迅:《且介亭杂文二集·〈中国新文学大系〉小说二集序》,《鲁迅全集》第 6 卷,人民文学出版社 20005 年版,第 262 页。

② 尼采:《善恶之彼岸》,宋祖良、刘桂环译,漓江出版社 2000 年版,第 179 页。

爱看血写的书。但我想，血写的文章，怕未必有罢。文章总是墨写的，血写的倒不过是血迹。它比文章自然更惊心动魄，更直截分明，然而容易变色，容易消磨。"①在这里鲁迅还是以非常"实"的方式理解尼采的言辞的，尼采的言辞的真意究竟是什么？它们是否确实有着不为鲁迅洞悉的面具？鲁迅所说的尼采的话恰恰出自《查拉图斯特拉如是说》里题为"读与写"的一节，笔者将开头涉及读与写的内容抄录如下：

> 一切写下来的东西当中，我只爱人们用自己的血写成的东西。用血写吧：而且你将体会到，血就是精神。
>
> 要领会异己的血是不容易的：我憎恨那些好读书的懒汉。
>
> 谁若了解读者，他就不再能为读者做什么了。还有一个世纪的读者——而且，精神本身也将发臭了。
>
> 人人都可以学会读书，长此以往，这不仅仅会败坏写作，也会败坏思想。
>
> 从前精神就是上帝，然后精神变成了人，现在甚至变成群氓了。
>
> 谁若用鲜血和格言写作，他就不愿被人阅读，而是要被人背诵的。
>
> 在群山中，最近的路程是从顶峰到顶峰：但为此你必须有长腿。格言当是山之顶峰：而领受这些格言者当是伟大而高强的人。②

如何理解这段话？在尼采的语脉里，似乎强调的就是读者与写

① 鲁迅：《三闲集·怎么写》，《鲁迅全集》第 4 卷，人民文学出版社 2005 年版，第 19 页。
② 尼采：《查拉斯图特拉如是说》，孙周兴译，商务印书馆 2010 年版，第 54—55 页。

者之间的隔膜、对峙乃至写者对读者的警惕。从字面意义上我们即不难推测，在尼采的意旨中，他想说的正是：精神是有他自己的高度和面具的。细读此段文字，对照鲁迅对尼采的讥讽语气，似乎可以用尼采所"憎恶"的"好读书的懒汉"来形容鲁迅了，他分明对尼采的言辞有着显见的隔膜。笔者对鲁迅是否能真正深度洞悉尼采《查拉图斯特拉如是说》的真意更愿意心怀疑虑。尼采在《看哪这人》里明确指出，"这部著作的宗旨是永恒轮回思想，也就是人所能够达到的最高肯定公式。"[1]这也应该是尼采关于怨恨之思的最终归宿。尼采也明确提出了"摆脱怨恨，理解怨恨"的问题并注意到各种精神资源的作用，他对"俄国式的宿命论，那种不反抗的俗宿命论"及佛教在克服怨恨上的正面作用就有自己的看法。前者作为"在性命攸关的危急时刻当成保命的方法"可以使人不至于让怨恨的冲动消耗殆尽精力，是一种"冬眠的意志"，后者则"让心灵摆脱怨恨——这是走向健康的第一步"。[2] 当然，尼采自诩自己以"永恒轮回"与"权力意志"实现了对它们的超越。回到鲁迅那里，其实"俄国式的宿命论"、佛教以智慧化解怨恨的方式都曾对他生命的安顿起过尼采所说的那种作用。鲁迅看上去似乎也有与尼采极其相类的"永恒轮回"的思想。鲁迅在《灯下漫笔》中写道：

> 任凭你爱排场的学者们怎样铺张，修史时候设些什么"汉族发祥时代"、"汉族发达时代"、"汉族中兴时代"的好题目，好意诚然是可感的，但措辞太绕弯子了。有更其直捷了当的说法在这里——

---

① 尼采：《看哪这人——尼采自述》，张念东、凌素心译，中央编译出版社 2001 年版，第 73 页。
② 尼采：《看哪这人——尼采自述》，张念东、凌素心译，中央编译出版社 2001 年版，第 1415 页。

一，想做奴隶而不得的时代；

二，暂时做稳了奴隶的时代。①

这难道不也是一种鲁迅的"永恒轮回"的思想吗？笔者对鲁迅对《查拉图斯特拉如是说》真意是否能领会的疑虑是不是庸人自扰呢？笔者以为，尼采的"永恒轮回"与鲁迅的历史轮回意识有着内在的不同，前者融欧洲精神谱系中的神性、兽性、人性于一体，在永恒的生成轮回中给人以无限扩张的自由感、游戏感，当然其暴力、残忍、野蛮与掠夺等恶的气息也异常充盈，后者则远没有前者的洒脱与明快，鲁迅更像是在既定的腐朽停滞的历史文化空间里做绝望的挣扎，他有着太多尼采身上罕见的挫败感、负罪感。尼采说："我既是个颓废者，也是其对立物。明证之一就是，我对逆境总是本能地择优而适，而本来的颓废者却总是采取于己不利的办法。"②鲁迅的"拿来主义"与尼采的"择优而适"自然有相通之处，但鲁迅更令人印象深刻的还是他"却总是采取于己不利的办法"——以"纠缠如毒蛇，执着如怨鬼"③的决绝做并不高迈的抗争。如何理解鲁迅与尼采的这种差异呢？

三、神性和动物性

尼采对怨恨、颓废的克服并不追求鲁迅式的近身的酷烈搏斗，甚至在他看来，"颓废本身决不是必须克服的东西：它绝对是必要的，是任何时候和任何民族都具有的。必须全力加以克服的，乃是把传染病带入机体的健康部分。"④尼采以为通过自己对神性的新的设定（"酒神"、"超人"、"查拉图斯特拉"）就完成了对生命本能力量的最大

---

① 鲁迅：《坟·灯下漫笔》,《鲁迅全集》第 1 卷,人民文学出版社 2005 年版,第 225 页。

② 尼采：《看哪这人——尼采自述》,张念东、凌素心译,中央编译出版社 2001 年版,第 8 页。

③ 鲁迅《华盖集·杂感》,见《鲁迅全集》第 3 卷,人民文学出版社 2005 年版,第 52 页。

④ 尼采：《权力意志》,孙周兴译,商务印书馆 2013 年版,第 1173—1174 页。

张扬,达至了生命的绝对健康。但究其根本,"尼采自己从来没有达到健康,尼采的酒神精神中有动物性的元素,动物性的高涨也是现代性最深的事件之一。尼采身上的野蛮成分是日耳曼这个种族现代性的动物性的表现之一。现代性是神性和动物性双向加深的过程,尼采的分裂正好是这种双向加深的表现"。①

对照尼采,鲁迅身上似乎不存在所谓"神性"的加深问题,这应和鲁迅要反抗的中国的精神文化谱系里原本就缺乏"神性"一维有关。正如鲁迅《杂忆》一文中自陈的那样:"不知道我的性质特别坏,还是脱不出往昔的环境的影响之故,我总觉得复仇是不足为奇的,虽然也并不想诬无抵抗主义者为无人格。但有时也想:报复,谁来裁判,怎能公平呢? 便又立刻自答:自己裁判,自己执行;既没有上帝来主持,人便不妨以目偿头,也不妨以头偿目。"②鲁迅的这段话涉及自己行为选择(理想的状态是"有人格"、"公正")的历史文化因素("往昔的环境的影响")、个体生命的品性("不知道我的性质特别坏")以及价值空间里"神性"的缺乏("没有上帝来主持")。不难看出,鲁迅那种"以头偿目"的决绝正是和中国文化精神里"神性"维度的缺乏有关,这也正是他与尼采的神性面具存在着隔膜的内在原由。如何评估"神性"一维的缺乏对鲁迅的怨恨之思的影响,在现代性的语境里,这定是一个聚讼不已的问题。

可以说,鲁迅的小说世界是一个没有尼采那样的神性的世界。像鲁迅的小说《孤独者》、《孔乙己》、《在酒楼上》等都真切展现了底层知识分子在"想做奴隶而不得"与"暂时做稳了奴隶"的人生困境里逐渐被黑暗的社会吞噬的过程。《故事新编》里也是充斥着颓败的气质,了无神性的光芒。其中的小说《铸剑》里黑衣人"宴之敖者"的一

---

① 张典:《尼采与主体性哲学》,中国社会出版社 2009 年版,第 8 页。
② 鲁迅:《坟·杂忆》,见《鲁迅全集》第 1 卷,人民文学出版社 2005 年版,第 236 页。

生即是将面对强权的反抗者的"怨恨"与"以头偿目"式的决绝复仇融合而成的结果。"宴之敖者"作为复仇的精魂,他在奇怪的歌里唱着"克服怨敌,怨敌克服兮,赫兮强",他从无对爱与神性的希冀,他正是从像眉间尺那样的柔弱的少年开始,在创伤、隐忍和怨恨的心灵煎熬中把自己锻炼成为一把复仇之剑的。最后,他以"爱青剑西兮一个仇人自屠"的方式去完成了杀死暴君的使命。鲁迅小说里神性的缺席还未引起学人应有的注意。当然,这并不意味着鲁迅小说中的人物没有对神性的需求,只要想想《祝福》里祥林嫂对"一个人死了之后,究竟有没有魂灵"的追问即可证明了。

　　鲁迅没有像尼采那样明确对神性做出新的设定,这是他们的不同。不过,在现代性的语境里,任何对新的神性的设定都难以避免人们对其合法性的质疑。极具讽刺意味的是,激烈批判怨恨的他们却恰恰会被指控自身才是真正的怨恨之人。舍勒在继承尼采关于怨恨的分析意向的同时就得出了和尼采针锋相对的结论,他反驳了尼采把基督教的爱称为最精巧的怨恨之花的断语,转而指出尼采的思想本身才是怨恨的。[1] 有趣的是,舍勒对尼采的反驳出现了它的中国摹本,这便是师法舍勒的刘小枫先生借用舍勒关于怨恨的思想乃至语句,认定鲁迅的国民性批判行为就是一种怨恨心理做怪:"如此'早熟'不过是心灵的一种自我毒害,它源于一种怨恨情态,这种情态使人成为某种特定类型的价值盲并形成相应的价值判断。鲁迅的灵魂在怨恨中早熟,怨恨的毒素已经把人灵中一切美好的东西噬蚀净尽,空虚的灵魂除了鬼魅的自我刻画、冷嘲和热讽,还能向往别的什么高贵的精神? 深切了解自己的鲁迅能不对自己绝望? 在怨恨中'早熟'的灵魂不可能倾近高贵的精神,基于怨恨的人道精神的爱,也不过是

---

[1]　舍勒:《道德建构中的怨恨》,刘小枫选编:《舍勒选集》(上),上海三联书店 1999 年版,第 396—530 页。

朝所恨的对象打出去的一张牌。"①现代性的出现,使价值世界里对何谓"高贵的精神"的论定面临着在相对主义与独断论之间摆荡的困境,这不正是权力意志得以被发现,而怨恨问题愈加触目的真正原因吗?

至于"动物性"的加深问题,鲁迅与尼采确实存在着高度类似的一面。尼采笔下"查拉图斯特拉"的伙伴鹰与蛇,鲁迅笔下的猫头鹰、蛇、狼、乌鸦、怪鸱等可视为意志哲学这一现代精神谱系里的家族类似。就是对始于"卑怯"的怨恨心理的最好概括,其实莫过于鲁迅《狂人日记》中以三个动物来表达的一句话:

> 黑漆漆的,不知是日是夜。赵家的狗又叫起来了。
>
> 狮子似的凶心,兔子的怯弱,狐狸的狡猾,……②

怨恨的实质可以说正是"狮子似的凶心"、"兔子的怯弱"、"狐狸的狡猾"三者在那个可以解读为怨恨心理发酵过程中的奇特化合。如果说怨恨心理机制始于"兔子的怯弱",它的林林总总的外显形式则可谓是"狐狸的狡猾",而经过怨恨心理的发酵就会化合出一种只有"狮子似的凶心"才具有的恶毒的攻击力量,而且这种恶毒的攻击力量在外发的同时也伴随着自我的心灵毒害。鲁迅的这一表述令人联想起尼采在论述牧师的怨恨时的表述,有意思的是尼采就是把牧师当作病态的动物看待的:"牧师是最病弱的动物的第一种形式,它最容易蔑视而不是恨。显而易见,他会努力进行一场利用食肉兽的战争,一场狡诈('精神'的)战争,而不是暴力战争——他一定会发现,这场战争必定会失控,归根到底会再创造一种新的食肉兽——一

---

① 刘小枫:《拯救与逍遥》,上海三联书店 2001 年版,第 339 页。
② 鲁迅:《呐喊·狂人日记》,《鲁迅全集》第 1 卷,人民文学出版社 2005 年版,第 449 页。

种怪物,在这个怪物身上以一种三合一的可怕的迷人形式结合了熊的凶猛、冷酷,猎豹和狐狸的狡诈。"①

　　总体上看,"动物性"的加深问题在鲁迅与尼采之间既有高度类似的一面,也有不同的地方。约而言之,鲁迅笔下的动物有着浓重的道德化色彩,或者说他对"动物性"的发掘总是多有顾忌的,这是尼采笔下所没有的,尼采那里是赤裸的非道德。如果说在尼采那里,存在着"神性和动物性双向加深的过程",那么在鲁迅这里就存在着"道德感与动物性双向加深的过程"。鲁迅的《颓败线的颤动》里对垂老的女人的描摹是最能体现这一点的。鲁迅在该文里写到的梦魇中的第一个场景即是"在光明中,在破塌上,在初不相识的披毛的强悍的肉块底下,有瘦弱渺小的身躯,为饥饿,苦痛,惊异,羞辱,欢欣而颤动",②这是一个为儿孙的口粮被迫出卖的身体,鲁迅的表达方式隐晦而有分寸,可以说是在道德感与动物性的隐秘的边界赋形画意。最后,鲁迅为被儿孙"怨恨鄙夷"的垂老的女人写下了神采飞扬、野性十足的文字,其中有:

　　　　她赤身露体地,石像似的站在荒野的中央,于一刹那间照见过往的一切:饥饿,苦痛,惊异,羞辱,欢欣,于是发抖;害苦,委屈,带累,于是痉挛;杀,于是平静……又于一刹那间将一切合并:眷念与决绝,爱抚与复仇,养育与歼除,祝福与诅咒……她于是举双手尽量向天,口唇间漏出人与兽的,非人间所有,所以无词的言语。③

----

① 尼采:《论道德的谱系》,谢地坤等译,漓江出版社 2000 年版,第 100 页。
② 鲁迅:《野草·颓败线的颤动》,《鲁迅全集》第 2 卷,人民文学出版社 2005 年版,第 209 页。
③ 鲁迅:《野草·颓败线的颤动》,《鲁迅全集》第 2 卷,人民文学出版社 2005 年版,第 210—211 页。

　　垂老的女人正是鲁迅的精神自画像。《颓败线的颤动》一文透露的正是他与这个令他深感耻辱的世界的至深关联。在没有神性的所在,他以颓败的身躯、在浸染着怨恨的荒野里,去冲撞中国文化精神的边界,"举双手尽量向天,口唇之间漏出人与兽的,非人间所有,所以无词的言语",这是鲁迅的宿命,也是他的伟大。

走向"市民社会"的"精神":拟黑格尔审思 "鲁迅与 20 世纪中国的都市化进程"*

　　本文旨在援引黑格尔的精神哲学特别是其"主奴辩证法"及"市民社会"的思想审思"鲁迅与 20 世纪中国的都市化进程"这一命题。①应当承认,黑格尔并非鲁迅自觉的重要精神资源。在早年的《文化偏至论》一文里鲁迅把黑格尔视为以尼采、克尔凯郭尔等为代表的"新神思宗"要反驳的"主智一派"的集大成者,而前者才是鲁迅心仪的。②武断地说,鲁迅研究的传统中直接证成鲁迅此类"文化偏至论"别具合理性的做法代不乏人,且判教意味浓烈。其思维方式,恰如黑格尔批判的那样,把真理与错误的矛盾视为固定的,"通常也不知道把这种矛盾从其片面性中解放出来或保持其无片面性,并且不知道在看起来冲突矛盾着的形态里去认识其中相辅相成的环节"。③ 有鉴于

---

*　本文尝试援引黑格尔的"市民社会"思想来理解"鲁迅与现代中国"。笔者近年来深觉了解"古典自由主义"思想资源的重要,也常感慨文学研究领域的不少学人多接触左派的思想资源,对右派的思想则不甚了了甚至不以为然,身上有着施密特所说的"政治的浪漫派"的浓郁气息。自己也难免如此,只好做些反省的功课,在"左顾右盼"中增强些定力。

① 本文在黑格尔的意义上使用"市民社会"这一概念,并认为所谓"20 世纪中国的都市化进程"的本质就是走向"市民社会"。"鲁迅与 20 世纪中国的都市化进程"为国家社科基金重大项目"鲁迅与 20 世纪中国研究"(11&ZD114)的其中一个研究命题。

② 鲁迅在描写"新神思宗"的人格追求时,提及新神思宗之前的主智一派,且以黑格尔为极至:"往所理想,在知见情操,两皆调整,若主智一派,则在聪明睿智,能移客观之大世界于主观之中者。如是思惟,追黑该尔(F. Hegel)出而达其极。"鲁迅:《坟·文化偏至论》,《鲁迅全集》第 1 卷,人民文学出版社 2005 年版,第 55 页。

③ 黑格尔:《精神现象学》(上),贺麟、王玖兴译,商务印书馆 1979 年版,第 2 页。

此,笔者提出:能否以黑格尔"否定的辩证法"的方式来理解鲁迅,直面鲁迅精神世界里内在的矛盾,并视鲁迅的矛盾为"现代中国"精神运动过程的某一环节,鼓足勇气加以扬弃。如此庶几真正敬认鲁迅精神遗产的特质,并由此得以研究鲁迅与现代中国畸形发育的市民社会的精神联系——这当是思考"鲁迅与 20 世纪中国的都市化进程"这一命题的核心任务。

一、中国无"精神"?

对鲁迅的理解实则根植于对何谓"现代中国"的论定,可以说"现代中国"在何种意义上具有其道义上的合法性才是人们在鲁迅精神的价值判断上出现分歧的根由。因此,理解鲁迅的前提是亟需对何谓"现代中国"做出明确的思想建构。我们是否可以尝试以一种拟黑格尔的方式把"现代中国"视为一个整体上具有内在运动逻辑的精神问题? 进而思索,在此精神的运动过程中"现代中国"的家庭、市民社会与国家的建构中究竟应通贯着怎样的自由精神与意志? 最后,在精神自我运动的不同环节,鲁迅的精神特质究竟如何论定?[①] 这一设想其实源于对黑格尔认定中国无"精神"这一论断的审思。众所周知,黑格尔在《历史哲学》中分析中国人的民族性时提出过著名的论断,即:"中国人民族性的各方面……的显著的特色就是,凡是属于'精神'的一切——在实际上和理论上,绝对没有束缚的伦常、道德、情绪、内在的'宗教'、'科学'和真正的'艺术'——一概都离他们很远。"[②] 自然,黑格尔所说的中国所无的"精神",是指黑格尔意义上的那种能以"否定的辩证法"自我否定、内在生长的精神。黑格尔的如

---

① 黑格尔认为"家庭"、"市民社会"得以成立,恰恰是以"国家"这一最高的伦理精神为前提的。"市民社会"里看似矛盾的个体与外在法权制度的对立需要在更高的"国家"这一伦理精神中实现统一。限于篇幅,本文不拟从该角度就鲁迅与黑格尔的国家意识展开对照性的讨论,但此问题意识的重要性是不言而喻的。

② 黑格尔:《历史哲学》,王造时译,上海书店出版社 2001 年版,第 137 页。

此论断可谓尖刻的挑战！但熟谙鲁迅作品的，其实并不难触碰到极为相类的情绪与语式，这是偶然的吗？

黑格尔的"精神"哲学由主观精神、客观精神和绝对精神三个阶段构成，呈现出次第扬弃的运动逻辑，企图实现所谓历史与逻辑的高度统一。其中，上文所述的家庭、市民社会与国家属于客观精神阶段。客观精神又分为"抽象法"、"道德"、"伦理"三个阶段。在"抽象法"阶段，自由意志已经开始客观化，但还停留于抽象的法权人格阶段，易于受到现实偶然性的侵袭，所以需经由自否定进至"道德"阶段；在"道德"阶段里自由意志驻停于个人的内心，主体自我设"法"遵循良心行事，从而否定了外部现实的侵袭，但自由意志仍没有进入现实因而难免存在着主体的片面性；到了"伦理阶段"，自由意志切实进入充满了偶然性的现实世界，完成了内在与外在的统一，实现了对"抽象法"及"道德"阶段的扬弃。只有在伦理阶段里，自由意志才得以以现实的法的形式展现，获得了客观的制度性秩序，个体的法权人格也才得以现实性地实现。伦理阶段又依据其精神形态具体而微的不同区分为三个层次和环节：家庭、市民社会与国家。该三分法最集中的论述是在黑格尔思想后期的《法哲学原理》一书。不同于黑格尔思想前期《精神现象学》一书中更强调自由精神自我运动过程中的否定性，黑格尔在《法哲学原理》中更关注的是自由精神的"定在"形态——特定的现实性的自由秩序。这三个阶段既有适当之区际，又能逐级进展，其内在逻辑仍是自由精神的自我否定和扬弃。其精义可概述如下：

家庭：私人的血亲情感领域，以爱为原则。"作为精神的直接实体性的家庭，以爱为其规定，……自己在其中不是一个独立的人，而成为一个成员。"①

---

① 黑格尔：《法哲学原理》，范扬、张企泰译，商务印书馆1961年版，第175页。

市民社会：个体之间自由交换的经济社会领域，以理性为原则。"在市民社会中，每个人都以自身为目的，其他一切在他看来都是虚无……其他人便成为特殊的人达到目的的手段。"①

国家：公共的政治生活领域，以正义为原则。不同于实存的有各种缺陷的国家制度，黑格尔的国家是作为伦理的最高理念而提出的，"由于国家是客观精神，所以个人本身只有成为国家成员才具有客观性、真理性和伦理性"。②

略加领会黑格尔精神哲学之大概，我们对其中国无"精神"的论断无法不认真对待。黑格尔如此论断的理由是：中国历史本身"没表现出有何进展"，停滞于"家庭的精神"，"在发展的这个阶段上，我们无从发现'主观性'的因素；这种主观性就是个人意志的自己反省和'实体'（就是消灭个人意志的权力）成为对峙'"；③更准确地说，黑格尔所说的中国无"精神"，应是中国缺乏从"家庭的精神"经由否定的辩证法进至"市民社会"的精神，遑论伦理阶段的国家乃至更高层次的绝对精神。由此可见，在黑格尔的意义上，"现代中国"作为"精神"问题，就是要寻找能自"家庭"走向"市民社会"的"精神"。扪心自问，黑格尔的尖刻并非全是傲慢，我们甚至绝少把"中国"及"现代中国"视为一个在整体上具有自己运动逻辑的精神问题加以思考，这才是令人汗颜的。笔者时常感慨的是，恰恰是鲁迅，才是异常执拗地要做如此致思的。甚至可以论定，他在"现代中国"的意义恰恰就是提供了黑格尔在中国历史上无从发现的走向市民社会的精神——那种"主观性的因素"。不过，在他身上"个人意志的自我反省和'实体'（就是消灭个人意志的权力）成为对峙"的确存在，但二者并未达成对立统一的理想状态，这一理想状态用黑格尔的话表述即是"那种权力

---

① 黑格尔：《法哲学原理》，范扬、张企泰译，商务印书馆1961年版，第197页。
② 黑格尔：《法哲学原理》，范扬、张企泰译，商务印书馆1961年版，第254页。
③ 黑格尔：《历史哲学》，王造时译，上海书店出版社2001年版，第119、121页。

是和它自己的主要存在为一体，并且知道它自己在那权力里面是自由的”。① 这种个体意志与社会性权力既对立又统一只有在黑格尔所说的市民社会的法权秩序里才有实现的可能。由此，我们不难觉察鲁迅精神世界中的种种矛盾——“人道主义与个人主义这两种思想的消长起伏”，②既认为“最要紧的是改革国民性”，又感喟“无从措手”③……与中国尚未进入健全的市民社会有着莫大的关系。

二、“主奴辩证法”中的“精神”

最能表征鲁迅祈望的“现代中国”究竟如何的文字，以《灯下漫笔》一文的如下表述最为触目惊心：“中国人向来就没有争到过‘人’的价格，至多不过是奴隶，到现在还如此”，所谓中国的历史，无非是两个时代的循环：“一，想做奴隶而不得的时代；二，暂时做稳了奴隶的时代。”而时代的使命是：“创造这中国历史上未曾有过的第三样时代，则是现在的青年的使命！”④对鲁迅的如上论断，不加反思地认信实不可取，同样仅因其否定的激切遂贬斥为片面的所谓通达亦未必高明。以“奴隶”意识烛照起全部的中国历史，抑或相类的做法——《狂人日记》里以“吃人”的恐惧审判全部的中国文明，《阿Q正传》里以阿Q的“精神胜利法”统摄起全部的中国的国民性，这些当然存在着“片面性”，甚至可以说鲁迅杂文的引墨行文中同样处处都有着“片面性”。但难以磨灭的事实是，这些真实的“片面性”论断极富内在的生长性，深具黑格尔所说的“从其片面性中解放出来或保持其无片面性”的内在精神力量。这恰恰是因为，鲁迅视中国为一整体的精神问题，他的具体的“片面性”论断每每有着自我反讽、出离自身的内在自

---

① 黑格尔：《历史哲学》，王造时译，上海书店出版社2001年版，第121页。
② 鲁迅：《两地书》，《鲁迅全集》第11卷，人民文学出版社2005年版，第81页。
③ 鲁迅：《两地书》，《鲁迅全集》第11卷，人民文学出版社2005年版，第32页。
④ 鲁迅：《坟·灯下漫笔》，《鲁迅全集》第1卷，人民文学出版社2005年版，第224、225页。

否定动力,不可视为凝固的乃至教条主义的结论。相反,把它们看作鲁迅眼中整体的精神问题中的一个个环节方能理解其真切的意义。

视中国为一整体的精神问题,鲁迅要挑明的是传统中国在最高道义合法性上的亏欠——只见"奴隶"不见"人"。他所致力的,则是现代中国在最高道义合法性上的证成——人何以为人的精神命题。鲁迅提出的"内在循环的奴隶时代"与"第三样时代"的命题可谓"现代中国"作为一整体的精神命题的对局结构。前者与黑格尔的"主奴辩证法"的思想多有可参之处,而后者与黑格尔"市民社会"思想的对照亦引人深思。

学界对于鲁迅"奴隶"意识的研究已有相当的积累。近代以降中国士人的奴隶意识渊源驳杂,既有传统华夷之变思想支撑的家国为外族所窃的文化民族主义式的耻辱,又有从社会进化论思潮宣扬的优胜劣汰的原则可抽绎出的亡国灭种的恐惧,更有来自尼采等激进一脉的思想者颠倒基督教精神,视其为奴隶造反窒息自然生命力的生命哲学、意志哲学。可以说,这三种文化思潮在鲁迅身上均有鲜明的印记,研析之高论已汗牛充栋。笔者以为犹可凝神切问的是,这三种文化资源均无法解决一个根本问题,即奴隶究竟怎样内在地获得对主人否定的力量,从而突破鲁迅指出的历史仅仅在主奴之间的位置转化中做停滞性循环的怪圈,即如何自"内在循环的奴隶时代"进入鲁迅所谓的"第三样时代"? 笔者以为,鲁迅精神的矛盾,根源皆在此——犹疑但不否定该问题得以解决的希望,又从骨子里疑惧自己的希望不过是心造的幻影,他一生心力憔悴之轨迹,虚妄与希望之间的摆荡曲线而已。他为后人所礼赞的改造国民性的思想其实是一种无可奈何的激愤遁词,早已失却了早期启蒙思想家那样漫溢的信心。笔者提醒偏爱鲁迅的学人留心的是,自"内在循环的奴隶时代"进入"第三样时代",鲁迅明确自觉的国民性改造也许并非是唯一的选择路径,甚至可以说它以其终极解决的深刻反而遮蔽了更具现实性的问题意识。我们在面对鲁迅充盈着创伤感的真切语式时依然要警惕可能的迷思，"于浩歌狂热之际中寒"，"于天上看见深渊"，[①]这才是鲁迅的箴言和劝戒。如何进入"第三样时代"，黑格尔"主奴辩证法"及"市民社会"的思想或可提供一些不无裨益的参照。

"主奴辩证法"是黑格尔《精神现象学》里提出的命题，是讨论自由意识的独立与依赖时所做的人格类比——"其一是独立的意识，它的本质是自为存在，另一为依赖的意识，它的本质是为对方而生活或为对方而存在。前者是主人，后者是奴隶。"[②]笔者以为，黑格尔"主奴辩证法"思想最为可贵之处，在于其以自我意识既对立又统一的自否定的思想真正揭示了主奴之间自我意识自为实现的秘密。它所揭示的"主奴辩证法"——主奴之间相互对峙又统一的逻辑更具有本原性的生存论性质——即是说，"主奴辩证法"就是人自我意识的动态结构本身。由此可见，"主奴辩证法"本身是无法根除的，只能在不同的处境、环节加以外在的规训而已。如此说来，即使进入到鲁迅所谓的"第三样时代"，"主奴辩证法"也只是在更文明的规训下，展示出更人道的景象罢了。在此意义上，现代社会永远无法终极解决的自由与平等之间的矛盾其实就是"主奴辩证法"的现代版本。将鲁迅的奴隶意识与黑格尔"主奴辩证法"相对照，如若毫不瞩目其自我意识自我分裂又对立统一的自否定思想，只能隔靴搔痒。一旦认识到这一点，我们对鲁迅的改造国民性思想就没那么盲目乐观了。

黑格尔视自我意识为一个动态的自否定的结构，他提出，对于自我意识结构中的各个环节，"必须从相反的意义去了解它们"。[③]自我意识要想实现自身，就必须首先分裂出另一个自我意识与自己对立，通过对其的扬弃才能再次回到自身。两个自我意识的关系即是："它

---

① 鲁迅：《野草·墓碣文》，《鲁迅全集》第 2 卷，人民文学出版社 2005 年版，第 207 页。
② 黑格尔：《精神现象学》（上），贺麟、王玖兴译，商务印书馆 1979 年版，第 127 页。
③ 黑格尔：《精神现象学》（上），贺麟、王玖兴译，商务印书馆 1979 年版，第 123 页。

们自己和彼此间都通过生死的斗争来证明它们的存在。"①黑格尔在论证自我意识的自否定结构时,情不自禁地以生命的斗争为喻,提出了生命的真意:"只有通过冒生命的危险才可以获得自由……一个不曾把生命拿去拼了一场的个人,诚然也可以被承认为一个人,但是他没有达到他之所以被承认的真理性作为一个独立的自我意识。"②无行动的生命只是自然的而非自觉的生命,所谓自然的是指,作为"意识之自然的肯定"的生命,"有独立性而没有绝对的否定性,同样死亡就是意识之自然的否定,有否定性而无独立性。"③这其实就是鲁迅批判崇尚自然的中国道家思想"不撄人心"的理由。④ 鲁迅的《野草》可谓对黑格尔揭示的自我意识的自否性思想最生动的生命哲学诠释,《野草》集中诸如以死亡反证自己曾顽强生存的"野草"、"死掉的雨"的"精魂"化作的"朔方的雪",诅咒自己且永不停息的"过客","永不冻结,永得燃烧"的"死火","自啮其身"的"游魂","抉心自食"的"死尸"等等,莫不在自否定中不断重生。

黑格尔的"主奴辩证法"的说法其实就是对自我意识的自否性的历史性借喻。历史上真实的奴隶的自我独立意识的形成并非是自洽的,其内在逻辑是:主人的统治是奴隶的既定生存现实,主人对物的享受通过奴隶这一中介完成,这一中介作用使奴隶获取了对物改造(否定物的独立性)的机会,对物的否定为奴隶自我意识的萌发提供了可能性。不过可能性并不等于现实性,奴隶虽然在对物的否定中开始"经验到"自身也得面临主人对自己的纯粹的"否定性"力量,但他本身未必能自觉地用自己的否定性力量转而对抗主人。不过,伏笔已经埋下,奴隶既然已意识到了主人对自己的否定性,对这种否定

---

① 黑格尔:《精神现象学》(上),贺麟、王玖兴译,商务印书馆 1979 年版,第 126 页。
② 黑格尔:《精神现象学》(上),贺麟、王玖兴译,商务印书馆 1979 年版,第 126 页。
③ 黑格尔:《精神现象学》(上),贺麟、王玖兴译,商务印书馆 1979 年版,第 126 页。
④ 鲁迅:《坟·摩罗诗力说》,《鲁迅全集》第 1 卷,人民文学出版社 2005 年版,第 70 页。

的"恐惧"必将滋生起来。奴隶对主人施与自己的纯粹否定性力量，"并不是在这一或那一瞬间害怕这个或那个灾难，而是对于他的整个存在怀着恐惧，因为他曾经感受过死的恐惧、对绝对主人的恐惧。死的恐惧在他的经验中曾经渗透进他的内在灵魂，曾经震撼过他整个躯体，并且一切固定规章制度命令都使得他发抖"。[①] 可以说，鲁迅的文学世界里，浮现在读者眼前的就是社会生活中的"这一或那一瞬间害怕这个或那个灾难"，但真正令人揪心、给人以刻骨铭心的震撼，乃至对读者的精神世界给予笼罩性影响的却是对各个卑微的小人物（"奴隶"）难以挣脱"对他的整个存在怀着恐惧"这一根本生存处境的揭示，鲁迅在《阿Q正传》里对阿Q行止的描写，尤其是对临刑时刻阿Q头脑里幻化出的饿狼吞噬撕裂自己灵魂的象征主义的描写可谓对这一恐惧感的天才表现。

不过，阿Q的运命以这一极端的死亡恐惧为结，在未庄与城里的舆论里丝毫留不下任何精神的印痕，人们似乎也从不想面对如何克服和阿Q一样的"对他的整个存在怀着恐惧"的问题。鲁迅身后的有心人亦未深究"未庄与城里的舆论"何以如此的原委，或转而附会鲁迅的国民性改造思想，认为这才是解决阿Q愚昧的唯一方法，或把阿Q的心理特点人类学化，把阿Q的"精神胜利法"说成人性的普遍形式，以通达人情世故的表象掩盖如何克服阿Q"对他的整个存在怀着恐惧"的问题。前者其实正是鲁迅在《阿Q正传》里反讽的那个斥责阿Q"奴隶性"的"长衫人物"的做派，后者则取消了鲁迅关于阿Q"精神胜利法"思考的严肃性，当然也窒息了进一步思考的可能。二者虽或跟随或反驳鲁迅，但其根本相通之处在于，其思致已难以突破鲁迅的命意。阿Q那样的奴隶的自我意识被鲁迅以"对他的整个存在怀着恐惧"的描写终结了。我们必须还得从这个奴隶自我意识的

---

① 黑格尔：《精神现象学》（上），贺麟、王玖兴译，商务印书馆1979年版，第129—130页。

"恐惧"环节继续追问,探究怎样克服阿 Q"对他的整个存在怀着恐惧",从而不再是奴隶而成为具有独立人格的问题!

黑格尔的"主奴辩证法"并没有将奴隶的自我意识停留在恐惧这一环节,他认为:"虽说对于主人的恐惧是智慧的开始,但在这种恐惧中意识自身还没有意识到它的自为存在。"①克服恐惧进而通过何种途径完成奴隶独立意识的实现——"自为存在",才是"主奴辩证法"最为吃紧的地方!黑格尔给出的答案是"劳动":"通过劳动奴隶的意识却回到了它自身。"②依黑格尔,只有通过"陶冶事物"的劳动,奴隶才能在否定物的独立性的过程中建立起持久的、客观的自我,这当然对奴隶克服对主人的恐惧有着重要的意义。但问题是,奴隶对物的否定并不真正等同于对主人的否定,毋宁说奴隶"陶冶事物"的劳动体现的依然是主人的意志,奴隶依然是奴隶!试图以人与物的关系——奴隶对自然的自由来掩盖奴隶与主人之间的奴役关系,这是黑格尔的"主奴辩证法"最为晦暗之处,如果依鲁迅的眼光,这不过是"暂时做稳了奴隶"且不愿直面自己真实命运的奴才哲学罢了。黑格尔的"主奴辩证法"至此已丧失了其自否定的力量,这表明:作为精神在主观阶段的一个环节,通过自我意识本身的内部调整是无法完成现实的奴隶向人的转变的。同样的,解决阿 Q 如何不再是自欺的奴隶而能成为具有独立人格的人的问题,也不应该在自我意识的封闭圆圈里做痛苦的精神空转与挣扎了——这怕是鲁迅的国民性改造这一精神试验的真实写照。鲁迅在《野草·墓碣文》一文中写到:"抉心自食,欲知本味。创痛酷烈,本味何能知……"③笔者以为这是对"在自我意识的封闭圆圈里做痛苦的精神空转与挣扎"最为酷烈的反

---

① 黑格尔:《精神现象学》(上),贺麟、王玖兴译,商务印书馆 1979 年版,第 130 页。此处引文中的"主人"原译文为"主(或主人)",笔者根据文意选定"主人"一词。

② 黑格尔:《精神现象学》(上),贺麟、王玖兴译,商务印书馆 1979 年版,第 130 页。

③ 鲁迅:《野草·墓碣文》,《鲁迅全集》第 1 卷,人民文学出版社 2005 年版,第 207 页。

思了。自"内在循环的奴隶时代"进入"第三样时代",依黑格尔的精神哲学逻辑,"精神"必须咬破自我意识这一主观精神自织的蚕茧,进入更具现实性的客观精神阶段,才有自我更生的机会。而这一切,必须在"市民社会"里才有实现的可能。

三、"人的分立"与"市民社会"

综观黑格尔的精神哲学,摆脱主奴结构实现个体的独立只有在客观伦理的"市民社会"这一阶段才能实现。这是因为,在市民社会里"个人只有成为定在,成为特定的特殊性,从而把自己完全限制于需要的某一特殊领域,才能达到他的现实性。"①换言之,"在市民社会中,人的分立乃是起规定作用的东西"。② 鲁迅小说《伤逝》里觉醒的新青年子君在爱情中的宣称——"我是我自己的,他们谁也没有干涉我的权利",可谓市民社会得以实现的前提——"人的分立"这一个体精神原则的最好写照。我们由此可以论定,五四新文化运动要追求的正是市民社会的精神原则。这也可以从许多经验性的研究里得到佐证,譬如曹聚仁在《鲁迅评传》里就认为"鲁迅在乡村住得并不久,他的意识形态成熟于大都市"。③ 再譬如余英时明确指出,"从社会史的观点看,'五四'新文化运动的基础无疑是城市中的新兴知识分子和工商业阶层。1919年5月4日的爱国运动立即引起了全国各大城市的学生罢课、商人罢业和工人罢工,这一事实充分说明了新文化运动是靠什么社会力量支持的"。④ 可以说,五四新文化运动其本质上就是古老的中国走向市民社会的一个精神启蒙的环节! 遗憾的是彼时内忧外患的历史处境使中国走向市民社会的历史进程被不停地扭

① 黑格尔:《法哲学原理》,范扬、张企泰译,商务印书馆1961年版,第216页。
② 黑格尔:《法哲学原理》,范扬、张企泰译,商务印书馆1961年版,第265页。
③ 曹聚仁:《鲁迅评传》,东方出版中心1999年版,第179页。
④ 余英时:《现代危机与思想人物》,三联书店2005年版,第146页。

曲或中断,只是在个别都市里催生了畸形的果实,迄今为止自由精神的定在——市民社会的制度性法权秩序依然未有应当的发育。回望五四新文化运动,其意义在于,它毕竟开始给现代中国注入黑格尔在中国历史上无从发现的那种"主观性的因素"——"个人意志的自我反省",这不正是市民社会里"人的分立"这一个体的精神原则吗?鲁迅精神的诸多命题,诸如"国人之自觉至,个性张,沙聚之邦,转为人国"的推论、"尊个性而张精神"的立人主张,对摩罗诗力的推崇、对"朕归于我"的生命哲学、意志哲学的偏爱,对礼教吃人的抨击……均可视为他对"现代中国"的"市民社会"要想实现亟需的"人的分立"——个体自我权利意识的觉醒所做的精神助产。因为唯有如此,才有可能自"内在循环的奴隶时代"进入"第三样时代"。[①] 这应是鲁迅与五四新文化运动的其他思想者共通的志业。

然而,鲁迅的特殊之处在于,他竟然在呐喊中自我怀疑、彷徨乃至自我反讽起来,他的思维方式极为契合黑格尔"否定的辩证法"的精髓——自否定,他在"娜拉走后怎样"的设问里,发出了"人生最苦痛的是梦醒了无路可以走"的感慨,提出了"自由固不是钱所能买到的,但能够为钱而卖掉"的经济权命题,但又对"经济制度"未实现根本变革之前,个体即使在经济上有了自由也是否真能摆脱"傀儡"状态,是否真能实现个体的独立也产出了疑问。[②] 鲁迅的小说《伤逝》可谓对"娜拉走后怎样"命题的变奏。其他如《在酒楼上》、《孤独者》、《幸福的家庭》均写透了出走的现代知识分子在生存的困厄中的难堪和悲剧性,同样可视为"娜拉走后怎样"命题的知识分子版本。走向现代中国的市民社会的道路为何如此艰难?鲁迅的疑惧为何如此

---

① 鲁迅的"第三样时代"的思想并无明确的内涵。对照黑格尔的"市民社会"思想,我们需要思索的是这是否反应了鲁迅的精神气质的特别与知识结构的欠缺,前者无可指责,后者则需要扬弃。

② 鲁迅:《坟·娜拉走后怎样》,《鲁迅全集》第 1 卷,人民文学出版社 2005 年版,第 165—171 页。

浓重？

黑格尔说："城市是市民工商业的所在地，在那里，反思沉入在自身中并进行细分。乡村是以自然为基础的伦理的所在地。"①在市民社会里，传统"家庭的精神"解散了，对"家庭的精神"的否定正是个体通过"反思沉入在自身中并进行细分"才得到的。鲁迅在《我们怎样做父亲》里对传统"家庭的精神"的否定不正是如此吗？其结果是，"建立在原始的、自然的直观之上"的传统道德，"抵抗不住这种精神状态的分解，抵抗不住自我意识在自身中的无限反思"，"伤风败俗"势在必然。②我们可以发现，传统道德的颓败在鲁迅那里激起的并非尽是精神更生的欢悦，毋宁说更多是深情的缅怀和惆怅的挽歌。他的《朝花夕拾》可作明证。市民社会的建立既然以"个人的分立"及其"自我意识在自身中的无限反思"为前提，势必导至个体愈发的原子化，隔膜日现，尤其个体心灵世界的无限区分势必使人的内在心灵世界有自耗殆尽之虞。鲁迅的《墓碣文》中的文字——"有一游魂，化为长蛇，口有毒牙。不以啮人，自啮其身，终以殒颠"，③可谓对市民社会个体自我意识的内噬趋势的恐怖书写。鲁迅自身的精神重负委实太多了，且引发了不祥的惊惧感。相形之下，黑格尔的市民社会是怎样扬弃"个人的分立"及其"自我意识在自身中的无限反思"的呢？这给我们思索现代中国的市民社会的发育、理解鲁迅精神又有何启示呢？

黑格尔提出："在市民社会的发展中，伦理性的实体达到了它的无限形式，这个形式在自身中包含着两个环节：(1)无限区分，一直到自我意识独立的自身内心的存在，(2)教养中所含有的普遍性的形式，即思想形式，通过这种形式，精神在法律和制度中，即在它的被思

① 黑格尔：《法哲学原理》，范扬、张企泰译，商务印书馆1961年版，第252页。
② 黑格尔：《法哲学原理》，范扬、张企泰译，商务印书馆1961年版，第199页。
③ 鲁迅：《野草·墓碣文》，《鲁迅全集》第1卷，人民文学出版社2005年版，第207页。

考的意志中,作为有机的整体而对自身成为客观的和现实的。"①这段晦涩的话无非是说,市民社会不仅得有"人的分立"——它源于自我无限区分的自由意识,还得有必要的自由的"定在"——现实的客观的制度性的法权秩序。更通俗地讲,在市民社会的构架里,个体心灵与法权制度就像汹涌回旋的河水与坚硬的堤岸一样,在看似冲突矛盾着的形态里构成了相辅相成的整体。这就不难理解了,黑格尔在谈论市民社会时,在个体的自由需求的体系外,他同样重视、大量论述的是通过司法对所有权的保护来达成自由的现实化和制度化,以及通过警察与同业工会来处理前两者可能难以周全解决的问题。

黑格尔关于市民社会的系统思考给笔者的启示是:鲁迅精神之于现代中国的市民社会,的确已给予"人的分立"的权利和必要性提供了强烈的合法性论证,构成了最具影响的现代精神传统;但现代市民社会的构建,还需要更具制度性的法权秩序方能现实化——这一点或许是鲁迅措意不足的。甚至可以说,正是后者的滞后加剧了前者的焦虑与激愤。这是文学的幸运,却是中国的不幸!

---

① 黑格尔:《法哲学原理》,范扬、张企泰译,商务印书馆1961年版,第252页。

越轨的都会之"恶"：《阿金》的挑战 *

一、《阿金》的挑战

《阿金》一文写于 1934 年 12 月 21 日。简略地说，鲁迅笔下的阿金只是一个上海弄堂里被外国主人雇佣，廉耻感稀薄——"好像颇有几个姘头"，既善于嘻嘻哈哈调笑又有强悍刁蛮的一面、声音响亮、勇于吵嘴的女仆而已。奇特的是文中"我"对她的异常的讨厌，"自有阿金以来，四周的空气也变得扰动了，她就有这么大的力量"。[①] "我的讨厌她是因为不消几日，她就摇动了我三十年来的信念和主张"。[②]《阿金》文末甚至说，"我不想将我的文章的退步，归罪于阿金的嚷嚷，而且以上的一通议论，也很近于迁怒，但是，近几时我最讨厌阿金，仿佛她塞住了我的一条路，却是的确的"。[③] 言辞之间虽然有自省，但恨意仍难以抑制，对阿金如此沉重的苛责是不同寻常的。

事实上，关于本文究竟是写实的随笔、漫谈还是鲁迅以杂文形式虚构的作品也不乏争议。李冬木于 2000 年底、次年 3 月通过对上海市虹口区山阴路 132 弄 9 号鲁迅故居（鲁迅居住时的地址名称为"施高塔路 130

---

* 本文的写作，是想反抗一些关于《阿金》的成见。《阿金》里"我"指责"阿金"时有一个说法是，"她无情、也没有魄力。独有感觉是灵的"。事实上，用这句话来形容观察"阿金"的文人"我"更准确。文末提及"我"与"阿金"的结构类似尚未出书斋的浮士德与魔鬼靡非斯特的关系。以"浮士德精神"为参照来反思"我"何以"无情、也没有魄力。独有感觉是灵的"，是饶有意味的题目，有心人不妨一试。

① 鲁迅：《且介亭杂文·阿金》，《鲁迅全集》第 6 卷，人民文学出版社 2005 年版，第 206 页。
② 鲁迅：《且介亭杂文·阿金》，《鲁迅全集》第 6 卷，人民文学出版社 2005 年版，第 208 页。
③ 鲁迅：《且介亭杂文·阿金》，《鲁迅全集》第 6 卷，人民文学出版社 2005 年版，第 209 页。

号"即"大陆新邨9号")的实地踏查,质疑《阿金》的写实性。加之无论从许广平的多个回忆录还是从曾详细记录鲁迅当时日常生活的萧红的《回忆鲁迅先生》等文章中都不能得到关于阿金的实证性的信息,他得出的结论是:"'阿金'是一个想像的产物,是一个虚构的人物"。①

无论《阿金》一文生活细节上是否都是写实的,无可否定的是,文中"我"对阿金的情绪反应的真切和激烈确是实在的,且也并不脱离弄堂生活的真实生态,非采用了如《故事新编》那样借一点由头点染一片的笔致——当然细究起来文末还是不乏此种痕迹。竹内实观察到,"那文中所描写的,应该是市井的一般情景和日常生活。然而在一般杂志里,并没有写过这些"。② 他尝试把阿金与中国的"泼妇"传统相勾连,并延伸到对鲁迅的其他作品的解读上。譬如,他指出:"鲁迅的杂文《阿金》中的负面形象阿金,到小说《采薇》里,已经被赋予了正面的、反封建的意义。用俗话讲,这也许可以称之为'以毒攻毒'"。③ 竹内实勾连的细致功夫令人赞叹,但诠释的效果并不尽如人意,至少不及王瑶自"油滑"入手把《故事新编》的笔致与传统文化资源勾连来得妥帖。笔者以为,《阿金》一文的神韵不在传统而在现代,④阿金带给"我"的挑战内蕴着深具现代意味的危险性。这一点竹内实似乎也有所意会,他把阿金和其生活的社会秩序之间的关系定性为互

---

① 李冬木:《鲁迅怎样"看"到的"阿金"》,《纪念鲁迅定居上海80周年学术研讨会论文集》,上海社会科学院出版社2009年版,第434页。
② 竹内实:《阿金考》,竹内实:《中国现代文学评论》,程麻译,中国文联出版社2002版,第133页。
③ 竹内实:《阿金考》,竹内实:《中国现代文学评论》,程麻译,中国文联出版社2002版,第146页。
④ 《阿金》一文写于一九三四年的年末,本年鲁迅写作了几篇以宋元明清野史为材料的杂文,如《儒术》、《买〈小学大全〉记》等,同时期给人的信件中也多谈此类史料。本年关于此类材料分量最重的两篇长文《病后杂谈》、《病后杂谈之余》恰恰写于年末的十二月,《病后杂谈》写就于十二月十一日,《病后杂谈之余》写就于十二月十七日,补充的附记则写就于十二月二十三日。《阿金》的写就时间是本月的二十一日,刚好是在《病后杂谈之余》一文完成不久,如果考虑到二十三日鲁迅又给《病后杂谈之余》增加了一段附记的话,可以说鲁迅本月的写作状态,确实存在着谈现实的《阿金》与谈历史的《病后杂谈》、《病后杂谈之余》之间微妙的映衬关系。笔者尚未读到自此角度切入、考察的文章。

相否定的关系——"阿金确实是一个社会中应该否定的人物。然而，如果其社会也必须被否定的话，那阿金又可以称得上是足以否定社会的人物"。[①]　这里所说"否定"性是值得留意的。

与竹内实把阿金与中国的"泼妇"传统相勾连不同，李冬木考虑的是《阿金》的写作机制——"鲁迅以怎样的意识框架把这些要素构制为一篇作品"？[②]　他把对鲁迅的"意识框架"的寻找转化成了对某类思想文本的追溯。他寻找到的是，《阿金》与美国传教士斯密斯的《支那人气质》一书的日译本中关于"异人馆"的"厨子"这一内容的相似性。他的结论是："'阿金'这一人物创作基本处在自斯密斯的'从仆'、'包依'到鲁迅自身的'西崽'、'西崽相'这一发想的延长线上，或者再扩大一点说，与鲁迅借助斯密斯对国民性的思考有关"。[③]

竹内实、李冬木的研究都建立在亲自探访鲁迅故居的基础之上，但饶有意味的是，他们的落脚点都落在了"阿金"与某种文化资源（或中或西）的勾连上。这是合宜的研读方式吗？

二、阿金的力量

笔者却想把理解《阿金》的重点铆在鲁迅笔下"我"对阿金异常厌恶的情绪得以滋生的某种空间感受上——即"自有阿金以来，四周的空气也变得扰动了，她就有这么大的力量"。只要这种"空间感受"是真切可信的，我们其实不必纠缠《阿金》一文里的生活细节包括阿金本人是写实抑或虚构的问题。

众所周知，鲁迅在上海时期历经数次搬家，自景云里到拉摩斯公

---

① 竹内实：《阿金考》，竹内实：《中国现代文学评论》，程麻译，中国文联出版社 2002 版，第 149 页。

② 李冬木：《鲁迅怎样"看"到的"阿金"》，《纪念鲁迅定居上海 80 周年学术研讨会论文集》，上海社会科学院出版社 2009 年版，第 436 页。

③ 李冬木：《鲁迅怎样"看"到的"阿金"》，《纪念鲁迅定居上海 80 周年学术研讨会论文集》，上海社会科学院出版社 2009 年版，第 438 页。

寓,之后又到大陆新邨,最大的考虑是寻找较安静的写作空间。这并非易事,习惯、租价、居住感受等都是原因。他曾在给萧军、萧红的信里感慨,"生长北方的人,住上海真难惯,不但房子像鸽子笼,而且笼子的租价也真贵,真是连吸空气也要钱……"①许广平对鲁迅深为市井俗音所干扰的印象非常深刻,她回忆说:"住在景云里二弄末尾二十三号时,隔邻大兴坊,北面直通宝山路,竟夜行人,有唱京戏的,有吵架的,声喧嘈闹,颇以为苦。加之隔邻住户,平时搓麻将的声音,每每于兴发之时,把牌重重敲在红木桌面上。静夜深思,被这意外的惊堂木式的敲击声和高声狂笑所纷扰,辄使鲁迅掷笔长叹,无可奈何。尤其可厌的是在夏天,这些高邻要乘凉,而牌兴又大发,于是径直把桌子搬到石库门内,迫使鲁迅竟夜听他们的拍拍之声,真是苦不堪言的了。"②可见,《阿金》一文的情绪确有着真实的生活基础,李冬木也认为,鲁迅把这一大段经历复活在《阿金》里了。③

其实,作为在现代都会中卖文为生之人,鲁迅在《阿金》一文里呈现的那种在逼促的住宅空间里不悦的情绪反应——因阿金生出的各种扰攘的声音、行动分明打扰了自己的写作而产生厌烦是不足为奇的,真正的问题是如何理解这一切。德国文人本雅明在观察大都市生活时曾写道:"一个大城市变得越离奇莫测,在那里生存就越需要对人性有更多的认识。实际上,生存竞争越来越激烈,这就促使个人迫不及待地宣告自己的利益所在。在对一个人的行为进行评价时,对其利益的熟悉就远对其人格的熟悉更有用。"④不难看出,"我"对阿

---

① 1934 年鲁迅致致萧军、萧红信,《鲁迅全集》第 13 卷,人民文学出版社 2005 年版,第 260 页。

② 许广平:《景云深处是我家》,鲁迅博物馆等编:《鲁迅回忆录》(散篇中册),北京出版社 1999 年版,第 959—960 页。

③ 李冬木:《鲁迅怎样"看"到的"阿金"》,《纪念鲁迅定居上海 80 周年学术研讨会论文集》,上海社会科学院出版社 2009 年版,第 434—436 页。

④ 本雅明:《巴黎,19 世纪的首都》,刘北成译,上海人民出版社 2006 年版,第 99—100 页。

金的感受正是这样，"对其利益的熟悉就远过对其人格的熟悉"。阿金在"我"的感受里，并不具备清晰、全面的"人格"特征，几个弄堂生活的场景片断过后她只给"我"留下了道德上的不洁和有股野性的生命力的模糊印象——"阿金的相貌是极其平常的。所谓平凡，就是很普通，很难记住，不到一个月，我就说不出她究竟是怎样一副模样了。但是我还讨厌她，想到'阿金'这两个字就讨厌；在邻近闹嚷一下当然不会成这么深仇重怨，我的讨厌她是因为不消几日，她就摇动了我三十年来的信念和主张"。① 尽管面目模糊，但阿金对我利益的伤害却变得越发清晰、严重起来，大有愈演愈烈之势，以至于会达到"摇动了我三十年来的信念和主张"、"仿佛她塞住了我的一条路"这样的力度。

阿金是在何种意义上有如此大的力量？或者，颠倒过来看，鲁迅笔下的"我"缺乏何种力量、因为何种原因才被阿金如此轻易地就"摇动"和"塞住了""一条路"的呢？

阿金的力量不正来自于，她在自己生活世界的生存竞争中，"个人迫不及待地宣告自己的利益所在"，以至于不屑于掩饰，恣肆放纵甚至完全无视社会道德约束的野性的生命力吗？ 这可真是"越轨的都会之'恶'"。② "越轨"是说阿金的野性和放纵不合礼法秩序，尤其是中国社会对女性的伦理要求，而这种野性的疯长自然与脱离乡村熟人社会的规训，进入都会生活有关，正如阿金宣称的——"弗轧姘头，到上海来做啥呢？"

"我"对阿金的厌恶里，可以说有着双重原因。其一是出于自己

---

① 鲁迅：《且介亭杂文·阿金》，《鲁迅全集》第 6 卷，人民文学出版社 2005 年版，第 208 页。
② "越轨的都会之'恶'"是笔者尝试站在"我"的立场上给阿金行为的社会定性。笔者使用"越轨"一词的灵感其实是来自于鲁迅在《萧红作〈生死场〉序》一文中对萧红行文的评价——"女性作者的细致的观察和越轨的笔致，又增加了不少明丽和新鲜。"而"都会之'恶'"是表明阿金的"反道德"的举止本身就是都会生活的一部分。值得留心的是，鲁迅或其笔下的"我"以为"越轨"的事项，反倒恰恰可能是审视鲁迅精神世界的好材料。

安静的写作空间被不断打扰,会影响自己卖文的生计,这自然也属于"个人迫不及待地宣告自己的利益所在"。其二是,"我"的轻易被阿金生发的声音、神态、行动等扰动,恰恰对比出了,自己缺乏那种不为环境所左右的强悍生命力,而这却恰是阿金所具备的。她能在弄堂的底层社会生态里任性而为,应付自如,这对靠写作谋生,四体不勤,生存能力柔弱又敏感的"我"来说,不啻是个暗暗的并不令人愉快的对照,甚至是个辛辣的讽刺。自认为在知识、道德、社会身份等方面均高出一筹,善感但不免柔弱的文人与野性十足、毫无廉耻感的底层女仆,狭小的都市住宅空间更是放大了这一触目的映衬,"我"遭遇的心灵刺激恐有着内在的杀伤性。"我"在触及这种对照的冲击时顾左右而言他,唠唠叨叨地臆想起大而空疏的关于中国男性与女性的历史承担问题,"我以为在男权社会里,女人是决不会有这种大力量的,兴亡的责任,都应该男的负"。[①] 这不过是焦虑、羞愧于自己的虚弱,反而自诩道德高尚且有反省精神的遁词罢了。所以,对于"我"来说,与其愤恨而无奈的感慨,"愿阿金也不能算是中国女性的标本",不如直面:在激烈的生存竞争中,中国男性的标本应是如何?

三、阿金与阿长

只有在逼促狭窄的上海弄堂那样的都会住宅空间里,"阿金"之流才有可能如此难以躲避地侵入"我"的生活,造成对"我"的极大精神压力,当然也对照出了"我"的无力和焦躁。而势必引发出的自我的诘问从来都是令人难堪的,非反身而诚即可直面那么简单,所以,尽管"我"的言辞在表面上显得好像已经足够有自我解剖的精神了,但语气、语态、运思上却分明可以看出"我"的种种逃避、掩饰和责怪。

在这里,将鲁迅在《朝花夕拾》里的《阿长与〈山海经〉》和《阿金》

---

① 鲁迅:《且介亭杂文·阿金》,《鲁迅全集》第6卷,人民文学出版社2005年版,第208页。

对照会看出更多意味来。《阿长与〈山海经〉》里记录的也是一位女仆,并且也多次强调了"我"的空间感受——睡觉时被阿长挤占了多半个席位而愤恨。整个文章前半部分"我"的叙述语气也是"迫不及待地宣告自己的利益所在",这是一种乔装的,如孩童的俏皮天真一般然而读者又分明能体会到这已是经历了人生沧桑后的诚挚而温暖的语气。《阿长与〈山海经〉》里,"我"对自己童年的成长世界里并不高明的阿长的不以为然乃至厌烦、憎恶、怨恨也是真切的。不过在作者的叙述中,当朴实的阿长特意为童年的自己带来心爱的宝书《山海经》时,一切纷杂的情感都汇作了深沉的敬意,命运施于阿长的不幸也被一种心灵终归安宁的宿命感取代了。虽然阿长的世界与"我"长大以后的世界毕竟还是隔离的,"我的保姆,长妈妈即阿长,辞了这人世,大概也有了三十年了罢。我终于不知道她的姓名,她的经历;仅知道有一个过继的儿子,她大约是青年守寡的孤孀"。[1] 但"我"最终以无限的深情祈求、希冀着,"仁厚黑暗的地母呵,愿在你怀里永安她的魂灵"![2]

阿长与阿金,同为女仆,前者为生活于故乡的乡下女人,见识不高却遵循着朴素甚至略显可笑的传统伦常过活着;后者虽也出身乡下现在却已混迹于现代都会的弄堂里,所见杂多濡染渐深越发野性十足,早已失却了对传统伦常的一丝敬意。

如何理解鲁迅对阿长与阿金这两种类型的女性生命的截然相反,又都刻意推向极致的情感态度?让我们不妨做一个并非毫无理由的设问,在二十世纪以降"中国的都市化进程"中,一个事实恐怕是:更多的阿长们要被裹挟着进入都会,她们还能如在乡下时那样

---

[1] 鲁迅:《朝花夕拾·〈阿长与《山海经》〉》,《鲁迅全集》第2卷,人民文学出版社2005年版,第255页。

[2] 鲁迅:《朝花夕拾·〈阿长与《山海经》〉》,《鲁迅全集》第2卷,人民文学出版社2005年版,第255页。

抱朴见素、淳淳昏昏吗？势必有相当一部分要或深或浅地出现"阿金"化的情形吧？"我"的追忆里阿长的单纯，难道就应当是她的真实人生吗？"我"对阿长的深情、对"阿金"的苛责，其中的情愫不也有着混迹于现代都会的小资产阶级文人"我"的一种自我精神救赎、恐惧的投射吗？《阿金》一文里"我"看上去既理直气壮又闪烁其辞的语气，还有行文中对"我"情不自禁的自嘲和反讽不也时时提醒我们，"我"刻意隐藏起来的虚弱、恐惧究竟为何恐怕才是我们更应紧紧盯住的命题。

四、世界的"阿金化"

恩格斯曾写过三篇《论住宅问题》的文章，特地提到了小资产阶级知识分子对住宅问题的敏感。"我"对阿金的空间感受正是在逼促狭窄的都会住宅空间内发生的，是否也属于此类情形呢？

恩格斯认为城市里住宅的短缺、条件的恶劣是和现代都会对农业人口的急剧的吸纳有关的，但它能成为可讨论的公共话题却是与小资产阶级的利益和感受有关。"工人阶级和其他阶级特别是和小资产阶级共同遭受的这种痛苦，是蒲鲁东所属的那个小资产阶级社会主义尤其爱研究的问题。"[1]被恩格斯严厉抨击的蒲鲁东的改善住房条件的设想，无非是诉诸平等的公民权利和政府需提供公共福利的责任，而这在恩格斯看来，"都是建立在从经济现实向法学空话的这种救命的跳跃上的。每当勇敢的蒲鲁东看不出经济联系时——这是他在一切重大问题上都要遇到的情况——他就逃到法的领域中去求助于永恒公平"。[2] 这是在批评蒲鲁东缺乏以"经济"的眼光洞穿住宅问题本质，只好乞灵于"法学空话"的思想方法。而对于另一个提

---

① 恩格斯：《论住宅问题》，《马克思恩格斯选集》第 3 卷，人民出版社 1995 年版，第 144 页。
② 恩格斯：《论住宅问题》，《马克思恩格斯选集》第 3 卷，人民出版社 1995 年版，第 147 页。

出了用"在现在占统治地位的社会制度框架内使所谓的无财产者阶级上升到有财产者的水平"的方式来改善工人住宅条件的小资产阶级学者萨克斯,[①]恩格斯则严厉批判道:"蒲鲁东曾把我们从经济学领域带到法学领域,而我们这位资产阶级社会主义者在这里则把我们从经济学领域带到道德领域。"[②]

总之,恩格斯激烈批判的是(小)资产阶级知识分子无力从根本上彻底解决住宅问题,只好求助于冠冕堂皇的法学或道德空话的做法。在他看来,住宅问题只是整个社会问题的表征而已,说到底,现代大都会的出现本身就是现代资本主义经济制度、生产方式的产物,所以结论只能是:"想解决住宅问题又想把现代大城市保留下来,那是荒谬的。但是,现代大城市只有通过消灭资本主义生产方式才能消除,而只要消灭资本主义生产方式这件事一开始,那就不是给每个工人一所归他所有的小屋子的问题,而完全是另一回事了。"[③]领略了恩格斯对蒲鲁东、萨克斯不无苛刻的批判之后,其实也不难循着鲁迅的反讽笔调发觉,《阿金》里"我"对"阿金"的莫名的愤怒与厌恶,这里面难道就没有恩格斯批判的那种"带到道德领域"的无力吗?究竟该如何理解阿金身上的野性这一"越轨的都会之'恶'"呢?

鲁迅早年在《摩罗诗力说》不是也曾礼赞过"蛮野如华"吗?那时他可是激动地宣称:"尼佉(Fr. Nietzsche)不恶野人,谓中有新力,言亦确凿不可移。盖文明之朕,固孕于蛮荒,野人狂獉其形,而隐曜即伏于内。文明如华,蛮野如蕾,文明如实,蛮野如华,上征在是,希望亦在是。"[④]阿金不可以视为"野人其形","蛮野如华,上征在是,希望亦在是"的可能的力量吗?须知,恶的萌动从来都伴随着对既有道

---

① 恩格斯:《论住宅问题》,《马克思恩格斯选集》第3卷,人民出版社1995年版,第165页。
② 恩格斯:《论住宅问题》,《马克思恩格斯选集》第3卷,人民出版社1995年版,第167页。
③ 恩格斯:《论住宅问题》,《马克思恩格斯选集》第3卷,人民出版社1995年版,第174页。
④ 鲁迅:《坟·〈摩罗诗力说〉》,《鲁迅全集》第1卷,人民文学出版社2005年版,第66页。

德、秩序的"越轨"和破坏，显示出丑陋、不洁乃至可怕的面相。现在，《阿金》里的"我"，空有"带到道德领域"的浮动言辞，文末从阿金到中国文史上的诸如昭君出塞、木兰从军、妲己亡殷、西施沼吴、杨妃乱唐的联想，无非想刻意申明"我"自己作为男性对于女性并无道德上的歧视；相反，自己也认定不应把历史败亡的大罪过都推到女性身上，这种刻意表明自己对女性还是有一份正确的现代道德观念的自辩，究竟有多少说服力呢？除了让我们看到刻意"带到道德领域"的无力感外，岂有他哉？

正如恩格斯并不负责局部地、技术性地提出改善住宅的方案，他从城市住宅这一微观问题里看到的是全部资本主义生产关系终结的必要性，他瞩目的是整个世界的革命性变化。相类的，鲁迅笔下的"我"在对"阿金"这一刁蛮女佣侵扰到自己的空间感受里，直觉到并且深为恐惧的也是整个世界的变化——"世界的'阿金化'"[1]——"愿阿金也不能算是中国女性的标本"。

细细思量，鲁迅以对阿金的"空间感受"上的文学直觉（整个世界的"阿金化"）和恩格斯以"经济"的眼光看待城市住宅问题（整个世界的全面变革），体现出的是相同的思致：这是一种或以一个支点撬动整个世界（认识）、或对世界的革新毕其功于一役（行动）的思维特点。鲁迅的这一思维特点当然有其作为文学家的直觉性，如孙歌指出的那样，"鲁迅终其一生留给我们的精神产品，几乎是严格地限定在不能直接还原为这些时代特征的思想层面，而他主要的论战对象也并

---

[1] "世界的'阿金化'"是笔者对鲁迅关于阿金的深层感受的提法。鲁迅的这一直觉体现出他作为文学家极为敏感的心灵品质。其实在当时，讨论上海住宅问题的文章并不鲜见，例如郑振铎在1927年的《文学周报》第4卷上就曾发表过《上海的居宅问题》一文，历数了诸如杂陈无章法的建筑的安全隐患，"伙夫、堂倌"等底层人的睡觉问题等事项，还引英国的伦敦为参照，讨论大都市的住宅问题。不过郑振铎的讨论只停留在社会事务层面，和鲁迅的《阿金》体现出的对精神问题的直觉和关注有着相当的差距。（郑振铎：《上海的居宅问题》，《郑振铎全集》第3卷，花山文艺出版社1998年版，第64—69页。）

非可以直接还原为现实中的强权政治和非人暴力"。[1] 所谓"不能直接还原"的根本原因就在于,这样会把鲁迅思考的问题——无限掘进的否定性走过的作为一个环节的结论、意见封闭、凝结起来、进而教条化。鲁迅的这一思维特点提醒我们,在理解、陈述鲁迅的精神遗产时,是万万不可拘泥于某种直接、具体的结论的。对《阿金》的理解同样应该如此,径直肯定对"阿金"的指责是武断而毫无意义的。尤其是,不可以不顾《阿金》一文本身除了对"阿金"的讽刺之外,还有对"我"本身的意见也发出了强烈的自我反讽。

如何看待这一思维特点? 它对我们认知现代都市文明、乃至构建中国的市民社会是否大有裨益还是需要有所扬弃? 这自然是值得追问的大问题。关于鲁迅的思维方式,笔者曾参照苏格拉底式的"反讽"思维,指出鲁迅的思维方式也是近于"反讽"式的,其核心是以连根拔起,以承受虚无的决绝来获取无限掘进的否定性。[2] 有意思的是,如果说苏格拉底反讽思维的出现恰恰是雅典城邦文明衰落的标志的话,鲁迅式的"反讽"思维的出现难道是中国走向现代市民社会的预兆?

歌德的巨著《浮士德》里,被陈腐的书斋生活纠缠多年的学者浮士德博士,想要重获生命的无限活力时,可是要去勇敢地把生命拼将上去,和恶的、否定性的魔鬼靡非斯特一起走进市民社会、创造出不断自我超越的人生的。《阿金》里的"我"与"阿金",其结构非常类似尚未出书斋的浮士德与靡非斯特的关系。但与浮士德的狂躁然而进取相比,"我"多的是东方式的"带到道德领域"的无力和虚弱的自怜自辩,缺乏的正是浮士德不惮投身并不纯净的人生历程和市井生活

① 孙歌:《为什么"从'绝望'开始"》,竹内好:《从绝望开始》,靳丛林编译,三联书店 2013 年版,第 395 页。
② 参见拙作《颓败线的颤动:鲁迅与中国文学的现代性》第六章"作为试毒剂的反讽者",上海三联书店 2011 年版,第 239—254 页。

中,在自我超越、自我否定、永不满足的生命冲动里创造、搏击,最终成就崇高人生的动的精神。《阿金》里"我"指责"阿金"时有一个观察是,"她无情、也没有魄力。独有感觉是灵的",[①]这不恰恰也是"我"的精神自画像吗?

《阿金》一文,可视为鲁迅在光怪陆离的上海都会生活里,对底层人物的感受中,直觉到的对中国社会在大转型期所需的,一方面强悍、冲动、有力量,然而另一方面又会呈现出"野人其形"的样态,甚至还会带来对传统的伦理秩序产生极大破坏的近代精神——"浮士德精神"的某种直觉。在这个意义上,《阿金》里"自有阿金以来,四周的空气也变得扰动了,她就有这么大的力量","我的讨厌她是因为不消几日,她就摇动了我三十年来的信念和主张"等言辞,并非夸饰的虚张声势;相反,这种深沉的恐惧感倒是显示了,即使在中华民族最优秀的文人代表如鲁迅那样强悍的生命身上,对"浮士德精神"依然有着强烈的不适应感。这种不适应感,恐怕正是大多数中国现代文人在二十世纪以降中国的都市化进程中关于都市文明的种种言辞背后的真正心理动因。

余论

《阿金》里还具体提及了两首流行的市井小曲:"'奇葛隆冬强'的《十八摸》"和"比绞死猫儿似的《毛毛雨》"。后者由黎锦晖创作、演唱、传唱甚广,被鲁迅说成"比绞死猫儿似的《毛毛雨》",[②]可见不喜欢之极。

以现在的眼光看,歌词、曲调当然已经是相当传统了。有意思的是,为鲁迅极为厌恶的《毛毛雨》却被沪上作家张爱玲认为恰是最能

---

① 鲁迅:《且介亭杂文·阿金》,《鲁迅全集》第 6 卷,人民文学出版社 2005 年版,第 207 页。
② 限于篇幅歌词不再引述,可参考陈子善的《张爱玲说〈毛毛雨〉》一文,收录于《沉香谭屑——张爱玲生平和创作考释》,上海书店出版社 2012 年版,第 42 页。

体现上海弄堂气质的音乐作品,她的喜爱溢于言表:

> 我喜欢《毛毛雨》,因为它的简单的力量近于民歌,却又不是
> 民歌——现代都市里的人来唱民歌是不自然的,不对的。这里
> 的一种特殊的空气是弄堂里的爱:下着雨,灰色水门汀的弄堂
> 房子,小玻璃窗,微微发出气味的什物;女孩从小襟里撕下印花
> 绸布条来扎头发,代替缎带,走到弄堂口的小吃食店去买根冰棒
> 来吮着……加在这阴郁龌龊的一切之上,有一种传统的,扭捏的
> 东方美。多看两眼,你会觉得它像一块玉一般地完整的。①

"这里的一种特殊的空气是弄堂里的爱"。鲁迅与张爱玲,竟有
着如此不同的对于上海弄堂流行小曲的感受?孰是孰非呢?同样都
能捕捉到上海弄堂里"一种特殊的空气",至于那"空气"的振动牵引
出的是"弄堂里的爱"还是扰动出恐惧的阿金那样的"越轨的都会之
'恶'",想必迄今为止人们多有各自的偏爱。若是依照"浮士德精
神",为何不能将"爱"与"恶"的冲突、激荡和奏鸣视为中国的都市化
进程、中华文明谋求现代化过程中的常态欣然接受并奋力投身呢?
而这,正是笔者对《阿金》一文的领会,争辩后的领会。

---

① 这段话出自胡兰成的《记南京》一文里所引的张爱玲的谈《毛毛雨》的文字,录自上引陈
   子善的《张爱玲说〈毛毛雨〉》一文,收录于前引《沉香谭屑》一书,第41页。

"都市精神生活的世故"：鲁迅的一个面相[*]

一、"照见都会中的日常生活"

1926 年鲁迅称赞"现代都会诗人第一人"勃洛克——"他之为都会诗人的特色，是在用空想，即诗底幻想的眼，照见都会中的日常生活，将那朦胧的印象，加以象征化。将精气吹入所描写的事象里，使它苏生；也就是在庸俗的生活，尘嚣的市街中，发现诗歌底要素。"鲁迅随后发了以下的议论："中国没有这样的都会诗人。我们有馆阁诗人，山林诗人，花月诗人……没有都会诗人。"①鲁迅此处的论断——1920 年代中国缺乏勃洛克那样的"都会诗人"未必有丰富的考证支撑，他真正要表达的应是——对当时正在成长中的中国现代文学对都会这一现代人类文明现象在理解和表达上的未臻深入的不满，当然这里面还有着他对中国传统文化中缺乏某种思想资源的反省。中

---

* 本文及书里其他几篇文章，在杨洪承师的指导下讨论了"鲁迅与二十世纪中国的都市化进程"，不成样子。一点研究心得是，我们还没有能像西美尔那样有足够的力量把都市作为一个精神现象来处理，还缺乏关于都市的深度思考，还得继续努力。

① 鲁迅：《集外集拾遗·〈十二个〉后记》，《鲁迅全集》第 7 卷，人民文学出版社 2005 年版，第 311 页。其实和鲁迅那样感慨中国没有都会诗人的相类意见也并不鲜见。譬如"海派"作家杜衡就曾说过，"我们是有都市而无都市的文学"。（杜衡：《关于穆时英的创作》，《现代出版界》，1933 年第 9 期）鲁迅关于中国"没有都会诗人"的论断有两个参照：一是现代的勃洛克，二是传统中国的"馆阁诗人，山林诗人，花月诗人……"思索后者的列举事项，可以清楚地看到鲁迅思维的是各种诗歌内在的精神（"心"）与权力的远近关系。这其实是鲁迅在都市文化批判上的重要特点。

国的现代都会诗歌,的确至 1930 年代才有较大的提升,1933 年在《现代》杂志第四卷第一期上,施蛰存的《又关于本刊的诗》一文指出《现代》中的诗"纯然是现代的诗。它们是现代人在现代生活中所感受到的现代的情绪用现代的词藻排列成的现代的诗形",而"所谓现代生活,这里包括着各式各样的独特的形态:汇集着大船舶的港湾,奏响着噪音的工场,深入地下的矿坑,奏着 jazz 乐的舞场,摩天楼的百货店,飞机的空中战⋯⋯甚至连自然景物也和前代的不同了"。① 很明显,这样的现代诗歌认知里,都会感的呈现已经相当的丰盈了。不过,我们依然得承认,直至今日中国现代都会的诸多创意、景观、运作、管理、物件,乃至对都会的观察、表达、思考等的确仍多是舶来品。这一点无须繁琐引述大量都市社会学、史学方面的文献佐证,仅依靠我们的日常生活经验即可知晓。

　　鲁迅对"现代都会诗人第一人"勃洛克诗艺的阐释里蕴含着对他对文学与现代都会的内在精神的直觉的理解,他强调的是对日常生活的"象征化"处理,这也是很自然的来自文人的眼光("诗之幻想的眼")。事实上,关于自己的创作,鲁迅也曾用过一个很有意味的现代都市的典型街景予以自我画像:"我只在深夜的街头摆着一个地摊,所有的无非几个小钉,几个瓦碟,但也希望,并且相信有些人会从中寻出合于他的用处的东西。"②文坛一"地摊"主而已,鲁迅如此谦抑的自我定位,也并非刻意自贬。现代都市本就像人类自造的丛林一般,伟大作家的精神的幽光自是坚韧地闪烁不已,但无可否认的是它生存的境遇已大大的逼促了,一介文人对时代的真切的感受和观察往往就粘着在平凡的乃至庸俗的日常生活中。这并不有损鲁迅的伟

① 施蛰存:《又关于本刊的诗》,《现代》4 卷第 1 期,1933 年 1 月 1 日。关于 1930 年代中国现代诗歌与都市文化的研究,可参见张林杰:《都市环境中的 20 世纪 30 年代诗歌》,中国社会科学出版社 2007 年版。
② 鲁迅:《〈且介亭杂文〉序言》,《鲁迅全集》第 6 卷,人民文学出版社 2005 年版,第 4 页。

大，这是真切的时代的生存状况——现代都会的精神生活。

当下都市文学的研究中常为人所引述的本雅明对巴黎文人波德莱尔的观察同样敏感地揭示了，文人波德莱尔的目光与都市的日常生活之间的奇特关系："在波德莱尔笔下，巴黎第一次成为抒情诗的题材。这种诗歌不是家园赞歌。当这位寓言家的目光落到这座城市时，这是一种疏离者的目光。这是闲逛者的目光。他的生活方式揭示了在那种抚慰人心的光环后面大城市居民日益迫近的窘境。闲逛者依然站在门槛——大都会的门槛，中产阶级的门槛。二者都还没有压倒他。而且他在这二者之中也不自在。"① 所谓把巴黎变为"抒情诗的题材"的"闲逛者的目光"很类似鲁迅所说的"诗之幻想的眼"。都市正因此种眼光才呈现出它别样的神采，可以说，"城市是都市生活加之于文学形式和文学形式加之于都市生活的持续不断的双重建构"。② 善哉此言。

不过也得承认"照见都会中的日常生活"的"诗之幻想的眼"也林林总总，"诗之幻想"的眼光毕竟有歧出，沈从文 1935 年发表的《北平的市民》一文里说，"似乎是鲁迅先生，写了一篇文章，就北平羊肉铺杀羊时许多人围看情形，说北平市民极残忍，这批评不公平"。③ 在沈从文看来，那只不过是说明了北平城市的"优游闲适"。自然它的确反映了北平的沉滞，也需要"社会的变动"，甚至"不止需要近代国家的公民常识，还充分需要国难中国民意识，而且也相当能够承受一点学术知识"。④ 但不管怎样，同样的"照见""北平羊肉铺杀羊"这一"都

---

① 本雅明：《巴黎，19 世纪的首都》，刘北成译，上海人民出版社 2006 年版，第 20 页。
② 理查德·利罕：《文学中的城市——知识与文化的历史》，吴子枫译，上海人民出版社 2009 年版，第 3 页。
③ 沈从文：《北平的市民》，原载 1935 年 6 月 2 日北平《实报》，《沈从文全集》第 14 卷，北岳文艺出版社 2002 年版，第 84 页。
④ 沈从文：《北平的市民》，原载 1935 年 6 月 2 日北平《实报》，《沈从文全集》第 14 卷，北岳文艺出版社 2002 年版，第 85 页。

会中的日常生活"，沈从文无法接受鲁迅那样严厉的眼光。"残忍"与"优游闲适"的感受相差之大不可以道里计，他们究竟谁更接近北平这一古城的精神脉动呢？抑或，都是文人的"疏离者的目光"，他们的感受也都只是本雅明所说的"闲逛者依然站在门槛"时的自作多情？

"闲逛者依然站在门槛"提出了现代都会知识分子的身份问题。他们站在"大都会的门槛"，表明他们的文化身份并非完全为大都会所塑造；他们站在"中产阶级的门槛"则表明他们在文化上的批判性将超越自己的阶级属性。鲁迅不也常常感慨自己是为咳饭谋生故才流落于都会的一介游民吗？他的"站在十字路口"的感慨——"但不幸我竟力不从心，因为我自己也正站在歧路上，——或者，说得较有希望些：站在十字路口。"①正是一个中国都会知识分子类似于本雅明的"闲逛者依然站在门槛"的表达。

二、"都市精神生活的世故"

无可否认的是，现代都会尤其它的权力结构及巨大的市场的力量也在深刻地影响着现代文人的精神世界。与鲁迅大致同时期的德国哲学家西美尔在其名文《大都会与精神生活》中已经指出："街道纵横、经济、职业和社会生活发展的速度与多样性，表明了城市在精神生活的感性基础上与小镇、乡村生活有着深刻的对比。城市要求人们作为敏锐的生物应当具有多种多样的不同意识，而乡村生活并没有如此的要求。在乡村，生活的节奏与感性的精神形象更缓慢地、更惯常地、更平坦地流溢而出。正是在这种关系中，都市精神生活的世故特点变得可以理解——这正好与更深地立足于感觉与情感关系的城镇生活形成对比。"②鲁迅的小说及杂文世界里对二十世纪中国的

---

① 鲁迅：《华盖集·北京通信》，《鲁迅全集》第3卷，人民文学出版社2005年版，第54页。
② 西美尔：《大都会与精神生活》，《时尚的哲学》，费勇等译，文化艺术出版社2001年版，第187页。

都市化进程中"城市在精神生活的感性基础上与小镇、乡村生活有着深刻的对比"有着深刻动人的描摹。正如一位论者所说:"鲁迅自农村中来,所以凡写农村生活处,都鲜活、真实,仿佛作者的心血和呼吸,与作品中的人物和景色,凝混在一起。但鲁迅是走入了都市的知识者,他在这方面也同样地熟悉,因此也有刻划,传达了知识青年的生活的精神的名篇,如《伤逝》和《孤独者》,当辛亥与五四之间,中国开始出现了一些新的知识分子,便是瞿秋白在他论鲁迅的论文中称为'现代式小资产阶级知识阶层'的;这一群青年男女,他们大都是破落了的书香门第出身,却又是在农村之中呼吸过来的,革命的新潮一起,这群人便被召唤到了城市中,求学、恋爱、伸展个性,要求人格,追寻着各种各样的个人理想。但是这些人,多少还和旧的家庭有着经济的或道德上的联系,而当时的城市(特别是北京),基本上也还是封建统治者的牢笼,因此,为了上述的理想,这些人们曾必须跟旧势力进行各种各样的斗争。"[1]鲁迅的小说《幸福的家庭》就是对这类"现代式小资产阶级知识阶层"的辛酸生活所作的速写。小说中的主人公——都会的小文人高迈的创作构想在现实的生存压力面前可谓章法全乱。他要为自己小说里的主人公设置个简单的生活背景都无法确定,鲁迅戏谑的笔法传达的正是都市底层知识阶层心灵的空间难以安宁的焦躁感:

> 他想:北京?不行,死气沉沉,连空气也是死的。假如在这家庭的周围筑一道高墙,难道空气也就隔断了么?简直不行!江苏浙江天天防要开仗;福建更无须说。四川,广东?都正在打。山东河南之类?——阿阿,要绑票的,倘使绑去一个,那就

---

① 许大远:《鲁迅的小说》,中国社会科学院文学研究所鲁迅研究室编:《鲁迅研究学术论著资料汇编》第3卷,中国文联出版公司1987年版,第688页。

成为不幸的家庭了。上海天津的租界上房租贵……假如在外国，笑话。云南贵州不知道怎样，但交通也太不便……他想来想去，想不出好地方，便要假定为 A 了。[①]

值得注意的是，鲁迅笔下的都市知识青年在生存的挣扎中也的确不乏深谙精神世故的一面，上引论者提及的《伤逝》、《孤独者》的主人公可做典型代表。他们心灵的触角高度敏感又极易波动，像一个倾斜着难以归正的指针一般不停地摆动着，其结果却是，对现实残酷性、人情世故认识的深切其实并不能使他们获得更多的生存"智慧"，因为那"智慧"常常是以放弃生命的尊严为代价的，这反倒加剧了他们原本艰难生存时的心理压力，最终极有可能导致他们内心的龟裂。

从读者接受的角度看，民国时期都市底层知识阶层对鲁迅作品的这种内在的精神的波动性是非常有亲近感的，尤其是对那些主人公本身就是和自己同类的新的底层知识分子的作品。向培良就说过："在鲁迅先生的第二本小说集《彷徨》里面，我最喜欢《孤独者》这一篇，这大概是因为他离开了鲁镇，离开了乡下人，而起来写现代的青年，觉得更加亲切点的原故。"[②]聂绀弩也曾记录了他在广东的小城汕尾读完《在酒楼上》以后的心灵感受：

> 我看看这屋里，这是一栋洋房的客厅，当中放着一张方桌，是我们吃饭的地方，靠里面的板壁那边，放着一张狭长的条桌，放着茶壶茶杯和牙刷口杯之类，此外四面靠墙的地方，除了门和过道之外，都是我们临时搭的铺，这一切都和原来一样，可是我

---

① 鲁迅：《彷徨·幸福的家庭》，《鲁迅全集》第 2 卷，人民文学出版社 2005 年版，第 35—36 页。
② 向培良：《论〈孤独者〉》，中国社会科学院文学研究所鲁迅研究室编：《鲁迅研究学术论著资料汇编》第 1 卷，中国文联出版公司 1985 年版，第 196 页。

觉得好像有什么不同了,望望窗外的天,天空似乎也不同;望望大门外的街道,街道也似乎有些不同,刚才不是觉得世界光明得很,什么都用不着诅咒的吗?现在又觉得世界并不那么好了![①]

读完《在酒楼上》的聂绀弩,分明是习得了鲁迅那种"诗之幻想的眼",他开始以不同于之前的眼光打量起原本熟悉,乃至已经麻木的日常生活来。鲁迅作品中深度的"精神世故"已经浸染到他的思想深处,"我和吕纬甫不同,有鬼不,却觉得这篇文章处处都讲的是我,我就是吕纬甫似的,于是我又把它拿起来看了第二遍"。"一到碰了什么钉子,受了什么委屈,眼看着一些稀奇古怪的现象猖狂着,无法可施的时候,就无理地想起《在酒楼上》,而且自以为就是吕纬甫。"[②]

三、"我的所爱在闹市"

鲁迅大概是中国少部分赤裸裸的从"钱"的角度直接审视生活本质的文人。新文化运动的热潮中,他冷冷地在《娜拉走后怎样》的名文里追问"娜拉走后怎样"的"事理":"不是堕落,就是回来。"那原因无非是没有钱,"自由固不是钱所能买到的,但能够为钱而卖掉","在目下的社会里,经济权就见得最要紧了"。[③] 他还以《我的失恋》为题拟写了小市民的男女之情中夹杂的经济的因素:

我的所爱在闹市;/想去寻她人拥挤,/仰头无法泪沾耳。/爱人赠我双燕图;/回她什么:冰糖壶卢。/从此翻脸不理我,/

---

① 聂绀弩:《读〈在酒楼上〉的时候》,《聂绀弩全集》第4卷,湖北人民出版社2004年版,第156页。

② 聂绀弩:《读〈在酒楼上〉的时候》,《聂绀弩全集》第4卷,湖北人民出版社2004年版,第157页。

③ 鲁迅:《坟·娜拉走后怎样》,《鲁迅全集》第1卷,人民文学出版社2005年版,第166、168页。

不知何故今使我胡涂。①

至于他在定居上海之后对上海文场、上海都市生态里的"商业"
性更是多有言及。他在 1930 年代指出所谓京派、海派不过一个近官
一个近商的论断可谓一针见血:"北京是明清的帝都,上海乃各国之
租界,帝都多官,租界多商,所以文人之在京者近官,没海者近商,近
官者在使官得名,近商者在使商获利,而自己亦赖以糊口。要而言
之,不过'京派'是官的帮闲,'海派'则是商的帮忙而已。"②其他关于
上海都市生活中的各色事项,他更是常以"钱"衡之,剥出冠冕堂皇的
把戏掩饰的本真。譬如:"就大体而言,根子是在卖钱,所以上海的各
式各样的文豪,由于'商定',是'久已夫,已非一日矣'的了。"③"肩出
'隐士'的招牌来,挂在'城市山林'里,这就正是所谓'隐',也就是噉
饭之道。"④这些老辣的、人情练达的点题里,"世故"味道不可谓不浓
烈。谈到文坛的"倚老卖老"时,鲁迅的直截、毒辣有时会令人咂
舌——"其实呢,罪是不在'老',而在于'卖'的。"⑤《上海的少女》一文
同样如此,上海少女们摩登的穿衣时尚的秘密竟然是:

> 在上海生活,穿时髦衣服的比土气的便宜……
>
> 然而更便宜的是时髦的女人。这在商店里最看得出:挑选
> 不完,决断不下,店员也还是很能忍耐的。不过时间太长,就须

---

① 鲁迅:《野草·我的失恋爱》,《鲁迅全集》第 2 卷,人民文学出版社 2005 年版,第 173 页。
② 鲁迅:《花边文学·京派与海派》,《鲁迅全集》第 5 卷,人民文学出版社 2005 年版,第
453 页。
③ 鲁迅:《准风月谈·商定文豪》,《鲁迅全集》第 5 卷,人民文学出版社 2005 年版,第 397
页。
④ 鲁迅:《且介亭杂文二集·隐士》,《鲁迅全集》第 6 卷,人民文学出版社 2005 年版,第
232 页。
⑤ 鲁迅:《且介亭杂文二集·〈六论"文人相轻"——二卖〉》,《鲁迅全集》第 6 卷,人民文学
出版社 2005 年版,第 413 页。

有一种必要的条件,是带着一点风骚,能受几句调笑。否则,也会终于引出普通的白眼来。

慣在上海生活了的女性,早已分明地自觉着这种自己所具的光荣,同时也明白着这种光荣中所含的危险。①

鲁迅点出的时髦、虚荣("光荣")、"危险"之间内在的关联发人深省。本雅明在观察巴黎的都市时尚时,也曾说过:"时尚是与有机的生命相对立的。它让生命屈从于无生命世界。面对生命,它捍卫尸体的权利。这种屈服于无生命世界的色诱的恋物癖是时尚的生命神经。商品崇拜调动起这种恋物癖。"②和本雅明异曲同工,鲁迅以自己独特的解读方式揭示了,上海少女们表面上的荣光,对时尚的趋之若鹜甚至搔首弄姿、忍受调笑的实质不过是生存的卑微和匮乏,其实质正如康德所言"还在卑下的状态中背负着这些形式蹒跚而行","这种模仿仅仅是为了显得不比别人更卑微,进一步则还要取得别人的毫无用处的青睐",③这自然是"险境",鲁迅还以一个文人的敏感注意到不同的文人对这一现象的书写:

这险境,更使她们早熟起来,精神已是成人,肢体却还是孩子。俄国的作家梭罗古勃曾经写过这一种类型的少女,说是还是小孩子,而眼睛却已经长大了。然而我们中国的作家是另有一种称赞的写法的:所谓"娇小玲珑"者就是。④

---

① 鲁迅:《南腔北调集·〈上海的少女〉》,《鲁迅全集》第4卷,人民文学出版社2005年版,第578页。
② 本雅明:《巴黎,19世纪的首都》,刘北成译,上海人民出版社2006年版,第15页。
③ 康德:《实用人类学》,邓晓芒译,上海世纪出版集团2005年版,第157、156页。
④ 鲁迅:《南腔北调集·〈上海的少女〉》,《鲁迅全集》第4卷,人民文学出版社2005年版,第579页。

和俄国作家梭罗古勃还把这些少女看成在艰难的世界里求生存、精神上畸形生长的孩子不同,中国作家那种以"娇小玲珑"投以赞许的的眼光,不过是一种居高临下、视对方为一件商品一般的猥亵的把玩罢了。鲁迅指出"惯在上海生活了的女性,早已分明地自觉着这种自己所具的光荣,同时也明白着这种光荣中所含的危险",可见都市生活对人精神的塑造何其深入骨髓。

四、"对于同类市民的愤懑"

怎样理解鲁迅诸如上引的关于都市文化现象犀利的言辞? 他的见识、言辞的特殊性在那里? 其实也不乏有学人和鲁迅类似的观察,譬如朱光潜在《谈十字街头》一文里也曾认为,"十字街头上握有最大权威的是习俗。习俗有两种,一为传说(Tradition),一为时尚(Fashion)。""十字街头的空气中究竟含有许多腐败剂,学术思想出了象牙之塔到了十字街头以后,一般化的结果常不免流为俗化(vulgarized)。昨日的殉道者,今日或成为市场偶像,而真纯面目便不免因之污损了。到了市场而不成为偶像,成偶像而不至于破落,都是很难的事。"[①]这里谈及的同样是时尚、市场的流俗化。中国现代文人们对城市、市场的恐惧文字不胜枚举。像斯宾格勒那样对城市基于理性给予赞誉的毕竟是少数:"最重要的一点是——如果我们不能认识到,城市由于是逐渐从乡村中脱离出来的并最终使乡村破产了,因而是高级历史的进程和意义一般地遵循的决定性的形式,那我们就不可能理解政治和经济的历史。世界的历史即是城市的历史。"[②]即使 1930 年代的沪上的新感觉派、现代派,他们对都市文明的感受、描

---

① 朱光潜:《给青年的十二封信·谈十字街头》,《朱光潜全集》第 1 卷,安徽教育出版社 1987 年版,第 22—23 页。
② 斯宾格勒:《西方的没落》(第二卷·世界历史的透视),吴琼译,上海三联书店 2006 年版,第 95 页。

摹、接纳也多是不自然、不从容的,在看似活色生香的文字里,对都市文明的敌意始终头角峥嵘地顽强挺立着。

长期以来我们对包括鲁迅自己在内的现代文人关于城市生活的批判采取了想当然的认可态度,譬如有论者不无夸张地写道:"上海是鲁迅先生生涯最后十年的奋战之地,在忧郁的内战时期,这个一面充满着荒淫与无耻,一面潜着严肃的工作的中国最大都市,鲁迅先生就像一颗晶莹的长庚星,把光芒照澈在黄昏的暗霭。"[①]此种声音可说是构成了某种浩大的传统。胡风即有相类的看法:"鲁迅生于封建势力支配着一切的中国社会,但却抓住了由市民社会发生期到没落期所到达的正确的思想结论,坚决地用这来取得祖国底进步和解放。"[②]这种刻意把鲁迅树立为某种道德的、思想的标杆,以此对照出中国现代都市文化种种不堪的做法是否妥帖? 当然,像曹聚仁那样以为置身于都市中的鲁迅简直如鱼得水、自在之极的看法也让人心生疑窦,他说:"鲁迅可以说是道地的现代文人,他并不是追寻隐逸生活,他住在都市之中,天天和世俗相接,而能相望于江湖,看起来真是恬淡的心怀。"[③]果真是如此吗?

鲁迅对都市生活无所不在的商业性的敌意是无从掩饰的,尤其是对不良文人的商业伎俩多有鄙夷。本雅明也曾通过对波德莱尔的审视异常睿智地提出了包括文人在内的知识分子在都市生活中的生存问题,他称他们为"闲逛者"——"知识分子以闲逛者的身份走进市场,表面上是随便看看,其实是寻找买主。在这个过渡阶段,知识分子依然有赞助人,但他们已经开始熟悉市场。他们以波希米亚人的

---

① 吴沫:《鲁迅诞辰在上海》,中国社会科学院文学研究所鲁迅研究室编:《鲁迅研究学术论著资料汇编》第 3 卷,中国文联出版公司 1987 年版,第 169 页。
② 胡风:《关于鲁迅精神的二三基点》,中国社会科学院文学研究所鲁迅研究室编:《鲁迅研究学术论著资料汇编》第 4 卷,中国文联出版公司 1987 年版,第 336 页。
③ 曹聚仁:《鲁迅评传》,东方出版中心 1999 年版,第 161 页。

形象出现。"①本雅明的笔端里没有鲁迅那样酷烈的批评和隐隐的道德感上的激烈和义愤,毋宁说他对知识分子"寻找买主"、"开始熟悉市场"有着更多的感同身受、理解和宽容,他甚至发掘出他们因混迹于市场所锻炼出的特殊眼力且不乏欣赏之意:"闲逛者扮演着市场守望者的角色。因此他也是人群的探索者。这个投身人群的人被人群所陶醉,同时产生一种非常特殊的幻觉:这个人自鸣得意的是,看着被人群裹挟着的过路人,他能准确地将其归类,看穿其灵魂的隐蔽之处——而这一切仅仅凭借其外表。"②对比之下,在鲁迅这里,无论如何不会有"闲逛者扮演着市场守望者"的意识。他更多看到的是他们"开始熟悉市场"后的投机和变质,他对都市里的知识分子总的态度是较为峻急的。1935 年鲁迅在给增田涉的信中说:"我不赞成'幽默是城市的'的说法,中国农民之间使用幽默的时候比城市的小市民还要多。"③他在都市的小市民那里看到的是急切的滑稽而非优游的幽默。他翻译的珂德略来夫斯基关于果戈里的《死魂灵》所作的序言里曾说:"这作品给它的创造者运来大苦痛和许多的失望,因为这引起了对于他的极猛烈,极矫激的不平。他用旅行,来疗救他精神的忧愁和对于同类市民的愤懑。"④

套用这句话,我们可以说,鲁迅与都市的关系正是:这都市生活给它的观察者带来大苦痛和许多的失望,因为这引起了对于他的极猛烈,极矫激的不平。他用写作,来疗救他精神的忧愁和对于同类市民的愤懑。

现在,到了我们重新审视这种忧愁和愤慨的时候了。

---

① 本雅明:《巴黎,19 世纪的首都》,刘北成译,上海人民出版社 2006 年版,第 20—21 页。

② 本雅明:《巴黎,19 世纪的首都》,刘北成译,上海人民出版社 2006 年版,第 49 页。

③ 鲁迅致增田涉信,《鲁迅全集》第 14 卷,人民文学出版社 2005 年版,第 344—345 页。

④ 鲁迅:《〈死魂灵〉·序言》,《鲁迅译文全集》第 7 卷,福建教育出版社 2008 年版,第 12 页。

"走都市文明的路而未成"：
理解都市与理解鲁迅之一[*]

1920年1月《新青年》杂志七卷二号，有鲁迅翻译的武者小路实笃的反战剧本《一个青年的梦》，同期有留美政治学博士张慰慈的《美国城市自治的约章制度》一文，七卷三号还有张氏的《美国委员式的和经理式样的城市政府》一文，两文可称得上用功深索。据笔者的理解，无从推断鲁迅对张氏介绍的"城市自治"、"城市政府"这类话题其及美国经验可有措意。1928年曾宣称对"法学"、"政治"、"自由主义"，"都不了然"也无兴趣的鲁迅，[①]对"城市自治"、"城市政府"这类恰恰涉及"法学"、"政治"、"自由主义"的话题怕是并无系统、精湛的知识上的积累。鲁迅的情况并非个案，大体上，关于中西对比之下对都市、城邦等的理解，这一时期的知识界大都尚处于零散、感性的直觉阶段，像德国哲人西美尔在一九二三年就写成的《大都会与精神生活》一文里体现出的理论自觉和精深思考更是闻所未闻。现代中国的知识界在"如何理解都市"这一问题上，的确还有很长的路要走。

---

[*] 本文是为了理解中国的都市问题，努力寻找、评估各路思想资源的记录。一个意外的发现是，虽少有文学研究领域学人注意，但政治学者亨廷顿对都市与乡村关系的论述的确给人以良多启示。梁漱溟的思考同样如此。

① 鲁迅：《译文序跋集·〈思想 山水 人物〉题记》，《鲁迅全集》第10卷，人民文学出版社2005年版，第299页。

一、合题:"都邑者,政治与文化之标征也"

所谓家屋都国,皆有渊源。我们自然可以引经据典,追索中国的历史文化典籍里关于城市、都会的知识资源。中国的历史文化典籍里的确也不乏对"都邑"的礼赞,班固的《西都赋》、《东都赋》,张衡的《西京赋》、《东京赋》、《南都赋》,左思的《蜀都赋》、《吴都赋》和《魏都赋》即是以铺张扬厉的赋体对王朝的都城极尽描摹、夸饰之能事。其他经史子集、各路野史、杂著等对彼时的城市景观也多有生动、细致的记录,至于明清以降的章回小说,更是将通都大邑、里坊草市的各色世态、风景肆意描绘,东京的金明池,樊楼、相国寺,苏州的虎丘,扬州的平山堂,长安的曲江等都邑名胜常常成为社会诸类人物各擅胜场的出没之地。不过,这些对"都邑"、城市的景观性的描绘和记录还停留在较感性的欣赏层次上,尚不能就城市在社会、经济、政治、文化等方面的功能做出理性的透视。[①]

晚近王国维在考察殷商向周王朝的制度变迁时,曾提出"都邑者,政治与文化之标征也"的论断。[②] 在王国维那里,对"都邑"、城市的理解,至少已经自觉意识到需要有政治制度与文化精神的双重视野。同一时期德国的社会学家马克斯·韦伯则根据城市的功能建立起了一套系统的"城市的类型学"。韦伯认识到传统的城市作为"政治的范畴"时的功能,特别是那些体现传统政治、军事功能的要塞与镇。[③] 和王国维不同的是,韦伯更愿意从经济功能、商业属性着眼来

---

① 对城市的系统的、理性研究是伴随着近代资本主义的兴起、都市的扩张才出现的。在这个意义上,关于都市的知识学也是个现代现象。

② 王国维:《殷周制度论》,《王国维全集》第 8 卷,浙江教育出版社 2010 年版,第 302 页。

③ 马克斯·韦伯:《非正当的支配——城市的类型学》,康乐、简惠美译,广西师范大学出版社 2005 年版,第 13 页。

理解城市,在他看来,"城市永远是个'市场聚落'"。① 市场而非政治才是构成城市之为城市的核心要素,韦伯关于城市的理想类型是:

> 要发展成一个城市共同体,聚落至少得具有较强的工商业性格,而且还得由下列的特征:(1)防御设施,(2)市场,(3)自己的法庭以及——至少部分的——自己的法律,(4)团体的性格及与此相关的(5)至少得有部分的自律性与自主性,这点包括官方的行政,在其任命下,市民得以某种形式参与市政。②

不难看出,韦伯关于城市的理想类型,强调城市的市场、商业属性,但也融合了政治、文化方面的要素。特别是,他在对城市经济功能的分析本身就渗透着政治、文化方面的思考,或者说在他的"城市类型学"里,不同城市呈现出的经济功能上的不同样态本身就是某种政治制度与文化精神的具体显征。尤其是,在韦伯对东西方的城市进行比较性分析时,这一特点非常显豁:

> 在西洋上古时期(俄国也一样),西方城市就已经是个可以透过货币经济的盈利手段、从隶属身份上升到自由身份的场所。中古的城市就更是如此,尤其是内陆城市。与我们所知的其他地区的城市发展形成强烈对比的是,西方的市民基本上是完全意识清楚的、以身份政策为其追求标的。③

① 马克斯·韦伯:《非正当的支配——城市的类型学》,康乐、简惠美译,广西师范大学出版社 2005 年版,第 4 页。
② 马克斯·韦伯:《非正当的支配——城市的类型学》,康乐、简惠美译,广西师范大学出版社 2005 年版,第 23 页。
③ 马克斯·韦伯:《非正当的支配——城市的类型学》,康乐、简惠美译,广西师范大学出版社 2005 年版,第 40 页。

韦伯在这里点明的是,西方的"市民"这一政治性的"自由身份"的获得恰恰是来自于经济领域内的"货币经济"可以作为"盈利手段"的自由导致的结果。不幸的是,"与西方中古及古代形成强烈对比的是,在东方我们从未发现城市——以工商业为主,且相对而言较大的聚落——的居民对当地行政事务的自律权力及参与的程度,会超过乡村"。[①] 韦伯发现,东方尽管可能也存在着工商业很发达、规模也算可观的城市,但城市居民和乡村一样,并没有因为在经济领域的活动获得自由的社会身份,同样的也没有获得参与公共事务的权力。史学家朱维铮曾精要地总结出了中国城市的特点,[②]其核心是:中国城市的经济结构是以政治需求为轴心的,这和韦伯指出的欧洲城市首要的市场、商业属性形成鲜明的对照。其结论只能是:"西方城市的'共同体'性格与'市民'身份资格,东方城市此两概念之阙如"。[③]

如果我们略去具体而微的历史片段,从宏观的历史哲学上看,韦伯关于东方城市的居民困于传统的"隶属身份",无法经由经济行为获得"自由身份",城市本身也难以经由经济行为催生起"共同体"意识,进而建立起相应的法权制度,的确是东方尤其中国的都市化进程中面临的难题。这一难题,借鉴历史学家斯宾格勒的眼光观察,就是"在文化晚期的状态下——中国、印度以及工业化的欧洲和美洲——我们发现有许多庞大的定居区,但并不能叫做城市。它们是景色的中心;它们本身并不能内在地形成一个世界。它们没有心灵"。[④]

"都邑者,政治与文化之标征也"。韦伯、斯宾格勒等西方学人的

---

① 马克斯·韦伯:《非正当的支配——城市的类型学》,康乐、简惠美译,广西师范大学出版社 2005 年版,第 26 页。

② 朱维铮:《晚清上海文化:一组短论》,《音调未定的传统》(修订版),浙江大学出版社2011 年版,第 360—361 页。

③ 马克斯·韦伯:《非正当的支配——城市的类型学》,康乐、简惠美译,广西师范大学出版社 2005 年版,第 22 页。

④ 斯宾格勒:《西方的没落》(第二卷·世界历史的透视),吴琼译,上海三联书店 2006 年版,第 79 页。

观察也是基于欧洲城邦文明演变的历史视野,自然不必将其具体结论简单定于一尊。事实上,正如经济学家卡尔·波兰尼以"嵌含"(Embeddedness Concept)的概念指出的那样,人类的经济活动总是"嵌含"于社会政治、文化之中的,欧洲文明从前工业时代向现代工业化时代的历史巨变中,传统的政治制度、文化精神也都经历了重大的转变,自由经济制度与传统政治、文化的内在冲突既是西方现代资本主义市场社会建立、发展的原因,也是其衰败、亟需调整的根由。[①] 同样的,现代中国的都市化进程,也离不开中国特定的政治制度、文化精神的深刻规训。二十世纪中国的都市化进程中,就面临着不同于欧洲都市文明演进过程中"嵌含"其中的政治制度、文化精神的赋形,正是在这个意义上,以鲁迅为代表的一大批现代知识分子对中国政治制度、文化精神的现代化的诉求,他们的感受、思考的侧重点、激烈的批判乃至偏至之处均有其内在的缘由。

二、正题:"走都市文明的路而未成"

现代中国需经由都市文明的滋长、发育从而实现政治、经济、文化的全面现代化,这一判断自有其强大的合理性。毕竟,诚如亨廷顿指出的,"现代化改变了城市的性质,打破了城乡之间的平衡。经济活动在城市里骤增起来,导致了新兴社会集团的出现并使旧的社会集团滋长出新的社会意识。城市里出现了进口的新观念和新技术。在大多数情况下,特别是在传统官僚体制得到相当充分发展的传统社会里,首先接触现代事物的是军队和文职官员。接着,很快登上舞台的便是学生、知识分子、商人、医生、银行家、手工业工人、企业家、教师、律师和工程师。这些集团逐渐感到他们在政治上也有能耐并

---

① 参见卡尔·波兰尼:《巨变:当代政治与经济的起源》,黄树民译,社会科学文献出版社2013年版。

要求以某种形式参与政治体系。要而言之,城市里这种中产阶级在政治上的崭露头角,使城市成为不安定的发源地,并使城市变为仍被乡村所把持的政治和社会体系的对立面。"①亨廷顿的这一论断——城市培养的新的知识精英势必对传统权力把持者(如中国的乡绅、士绅)产生强劲的挤压从而引发对抗,在二十世纪中国现代文学史上有着丰富的表现。② 鲁迅小说中拥有新文化运动所倡导的新思想的知识分子或惨烈(《孤独者》里的魏连殳、《药》里的夏瑜),或恐惧(《狂人日记》里的"狂人")、或退缩(《在酒楼上》的吕纬甫、《祝福》里的"我"),或伤感(《故乡》里的"我"、《伤逝》里的涓生)的行止均与这种内在的激烈的对抗有关。鲁迅自己也是如此。自从在北京参与《新青年》的撰稿、之后卷入"女师大事件"与"现代评论派"论战,再到之后在广州因"四一五大屠杀"事件愤然辞职,最后在沪上与左翼的纠葛、参与政治性强烈的"革命文学论争",与京沪两地乃至全国各色人物林林总总的文字之争,本身就是"城市成为不安定的发源地"的文化表征与应有之义,是现代都市思想、政治、文化生态的常态。

　　城乡之间的冲突难以避免,因为城市对农村有着现代的要求和冲击。"现代化带来的一个至关重要的政治后果便是城乡差距。这一差距确实是正经历着迅速的社会和经济变革的国家所具有的一个极为突出的政治特点,是这些国家不安定的主要根源,是阻碍民族融合的一个主要因素。在很大程度上,城市的发展是衡量现代化的尺度。城市成为新型经济活动、新兴社会阶级、新式文化和教育的场所,这一切使城市和锁在传统桎梏里的乡村有着本质的区别。与此

---

① 塞缪尔·P．亨廷顿:《变化社会中的政治秩序》,王冠华等译,三联书店 1989 年版,第68 页。

② 譬如以巴金的《家》、《春》、《秋》为代表的传统家庭内部的父子冲突,以叶圣陶的《倪焕之》、柔石的《早春二月》等为代表的大量作品都反映了在城市里接受了新文化思想的社会底层知识分子(中小学教员是其典型代表)回返传统乡村后与传统乡村的习俗及其维护这一习俗的权力把持者(乡绅)的尖锐冲突。

同时,现代化还会向乡村提出新的要求,这加剧了乡村对城市的敌意。城市居民在才智上的优越感和对落户农民的蔑视感与乡村老百姓在道德上的优越感和对城市骗子的忌妒感,是半斤对八两。城乡变为不同的民族,彼此有着格格不入的生活方式。"①亨廷顿此处指出的"现代化还会向乡村提出新的要求"和"乡村对城市的敌意"可以说同时都是鲁迅小说的内在动力,二者之间互相的否定之否定构成了鲁迅小说内在的结构和变奏感。当鲁迅突显"现代化还会向乡村提出新的要求"时,他的小说呈现出革新社会的高度严肃性和迫切性,此时他对新型知识分子本身也有着极其严格的理性要求和诘问。《狂人日记》里的觉醒者——"狂人"借由新的知识从打量日常的传统乡村、家庭伦理进而审视传统社会历史文化时,都是极其理性而严肃的,他劝勉大哥不要再继续吃人的行动也是急迫焦虑的。这种高度的理性与迫切变革的情感与"狂人"原本生活的沉滞的世界显得格格不入,只能被看作疯子。同样的情况还出现在《祝福》、《故乡》、《在酒楼上》、《白光》、《一件小事》、《药》等作品里。在这些作品中,新的底层知识分子返回至乡村之时,审视原来生活的眼光很明显都是有着更高的要求的。

当然他们也都遭遇了"乡村对城市的敌意"。他们回乡前后的心情多是黯然的,看到的景象也是"风景凄清"的,再加上如《故乡》里精明的"豆腐西施"那样的对"我"看似恭维实则热辣的嫉妒、嘲讽、《祝福》里乡村秩序中权力的占有者"鲁四老爷"那样的对"我"不加掩饰的冷淡和鄙夷……这些往返于城乡之间的底层知识分子的苦楚和无奈真是难以言表。

值得细致分辨的是,鲁迅笔下触及"乡村对城市的敌意"时,他和

---

① 塞缪尔·P.亨廷顿:《变化社会中的政治秩序》,王冠华等译,三联书店 1989 年版,第 66—67 页。

他笔下的同类——新的底层知识分子一样，情感要复杂得多。一方面，深挚的乡村生活的情感记忆使他们无法简单地拒绝这种敌意；尤其是，这种敌意实实在在地提醒出了，新的底层知识分子自身在现实的生存世界(无论城市与乡村)里其实也是虚弱无力的，他们所拥有的新的思想和价值观念并没有带来多少生存的力量。① 他们的伤感、挫败，似乎常常是无从逃脱的，自我的内省和贬抑每每令人心痛。他们或许在自嘲和伤感中逐渐放手自己新的信仰，以求得与现实的和解换取卑微的生存机会；或许会极力地挣扎，甚至在现实的权力结构中谋求生存的体面和尊严，但这又常常以背叛自己新的价值观念为代价，《在酒楼上》《孤独者》中的吕纬甫、魏连殳就是这两类人物的代表。但另一方面，也应看到，对"向乡村提出新的要求"的内在坚持又限制了这种伤感的泛滥，鲁迅常常会在小说的某一时刻(经常是最后)重新激活、赋予了这些艰难的底层知识分子挣扎着继续前行的勇气、意志和希望。可以说，正是"现代化还会向乡村提出新的要求"和"乡村对城市的敌意"二者的复杂纠葛，才成就了鲁迅小说的独异的精神深度和容纳生活的广度。

在中国现代思想、文化史上，偏爱"现代化还会向乡村提出新的要求"抑或揄扬"乡村对城市的敌意"这两大主旨者，都不乏有学者、文人可做代表。笔者这里更愿意援引主张中国的现代化应着重于"乡村建设"的梁漱溟的思考以作参照。在梁漱溟看来，"所谓中国近百年史即一部乡村破坏史，可以分为两期来看：一、前半期——自清同光年间起，至欧洲大战；二、后半期——自欧洲大战，直到现在。何谓前半期？在这一期间内是一个方向，是跟着近代都市文明的路学西洋而破坏了中国乡村。何谓后半期？在这一期间内是一个方向，

---

① 当然，这也预示了，新型知识分子一定会从仅有知识、思想的力量向争取社会、政治权力的路上演化。

是跟着反近代都市文明的路学西洋而破坏了中国乡村。"①在这里梁漱溟为中国近百年史划定前后两期的标准——"跟着近代都市文明的路学西洋"和"跟着反近代都市文明的路学西洋"是颇值得留意的。在梁漱溟看来，无论知识分子鼓吹两种路径的那一个，总而言之，带给二十世纪中国的结果就是——"中国近百年史里面，乡村是一直破坏下去不回头的，其关键全在走都市文明的路而未成之一点。"②

梁漱溟并非天然地反对现代都市文明。他以为自己和"跟着近代都市文明的路学西洋"的胡适等西化派知识分子的分歧在于，他们"主观的梦想"并不符合中国的现实需求。在他看来，"他们几位的思想是感受西洋近代潮流，今日的美国是他们认为很好的世界；个人主义，自由主义，近代工商业文明，是他们满意憧憬的东西……不过他们希望中国走个人主义、自由竞争、发达工商业、繁荣都市的路，则为主观的梦想。"③这里列举的"个人主义，自由主义，近代工商业文明"、"自由竞争、发达工商业、繁荣都市的路"都是中国都市化进程中的重要关目。不过它们并没有入梁漱溟的法眼，根据他的判断，基于国际间关税的壁垒森严，国际经济秩序的严重不合理，所以被扭曲的市场本身也并非解决二十世纪中国问题的灵丹妙药。相反，它还可能会成为加速中国社会溃败的利器。④

如何评断梁漱溟的上述思想，关涉到其发言的历史语境，更关涉到对二十世纪中国"三农问题"的整体把握，这需要相当实证的、历史的、理论的知识储备，笔者自然无法置喙。笔者感兴趣的倒是"跟着近代都市文明的路"和"跟着反近代都市文明的路"的提法以及两种

---

① 梁漱溟：《乡村建设理论》，《梁漱溟全集》第 2 卷，山东人民出版社 2005 年版，第 151 页。
② 梁漱溟：《乡村建设理论》，《梁漱溟全集》第 2 卷，山东人民出版社 2005 年版，第 151 页。
③ 梁漱溟：《往都市去还是到乡村来？——中国工业化问题》，《梁漱溟全集》第 5 卷，山东人民出版社 2005 年版，第 637 页。
④ 梁漱溟：《往都市去还是到乡村来？——中国工业化问题》，《梁漱溟全集》第 5 卷，山东人民出版社 2005 年版，第 639—640 页。

路径都为梁漱溟所不取这一思考问题的方法。这一提法和思考问题的方法,对我们审视"鲁迅与二十世纪中国的都市化进程"不失为有益的参照。鲁迅的小说世界里,"现代化还会向乡村提出新的要求"和"乡村对城市的敌意"二者的复杂纠葛,不正是"跟着近代都市文明的路""而未成"的文学图景吗?

三、反题:"跟着反近代都市文明的路"

鲁迅早年在东京写就的《文化偏至论》这一重要思想文献要处理的问题可以说就是如何抉择梁漱溟所说的两条路——"跟着近代都市文明的路"还是"跟着反近代都市文明的路"?《文化偏至论》一文里,鲁迅对"跟着近代都市文明的路"——"个人主义、自由竞争、发达工商业、繁荣都市的路"的批评是显见的。择其要点略做评述如下:

> 近世人士,稍稍耳新学之语,则亦引以为愧,翻然思变,言非同西方之理弗道,事非合西方之术弗行,挖击旧物,惟恐不力,曰将以革前缪而图富强也。①

这是在批评"近世之人"自身缺乏深厚的文明的根底,才会对"西方之理"、"西方之术"未有深究而盲目信奉,进而有变革传统的冲动。

> 计其次者,乃复有制造商估立宪国会之说……②

这是在批评仿效西方的"制造商估立宪国会之说",所谓"制造商估"自然就是梁漱溟所说的"跟着近代都市文明的路"里要求的"发达

① 鲁迅:《坟·文化偏至论》,《鲁迅全集》第1卷,人民文学出版社2005年版,第45页。
② 鲁迅:《坟·文化偏至论》,《鲁迅全集》第1卷,人民文学出版社2005年版,第46页。

工商业"。所谓"立宪国会",则是适应近代都市文明的法权、政治方面的权力运行机制。

鲁迅还批评了参与公共事务时"假是空名,遂其私欲"的"市侩"的"自利"。[1] 如何看待社会共同体里个人的"自利之心",以及个人的"自利之心"与公共福祉的关系,并不能止于道德的义愤和情感的直觉,因为这着实是现代工商社会最核心的道德、伦理乃至法权问题。甚至可以说,欧洲现代工商社会的兴起、现代都市文明的发育莫不与此有关。建立起适应现代工商社会的人性论和道德观念,革新传统中国社会的泛道德化倾向,的确是现代中国的都市化进程中的核心精神命题。

> 扫荡门第,平一尊卑,政治之权,主以百姓,平等自由之念,社会民主之思,弥漫于人心。流风至今,则凡社会政治经济上一切权利,义必悉公诸众人,而风俗习惯道德宗教趣味好尚言语暨其他为作,俱欲去上下贤不肖之闲,以大归乎无差别。[2]

鲁迅这里指出的"扫荡门第,平一尊卑,政治之权,主以百姓,平等自由之念,社会民主之思,弥漫于人心",正是打破传统社会的等级身份制、走"个人主义、自由竞争、发达工商业、繁荣都市的路"——"近代都市文明的路"。鲁迅对这条路的指责是,这条道路已经走到了它自己的对立面,它对"经济"、"平等"价值的过分推崇已经对个人的精神创造力产生了新的压制——"曰物质也,众数也,其道偏至。根史实而见于西方者不得已,横取而施之中国则非也"。[3]

有鉴于此,鲁迅转而择取的西方精神资源——是以施蒂纳、克尔

---

① 鲁迅:《坟·文化偏至论》,《鲁迅全集》第 1 卷,人民文学出版社 2005 年版,第 47 页。
② 鲁迅:《坟·文化偏至论》,《鲁迅全集》第 1 卷,人民文学出版社 2005 年版,第 49 页。
③ 鲁迅:《坟·文化偏至论》,《鲁迅全集》第 1 卷,人民文学出版社 2005 年版,第 47 页。

凯郭尔、易卜生、尼采等为代表的"新神思宗之至新者",从他们身上"曰非物质,曰重个人"的特点得到的关于中国如何现代的启发是:[①]"生存两间,角逐列国是务,其首在立人,人立而后凡事举;若其道术,乃必尊个性而张精神"。[②] 笔者阅读所见,学人们关于鲁迅如此择取、推崇"新神思宗之至新者"如何如何高明的论证不胜枚举。但若依据梁漱溟的眼光,这也无非是"跟着反近代都市文明的路学西洋"而已。

以鲁迅思想资源的重要汲取对象——"新神思宗之至新者"尼采为例,他身上就有着对市场、都市生活的极度反感。尼采在鲁迅熟稔的《查拉斯图拉如是说》一书里就多处抨击城市生活,文字情绪真可谓异常的猛烈。[③] 如果我们不拘泥于细节的考订,大略可以得出结论:鲁迅表达他对自己所走过、居留的城市景观、市井生活的总体印象时恐怕大多也是近乎尼采的如上情绪和语态的。人们习惯于将这种激烈的态度直接等同于知识分子的可贵的批判性并加以褒扬。但这种褒扬实在应接受理性、审慎的思考。瞿秋白在《〈鲁迅杂感〉序言》里对鲁迅身上的尼采主义倾向曾做过以下的分析:"鲁迅在当时的倾向是尼采主义,却反映着一种社会关系。固然,这种个性主义,是一般的知识分子的资产阶级性的幻想。然而在当时的中国,城市的工人阶级还没有成为巨大的自觉的政治力量,而农村的农民群众只有自发的不自觉的反抗斗争"。[④] 这是一份难得的清醒的判断,"一般的知识分子的资产阶级性的幻想"的提法也许会令人不舒服,但事实怕是的确如此。瞿秋白把鲁迅身上的尼采主义倾向归因于两个不

① 鲁迅:《坟·文化偏至论》,《鲁迅全集》第1卷,人民文学出版社2005年版,第51页。
② 鲁迅:《坟·文化偏至论》,《鲁迅全集》第1卷,人民文学出版社2005年版,第58页。
③ 尼采:《查拉斯图拉如是说》,孙周兴译,商务印书馆2012年版,第74、75页。
④ 瞿秋白:《〈鲁迅杂感选集〉序言》,中国社会科学院文学研究所鲁迅研究室编:《鲁迅研究学术论著资料汇编》第1卷,中国文联出版公司1985年版,第821页。冯雪峰也有相似的意见,冯雪峰:《回忆鲁迅》,鲁迅博物馆等编:《鲁迅回忆录》(专著中册),北京出版社1999年版,第611页。

同的层次：表面是鲁迅作为"一般的知识分子的资产阶级性的幻想"，深层的社会原因则在于"一种社会关系"，这种社会关系的核心就是城乡之间现实社会阶级力量的结构性矛盾。瞿秋白的分析是贴近中国社会现实的。还可以再进一步，如果我们把瞿秋白分析问题时所使用的"阶级性"因素暂时搁置，不难得出一个结论：鲁迅的尼采主义倾向的原因其实就是：中国的城乡之间、它们各自的内部都存在着"偏至"、不成熟的地方。

这是个令人惊讶的结论：瞿秋白的思考提醒我们，鲁迅对尼采那样的"新神思宗之至新者"的价值偏爱究其社会原因，源于中国城乡之间结构的失衡。如此，那么合理的推论就应当是：如果说，尼采那样的"新神思宗之至新者"是在西方都市文明以及相配套制度等已经有相当程度的积累后出现了自我否定式的溃败迹象时应运产生的"跟着反近代都市文明"的哲人的话——这倒是符合鲁迅的"文化偏至论"，那么，鲁迅却是因为二十世纪中国都市文明未有应达至的水平才选择了尼采那样的"新神思宗之至新者"。这真是个历史的讽刺。

社会发展的结构性因素已然确定，又该如何理解鲁迅这种经由"新神思宗之至新者"走上的"跟着反近代都市文明的路学西洋"的道路呢？作何价值判断？

鲁迅的"文化偏至论"的思维方式，尽管从字面的表述上也有圆融的一面——"文明无不根旧迹而演来，亦已矫往事而生偏至"，①——既强调"根旧迹而演来"的历史延续性，又肯定"矫往事而生偏至"的革新。但综观鲁迅对"新神思宗之至新者"的推崇，他还是更看重"矫往事"的否定性力量。问题是，"新神思宗之至新者"的所"矫"的"往事"是业已发育成熟的西方都市文明以及相配套制度，他

---

① 鲁迅：《坟·文化偏至论》，《鲁迅全集》第1卷，人民文学出版社2005年版，第50页。

们的"矫"有其作为否定之否定环节的"偏至"的合理性;那么,对鲁迅来说,他所置身的中国现代都市文明及其相匹配的制度都还处于极度匮乏的情况下,他的对"新神思宗之至新者"的偏爱便不免显得有些超前了。或者说,他对走"个人主义、自由竞争、发达工商业、繁荣都市的路"——"近代都市文明的路"的否定性情绪是我们应该审慎对待的。

鲁迅作为敏感的文学家而非有着系统知识积累的法政、经济类的学者。如果从文学艺术的自足性、从个人的私德、对中国的沉滞性的敏感、痛切等等方面看,鲁迅已经为我们这个苦难深重的民族背负了太多的东西,他并非通晓一切知识、智慧的圣人,当然这也是不必苛求的。但如果从理性思索鲁迅和我们共同深爱、追求的中国的现代化的角度来说,我们就必须把对鲁迅的崇高敬意转化为以严峻的态度审视他的精神遗产的理性精神,这样庶几不伤害一生都决绝地反抗"瞒"和"骗"的他的尊严。

游民与越文化：《阿 Q 正传》的启示 *

    关于鲁迅对越文化的承继，学人的探讨或依经起义，或文史互证，积累既丰，莹然之创见所在多有。即以《阿 Q 正传》而言，孕育其的越地风俗，经由周氏兄弟、周冠五、章川岛、孙伏园、裘士雄等人的细致疏解，业已眉目清晰。不过，在讨论"鲁迅与越文化"的关系时，《阿 Q 正传》的特殊之处依然显豁：鲁迅笔下阿 Q 生存的越地境遇，既少"大禹卓苦勤劳之风"，又无"勾践坚确慷慨之志"，一派"世俗递降"、"瘠弱槁枯"的溃败之像，[①]且别具令人心酸的戏谑感，这其实是越地市镇社会风俗高度游民化的结果。[②] 探究"鲁迅与越文化"，实不应回避这一触目的景象。在此意义上，《阿 Q 正传》提供了绝好的文本，因为它分明是描写了一个"没有固定的职业，只给人家做短工"的游民。关于阿 Q 的"游民"性，不乏学人提及，《阿 Q 正传》的约稿人孙伏园在写于 1948 年的《〈呐喊〉索引》一文中就曾提出过阿 Q 是"城里乡下两面混出来的"游民而非农民的论断——"阿 Q 的性格不是

---

* 本文以《阿 Q 正传》来谈"游民与越文化"，算不得逐新，但这"游民"字眼与"越文化"相连缀，却易招惹"好称郡望的老例"，当有人很不满地指责怎么能这样批评越文化时，笔者真有些哭笑不得。

① 鲁迅：《集外集拾遗补编·〈越铎〉出世辞》，《鲁迅全集》第 8 卷，人民文学出版社 2005年版，第 41—42 页。

② 此处所指的"游民"取其宽泛义，指脱离原有社会宗法秩序，游食于城乡之间的人。更精确的辨析请参见王学泰《游民文化与中国社会》（同心出版社 2007 年增修版）一书的绪论。

农民的,在《故乡》中出现的闰土乃是一种农民,别的多是在城里乡下两面混出来的游民之类⋯⋯阿 B 则是这一类人的代表⋯⋯"[①]笔者拟以《阿 Q 正传》为中心尝试探讨,绍兴这样的越地小市镇的游民意识的泛滥是不是促成原本以农事为本、勤苦自立的越地"世俗递降"的重要因素？深谙越地优秀文史典籍传统的鲁迅为何有意无意之间会选择沉潜至文化资源极度匮乏的游民的精神世界,在越地风俗既狂热又麻木的精神底色里实施他的国民性批判,这其中的隐微如何理解？

一、"正在做流民"：游民记忆的唤醒

鲁迅创作《阿 Q 正传》的过程可以说是其越地市镇的游民记忆逐渐被唤醒,且自己对"游民意识"由不自觉到惊醒乃至深入批判的过程。《〈阿 Q 正传〉的成因》一文是鲁迅关于《阿 Q 正传》的创作过程最为详实的介绍文字,讲到创作的真实状态时有如下的表述：

> 第一章登出之后,便"苦"字临头了,每七天必须做一篇。我那时虽然并不忙,然而正在做流民,夜晚睡在做通路的屋子里,这屋子只有一个后窗,连好好的写字地方也没有,那里能够静坐一会,想一下。伏园虽然还没有现在这样胖,但已经笑嬉嬉,善于催稿了。每星期来一回,一有机会,就是："先生,《阿 Q 正传》⋯⋯明天要付排了。"于是只得做,心里想着,俗语说：讨饭怕狗咬,秀才怕岁考。我既非秀才,又要周考,真是为难⋯⋯[②]

这段细致的回忆文字里特别突出的是两点：一是鲁迅自己在创

---

① 孙伏园：《〈呐喊〉索引》,录自《鲁迅研究研究月刊》2011 年第 2 期,第 61 页。
② 鲁迅：《华盖集续编·〈阿 Q 正传〉的成因》,《鲁迅全集》第 3 卷,人民文学出版社 2005年版,第 397 页。

作《阿Q正传》时在北京城"正在做流民"的烦躁心境,这里的"流民"即是本文所称的"游民"。二是孙伏园的催稿带来的创作上的紧迫感。侨居北京"正在做流民"的感受、写作任务的紧张恰恰有助于唤醒鲁迅潜隐的越地游民记忆。鲁迅不经意间"心里想着"的"俗语"里,"讨饭怕狗咬"就是一个典型且常见的游民的艰辛生活画面,它后来也暗暗化作了《阿Q正传》里阿Q跑到静修庵里偷老萝卜时被大黑狗追咬的狼狈场景。笔者在这里还想略做推测,甚至连那笑嬉嬉的故乡门生孙伏园,在鲁迅当时的潜意识里,应该也像"正在做流民"的自己一样,同样是一个正挣扎着在京城里讨生活的越籍游民吧!瞿秋白在《〈鲁迅杂感〉序言》就曾说过,"'五四'到'五卅'之间中国城市里迅速的积聚着各种'薄海民'(Bohemian)——小资产阶级的流浪人的知识青年"。① 当时的孙伏园无疑正是这样的智识青年。细心体会即知,同样"正在做流民"的孙伏园的频繁出现和催稿,想必更易激发起鲁迅对绍兴城里游民生活场景的潜在记忆!

关于绍兴城里的游民生活场景,周建人的《阿Q时候的风俗人物一斑》一文提供了生动的回忆:

那时候的绍兴,还有一种特别的现象,是流氓风气的蔓延。寻事打架的事情很多很多。那里有不少锡箔店设厂,雇用一种特别的工人,称为锻箔司务,把小而厚的锡片打成薄而大的锡片,以便研在一种黄色纸上。此项工人大都是外边人,城内恶霸式的人们有事时常常邀请他们为打手的。这种好打的风气影响了孩子们,亦养成好殴打的脾气。例如秋官地上有"歪摆台门",门口常聚集着若干个十多岁的孩子。遇见单身的陌生孩子走过

---

① 瞿秋白:《〈鲁迅杂感选集〉序言》,中国社会科学院文学研究所鲁迅研究室编:《鲁迅研究学术论著资料汇编》第1卷,中国文联出版公司1985年版,第827页。

时，便设法与他挑战，谋达到打他的目的。学校兴办起来以后，此风始渐衰；然而还有一部分人，例如开茶食店的小店王某弟兄，还是时常在街上闲荡，遇见单身的孩子走过，先由较小的一个去撞他，讥笑他，然后较大的参加进去，以达到撺殴单身过路的孩子这目的为快。这种情形，在上海等处却没有看到。①

周建人此处记录了多是"外边人"的绍兴锡箔业雇工的好勇斗狠。根据裘士雄等所著《鲁迅笔下的绍兴风情》一书的介绍，"旧绍兴，素有'锡半城'之称，那就是说，绍兴几乎有半城人从事锡箔业，靠它来维持生计"，"几乎在城内每一个角落，特别是南后街、五福亭到大庆桥一带，大街清道桥以南到大云桥一带，都设有锡箔作坊……绍兴有许多茶店酒肆，它们经常的顾主就是锡箔师傅"。② 不难看出，作为旧绍兴主要产业的锡箔业雇工的好勇斗狠正是越地小市镇游民群体（"外边人"）的典型特征，所谓"这种好打的风气影响了孩子们，亦养成好殴打的脾气"，正是游民群体的好斗做派对市井细民长期潜移默化影响的结果——《阿Q正传》里"未庄的闲人"们动辄就来场"龙虎斗"正是其生动的写照。

周作人也不乏这样的观察和记忆。根据他在《鲁迅小说的人物》一书里的陈述，《阿Q正传》里关于阿Q打架的描写让他联想起的就是绍兴的小流氓——"小破脚骨"，"他们在街上游行找事，讹诈勒索，调戏妇女，抢夺东西，吵嘴打架，因为在他们职业上常有挨打的可能，因才在这一方面需要相当的修炼，便是经得起打，术语称曰'受路足'"。③ 他还提到《阿Q正传》里的"地保"也多由"游手好闲"的人担

---

① 周建人：《阿Q时候的风俗人物一斑》，陈漱渝主编：《说不尽的阿Q》，中国文联出版公司1997年版，第175页。

② 裘士雄等：《鲁迅笔下的绍兴风情》，浙江教育出版社1985年版，第176、179页。

③ 周作人：《鲁迅小说的人物》，陈漱渝主编：《说不尽的阿Q》，中国文联出版公司1997年版，第146页。

任,而阿Q与小D的"龙虎斗"也是"最乏的小破脚骨(流氓)们打架的办法"。① 与好勇斗狠的锡箔业雇工相类,这些"小破脚骨"、"游手好闲"之人无疑也是游民群体的一种类型。其实,阿Q口中自称或骂人的"蟊贼"、"毛虫"、"虫豸"等用语,正是指称这类游民群体中最恶劣的品类——流氓的常用之语。②

周氏兄弟对绍兴风俗中的"流氓风气的蔓延"的记忆提醒我们:阿Q的行止做派实则根植于"游民"气氛浓郁的晚清越地风俗。虽然在鲁迅心中阿Q的"流氓气还要少一些",真正有流氓气的倒是未庄的赵太爷之流,③但无可否认,正如鲁迅所说,阿Q毕竟"也很沾了些游手之徒的狡猾"。④ 在研究游民问题的学者王学泰看来,"没有走出未庄时的阿Q,就是处在这种缺乏自觉的游民状态"。⑤ "阿Q只是一个流浪于城乡之间的游民的典型形象……至于他的思想意识为什么具有'国民性',那是因为游民意识泛滥的结果"。⑥ 王学泰坦言,注意到游民问题后"首先引起我思考的(就)是鲁迅先生的《阿Q正传》",⑦看来根植于越地游民记忆的《阿Q正传》也很容易再召唤出对游民问题的思考。

二、"有乖史法":游民的书写

《阿Q正传》本是应孙伏园的邀请特地为《晨报副刊》的星期特刊而作的,最初发表的栏目叫"开心话",笔调自然应比平常行文要轻松

---

① 周作人:《鲁迅小说的人物》,陈漱渝主编:《说不尽的阿Q》,中国文联出版公司1997年版,第156页。
② 参见陈宝良:《中国流氓史》,上海人民出版社2008年版,第3页。
③ 见鲁迅致刘岘的信,《鲁迅全集》第14卷,人民文学出版社2005年版,第406页。
④ 鲁迅:《且介亭杂文·寄〈戏〉周刊编者信》,《鲁迅全集》第6卷,人民文学出版社2005年版,第154页。
⑤ 王学泰:《游民文化与中国社会》(增修版),同心出版社2007年版,第552页。
⑥ 王学泰:《游民文化与中国社会》(增修版),同心出版社2007年版,第5页。
⑦ 王学泰:《游民文化与中国社会》(增修版),同心出版社2007年版,第5页。

些,如此方能迎合读者的愉悦性需求。对照一下《阿 Q 正传》,尤其开篇的戏谑笔致与鲁迅之前发表过的《狂人日记》《孔乙己》《药》《明天》等小说,的确是有着明显的差别。在每周需要连载发表的紧张压力下,《阿 Q 正传》的写作既然要照顾到喜闻乐见之类的大众趣味,对通俗文艺故事模式的借用和戏仿应该是特别自然的事。毕竟,通俗文艺基于市场化的需求较能迎合市井类的精神需求,更容易被接纳,关于这一点,鲁迅在以后的《马上支日记》一文里说得无比清楚,"我们国民的学问,大多数却实在靠着小说,甚至于还靠着从小说编出来的戏文"。[①] 的确如此,通俗文艺恰恰也是游民意识、情绪的重要传播途径。《阿 Q 正传》第一章交代关于"正传"的来源,说从"不入三教九流的小说家所谓'闲话休提言归正传'这一句套话里取出'正传'两个字来,作为名目",这是颇有意味的。因为给阿 Q 这样的游民作传,在士大夫的文体分类里实在难以找到匹配的名目,只有在"不入三教九流的小说家"——多半是同样身为游民的江湖艺人那里才能得到妥帖的解决。《阿 Q 正传》还刻意以自嘲的笔致叙述,"从我的文章着想,因为文体'卑下',是'引车卖浆者流'的话"云云,其叙述口吻与语态也俨然是一介游民文人的习气,引人发笑。

通俗小说和戏剧才真正能寄寓和传播像阿 Q 那样的游民的情感和意识,自然也会得到他们的喜爱。《阿 Q 正传》里阿 Q 精神世界里的文化碎片——绍剧里《龙虎斗》里的唱词"我手执钢鞭将你打"、小曲《小孤孀上坟》等无疑都浸染着浓重的游民气。关于通俗文艺中浸染的游民气,对中国小说史有精深研究的鲁迅来说,应该更有着别有会心的体味。他在《中国小说史略》里就曾具体分析过"为市井细民写心"的《三侠五义》的游民故事的模式:"时去明亡已久远,说书之

---

① 鲁迅:《华盖集续编·马上支日记》,《鲁迅全集》第 3 卷,人民文学出版社 2005 年版,第352 页。

地又为北京,其先又屡平内乱,游民辄以从军得功名,归耀其乡里,亦甚动野人歆羡。故凡狭义小说之英雄,在民间每极粗豪,大有绿林结习,而终必为一大僚隶卒,供使令奔走以为宠荣,此盖非心悦诚服、乐为臣仆之时不办也。"①这里所谓"屡平内乱,游民辄以从军得功名,归耀其乡里,亦甚动野人歆羡",正是江湖艺人创作、传播的流民故事里人们如何看待"发迹变泰"后的游民英雄的刻板模式,《阿Q正传》里阿Q从城里回未庄后"得了新敬畏",未庄上下各色人等的反应即是这一模式的生动描摹。只是阿Q终非"英雄",欲投奔革命而不得,也就无法演绎后面的"终必为一大僚隶卒"之类的故事了。

需要注意的是,《阿Q正传》里对通俗文艺里游民故事写法的借用与反讽其实是高度悖论化的,辛辣挖苦后的心酸,滑稽讥讽下的苦味,肆意嘲弄时的自嘲都纠葛在一起。这是它迥异于一般游民故事的地方。《阿Q正传》里在在可见来自典籍文化里的纲常伦理、警句格言对阿Q的规训和嘲弄。在鲁迅笔下,阿Q着实难以真正进入由正统典籍文化里的言辞构筑的文化世界,只能接受小说叙述者表征的文史书写者的任意打量和戏谑。可悲的是,阿Q极端匮乏的精神世界里又的确充斥着来自正统文史世界的碎片,"体统"、"男女之大妨"、"犯讳"、"排斥异端"等等正统社会文化的意识所在多有。这其实正是"游手之徒"的精神世界的真实状态。这是一个文化溃败的世界。整体性的文化价值已经解杻溃散,即使一些文化的碎片也被深通权变的越地权力把控者(赵老太爷、假洋鬼子、赵秀才等)高度垄断,根本无法赋予粗糙、匮乏的生存者(阿Q、王胡、小D)以生命的意义,也无法呵护最弱小者(小尼姑、阿Q、吴妈)的生存尊严。在这个文化溃败的世界里真正起作用的是人的动物本能、是弱肉强食的力

---

① 鲁迅:《中国小说史略》,《鲁迅全集》第9卷,人民文学出版社2005年版,第287—288页。

量对抗，一切原有的文化符号都在溃败中走样变型，失却了其原本的严肃性。这正是《阿Q正传》别具戏谑色彩的原因。无论鲁迅如何念念不忘、礼赞他所愿意继承发扬的诸种越文化的优秀精神——"大禹卓苦勤劳之风"、"勾践坚确慷慨之志"、浙东学术切于人事的史学品格……这些均是诸多研究者乐意强调的，这些精神资源在阿Q式的"游手之徒"的精神世界里只能是难以理喻的天书，和自己的卑微生存毫不相关的生硬训诫。这就不难理解，鲁迅对这一游民精神世界的书写难免不像《阿Q正传》里自陈的那样，"有乖史法"了。

三、"微尘似的迸散"：游民的命运

正如不"有乖史法"几乎无法呈现阿Q的无价值的人生，不借助于象征笔法怕是也难刻划出阿Q最后悲剧性的命运。阿Q的命运以"两眼发黑，耳朵里翁的一声，觉得全身仿佛微尘似的迸散了"为结，临刑时刻阿Q的头脑里还幻化出了一只饿狼吞噬撕裂自己灵魂的景象，在将死之时他才因极度的恐惧获得了真切的生命意识，这自然是不同于刻板的游民故事的奇异的象征笔法：

> 这回他又看见从来没有见过的更可怕的眼睛了，又钝又锋利，不但已经咀嚼了他的话，并且还要咀嚼他皮肉以外的东西，永远不远不近的跟他走。
>
> 这些眼睛似乎连成一片，已经在那里咬他的灵魂。
>
> 救命……
>
> 然而阿Q没有说。他早就两眼发黑，耳朵里嗡的一声，觉得全身仿佛微尘似的迸散了。[1]

---

① 鲁迅：《呐喊·〈阿Q正传〉》，《鲁迅全集》第1卷，人民文学出版社2005年版，第552页。

笔者以为，鲁迅笔下阿Q生命的"微尘似的迸散"可以说也是越文化本身溃败的象征。这是因为，如果我们细细思量，阿Q"皮肉以外的东西"究竟是什么？应该是"他的灵魂"吗？他何以该喊拯救灵魂的"救命"时却"没有说"？他真的拥有能拯救自己灵魂的文化资源吗？"他的灵魂"究竟又得到了何种文化的呵护和滋养呢？恐怕事实是，游民阿Q只有一条赤裸裸的自然生命，还无意识地背上了种种苛求生命的越地礼教文化、风俗的重负。陈方竞在《鲁迅与浙东文化》一书曾对越地的社会风俗做过细致梳理。他的研究表明，越地民俗中存在的道教、佛教的混融，道士的巫术化，民间道、佛教的封建伦理化等诸种"神道设教"的做法，都是像阿Q那样的底层民众身上被施加的沉重的精神奴役。身为"游手之徒"的阿Q，由于其生存处境的极端匮乏，他的种种本能反应——对正统礼教观念的顺服，对等级制的热望、对弱小者的鄙夷等，其实仍根植于越地真实的礼教、风俗，分明有着触目的狂热和愚昧。① 溃败中的越文化正表现出它根底里可怕的吞噬人的面相，这大概就是鲁迅在创作《阿Q正传》的过程中"渐渐认真起来"的内在原因！

黑格尔曾说，奴隶对奴隶主施与自己的纯粹否定性力量，"并不是在这一或那一瞬间害怕这个或那个灾难，而是对于他的整个存在怀着恐惧，因为他曾经感受过死的恐惧、对绝对主人的恐惧。死的恐惧在他的经验中曾经渗透进他的内在灵魂，曾经震撼过他整个躯体，并且一切固定规章制度命令都使得他发抖"。② 细读鲁迅对阿Q临刑最后时刻的象征性描写，浮现在读者眼前的正是阿Q在"这一或那一瞬间害怕这个或那个灾难"，不过真正令人揪心、给人以刻骨铭心的震撼，乃至对读者的精神世界给予笼罩性影响的却是小说对阿Q

---

① 陈方竞：《鲁迅与浙东文化》，吉林大学出版社1999年版，第129—178页。
② 黑格尔：《精神现象学》（上），贺麟、王玖兴译，商务印书馆1979年版，第129—130页。

这样一个失去任何文化庇护的卑微的游民难以挣脱"对他的整个存在怀着恐惧"这一根本生存处境的揭示。在这一点上,阿Q甚至还不如看上去更为弱小、遭他欺负的静修庵里的小尼姑、赵太爷家的女仆吴妈,毕竟她们还有越地的宗教、礼俗可以暂时依靠。一为游民,便无可避免地要冲撞正统的礼教秩序,也势必遭到后者的排斥和报复,阿Q连安稳做奴隶的资格都不再能拥有了。

如果说单纯的求生本能还能让阿Q"状了胆",仰仗"手里有一柄斫柴刀"来保护自己的话,他着实无从应对"咀嚼他皮肉以外的东西"、"咬他的灵魂"的威胁了。其实,在极端的生存匮乏中,阿Q已经竭尽全力地启用了越文化的碎片来保护自己了,虽然显得那么可笑和悲哀。现在,随着他肉体的"微尘似的迸散",他所凭依的越文化的碎片也毫无疑问地"微尘似的迸散"了。不过这"迸散"依然是一个几乎无事的悲剧,不会对"未庄的舆论"产生些许的影响。当一个挣扎的卑微的生命的终结在越地礼教、风俗的中不能留下一丝涟漪,恰恰表明了越文化的溃败已经到了无比残忍、麻木的地步。

从主观愿望上,鲁迅在创作《阿Q正传》时并不愿过多显露它的越地地方色彩,这还引起过一些人的非议。苏雪林就谈到:"鲁迅记述乡民谈话,并不用绍兴土白,这也是一个值得研究的问题。胡适常惜《阿Q正传》没有用绍兴土白写,以为若如此则当更出色。许多人都以这话为然……"①饶有意味的是,鲁迅对自己回避地方色彩做法的解释正是为了防止对作品产生阿Q式的解读,他说:"我的一切小说中,指明着某处的却少得很。中国人几乎都是爱护故乡,奚落别处的大英雄,阿Q也很有这脾气。"②他的这一认识也滋生了《阿Q正

---

① 苏雪林:《〈阿Q正传〉及鲁迅创作的艺术》,陈漱渝主编:《说不尽的阿Q》,中国文联出版公司1997年版,第570页。

② 鲁迅:《且介亭杂文·答〈戏〉周刊编者信》,《鲁迅全集》第6卷,人民文学出版社2005年版,第149页。

传》里介绍阿 Q 的籍贯问题时的戏谑性笔墨,鲁迅在行文时特意对"好称郡望的老例"施加了辛辣的讽刺。

令人感慨的是,在"鲁迅与越文化"的研究中,其实不乏此类"好称郡望的老例"。譬如,鲁迅在 1912 年为绍兴《越铎日报》的创刊号所作的《〈越铎〉出世辞》一文是研究"鲁迅与越文化"时经常被引述的。不过人们多偏爱开篇的几句——"于越故称无敌于天下,海岳精液,善生俊异,后先络驿,展其殊才;其民复存大禹卓苦勤劳之风,同勾践坚确慷慨之志,力作治生,绰然足以自理。"①——这是称颂越文化优秀精神传统的文字,的确动人;但同样需要注意的却是紧跟着的表述——"世俗递降,精气播迁,则渐专实利而轻思理,乐安谧而远武术,莺夷乘之,爰忽颠陨,全发之士,系踵蹈渊,而黄神啸吟,民不再振。羿发胡服之虏,旃裘引弓之民,翔步于无余之旧疆者盖二百余年矣。"②很明显,鲁迅更愤激且切痛的却是"二百余年来"越地"世俗"的溃败情形。他把这种溃败的原因归咎于两个方面,一是民间的"世俗递降",一是外族的残酷入侵与控制。鲁迅此时似乎视前者为更根本的原因。下文鲁迅遂大声疾呼越人应趁着辛亥革命"首举义旗于鄂"的机会振拔起来,尽自己的责任改变越地因"专制久长,鼎镬为政"而导致的"瘠弱槁枯"的局面,进而"纾自由之言议,尽个人之天权,促共和之进行,尺政治之得失,发社会之蒙覆,振勇毅之精神"③。这些文字里浸透的是异常激昂奋进的情绪。不过文末部分,鲁迅再次透露出了勃兴的革新理想与沉滞的越地现实对照之下油然而生的焦虑与孤独感:"猗此于越,故称无敌于天下,莺夷纵虐,民生槁枯,今者解

---

① 鲁迅:《集外集拾遗补编·〈越铎〉出世辞》,《鲁迅全集》第 8 卷,人民文学出版社 2005 年版,第 41 页。

② 鲁迅:《集外集拾遗补编·〈越铎〉出世辞》,《鲁迅全集》第 8 卷,人民文学出版社 2005 年版,第 41 页。

③ 鲁迅:《集外集拾遗补编·〈越铎〉出世辞》,《鲁迅全集》第 8 卷,人民文学出版社 2005 年版,第 41、42 页。

除,义当兴作,用报古先哲人征营治理之业。唯专制永长,昭苏非易,况复神驰白水,孰眷旧乡,返顾高丘,正哀无女。"①

《〈越铎〉出世辞》里鲁迅两种情绪的交织可谓他对越文化的真实心态。学人其实也不难列举出鲁迅在公开的文章或私人书信、日记里对越地故土既爱又怨的诸多文字。不过,就笔者的阅读所见,讨论越地历史文化传统尤其乡贤大德、经史典籍对鲁迅积极影响的文字所在多有,而愿意研析鲁迅所言及的现实的越地因何二百余年来"世俗递降"的究竟是少数。

研究者的厚此薄彼并非没有原因。即以《阿 Q 正传》的研究而言,要想具体理解"二百余年来"越地"世俗递降"的情形困难重重,其中尤其对越地的游民问题深入探究更非易事。笔者根据王学泰在《游民文化与中国社会》一书提供的线索了解到,中国人数激增的"城市流民阶层是形成于宋代",但还主要集中在畸形繁荣的通都大邑里。② 而"明清两代主要是星罗棋步的中小城镇吸收了大批的脱离小农生产的劳动力,同时也聚集了大量游民……明中叶以后的游民则多聚集在专制统治者力量相对薄弱的小市镇"。③ 这是一个很有启发性的判断,但若借鉴此论断研究明清以降越地的游民问题,尚需要更多社会学、史学、人口学等实证材料的支撑。然而,学界对明清以降越地涉及的游民的史料尚未有全面深入的积累,谢国桢先生编纂的《明代社会经济史料》一书曾对"游民贫民"问题的史料做过钩沉,却独缺越地。④ 笔者也曾检览绍兴府志,会稽县志(万历、乾隆、光绪)、会稽县志(康熙　道光)等地志诸书,亦查阅鲁迅所辑的《会稽郡故书

---

① 鲁迅:《集外集拾遗补编·〈越铎〉出世辞》,《鲁迅全集》第 8 卷,人民文学出版社 2005 年版,第 42 页。
② 王学泰:《游民文化与中国社会》(增修版),同心出版社 2007 年版,第 119 页。
③ 王学泰:《游民文化与中国社会》(增修版),同心出版社 2007 年版,第 530 页。
④ 谢国桢:《明代社会经济史料选编》(校勘本下),福建人民出版社 2004 年版,第 438—460 页。

杂集》,还根据鲁迅辑录的"绍兴八县乡人著作"书目（按：八县指山阴、会稽、上虞、余姚、萧山、诸暨、嵊县、新昌），①对共计 78 种撰述多有查考，结果却是几乎一无所获，尽管这书目里也不乏野史笔乘类的著述。可见，《阿 Q 正传》开篇所云，因阿 Q 所属"人群卑下"所以记载其行止的也只能"文体卑下"，只好从"'不入三教九流的小说家'所谓'闲话休提言归正传'这句套话里，取出'正传'两个字来，作为名目"，其实并非全是戏言。士人们的言述系统对作为社会现象的游民的群体世界可能还略有着墨，若是讲到它们对游民精神世界、个体心灵世界的隔膜，恐怕迄今为止都难以消除。

因此，在讨论"鲁迅与越文化"的命题时，学人们多囿于越地的史学传统及典籍文化，而对更真实的越地社会的流民意识泛滥少有措意缺乏研究，的确有其内在原因。那原因的实质就是隔膜。《阿 Q 正传》开篇不也对以何种文史体例接纳游民阿 Q 的行止大费周章吗？事实上，如果不是《阿 Q 正传》塑造的鲜活的"游手之徒""阿 Q"形象，"二百余年来"越地的游民群体依然会隐而不张。在这个意义上，"游民与越文化"这一命题，已不仅是深化"鲁迅与越文化"研究的学术性命题，更是一个测量当下学院知识分子与底层民众之间精神距离的现实性命题，其中的幽暗与真相，对笔者在内的诸多学院知识分子恐怕都会是沉重的拷问。但这无疑是真正来自鲁迅特有的精神力量的挑战！

《阿 Q 正传》其实是看似戏谑却相当晦暗的作品。小说开篇即说为阿 Q 立传之人"仿佛思想里有鬼似的"，这大有蹊跷。何谓鬼？鬼不就是和活着的人纠缠不清的死去的灵魂吗？何谓游民？游民不就是被正常的社会秩序抛弃但又与之纠缠不清的人类社会既黑暗又

---

① 鲁迅手拟书目《绍兴八县乡人著作》,《鲁迅研究资料》(4),天津人民出版社 1980 年版,第 111—114 页。

不时闪亮的暗影吗？鬼与活人，游民与正统社会，正构成了相互映照的世界！要想真正理解一方，怕是需要进入对方的深处才行的！这应是《阿Q正传》给我们的第一个启示。

"仿佛思想里有鬼似的"，还有第二层意思。正如游民的出现一定是越地正统社会秩序溃败的结果一样，"思想里有鬼"一定是思想本身即将出现分裂、溃败乃至绝望感的前兆。所谓"察渊者不祥"，《阿Q正传》的出现，正见证了鲁迅心灵深处的绝望感正在急剧地凝聚、奔突，终将奔涌而出的状态。这可以说是《阿Q正传》提供给我们的第二个启示。

总结出这两个启示，了无"论精微而朗畅"的妄想。相反，如何面对《阿Q正传》引发的精神振荡，恐怕更真实的前景依然是"溯洄从之，道阻且长"。

关于鲁迅杂文与《韩非子》关系的读书笔记

近来笔者对鲁迅杂文的运思、写作术颇有兴趣,有意拿《韩非子》做细致对照。① 中国的文章学传统自然无比强大,选择《韩非子》无非是因为:其一,鲁迅《写在〈坟〉后面》一文里自陈他的"峻急"与《韩非子》有关;其二,《韩非子》那种极端的凡事以权力来透析的眼光,给人以"惨礉少恩"的印象,鲁迅的文字也常给对手乃至民众留下相类的刻板印象。陈西滢当年指责鲁迅为"刀笔吏",鲁迅倒是大方地接受下来,毕竟,有权力之眼,为权利抗争,虽"烈日秋霜"他也并不介怀。有意思的是,将鲁迅与韩非子的行文做细致对照的并不多见,其间的异同其实颇可思量。以下是几则读书的笔记,不刻意追求论述的系统性,旨在激发可能的思考。

一、《韩非子·难篇》与《青年必读书》的对照

《难篇》是韩非子为服务自己的思想表达有意累积的材料。如何遴选、叙述这些材料,其中的心思最值得留意。先看《难篇》的第一则故事,它很具典型性,内容有必要详细抄录如下:

---

① 本文是对笔者承担的教育部人文社科项目"鲁迅、章太炎与法家文化的关系研究"的点滴思考。本文所指《韩非子·难篇》包括难一至四和《难势》一文。台湾张素贞女士有《韩非子难篇研究》(学生书局)一书,该书所说的"难篇"不包括《难势》一文。

晋文公将与楚人战，召舅犯问之，曰："吾将与楚人战，彼众我寡，为之奈何？"舅犯曰："臣闻之，繁礼君子，不厌忠信；战阵之间，不厌诈伪。君其诈之而已矣。"

文公辞舅犯，因召雍季而问之，曰："我将与楚人战，彼众我寡，为之奈何？"雍季对曰："焚林而田，偷取多兽，后必无兽；以诈遇民，偷取一时，后必无复。"文公曰："善。"

辞雍季，以舅犯之谋与楚人战以败之。归而行爵，先雍季而后舅犯。群臣曰："城濮之事，舅犯谋也。夫用其言而后其身，可乎？"文公曰："此非君所知也。夫舅犯言，一时之权也；雍季言，万世之利也。"仲尼闻之，曰："文公之霸也，宜哉！既知一时之权，又知万世之利。"

或曰：雍季之对，不当文公之问。凡对问者，有因问小大缓急而对也。所问高大，而对以卑狭，则明主弗受也。今文公问"以少遇众"，而对曰"后必无复"，此非所以应也。且文公不知一时之权，又不知万世之利。战而胜，则国安而身定，兵强而威立，虽有后复，莫大于此，万世之利奚患不至？战而不胜，则国亡兵弱，身死名息，拔拂今日之死不及，安暇待万世之利？待万世之利，在今日之胜；今日之胜，在诈于敌；诈敌，万世之利而已。故曰：雍季之对，不当文公之问。且文公不知舅犯之言。舅犯所谓"不厌诈伪"者，不谓诈其民，谓诈其敌也。敌者，所伐之国也，后虽无复，何伤哉？文公之所以先雍季者，以其功耶？则所以胜楚破军者，舅犯之谋也；以其善言耶？则雍季乃道其"后之无复"也，此未有善言也。舅犯则以兼之矣。舅犯曰"繁礼君子，不厌忠信"者：忠，所以爱其下也；信，所以不欺其民也。夫既以爱而不欺矣，言孰善于此？然必曰"出于诈伪"者，军旅之计也。舅犯前有善言，后有战胜，故舅犯有二功而后论，雍季无一焉而先赏。"文公之霸，不亦宜乎？"仲尼不知善赏也。

这是《韩非子·难篇》的典型谋篇方式，展现出围绕某一具体论题的激烈思想对抗。① 需要对此故事的内容与逻辑略做分梳。其核心是围绕舅犯与雍季两位谋士为晋文公应对与楚人的战争所出谋略的论定。前者强调战争的去道德化（"战阵之间，不厌诈伪"），后者则强调战时非道德的做法对长久秩序统治的威胁（"以诈遇民，偷取一时，后必无复"）。晋文公以"一时之权"与"万世之利"定位二者的谋略，兼容并蓄，"以舅犯之谋与楚人战以败之"，又刻意善赏雍季——"归而行爵，先雍季而后舅犯"，其深通权变的做法得到仲尼（孔子）的激赏。韩非子笔下随即以"或"（有个人）为掩护，犀利剖析了舅犯与雍季的应对之策，扬前抑后，与晋文公、孔子的意见可谓针锋相对。"或"的剖析角度涉及三个方面：其一强调切实解决当下问题的针对性，明确"小大缓急"的优先排序；其二，叮住"一时之权"与"万世之利"的关系，强调无前者的成功则后者根本不可能有机会，所以置身当下抓住前者才是首要之事。其三，区分对待战争对象（"其敌"）与原本治下对象（"其民"），对于前者在战争状态下必须使用一切方法，包括非道德的方法（"诈伪"）以取得胜利。"或"的剖析称得上犀利精警，理到辞畅。概而言之，"或"的发言主旨是：深为舅犯鸣不平，鄙夷雍季，不满晋文公的决策、行止和孔丘的无端激赏。在"或"看来，舅犯提出的方案可谓有经有权，从智识上看是最理想的了。"或"很明显是韩非子的代言人。

但这则故事背后的真相并非可以为"或"的思致所能独占。围

---

① "对于同一个历史故事，各家的看法完全不同，得出的结论截然相反，充分反映了战国末年意识形态领域中思想斗争的激烈状况。"周勋初先生修订《韩非子校注》的《难一》的说明中如是说，凤凰出版社 2009 年版，第 405 页。

绕着权力与智慧的不对等关系、一时之权与万世之利的内在矛盾，说话者的立场与其所在位置、利益的关联这些纬度，"或"的思考和言辞仍然有"明于知礼仪而陋于知人心"之嫌。很明显，"或"与舅犯、雍季本质上是一类人，都是以思考为职事的谋士，他们以自己或缜密周全或集中关注某一侧重点的方式提出自己的观察和建议，最后还是得由最高权力者裁定。问题是，"或"若对自己智识上的分析带来的自信和激动略作节制就会发现，在智识上晋文公其实并不逊于自己，他之所以对提出理想方案的舅犯采取"阴用其言而显弃其身"的态度，实在是为了追求更大的政治美誉度，这已经有孔丘的赞扬为证。"或"的分析思致看上去已经深入骨髓了，其处处以"权力"之眼理解世界、应对问题已经极其现实主义了。但，他毕竟不是晋文公，他自己的发言也与自身的位置和利益有关，他对舅犯的称赞无非是因为他们才是一类人，他也会遭遇如舅犯一样的不公待遇。但他若意识到，即使有和他自己一样的认识，晋文公的权力的理解世界毕竟是和自己不同的，事实上晋文公已经明示了，"此非君所知也"。

现在笔者的问题是，如果我们这些鲁迅研究者自己也加入这场讨论，我们自己的立场又会是什么呢？自己最欣赏谁？最讨厌谁？自己又最像谁呢？[1]倘若做个假设，如果是曾写出《文艺与政治的歧途》一文的鲁迅加入这场讨论，他的意见又会是什么？会和"或"（韩非子）很类似吗？如果他以犀利的杂文介入这场讨论，其运思的方式和韩非子的运思方式会有何异同？[2]如此假设的原因无非是，鲁迅一生参与过诸多文化、政治、社会性的论争，如何看待

① 和鲁迅讨论、争辩而非简单复述、盲从在诸多公共议题里他的看法、论断，实为鲁迅研究的题中应有之义。

② 如果追问韩非子是否完全等同于"或曰"之人，这是一个诠释学的难题。正如鲁迅和他的言辞之间的关系一样。

持不同立场的各色人等和他们的言辞,恐怕不可回避的是首先要直面,这些论争、修辞背后的权力格局。韩非子的"惨礉少恩",鲁迅的"刀笔吏"气质,无非就是戳破了前台修辞背后的权力真相而已。

不妨拿鲁迅《青年必读书》一文做个对照。

青年必读书
——应《京报副刊的征求》

青年必读书	从来没有留心过, 所以现在说不出。
附注	但我要珍这机会,略说自己的经验,以供若干读者的参考—— 　　我看中国书时,总觉得就沉静下去,与实人生离开;读外国书——但除了印度——时,往往就与人生接触,想做点事。 　　中国书虽有劝人入世的话,也多是僵尸的乐观;外国书即使是颓唐和厌世的,但却是活人的颓唐和厌世。 　　我以为要少——或者竟不——看中国书,多看外国书。 　　少看中国书,其结果不过不能作文而已。 　　但现在的青年最要紧的是"行",不是"言"。只要是活人,不能作文算什么大不了的事。 　　　　　　　　　　　　　　　　　　　(二月十日。)

《青年必读书》这一名文引起的争议不必赘述。现在我们的尝试是,以上揭《韩非子·难篇》的首则故事做参照,细致勾勒出它的运思逻辑加以对照。以下即为两文所涉及两个议题的对照表:①

---

① 围绕《青年必读书》,鲁迅在《聊答"……"》、《报〈奇哉所谓……〉》以及《答"兼示"》中有解释乃至对抗性的辩论,本表的制作多有汲取。需要说明的是,此表"青年必读书"栏下笼统的"其他人的应对"的提法为对照鲁迅的思路所设,当然不乏历史文献的基础,这些内容事实上多取自鲁迅文章里提及的观点。关于"青年必读书"事件及其论争,细致的分析请参照本书《鲁迅〈青年必读书〉一文及其论争的博弈论分析》一文。

对照表

问题	晋文公赏舅犯与雍季		运思	问题	青年必读书		运思
与楚人战，彼众我寡	舅犯的应对	繁礼君子，不厌忠信；战阵之间，不厌诈伪。君其诈之而已矣	两种情形的不同处理原则	青年必读书	其他人的应对	"要做白话文，也非读古书不可"	强调连续性
	雍季的应对	以诈遇民，偷取一时，后必无复	"一时之权"会危及"万世之利"			"中国书都是好的，说不好即不懂"	循环论证
	晋文公的取舍	以舅犯之谋作战。行赏则先雍季而后舅犯	阴用其言而显弃其身			多看外国书，会变成外国人	推演
	仲尼的评价	晋文公能兼顾"一时之权""万世之利"	赞许深通权变的			素负盛名，不可偏至	诉诸权威
	"或"的意见	肯定舅犯的"君其诈之而已矣"	策略明确		鲁迅的应对	少——或者竟不——看中国书，多看外国书	观点确定
		待万世之利，在今日之胜	问题的小大缓急，有"一时之权"才有"万世之利"			但现在的青年最要紧的是"行"，不是"言"	"时候与环境"，强调问题的小大缓急排序
		出于"诈伪"者，军旅之计也。不谓诈其民，谓诈其敌也	区分对待"其敌"与"其民"			"供若干读者的参考"	区分"研究旧文学的青年"与"一般"的青年

依上表的分析，尤其"'或'的意见"和"鲁迅的应对"相对照，有心人不难觉察，《青年必读书》一文及其引发的公共文化领域的辩论中，鲁迅的行文、运思方式和《韩非子·难篇》的首则故事里"或"

（韩非子）的思维方式其实有着相当多的共契。其思致是，以严密的理性的逻辑力量进行分析和推衍，最终触及事实的真相，那真相就是权力对真相、言辞的宰制，所有发言的人均在此权力格局中。据说日本学者有所谓鲁迅精神世界有所谓"向下超越"的特点云云，可以在以《难篇》为代表的韩非子的运思方式中找到它的至深渊源吗？①

二、《韩非子·难势》与鲁迅的杂文运思

韩非子的《难势》一文也是很能集中体现法家的论辩思维的。我们习常把"法、术、势"看作韩非子分解、表达对社会人生理解的一套名词系统，但真正重要的是这套名词得以结构成一套语言系统的内部逻辑。实际上人们对这个语言系统的内部逻辑究竟如何的大都不甚了了，这正如不少人对鲁迅作品的理解一样，仅仅孤立地抓住一些名词、话题，对其运思的逻辑反倒隔膜得厉害。那种表面上煞有其事的勾连、总结，除了浅薄的附会外，岂有他哉？

限于篇幅不再抄录，读者可自行细读一过，笔者把《难势》一文连类引譬的形象论证的内容去掉，其论辩的内容及逻辑大体如下：

文章首先呈现的是法家的重要人物慎子的"势"论。核心论点是："势位之足恃而贤智之不足慕"，"贤智未足以服众，而势位足以屈贤者"。用普通逻辑学的术语说，慎子的"势"论就是：势是统治（"服众"）的充分条件。慎子的"势"论无疑最大程度地张显了"势"的重要，但在论证中毕竟还是把"势位"与"贤智"并列讨论了，这也难怪，生活的逻辑永远大于语言的逻辑，这也是事所必至，理所固然的事，所以慎子的"势"论无法把"贤智"的作用做恰当的安放，其

---

① 研究未及深入，此处不好遽下断语。不过笔者直觉，循此路径研究会有些不同的发现则是肯定的。

偏至是明显的。

文章接着以"应慎子"为名呈现的是儒家宣扬"贤德"作用的论证。其中有破有立。"应慎子"首先直指慎子"势"论的偏至:"释贤而专任势,足以为治乎?"这可谓"应慎子"的"破"。"应慎子"在"立"的运思逻辑则是,汲取经验,认真对待慎子"势"论过于偏至的教训,暗暗承认统治需要"势"和"贤德"两个方面,但又把"势"中立化、自然化、客观化、定量化——"势者,便治而利乱者也"。另一方面,把"贤德"作为变量使用,也使其活跃在达成统治这个目标的过程中,还刻意突显"贤德"对于统治的决定性影响。其结果是,从根本上说,"应慎子"的"贤德"论和慎子的"势"论的自我辩护逻辑是一样的,只不过慎子的"势"论显得更武断些罢了。

《难势》的第三个观点是"复应之曰"的。[①] 他首先总结出了前两者的分歧:"其人以势为足恃以治官"与"客曰'必待贤乃治'",而自己的态度则很明确:"不然"。具体的理由和论证层次如下:

第一层,从名实关系入手确定"势"的确切意涵。"夫势者,名一而变无数者"。所以要明确这里讨论的势究竟是何意?尤其,"势必于自然,则无为言于势矣。吾所为言势者,言人之所设也。"这是把势区分为自然之势和人设之势,且把非人力所能左右的自然之势切割于论题之外。上揭"应慎子"为"贤德"辩护时恰恰就是故意模糊自然之势和人设之势的区分从而把"势"自然化进而贬低它的作用的。[②]

第二层,直面统治过程中"势"与"贤德"的关系。循着论争的

---

① 一般认为"复应之曰"即代表着韩非自己的想法。前揭"应慎子曰"为儒家的想法。周勋初先生修订《韩非子校注》的《难一》的说明中如是说,凤凰出版社 2009 年版,第471 页。

② 界定势的确定范围,其中最重要的是去除自然强调人为性,可留意鲁迅的《隐士》一文里的分析思路,《不是信》一文里与陈西滢讨论政府和大学公职人员的俸禄时的笔法,均是如此。

逻辑推衍到极致，最后使其自相矛盾，"贤之为道不可禁，而势之为道也无可禁，以不可禁之贤与不可禁之势，此矛盾之说也。"所以只能得出一个结论：如果坚持各自的论证逻辑一路到底，只能"贤势之不相容亦明矣"。①

第三层，从各自逻辑的原则之争撤退，回归生活经验。以"中"态生活为准而非以最理想的境遇（圣君）为标的，思索现实统治的切实方法，其结论是：新的原则的生成：抱法处势——"抱法处势则治，背法去势则乱。"既要当下的秩序（法），又顾及历史的流动性（势）。当然，"势"与"贤德"的辩论被转化成了"法"与"势"的结合，韩非子实际上是以"法"驱除了"贤德"，他从权力秩序而非从道德纬度理解社会人生的思考方式是很清晰而固执的。

第四层，转为新原则的当下适用问题。最后，还对"应慎子"那种高调的张扬"贤德"而不重视对"势"的批评和改造做出了批评——"积辩累辞，离理失术，两末之议也，奚可以难夫道理之言乎？"②

可以说以《难势》里这种层层递进的强悍论辩逻辑来比照鲁迅的杂文运思，一定会多有会意。老实说，笔者在多次细读、揣摩《韩非子·难势》一文时，每每想到鲁迅一些杂文的运思，除了随手在页下注释里提及的少数篇什外，例子不胜枚举。就以鲁迅生命后期的《且介亭杂文》里多援述古事的几篇文章为例：譬如《儒术》一文里对儒术那种在不同的历史语境中汲汲于自利早已失却了内在的信仰和尊严的讽刺，儒术也可谓上揭"名一而变无数者"了；《隔膜》一文里在"清朝的凶虐"和"死者的可怜"中间看到了下层儒生

---

① 笔者在揣摩这段时想到的是"势"与"贤德"在"自相矛盾"之后或许有另一种可能的情形，那就是合流。这其实还是来自于鲁迅的启发，他在关于京派、海派之争中极其老辣地判断出：看似有近官、近商区分的京派、海派必然会合流。

② 这让人想起鲁迅在《三月的租界》一文里对狄克（张春桥）对萧军的苛责的批评。鲁迅对此类"非革命的激进的革命者"的批评也可以在法家的论辩智慧里找到源头。

的一厢情愿和与统治者的"隔膜",这简直就是《难势》所说"贤势之不相容亦明矣"的活生生的写照。《买〈小学大全〉记》一文里名儒兼孝子尹嘉铨的被绞杀也大体如是。而《病后杂谈》、《病后杂谈之余》两文则触及更加严密的统治者的"法、术、势"下,"贤德"记忆的被删除以及真实历史的残酷性,其观察角度也浸透着《难势》那种从权力秩序理解社会人生的特有视角。

至于《难篇》援述古事以循文衍义的做法,或冤抑古人或诘问习见,剖析、议论、引证、归纳、检省,权宜变化之道多有。鲁迅杂文也不乏此类动作,《论辩的魂灵》、《公道与实力》、《文艺与政治的歧途》、《伶俐人》等莫不如是,有心的读者不妨自行对照下。

每每重读这些文章,笔者当然深感鲁迅的痛切自然是和韩非子行文中的某种惨礉少恩残酷与强暴的气质绝然不类,但不可否认,常于挖掘高迈的道德文章背后的权力关系,进而"引绳墨,切事情,明是非",还是充满了法家特有的气息。

三、语默无常：峻急、反讽与自否定

得承认,文化资源的影响是个隐微而难以分梳的事,譬如《且介亭杂文二集》里的《隐士》一文,那种从名实入手颠覆世相的做法,其名实关系的着眼点是来自名家的启发,还是孔子的正名思想抑或是法家的运思、甚至来自日本、西方的求真精神?

虽然鲁迅有过自陈,把韩非子"峻急"和庄子的"随便"对举,说这些是影响他的重要精神特质。其实鲁迅作品里对韩非子文章的直引并不多见,全集也仅有两次而已。可以说,鲁迅杂文的运思和笔法,自陈西滢指控浸染着强烈的"刀笔吏"的峻急味道之后,其实

并无应有的深入研究推进。① 其缘由颇堪留心。王元化在《思辨录》一书里反思五四新文化时有一殷忧沉实之提问及思考："为什么'五四'时期的一些代表人物多半激烈地反儒，而不反法"。② 这一提问似乎暗示了，法家文化与现代中国的文化思潮之间某种隐微的关联？笔者也曾在一篇题为《延安文艺与现代中国的法家文化》的未刊稿写过："鲁迅文化遗产的重要，不仅仅在于他巨大的道义、威望及文学实绩，而在于他特有的理解社会、看待世界的方式。在笔者看来，在千门万户的二十世纪的中国思想文化界，有三种影响深远的理解中国社会的话语系统，一是鲁迅的'奴隶话语'系统，二是马克思主义者的'阶级话语'系统，三是传统法家的'法术势'的话语系统。观察这三种话语系统之间的抵牾与渗透，可谓审视现代中国的重要视角。""法家文化作为'伏流'对现代中国思想文化的渗透是深湛的。"譬如，《韩非子·功名》篇有，"古之能致功名者，众人助之于力（'群众基础'），近者结之以成（'嫡系'），远者誉之以名（'名'），尊者载之以势（'搞定大佬'）"，这些系统性的理解社会权力运作的表述早已构成了法家至今有着强大生命力的语言系统。③ 鲁迅的"奴隶话语"系统和法家的语言系统有着相当的重叠之处，从某种意义上说，从法家的语言系统检视鲁迅的杂文，才能有更真切的理解。譬如，《韩非子·八说》里有言，"是以说有必

---

① 木山英雄那篇《庄周韩非的毒》、王富仁《中国文化的守夜人》一书里有关法家的论述是鲁迅研究界为数不多的切实论述。

② 王元化《思辨录》，上海古籍出版社 2004 年版，第 36 页。笔者就此问题翻阅整个《新青年》杂志后的感受是，王先生所言不虚。还可注意的材料包括：章太炎对法家思想的汲取，例如他在《儒法》一文中"惟法家持守稍严，临事有效"的称许，他对秦政的看法甚至影响到鲁迅。胡适在《中国哲学史大纲》里肯定韩非子的"历史进化"思想，1930 年代林语堂在《现代中国的疗药韩非子》一文中盛赞韩非子为"现代人中的现代人"，1950 年代熊十力更在写给毛泽东的长函《论六经》里把法家的极权与共和革命的正义相附会等等。

③ 民国时期李宗吾的"厚黑学"，当代吴思的"潜规则"皆是法家思想的变体，正所谓"名一而变无数者"也。

立而旷于实者,言有辞拙而急于用者,故圣人不求无害之言,而务无易之事",这对于我们理解鲁迅杂文那种重"一时之权"——"偏要"执着于现在,而讥讽"万世之利"——反对虚幻的黄金世界的精神,不是多有裨益吗?

不过,笔者更关心的却是鲁迅的"奴隶话语"系统与法家的"法术势"的话语系统的同中之异。这需要更细致深入的研究。一个直觉的思路是,鲁迅的"奴隶话语"系统有着高强度的自我否定性质的反讽性。[①] 检视韩非子的文章,并非没有反讽性的篇什,特别是他的更多涉及自我命运的文章,譬如《难言》《说难》《孤愤》等同样充满了自我的诘问与孤愤。但总体而言,韩非子以《难篇》等为代表的面对公共领域议题的诸多发言,并无这种自我否定性的反讽性。

如何理解鲁迅的"奴隶话语"系统高强度的自我否定性质的反讽性,需要更多思想资源的引入。笔者近来先后尝试援引克尔凯郭尔关于反讽与文明的颓败之间内在关系的思考,黑格尔的《精神现象学》关于精神自否定的辩证法思想,乃至博弈论里关于冲突与合作的均衡理论等,来尝试丰富对鲁迅杂文的反讽性这一话语特征的理解。

一个总体的感受,或者说一个暂时的解释是,鲁迅有着极为敏感的作为文学家的生命体验,这是他即使面对坚硬的社会公众话题事件表达时常常会有着强烈的自否定性的心灵挣扎,他在表达时又深怀对表达本身的恐惧感,他的杂文的底色是对话语世界"语默无常"真相的抵抗。

然而这一解释,不过是以生命哲学的词语帷幔覆盖了鲁迅的话语系统而已,并不令人满意,甚至细思恐极,不由得感慨:我们的研究依然在艰难的路上。

---

① 近来多个场合讨论鲁迅研究新的范式、新的方法论等问题,对鲁迅话语的反讽性研究应是一个新的生长点。

鲁迅《青年必读书》一文及其论争的博弈论分析*

因有王世家先生劳心辑录的资料汇编,《青年必读书》论争一事不必再做赘述。[①] 人们在自己的价值偏好、思维定式中品评鲁迅"要少——或者竟不——看中国书,多看外国书"、"现在的青年最要紧的是'行',不是'言'"之类的论断,[②]认定这"命令"感十足的论断只不过是"熟巧的规则",或是策略性的"明智的建议",抑或是蕴藉着法则意味的"'德性'的诫命"(康德语)的,[③]都不乏拥趸。这其实是各有所据的个体在文化偏好及行止上的博弈常态。秦晖意识到,"在绝大多数场合,自由主义所面临的都是这种'行为困境',而不是什么'文化困境'。"[④] 鲁迅在《青年必读书》一文中就有此类"行为"优于"文化"的思致,结果却是引发了"文化"人的讨伐"行为",关于此文及其论争的"文化"研究所在多有,"行为"思考却寥若晨星。这也正是本文援引博弈论的工具尝试做些分析的原因,或许也不失为一种探究的方法,

---

* 本文亦是尝试之作,援引博弈论重审"青年必读书"事件。如果承认知识背景、思想资源会严重乃至规定性地影响人们对很多问题的看法,那么这种尝试还是有些价值的。至于是否冒犯了某种"学科"的习惯或套路,那是笔者并不在意的。

① 王世家:《青年必读书:一九二五年〈京报副刊〉"二大征求"资料汇编》,河南大学出版社 2006 年版。

② 王世家:《青年必读书:一九二五年〈京报副刊〉"二大征求"资料汇编》,河南大学出版社 2006 年版,第 19 页。编者辑录的鲁迅这篇《青年必读书》和《鲁迅全集》(2005 年人民文学出版社版)收录的同篇有个别字词的差异。

③ 录自邓晓芒:《康德〈道德形而上学奠基〉句读》(上),人民出版社 2012 年版,第 379 页。

④ 秦晖:《共同的底线》,江苏文艺出版社 2013 年版,第 371 页。

甚至是更能切近鲁迅心性的一种思路。

一、"我们要认清了争点"

1925年新年孙伏园在《京报副刊》发起的"青年必读书十部"、"青年爱读书十部"二大征求活动是颇具创意的策划,也激起了些许纸上波澜,但真正成为冲突"焦点"的只能是鲁迅的答卷。在一篇题为《为中国书打抱不平》的文章中,作者明确提出:"我们要认清了争点,——是少看中国书,多读外国书;和多读中国书,参看外国书。"①何以是鲁迅而非他人的作答成为了"争点"？博弈论关于"关键点"(焦点)与"信号博弈"的思想不无启发。

《青年必读书》的论争可视为博弈论学者谢林所谓的默式谈判。②默式谈判能开展既依赖于冲突各方之间事前建立起的"默契",(共享的经验、文化与处境等)——这也是二大征求活动能成功的前提,也存在着博弈各方信息沟通不畅乃至根本无效的问题,尤其从鲁迅的感受上更是如此。他在《聊答"……"》一文中透露自己作答《青年必读书》问卷的技巧,"我那时的答话,就先不写在'必读书'栏内,还要一则曰'若干',再则曰'参考',三曰'或',以见我并无指导一切青年之意。"③可见他对公众在《青年必读书》一事上能否达成显性谈判的效果(双方信息沟通流畅和有效)多有疑虑。但鲁迅也希冀着有思想共振的可能,"乃是但以寄几个曾见和未见的或一种改革者,愿他们知道自己并不孤独而已。"④

① 王世家:《青年必读书:一九二五年〈京报副刊〉"二大征求"资料汇编》,河南大学出版社2006年版,第247页。
② 谢林:《冲突的战略》,赵华等译,华夏出版社2011年版,第47—59页。
③ 王世家:《青年必读书:一九二五年〈京报副刊〉"二大征求"资料汇编》,河南大学出版社2006年版,第234页。
④ 王世家:《青年必读书:一九二五年〈京报副刊〉"二大征求"资料汇编》,河南大学出版社2006年版,第234页。

对于默式谈判来说,"根本问题是协作问题"。① 能协作还是因为冲突各方在根本上存在着共同利益,表面的激烈争执只是修辞问题,所以,出现某种可以协作的"关键点"时,"双方成功地对彼此预期作出判断,从而达到某种默契",②这些"关键点""都具有某种显著特征,易于发现","惟一性能够产生独特性,从而吸引人们的注意力。"③在笔者看来,鲁迅的答卷恰恰就具有成为《青年必读书》论争中"关键点"的这些特征。鲁迅在答卷时刻意为之的"不写在'必读书'栏内"、行文时不断出现的"若干"、"参考"、"或"等字眼以及看似不屑、决绝的语态等因素,都是他积极"协调预期判断"、寻找理解的暗示举措。

用博弈论的"信号博弈"概念会有助于理解鲁迅的举措。信号博弈是博弈的信号发出方与和信号接收方之间基于信息传递、接受的不完全性产生的动态博弈。所谓"不完全性",是指信号发出方通过精心修辞发出的信号未必能如其所愿完全达至其他信号接收方,反之亦然。《青年必读书》的论争里鲁迅的失望感、不愿过多纠缠恐怕与此大有关联。事实上,信号博弈中对信号意涵的隔膜、误读乃至扭曲有着深刻而复杂的社会背景。对鲁迅精心的信号释放理解者有之,批评者更是不乏,例如:

> 你这种"若干","或"的消极词,让青年自己寻味选择,不愧为宽厚大方者,但底下"竟不——看中国书,多看外国书"这些字,恐怕有"指导"的意思了,还不"昏吗"?④

---

① 谢林:《冲突的战略》,赵华等译,华夏出版社 2011 年版,第 61—62 页。
② 谢林:《冲突的战略》,赵华等译,华夏出版社 2011 年版,第 51 页。
③ 谢林:《冲突的战略》,赵华等译,华夏出版社 2011 年版,第 61—62、51 页。
④ 王世家:《青年必读书:一九二五年〈京报副刊〉"二大征求"资料汇编》,河南大学出版社 2006 年版,第 254 页。

鲁迅先生是中国人，竟说要少看中国书，多看外国书，已经是轻重颠倒了，并加上"或者竟不"四个字，岂不是过于崇拜外国书吗？……鲁迅先生于"竟不"二字上，加上或者两个狡猾的字，预备有人攻击时，可以拿出来挡他一阵。不知道那"或者"两个字，在字面上，固然不能掩护"竟不"两个字，在意义上，更不能掩盖住过于崇拜外国书的面目。①

有些先生们，用一种太便宜的方法来对付，如"wanted"和"不曾想到之类"。②

鲁迅信号传递时修辞的精心和谨慎并没有得到这些论者的认可，相反他们认定这些刻意为之的用词都只不过是鲁迅为掩饰自己偏执的论断、狡猾的用心所使用的修辞手段而已。自然，相应的，鲁迅对自己所发信号接收效果的失望也令他对于论争者显得更激烈和不屑，似乎他们在智识和道德上都不足以引起他的尊重。这场信号博弈的动态过程，正如其时的一位观察者看到的那样："鲁迅先生何以如此慢傲，自是柯先生激出来的，柯先生的粗语痛讽，又是鲁迅先生的'经验'引出来的。"③

仔细审视鲁迅对《青年必读书》问卷的初次作答，不能不理解他的失望。鲁迅自身在作答时已经意识到自己无论是"略说自己的经验"的个体立足点，还是"要少——或者竟不——看中国书，多看外国书"这一易扭曲为挑衅国民自尊心的论断，在社会公共博弈中都存在

① 王世家：《青年必读书：一九二五年〈京报副刊〉"二大征求"资料汇编》，河南大学出版社 2006 年版，第 252 页。
② 王世家：《青年必读书：一九二五年〈京报副刊〉"二大征求"资料汇编》，河南大学出版社 2006 年版，第 216 页。
③ 王世家：《青年必读书：一九二五年〈京报副刊〉"二大征求"资料汇编》，河南大学出版社 2006 年版，第 253 页。

着被接纳的巨大的困难,批评者的呛声、《青年必读书》、《青年爱读书》的统计结果(多是中国书)、乃至时至今日的许多指责也都清楚地印证了这一点;其实即使从理性上审视,鲁迅的发言倒是颇为符合一个承认自己有限性的理性决策者的特征的。按照博弈论学人阿里尔·鲁宾斯坦指出的,在有限理性建模时,一个理性决策者需要面对三个问题:"什么是可行的?""什么是想要的?""给定可行性约束,根据愿望,什么是最好的方案?"①鲁迅在作答《青年必读书》时对这三个问题均有清晰而自觉的意识。在"什么是可行的"问题上,他意识到了巨大的困难所以精心修辞;在"什么是最想要"的问题上,他毫不妥协,"行而不是言"是他的优先目标,拒绝那种"'中虽有坏的,而亦有好的;西虽有好的,而亦有坏的'之类的微温说";②他要面对的"给定可行性约束"包括话题、媒体本身的局限性、巨大的传统思维、文化习惯以及他作为其时中国顶级作家的权威影响力等。鲁迅根据自己的欲望目标,评估了可行性,精心调适出了自己认为的最好方案:在《青年必读书》答卷"必读书"栏目内坦承自己经验的有限性,"从来没有留心过,所以现在说不出",在"附注"栏目内以中国书与外国书,行与言对局,意志强悍地表达了自己的论断做出的清晰的论证。

鲁迅作为理性决策者自觉已足够谨慎,他也认为自己使用承认自己有限性的言辞,对可能出现、现实中的博弈对手"退让得够了"。③ 吊诡的是,他的这些修辞恰恰成为了逗引思想冲突的"关键点"。何以如此呢?

从博弈策略上讲,承认自己经验、选择等方面的有限,处于无法撤退的境地,只好采用如此这般的策略,"放弃主动权"、"主动方让给

---

① 阿里尔·鲁宾斯坦:《有限理性建模》,倪晓宁译,中国人民大学出版社第 2005 年版,第 1 页。

② 王世家:《青年必读书:一九二五年〈京报副刊〉"二大征求"资料汇编》,河南大学出版社 2006 年版,第 243 页。

③ 王世家:《青年必读书:一九二五年〈京报副刊〉"二大征求"资料汇编》,河南大学出版社 2006 年版,第 234 页。

对方"这一"最后明显机会"原则，①正是博弈一方的重要杀手锏，所谓"背水一战"即是如此。动态博弈的秘密在于，如何使博弈对手相信自己传递的信号、意图、承诺是可信任的？很明显，那些宣称、强调鲁迅并非简单的个体而是作为著名作家、知识分子，负有对青年指导责任的，那些暗示鲁迅有"卖国"嫌疑的博弈对手并不信任鲁迅的自陈。鲁迅自我感觉已"退让得够了"的自我设限策略在他们的判断里只是一种虚张声势的博弈策略，该如何理解这些博弈对手的不信任呢？

从鲁迅的反击来看，《报〈奇哉所谓……〉》里的"略答几句"、《就是这么一个意思》的同题表述，鲁迅似乎显得很不屑一顾——尽管他亦有具体犀利剖析对方论辩逻辑的文字。这也难怪，博弈诸家中并没有出现很有力量的论述逻辑，多的倒是要么质疑鲁迅的动机、要么从僵硬的律令出发（凡历史遗留就是好的之类），甚至启用了身为中国人不读中国书就是卖国一类的暗示。这也使后来者在阅读《青年必读书》论争的文献时会有一种鲁迅占据着智识和道德高点的感觉。

但需承认的是，对手在智识上的不够高深、道德上的不够完美等并不能掩盖鲁迅所面对的博弈对手的真实性、社会代表性。博弈论的理论发展中也已意识到了，博弈者从来不仅仅是所谓理性的，冲突、博弈时对手的策略选择并不一定遵循浅层的理性原则，现实的"胆小鬼博弈"（斗鸡博弈）中，明知最后冲突危险但依然选择荣誉高于生命的大有人在，如此选择也大多会有特定的社会、文化的价值偏好在起作用。深入理解这些偏好的真实因由才是要紧的事。博弈论大师纳什区分了"争论议价"和"讨价还价"的不同，"争论议价是对各参与人的偏好存在信息不对称的情形"，"讨价还价是指各参与人的偏好是共同知识的情形。"②很明显，围绕鲁迅《青年必读书》一文的论

---

① 谢林：《军备及其影响》，毛瑞鹏译，上海人民出版社 2017 年版，第 37—42 页。
② 参见宾默尔在《纳什博弈论论文集》里的序言，《纳什博弈论论文集》，张良桥、王晓刚译，首都经济贸易大学出版社 2015 年版，第 14 页。

争,正是身处社会转型中的人"各参与的偏好存在信息不对称",缺乏"共同知识"的"争论议价"行为。把它看成参与人享有"共同知识"的"讨价还价"行为,进而品评论争各方的优劣,仍是一些论者一厢情愿的迷思。这已影响到我们对鲁迅更真诚而清醒的理解。由于冲突各方偏好"存在信息不对称",正如博弈论学者宾默尔提醒的那样,博弈时想"由一些首要原则出发来建立一个最优化机制,是极度困难的。"①鲁迅的偏好——"要少——或者竟不——看中国书,多看外国书"、"现在的青年最要紧的是'行'不是'言'",不正是想"由一些首要原则出发来建立一个最优化机制"吗?现实中去实现是"极度困难的"也在情理之中。自然,它的价值也不可用特定处境里实现的难度和结果来衡量。

宾默尔在讨论人们如何达成社会契约时提出了"稳定、效率和公平"的三个优先层面。② 就《青年必读书》事件来说,人们在达成如何读书,如何分配中国书和外国书,如何配置行与言的比重这样一些社会契约时,也会有自己偏爱的"稳定、效率和公平"的优先次序。对于鲁迅来说,行大于言,"效率"是他的最优先选择;对于那些持"因为中国所以必须正确"原则的人来说,这或许是他认为的在各民族国家生存博弈时既公平又稳定的最优选择了,也并非全然荒谬。当然,我们可以很容易分辨出,鲁迅的"首要原则"是极其个人性的,虽显激烈但不失真实,而持守"因为中国所以必须正确"一类原则的分明更贴近"代圣立言"式的诚命,但也因此引人质疑其个人真诚的成色,而且严格说起来还会犯有博弈论中常见的"群体性选择谬误"(个体目标与集体目标混淆的错误)。③

依赫舒拉发的阐释,冲突应该包括冲突的源头、冲突的技术、冲

---

① 宾默尔:《自然正义》,李晋译,上海财经大学出版社 2010 年版,第 328 页。
② 宾默尔:《自然正义》,李晋译,上海财经大学出版社 2010 年版,第 9—10 页。
③ 宾默尔:《自然正义》,李晋译,上海财经大学出版社 2010 年版,第 15 页。

突活动的建模和冲突的结果四个方面。[①] 可以说,鲁迅的众多博弈对手们虽看到了鲁迅"冲突的技术,冲突活动的建模"但并不信任,甚至连他论述的"冲突的结果"——"行"与"言"也多不措意,他们紧盯的是他的"冲突的源头":中国与外国。细细思量,《青年必读书》暗涌的力量来自于在优先选择何种有助于"中国"生存策略上的博弈。博弈论可以有生存博弈与品德博弈的区分,[②]很明显,自鲁迅介入后《青年必读书》、《青年爱读书》分明对应着正是这两种类型的博弈。《青年爱读书》因是品德博弈所以波澜不惊,《青年必读书》则因鲁迅创设了中国青年人生存博弈的格局激起冲突,"指摘自己国度"的鲁迅被批评"有误中国"、"其用心如何……殊可注意"、"昏",甚至或明或暗的指斥"卖国"。[③] 其实,就连他鲁迅自己,他内在的焦虑也在于这种身为中国人面对"生存博弈"时的巨大压力,这和不少学者多从专业学习、文化素养提升这样的品德博弈角度看问题的做法决然不类。

但品德博弈和生存博弈并非泾渭分明,后者才是前者的底色和内在规定之所在。这也是鲁迅的"要少——或者竟不——看中国书,多看外国书"的提议一出即成为聚焦点("关键点")的内在原因。一般来说,聚焦点的存在能使博弈各方成功地对彼此预期做出判断,进而可能达成妥协、寻找到共同利益的交集区,从而达到某种默契,此为"聚焦点均衡"。鲁迅《青年必读书》一文引发的论争,是否能实现这一"聚焦点均衡"呢?这或许是那种简单礼赞或侮蔑鲁迅及其博弈对手的诸君要深思的。

---

① 赫舒拉发:《力量的阴暗面》,刘海青译,华夏出版社 2012 年版,第 9 页。

② 宾默尔:《博弈论和社会契约·公正博弈》,潘春阳等译,上海财经大学出版社 2016 年版,第 7 页。

③ 王世家:《青年必读书:一九二五年〈京报副刊〉"二大征求"资料汇编》,河南大学出版社 2006 年版,第 296、240、244、254、234 页。

二、"个人主观的意见"

鲁迅对《青年必读书》问卷的作答,"青年必读书"一栏,内容是承认自己有限性,但"从来没有留心过"的语气也透出并不懦弱谦下的自信;"附注"一栏的五段内容,第一段仍以自己的有限理性("略说自己的经验")为凭依,清楚交代自己自忖还算切实而非高迈的欲望目标("以供若干读者的参考")。以下四段则是鲁迅的核心论述,我们可以根据鲁迅对看中国书和看外国书(印度书除外)偏好加以数字化处理,括号里是不同策略的收益分值,可得一简单的表格:

	看外国书(2)	不看外国书(0)
看中国书(—1)	2,—1	0,—1
不看读中国书(0)	2,0	0,0

不难看出,鲁迅自己的优势策略选择("要少——或者竟不——看中国书,多看外国书")得分最高(2,0)。这并不意外,基于自己的优先欲望目标,对不同偏好做不同的收益分值设定才是问题的关键,如果这个表格由那些坚持"无不是的中国书"的博弈对手来做,肯定是另一幅模样。博弈论常涉及的公共品供给的囚徒困境就是这样,博弈各方都只从自己的偏好、收益出发,导致无法实现合作共赢,公共品供给最终失败。在笔者看来,《青年必读书》事件也是一个典型的公共品供给的囚徒困境,只不过这公共品是围绕着"青年必读书"的思想方案而已。

参与《青年必读书》的各路名流不乏意识到这一"囚徒困境"的。诸如各种特别强调只是自己"个人主观的意见",①甚至发言资格不

---

① 王世家:《青年必读书:一九二五年〈京报副刊〉"二大征求"资料汇编》,河南大学出版社 2006 年版,第 88 页。

够，"不敢冒充名流学者"、"不配"，①书目只不过反应了遴选者作为"书呆子读书的口味"而已等类似的表达，②既是博弈者自己有限理性的承认，也是自己偏好的显明。这和鲁迅的亮明偏好，和那种"中国文化史是中国青年非读不可的"的偏好真陈并无本质优劣的区别。③

在博弈中各方坦承自己的偏好，预判、尊重、依据对方的策略设定、调整自己的最优策略，本是常态。然而，鲁迅的某些博弈对手似乎还未臻此境，"代圣立言"的独断意味过于浓重。鲁迅在《青年必读书》一文论争中出面回击的两篇文章——柯柏森的《偏见的经验》、熊以谦的《奇哉！所谓鲁迅先生的话》中就不乏如下相似的逻辑：

> 我自读书以来，就很信"开卷有益"这句话是实在话，因为不论什么书，都有它的道理，有它的事实，看它总可以增广些智识……④

> 鲁先生，无论古今中外，凡是能够著书立说的，都有他一种积极的精神；他所说的话，都是现世人生的话。他如若没有积极的精神，他决不会作千言万语的书，绝不会立万古不变的说。……古人的书，贻留到现在的，无论是经、是史、是集，都是说的实人生的话。⑤

---

① 王世家：《青年必读书：一九二五年〈京报副刊〉"二大征求"资料汇编》，河南大学出版社 2006 年版，第 53、96 页。
② 王世家：《青年必读书：一九二五年〈京报副刊〉"二大征求"资料汇编》，河南大学出版社 2006 年版，第 13 页。
③ 王世家：《青年必读书：一九二五年〈京报副刊〉"二大征求"资料汇编》，河南大学出版社 2006 年版，第 69 页。
④ 王世家：《青年必读书：一九二五年〈京报副刊〉"二大征求"资料汇编》，河南大学出版社 2006 年版，第 232 页。
⑤ 王世家：《青年必读书：一九二五年〈京报副刊〉"二大征求"资料汇编》，河南大学出版社 2006 年版，第 236 页。

鲁迅的回击文字里对此类判断的逻辑倒并没有太多措意,但在中国这实在是一种根深蒂固的思维定式,这其实是导致出现对鲁迅那种高度个性化的表达方式负面看法的深层原因。康德的批判性思考或许可提供一些分析的资源。康德根据范畴表把判断分作三类,定言的、假言的和选言的。所谓定言判断就是以"是"或"不是"的形式无条件地论断事物有或没有某种属性的判断;假言判断则是形式为"如果 A 则 B"的有条件判断;选言判断则是断定有几种可能情况下,至少有一种情况存在的判断,"或者……或者……"和"要么……要么……(不是……就是……)"是它的两类形式。康德在谈到"命令"的概念时把"定言的、假言的和选言"简化成了"假言"和"定言"两种形态,选言归入假言,更突出了命令有无前提条件的本质差异。①

上引两段判断性文字的谬误在于,虽然其形式是"定言判断",但其内容本身却并不符合"定言判断"的无条件性。"开卷有益"不是无条件的,从"著书立说"到"积极的精神"的推理也并非无条件的,"古人的书,贻留到现在的,无论是经、是史、是集,都是说的实人生的话",内容上也难算是定言判断。如果从"命令"的角度看,这两段文字虽然有诸如"不论"、"都有"、"总"、"无论"、"凡是"、"绝不会"等修辞手段的强烈加持,这些真理在握式、"命令感"十足的表述还是不能掩盖其故意混淆"假言命令"与"定言命令"的错误。这些论者精心打扮的依然是"个人主观的意见",或者用他们指责鲁迅的原话说,就是"偏见的经验"。②

对于某种假言判断或假言命令,博弈各方往往根据自己的偏好赋予优劣高低的价值评断,这不足为怪,最值得警惕的是把假言判断

---

① 参见邓晓芒:《康德〈道德形而上学奠基〉句读》(上),人民出版社 2012 年版,第 357—377 页。

② 王世家:《青年必读书:一九二五年〈京报副刊〉"二大征求"资料汇编》,河南大学出版社 2006 年版,第 232 页。

或假言命令伪装成定言判断或定言命令。博弈论者大多对"定言命令"心存疑虑,宾默尔甚至宣称"只有假言命令才有些意义"、"自然主义者认为只有假言命令才合乎道理"的不在少数。[①] 同样的,博弈论者也更倾向于是个体本位者而非"代圣立言"者,"参与到人类生活博弈中的个体,并不是某个抽象的所谓'人人'。我们都是独立的个体,并且每个人都有自己的目标和意图。"[②]博弈论者大多也不承认康德作为定言命令的德性诚命,更多愿意从社会演化的角度现实看待人类道德的博弈结果,视特定的道德习惯为特定时空里博弈过程中的特定均衡而已。

无需过多引证,拒绝抽象而缥缈的"黄金世界"乌托邦,只执着于当下现实的生存、发展,且又毫不避讳自己个体经验局限的鲁迅,可谓深具博弈气质的现代文人。他在《青年必读书》论争中的思维方式也是博弈论习用的"假言判断"和"假言命令",这也是"个人主观的意见"在动态博弈中必须使用的标准语式。从博弈论"只有假言命令才合乎道理"的标准看,鲁迅的文章语式可称得上是各类"假言"判断、命令的多重变奏。这里有必要需把《青年必读书》问卷的附注里鲁迅的五段文字做一细致分析:

> 但我要趁着这机会,略说自己的经验,以供若干读者的参考——
>
> 我看中国书时,总觉得就沉静下去,与实人生离开;读外国书——但除了印度——书时,往往就与人生接触,想做点事。
>
> 中国书虽有劝人入世的话,也多是僵尸的乐观;外国书即使是颓唐和厌世的,但却是活人的颓唐和厌世。

① 宾默尔:《自然正义》,李晋译,上海财经大学出版社 2010 年版,第 69、75 页。
② 宾默尔:《自然正义》,李晋译,上海财经大学出版社 2010 年版,第 14 页。

　　我以为要少———或者竟不——看中国书,多看外国书。

　　少看中国书,其结果不过不能作文而已。但现在的青年最要紧的是"行",不是"言"。只要是活人,不能作文算什么大不了的事呢。[①]

　　第一段,鲁迅启动参与博弈的意志("我要趁着这机会"),确定博弈的个体立足点("自己的经验"),明确博弈的策略("略说自己的经验"),设定博弈的优先欲望目标("以供若干读者的参考")。

　　第二段,鲁迅启用一个选言判断设置了一个博弈对局:"要么中国书,要么外国书"。厘定了两种博弈策略的收益:看中国书("沉静,与实人生离开"),读外国书("想做点事,与人生接触")。鲁迅特意把印度书从外国书里剔除,大概是因为从内容上看印度书无疑会令人联想到与中国书而非外国书更亲近的气质。一些论者也的确有启用中外皆有"沉静、与实人生离开"一类书的事实来反驳鲁迅,这一方面说明鲁迅自己尽量严谨的必要,但同时也说明,靠列举式的剔除并不能真正解决问题。

　　第三段,鲁迅又对中国书、外国书做了进一步的处理,其核心策略是通过把局部数量意义上的质转化为整体性质上的量,来解决两类书自身内部存在着的局部内容与整体性质之间的矛盾。

　　鲁迅在第二、三段本能上要解决的,实则是一个生存博弈模型的简单建模问题。但可以推测到,由于缺乏相关的知识技巧与偏好,鲁迅并没有真正完成这一工作,只做了对重要事项的奠基准备。

　　第四段,鲁迅基于自己对以上博弈格局中重要事项的分析,得出了自己认为的最优博弈策略。

---

① 王世家:《青年必读书:一九二五年〈京报副刊〉"二大征求"资料汇编》,河南大学出版社 2006 年版,第 19 页。

第五段，鲁迅把"行"作为自己博弈策略要达致的最优先目标，以此为标准对自己认定的最优博弈策略的收益和损失做出了说明与分析。

这里要特别指出的是，给鲁迅带来论争纷扰的以第四段为最。如果把它放置在第一到第五段的脉络中，这一段实则是一个假言命令（或假言判断）的结论部分，这里笔者根据上文的内容，可以把第二到第四段改写成一个完整的假言命令（或假言判断）：

> 如果我们读书的优先目标是行动，既定条件又是——要么选总体性质上多沉静、使人易离开实人生的中国书，要么选总体性质上更能激励人与实人生接触，想做点事的外国书的话，那么，最优策略只能是：要少——或者竟不——看中国书，多看外国书。

有博弈论的洗礼，我们不必再发出"如此坦率、清晰的博弈策略自陈怎会误解丛生"一类的感慨了。需要思索的，是如何面对这误解的原因。

三、"鲁迅先生被人误解的原因"

《青年必读书》论争末期王铸（王淑明）有《鲁迅先生被人误解的原因》一文，他的总结大体如下：一，人们囿于"传统的影子和型范"、缺乏像鲁迅那样对外界的"感受力"；二，艺术家本身就有因敏锐的感受力超越时代，为时人所不容的特质；三，"喜欢用反语"的幽默修辞反倒造成了群众与鲁迅的隔膜。[1] 迄今为止这三点恐怕仍是人们为鲁迅鸣不平的重要理由。

---

[1] 王世家：《青年必读书：一九二五年〈京报副刊〉"二大征求"资料汇编》，河南大学出版社 2006 年版，第 296—298 页。

关于最后一点，依据鲁迅的如下感慨——"去年我主张青年少读，或者简直不读中国书，乃是用许多苦痛换来的真话，决不是聊且快意，或什么玩笑，愤激之辞"，[①]或者在《就是这么一个意思》一文里的显白重申——"只是倘若问我的意见，就是：要少——或者竟不——看中国书，多看外国书"，怕还是隔膜。鲁迅的言辞绝非"反语"，他只是对机灵、熟巧的"'处于才与不才之间'的不死不活或入世妙法"，虽"不无所知"，但"不愿意照办"。[②] 他实在是显得太不"明智"了。不过，这也得看如何理解何谓"明智"？康德指出，"明智这个词有双重意义，第一层意义可称为对世故的明智，第二层意义可称为私人的明智。前者是指一个人影响他人、以将他们用为自己的意图的熟巧。后者是指把所有这些意图结合成他自己的长远利益的洞见"。[③] 参照康德对明智的两分法，信手写出大量诸如《世故三昧》一类杂文、揭露各色中国式"论辩的魂灵"的鲁迅，谙熟"对世故的明智"自不待言，但他常常加以讥讽的，恰恰就是这类人情世故上的"明智"；和康德相仿，他更为看重的是更高的"私人的明智"，既不回避"私人"，又坚持"自己的长远利益的洞见"，也因此难免不显得既个性十足，又触犯现世。为何非要如此？追究到鲁迅本人个性使然这样的偷懒解释外可否有更切实的体会？而相应的，大多数人最终选择了顺从现世的熟巧和明智，又该如何理解呢？

纳什提出过著名的"智猪博弈"，揭示了竞争博弈中弱者（"小猪"）以等待、搭便车为最佳策略的真相，这或许令我们对包括《青年必读书》论争在内的真实社会博弈场中多数人选择顺从现世的熟巧和明智多了一份认识上的清醒，少了些许道德上的义愤。"智猪博

---

① 鲁迅：《坟·写在〈坟〉后面》，《鲁迅全集》第 1 卷，人民文学出版社 2005 年版，第 302 页。
② 王世家：《青年必读书：一九二五年〈京报副刊〉"二大征求"资料汇编》，河南大学出版社 2006 年版，第 243 页。
③ 参见邓晓芒：《康德〈道德形而上学奠基〉句读》（上），人民出版社 2012 年版，第 372 页。

弈"困局中的"大猪"的命运无非两种,要么继续承担责任,但同时包容"小猪"的"搭便车",以自己在获得低于理想的收益时的持续付出维持整体系统的运转;要么愤怒于"小猪"的"搭便车"、放弃责任,与"小猪"一损俱损。鲁迅在剖析自己的思想时所说的"'人道主义'与'个人的无治主义'的两种思想的消长起伏"、"忽而爱人,忽而憎人",①正是"智猪博弈"困局中"大猪"的典型策略选择评估。它对"大猪"的伤害,正如宾默尔指出的,"陷入这样形而上学的争论,只会把实战派改革家的水搅浑,而这些人实际还抱有改变人心的希望。以社会改革为例,如果按照现有的习惯和风俗来看,改革所带来的成本与收益的分配看起来是对人们不公平的,那么,不管上面的人怎样说教,没有人会在公平的基础上服从这场改革。"②如何走出"智猪博弈"的困境,尤其如何为更能承担责任、也更有力量的"大猪"提供更适宜的生存环境,这牵涉到制度设置与既定社会、文化偏好之间的历史性的演化博弈,能实现的恐怕也只能是特定时期的博弈均衡罢了。"改革者试图忽视这个可行性的约束","乐观主义者不会去询问在改革之后,生活博弈会按照哪个新的均衡运行"并不现实,③《青年必读书》论争之前已提出过诸如"娜拉走后怎样"命题的鲁迅是异常清醒的。在这个意义上,我们欣赏作为"大猪"的鲁迅那种"也并不'偏不让人家读'","有谁要读,当然随便"的宽容,④也理解他"退让得够了"的委屈和激愤,乃至对他希冀于毕其功于一役的那种改造国民性的冲动,更愿意抱有既谨慎清醒但又不决然否定的态度,究其根本是因为,演化博弈的真相就是这样:一方面自然基因与既定文化制约着人类,另一方面人类的演化也在凝聚成新的文化基因。

---

① 鲁迅:《鲁迅景宋通信集·〈两地书〉的原信》,湖南人民出版社 1984 年版,第 69 页。

② 宾默尔:《自然正义》,李晋译,上海财经大学出版社 2010 年版,第 32 页。

③ 宾默尔:《自然正义》,李晋译,上海财经大学出版社 2010 年版,第 336 页。

④ 王世家:《青年必读书:一九二五年〈京报副刊〉"二大征求"资料汇编》,河南大学出版社 2006 年版,第 59、63 页。

至于《鲁迅先生被人误解的原因》一文前两点原因中的关键词——"感受力",的确是人们能否在理性上以同理心理解鲁迅、乃至在情感上和鲁迅产生感同身受的"共情"的前提,也因此在评估《青年必读书》的博弈论争时,"同理心"和"同情心"及各自的偏好才是我们应高度敏感的深层制约因素。在博弈论的发展过程中,宾默尔对"同情心"和"同理心"的区分及个人偏好的分析最具启发,其核心意涵是:同理心偏好是社会文化史的缩影、一种演化博弈的均衡,是"通过模仿而大规模被繁衍的文化拟子",同情心偏好则是人类能达成社会契约、组织化的核心。同情心与同理心的不同在于,前者是既会站在对方立场上感受、思索又会考虑他的利益,即所谓"感同身受",而后者虽基于共通的理性能预估对方的反应但只考虑自己的利益。所以,拥有同理心并不一定有同理心偏好,相反,基于同理心却反对对方利益倒是博弈的常态,只有同情心偏好才真正属于个人偏好。[①]

就鲁迅《青年必读书》一文及其论争的分析而言,演化博弈的启发是,基本上我们可以依据"同理心"与"同理心偏好","同理心"与"同情心"之间的微妙差异就各种意见加以精准定位与研判。[②] 我们自然期待多些"感受力"深厚、对鲁迅更具"同情心偏好"的理解,但同时也坦然面对、甚至欢迎那些基于同理心却反对鲁迅偏好的洞见,庶几才能构成真实有力的博弈,这也是当年《青年必读书》论争时鲁迅骨子里并不满意的原因。博弈仍在继续,也需要在更高层次上谋求均衡,这应是当下的我们得鼓起勇气、继续勉力达至的目标。

---

① 参见宾默尔:《自然正义》,李晋译,上海财经大学出版社 2010 年版,第 199—222 页。
② 限于篇幅此处不再做细密分析。

施蛰存评论鲁迅小说《明天》一事的文献问题[*]

　　施蛰存的《鲁迅的〈明天〉》一文 1940 年 6 月发表于《国文月刊》的创刊号,引起了一些论争和反响,次年 7 月施蛰存又写就《关于〈明天〉》一文予以回应。关于施蛰存的各种选本罕见收录两文,施蛰存晚年倒是对此事多有提及,除信函、谈话外,与此有关或专门的撰文就有四次,还谋求将旧文重新发表。不乏研究者已注意到此事。[①]　不过对于此事的全面文献钩沉尚付阙如,已发现的文献的蒐集、校勘等工作亦未臻完美,一些细节也有待细致考订。

---

[*]　本文缘起于翻阅华东师范大学出版社版的《施蛰存全集》时,发现全集的校勘并不令人满意。上海的两位学人曾怂恿笔者做些校勘,这是吃力不讨好的事,笔者也无足够的精力,只好选择施蛰存评论鲁迅的小说《明天》的相关文章做了一点校勘,顺便也发现《鲁迅研究学术论著资料汇编》这一重要的史料书也略有些手民之误。也曾妄想和鲁迅研究界的同龄学人一起分工合作做些校勘,还是未能实现。

[①]　张梦阳:《鲁迅研究学术史概述(1940—1945.8)》,中国社会科学院文学研究所鲁迅研究室编:《鲁迅研究学术论著资料汇编》(3),中国义联出版公司 1987 年版(下同),第 3 页。吴中杰、吴立昌主编:《中国现代主义寻踪(1900—1949)》,学林出版社 1995 版,第 165—167 页。刘勇:《围绕鲁迅〈明天〉的一场心理批评论战》,《鲁迅研究月刊》2004 年第 5 期,第 38—43 页。王宇平:《〈现代之后〉——施蛰存 1935—1949 年创作与思想初探》,华东师范大学 2005 年硕士论文,第 34—36 页。王学振:《抗战时期大后方文学片论》,中国社会科学出版社 2013 年版,第 73—84 页。沈建中:《施蛰存先生编年事录》,上海古籍出版社 2013 年版,第 1126、1135、1456、1466、1521、1592 页。黄恽:《施蛰存评鲁迅小说的风波》,《南方都市报》2014 年 8 月 28 日 B17 版。

一、施蛰存的四篇回忆文章

沈建中近著《施蛰存先生编年事录》(以下简称《编年》)的 1984 年 12 月 10 日条有:"为了纪念开明书店成立五十周年,中国出版工作协会拟编辑《我与开明》,先生应欧阳文彬之约,撰写了《缅怀开明》(按:后改题为《怀开明书店》,收入文集《沙上的脚迹》)"。[①] 这是施蛰存晚年第一次因缅怀开明书店进而回忆起了开明于 1940 年代所办的《国文月刊》,及创刊号上自己解读鲁迅小说的文章。《怀开明书店》为施蛰存晚年回忆在《国文月刊》上评议鲁迅小说的第一篇文章。

《编年》的 1985 年 2 月 6 日条有:"同日,先生复欧阳文彬函:'拙文误处,烦请改正……《国文月刊》事可改为叶圣陶委托朱自清在昆明组稿,因为我记得有一个开明书店的人经过越南到昆明,转道去重庆,也许是朱自清设宴,在席上谈起出版《国文月刊》的,同席的有朱自清、浦江清、沈从文及我。这个印象还是清楚的,不过记不起那个人是谁了。不要改为'由西南联大出面',还是说叶圣陶朱自清发起这个刊物,由朱自清负责昆明的文稿,我那篇'药'的分析,大约在昆明写成后交给朱自清,此后我就到香港去,《国文月刊》创刊号在桂林出版后,我好久才收到。"[②]这封复欧阳文彬的函表明,施蛰存的回忆难免有并不准确的地方。其实,在《国文月刊》创刊号上发表的文章是《鲁迅的〈明天〉》而非关于鲁迅小说《药》的评论,这才是这份回忆文字里最大的误记。华东师范大学出版社 2012 年版的《施蛰存全集》的第 2 卷——《北山散文集第一辑》收录的《怀开明书店》一文仍真实地保留了这个回忆的错误。[③] 至于说"设宴"一事时一面说"这个印象还是清楚的",一面以疑惑的语气说"也许是朱自清设宴",也需

---

① 沈建中:《施蛰存先生编年事录》(下),上海古籍出版社 2013 年版,第 1126 页。
② 沈建中:《施蛰存先生编年事录》(下),上海古籍出版社 2013 年版,第 1135 页。
③ 施蛰存:《怀开明书店》,《施蛰存全集》第 2 卷,华东师范大学出版社 2012 版,第 350 页。

要查考。施蛰存 1937 年 9 月 29 日到达昆明，随后担任云南大学教职的。他的好友浦江清是 1938 年 2 月到达昆明，而朱自清则是在 1938 年 3 月 14 日来到昆明的。① 关于宴会，朱自清日记 1938 年 3 月 21 日有："逢施蛰存，江清邀。"1938 年 3 月 29 日又有"施蛰存邀于新雅晚餐。侍者甚无理"。② 从这两则日记可知 21 日"设宴"的是浦江清而非朱自清，29 日的应是施蛰存的回请宴。由此可见，写回忆文章时的施蛰存毕竟年事已高，其回忆文字还需细订，未可照单全收。

其后一直到 1992 年，复旦大学的吴立昌教授找到了当年的《国文月刊》，才把施蛰存的《鲁迅的〈明天〉》、陈西滢的商榷文章《〈明天〉解说的商榷》及施蛰存的回应文章《关于〈明天〉》这三篇旧文的复印件交到施蛰存手里。据《编年》，1993 年 4 月 10 日："先生为拟将旧作《鲁迅的〈明天〉》、《关于〈明天〉》和陈西滢《〈明天〉解说的商榷》提供发表而撰写'缘起'：'事过境迁，我早已忘记了这件事。匆匆四十年，上海人也从来没有见过当年用土报纸印的《国文月刊》。去年，复旦大学的吴立昌来访，送了我一个封袋，封袋装的正是这三篇文章的复印件。这使我出于意外的高兴。现在我把这三篇文章托台湾刊物发表一下，想听听台湾青年文学者的意见。在大陆，鲁迅还是至圣至神的偶像，我不敢再一次'得罪'他了。"③这段文字很明显是为谋划在台湾重新发表这三篇文章而准备的，《施蛰存全集》第 10 卷收录了完整的内容，题为《缘起》，这是施蛰存回忆此事的第二篇文章。

据《编年》，1993 年 4 月 16 日："先生致台湾林玫仪函：托蒋哲伦待带去此件，你看过后，转给《联合文学》的安初民，问他能否发表此三文。"④结果不尽如人意，文章在台湾发表未果，《编年》1993 年 6 月 26 日云："先生

① 参见沈建中：《施蛰存先生编年事录》(上)，上海古籍出版社 2013 年版，第 388、407 页。
朱自清：《朱自清全集·日记》第 9 卷，江苏教育出版社 1998 年版，第 518 页。
② 朱自清：《朱自清全集·日记》第 9 卷，江苏教育出版社 1998 年版，第 520—521 页。
③ 沈建中：《施蛰存先生编年事录》(下)，上海古籍出版社 2013 年版，第 1456 页。
④ 沈建中：《施蛰存先生编年事录》(下)，上海古籍出版社 2013 年版，第 1457 页。

复台湾林玫仪函：'那三篇文章不必为我寻求发表了，《中外文学》不相宜，《联合文学》大约是因为太长，有两万字，确有困难，我谅解。你若方便，请复印一份给我，你留下一份，以后再说。'"①"以后再说"，语气里透露出的是继续寻找刊布机会的愿望，可见施蛰存对这几篇文章的看重。

施蛰存知晓的，这三篇文章的重新发表已经到了 1996 年，时年他 92 岁。吴立昌以《文坛旧案：关于鲁迅小说〈明天〉的论辩》为题，将这三篇文章编发在本年 6 月出版的《海上论丛》一书里。② 施蛰存为此所作的《引言》的写作日期是 1995 年的 3 月 17 日。《编年》的1995 年 3 月 17 日条有："先生应约为旧作《鲁迅的〈明天〉》《关于〈明天〉》及陈西滢《〈明天〉解说的商榷》重新发表而撰写'引言'。"③ 这是施蛰存晚年第三次撰文评说此事。《施蛰存全集》第 10 卷——《北山诗文丛编》以"说《明天》"为栏目，收录了这三篇旧文和《引言》，以及上文提到的《缘起》一文。

吴立昌后来又把这三篇文章收录在了自己主编的《精神分析狂潮——弗洛伊德在中国》一书中。施蛰存于 1999 年的 8 月 5 日曾为该书撰写序言，该序言先是以《弗洛伊德、〈明天〉及其他》刊发于上海《新民晚报》的"夜光杯"栏目，④后以《〈弗洛伊德在中国〉序》为题收录于《精神分析狂潮》一书，《施蛰存全集》第 4 卷亦收录，该文的完成日期署为 1999 年的 11 月 8 日。这是施蛰存回忆此事的第四篇文章。

二、已辑录的六篇文章

其实，1987 年 3 月出版的，由中国社会科学院文学研究所鲁迅研

---

① 沈建中：《施蛰存先生编年事录》(下)，上海古籍出版社 2013 年版，第 1466 页。
② 李学勤、吴中杰、祝敏申主编：《海上论丛》，复旦大学出版社 1996 年版，第 346—381页。
③ 沈建中：《施蛰存先生编年事录》(下)，上海古籍出版社 2013 年版，第 1521 页。
④ 沈建中：《施蛰存先生编年事录》(下)，上海古籍出版社 2013 年版，第 1591—1592 页。刊发的具体日期待考。

究室编的《鲁迅研究学术论著资料汇编》(1940—1945 卷)(以下简称
《汇编》)就收录了施蛰存评论鲁迅小说《明天》及其回应的多篇文章。
施蛰存生前应没有留心此书,《编年》著者虽收罗甚广亦未能注意。
本书的责任主编张梦阳在题为《鲁迅研究学术史概述(1940—1945.
8)》的前言里把施蛰存文章的主旨总结为"力图运用佛洛伊德的性心
理学说分析单四嫂子的一种非常隐微的性心理",对这场围绕着《明
天》的争论的六篇文章作了高度的概括,最后指出,"施蛰存对《明天》
的解说自然是不能令人完全苟同的,但是作为一种与众不同的新鲜
的分析角度,还是有开拓思路的积极意义的。这场关于《明天》的别
致讨论,一直持续到一九四一年,在鲁迅研究学术史上应予以适当的
注意"。① 涉及这场讨论的六篇文章分别是:施蛰存:《鲁迅的〈明
天〉》,原载 1940 年 6 月 16 日《国文月刊》(桂林)第 1 卷第 1 期,《汇
编》第 74—83 页;海银:《读了〈施蛰存解说〈鲁迅的明天〉以后〉》,原
载 194010 月 10 日《学习生活》(重庆)月刊第 1 卷第 6 期,《汇编》第
199—202 页;罗荪:《关于鲁迅的〈明天〉》,原载 1940 年 12 月 1 日《抗
战文艺》月刊(重庆)第 6 卷第 4 期,《汇编》第 351—355 页;陈西滢:
《〈明天〉解说的商榷》,原载 1941 年 1 月 16 日《国文月刊》(桂林)第 1
卷第 5 期,《汇编》第 402—406 页;忠:《"听到"和"知道"的商榷》,原
载 1941 年 1 月 16 日《国文月刊》(桂林)第 1 卷第 5 期,《汇编》第
406—407 页;施蛰存:《关于〈明天〉》,原载 1941 年 12 月 16 日《国文
月刊》(桂林)第 1 卷第 11 期,《汇编》第 771—774 页。除去施蛰存、陈
西滢的三篇文章外,另三个作者中,罗荪即著名左翼批评家孔罗荪
(1912—1996)。罗荪的文章里强调鲁迅小说的时代背景和社会意
义,不满施蛰存的"有意歪曲",语带讥讽,但也并非没有可对话的契

---

① 张梦阳:《鲁迅研究学术史概述(1940—1945.8)》,中国社会科学院文学研究所鲁迅研
究室编:《鲁迅研究学术论著资料汇编》(3),中国文联出版公司 1987 年版,第 3 页。

机。譬如，他认为："如果写的是一个都市的现代女性，也许是有点的对，但是《明天》里面所描写的却是'还有些古风'的僻静的小镇，是代表着古中国，旧社会的小镇……"①这里所说的"都市"与"还有些古风'的僻静的小镇"，"都市的现代女性"与传统礼教束缚下的女性之间的对照，是可以启发我们思索施蛰存解读《明天》时使用的心理分析方法产生的都市文化背景的。1930年代初，沈从文就曾说过："以被都市物质文明毁灭的中国中部城镇乡村人物作模范，用略带嘲弄的悲悯的画笔，涂上鲜明正确的颜色，调子美丽悦目，而显出的人物姿态又不免有时使人发笑，是鲁迅先生……施蛰存君，却也用与鲁迅风格各异的文章，补充了鲁迅的说明。"②不过在1940年代的特定历史氛围中，能对此有会意的人怕是少数。笔者迄今还未有见到有此理解角度的论争文章。

至于"海银"和"忠"的笔名，前者在民国时期的期刊上绝少使用，后者则所在多有，涉及文教、科技、时政等多个领域，笔者检览了曾健戎、刘耀华的《中国现代文坛笔名录》（修订版）、苗士心的《中国现代作家笔名索引》等工具书，均未见收录这两个笔名，待考。海银的文章是为"鲁迅先生逝世四周年纪念特辑"而作的，同样强调"文艺是现实生活的反映"，反对施蛰存对《明天》的精神分析式的解读。海银在文章里有"侮辱了鲁迅先生，欺骗了青年"等较刺激性的表述，③施蛰存回忆篇什里的某种怨气或许与此类意见有关，不过施蛰存在回忆

---

① 罗荪：《关于鲁迅的〈明天〉》，中国社会科学院文学研究所鲁迅研究室编：《鲁迅研究学术论著资料汇编》(3)，中国文联出版公司1987年版，第354—355页。

② 沈从文：《论施蛰存与罗黑芷》，原载1931年11月《现代学生》1卷2期，《沈从文全集》第16卷，北岳文艺出版社2002年版，第171，172页。

③ 海银：《读了〈施蛰存解说《鲁迅的明天》以后〉》，中国社会科学院文学研究所鲁迅研究室编：《鲁迅研究学术论著资料汇编》(3)，中国文联出版公司1987年版，第200页。此处编者用的文字与《鲁迅全集》（第6卷，人民文学出版社2005版）所录该文在一些字、词上略有不同，原载1940年10月10日《学习生活》（重庆）月刊第1卷第6期，第228页。另，已有研究表明，本文是由冯雪峰代笔的。

文章里并没有明确提及这篇文章。编者还在此文旁编配了鲁迅的《论现在我们的文学运动》一文里自"民族革命战争的大众文学决不是只局限于写义勇军打仗,学生请愿示威……"到文末的内容。这段话里有"现在中国最大的问题,人人所共的问题,是民族生存的问题。所以一切生活(包括吃饭睡觉)都与这问题相关;例如吃饭可以和恋爱不相干,但目前中国人的吃饭和恋爱却都和日本侵略者多少有些关系……"①从这段编配的文字中也不难看出编者的立场。

署名"忠"的《"听到"和"知道"的商榷》与陈西滢的《〈明天〉解说的商榷》同期发表。施蛰存的《关于〈明天〉》一文里已经注意到了此文。该期(《国文月刊》第1卷第5期)的"编辑后记"里有这样的话:

> 陈西滢先生是武汉大学教授,这一篇《明天解说的商榷》与忠先生的《听到的和知道的商榷》都是被施蛰存先生的《鲁迅的明天》(载本刊第一期)引出来的,此种诚恳,细密的商榷文字,本刊极愿提倡忠先生未以真姓名见示,故不能对读者详细介绍。(原刊"编辑后记"无页码)。

可见几位当期的编辑委员(余冠英、朱自清、罗庸、浦江清、彭仲铎、郑骞)也未识"忠为何人"。需要说明的是,施蛰存在《说〈明天〉·引言》一文中回忆《国文月刊》除第五期有陈西滢的商榷文章外,"中间几期也有几篇较不重要的评论",②查《国文月刊》的二三四期,并无回应施蛰存的文章,看来也是误记了。

---

① 此处编者用的文字与《鲁迅全集》(第6卷人民文学出版社2005版)所录该文在一些字、词上略有不同,原载1940年10月10日《学习生活》(重庆)月刊第1卷第6期,第228页。另,已有研究表明,本文是由冯雪峰代笔的。

② 施蛰存:《说〈明天〉·引言》,《施蛰存全集》第10卷,华东师范大学出版社2012版,第504页。

三、已辑录文献的校勘问题举隅

随着《施蛰存全集》第 10 卷——《北山诗文丛编》以"说《明天》"为栏目,将施蛰存、陈西滢的文章和《引言》、《缘起》两文一并收录,可以想见施蛰存评论鲁迅小说《明天》一事的传播将更广。不过,这些文章的校勘并不令人放心,除去字词上星散的手民之误外,甚至出现了史实的错误。

《北山诗文丛编》所收录的施蛰存的《鲁迅的〈明天〉》一文有这样的表述:

几年前我曾给上海出版的一个《中学生》杂志选刊了一篇鲁迅先生的小说:《风波》,逐步加以解说。当时有几位学生,看了都觉得还有一点意思。……这一回,我想仍旧选一篇鲁迅的小说。①

这里的"《中学生》"在《国故月刊》的原刊里是没有书名号的。《汇编》里同样没有添加。前文提及的《海上论丛》一书收录该文时却是有的。这是个不应有的错误,使人会误以为对《风波》的解读是发生在当时著名的《中学生》杂志上。民国时期文人的行文里书名号的使用有时比较随意,今人整理文献时尽量统一加上自然是比较可取的。但此处加上却是个不小的错误。

查民国时期的《中学生》杂志,施蛰存发表的唯一文章是 1937 年第 75 期的小说《祖坟》。事实上,施蛰存这里提到的选刊鲁迅小说《风波》"逐步加以解说"发表在另一份"上海出版的一个中学生杂

① 施蛰存:《鲁迅的〈明天〉》,《施蛰存全集》第 10 卷,华东师范大学出版社 2012 版,第 505页。

志"——《中学生文艺月刊》的第 1 卷第 3 期的"范作注释"栏目上,选文者是施蛰存,注释者则是陈和。① 从形式上看,对《风波》的解读和对《明天》的注释的方式是完全一样的——给段落加序列号,分节,注重写作技法、"逐步加以解说"。可见,对《风波》的"逐步加以解说"可以说是施蛰存解读《明天》之前一次成功的尝试,这是不应被错误的校勘埋没的。

比较起来,《汇编》保留施蛰存评论鲁迅《明天》一事的资料最多,校勘也较好,但也并非全无问题。譬如:施蛰存的《关于〈明天〉》,《汇编》第 772 页第 24 行,"我所能看出来的"和"从全文的主旨"之间,漏掉了以下文字:"只不过这一点。不错,我所能看出来的。"陈西滢的《〈明天〉解说的商榷》,《汇编》第 403 页第 10 行,"断定他是个乡下美人"与"只要不难看"之间,漏掉了以下文字:"但是至少知道她面目端正,也许有几分姿色。一个年轻女人。"《汇编》第 404 页第 26 行,"我家间壁是一打铁铺。我并不注意听打铁的声音,在平时也并扰乱我读书作事,"这里的"并扰乱"漏掉一"不"字,应为"并不扰乱"。忠的《"听到"和"知道"的商榷》,《汇编》第 406 页该文第 1 段第 3 行,"这句话却蹩扭了"之前,漏掉了以下文字:"这句话当然可以说。但是,没有声音,也只有老拱们听到。"罗荪的《关于鲁迅的〈明天〉》,《汇编》第 352 页倒数第 6 行,"乃是说明这家酒店是'深更半夜没有睡的'"后面,漏掉了"一家"二字。《汇编》第 355 页第 7 行,"他多半会给单四嫂子的性爱这方面得到成功"的"成功"前漏掉了"一个"二字。

四、一篇佚文:龚莺的《鲁迅的〈明天〉》

署名"龚莺"的《鲁迅的〈明天〉》一文,刊于 1941 年由读书生活出

---

① 《中学生文艺月刊》由施蛰存与朱雯合编,上海学生书局出版,总共只出了 3 个月 3 期即停刊了。参见管冠生:《介绍〈中学生文艺月刊〉》月刊,《新文学史料》2011 年第 8 期,第 195 页。沈建中:《施蛰存先生编年事录》(上),上海古籍出版社 2013 年版,1934 年 3 月 10 日条,5 月 10 日条,第 266、274 页。

版社出版的《学习生活》杂志的第 2 卷第 3 期的"作品解说"栏目。文末有署"十一月,二十七日灯下",应是 1940 年的 11 月 27 日,离施蛰存的同题文章发表有 5 个月的时间。龚莺其人待考,此文的论述清晰明快,颇有理论功力,惜未收录至《汇编》。龚莺从新文化运动"反封建倡民主"的时代背景出发,认为鲁迅的《明天》的主题是"妇女生活前途问题",《明天》是"妇女生活前途问题这文艺主题的最初一片路标"。他还提出,"在《明天》一篇中,关于以医药的反迷信反冷淡反庸劣的斗争,则差不多和妇女主题澈始澈终的合而为一,这件事使《明天》中倡民主反封建的主题更加具体更加充实"。[①]

龚莺认为单四嫂子是《明天》里的"唯一主角",并给予这个人物的创作以极高的评价,认为"她是中国封建社会中最大多数平凡妇女的影子;我们在五四以后的新文艺作品中,至今还没有看到,能够在深度和广度乃至具体的程度上超过她的妇女"。[②] 他提出对单四嫂子的理解,"(一般文艺批评家,专爱在人物之某一二种特别凸出的棱角上观察典型,而不能从历史的深度和广度上去把握,是不对的,是肤浅的。)同时,《明天》全篇的描写对象,是单四嫂子,是单四嫂子和她生活于其中的封建的冷酷而始终的社会之关系,以及从这种关系上表露出来的人物和事态,而这些东西又一总凝结在妇女的明天问题这主题的周围;绝不是单四嫂子和某一人某一事物的关系,以及某一人某一事物的本身"。[③] 由此,他明确批评施蛰存对《明天》的解读:

> 施存蛰(按:原文如此)先生所作的解说,(参看国文月刊第一期)就在这一点上也不符合事实:他把蓝皮阿五和单四嫂子并立起来,弄乱了主角地位,因而弄乱了主角和主题的关系,并

① 龚莺:《鲁迅的〈明天〉》,《学习生活》第 2 卷第 3 期,第 157 页。
② 龚莺:《鲁迅的〈明天〉》,《学习生活》第 2 卷第 3 期,第 157 页。
③ 龚莺:《鲁迅的〈明天〉》,《学习生活》第 2 卷第 3 期,第 157 页。

且歪曲了主题,又使蓝皮阿五以外的一切人物减低了在作品中的作用。这一切,必须细细的研究,才能有益于学习;如何处理主题和主角,如何处理主角和她的周围事物,如何置定一件作品的重心。①

至于在文章的行文里说到单四嫂"绝不是乡村美人","这里决没有什么性的下意识"等,②很明显都是在批评施蛰存的解读。如下的这段话更是对施蛰存在评论《明天》时使用心理分析解读方式的直接批评:

> 明天决不是描写心理的小说:全片都从行动和形象上着力描写,只有对单四嫂子描写到心情状况,而且只有在达到高潮的那一段里,才着重的描写心情状况,当一个作品必须归结到主角对于她的生活作一个经验之总结时,这是必须的,与心理主义的心理描写,没有丝毫共同之点。③

五、《战时中学生》选刊《鲁迅的〈明天〉》

1940 年第 2 卷第 11 期的《战时中学生》杂志同样有施蛰存的《鲁迅的〈明天〉》一文。④ 此事未见施蛰存提及。这篇文章发表在《战地中学生》的"文章讲话"栏目里,另用括号加一副题——("文艺作品解说之一"),和《国文月刊》刊发时是一样的。在"编辑后记"里有如下文字:

---

① 龚莺:《鲁迅的〈明天〉》,《学习生活》第 2 卷第 3 期,第 157 页。
② 龚莺:《鲁迅的〈明天〉》,《学习生活》第 2 卷第 3 期,第 158 页。
③ 龚莺:《鲁迅的〈明天〉》,《学习生活》第 2 卷第 3 期,第 164 页。
④ 该刊署名编辑者为李一飞、郭莽西,发行方为杭州正中书局,1941 年 10 月 20 日出版,文章发表于第 42—53 页。

鲁迅先生的作品是大家所崇拜的。现在我们选刊了这篇施蛰存先生的文章,对于鲁迅先生的小说明天分析得这样细,对于大家的写作上,一定有很大的帮助吧。[①]

从"编辑后记"里可以得出的合理结论是,《战时中学生》杂志上的这篇《鲁迅的〈明天〉》应该就选自《国文月刊》。如此被"选刊"倒也印证了该文的影响力。

六、补充文献的可能线索

以下是从施蛰存的文章及回忆录里整理出的可注意的文献线索:

> 《国文月刊》于一九四〇年秋在重庆创刊出版……知道我这篇文章在重庆、昆明引起了许多反应文章。多数人认为弗罗伊德的心理学说是唯心论,因此,我的解析也是唯心论。用唯心论观点来解析鲁迅的小说,是侮辱了鲁迅。但也有同意我的观点的,不过只占少数。[②]

《汇编》所录各文及龚莺的《鲁迅的〈明天〉》均未以"唯物"、"唯心"的分歧批评施蛰存的文章,如果施蛰存的回忆不错的话,还需要进一步的文献钩沉。

> 较少一些人,对于我那篇文章的商榷,大都集中在"听到"和"知道"这个问题上。……关于这一问题,我在看见第一篇纠正

---

① "编辑后记",《战时中学生》1940 年第 2 卷第 11 期,第 84 页。
② 施蛰存:《说〈明天〉·引言》,《施蛰存全集》第 10 卷,华东师范大学出版社 2012 版,第 503 页。

我的文章(仿佛是江西前线日报)的时候,就不禁为之一愣。①

从这段话里可见,除《汇编》已辑录的忠的文章之外,还应该有其他文章讨论施蛰存提出的《明天》里的"听到"和"知道"的用词问题。施蛰存的《鲁迅的〈明天〉》发表于 1940 年 6 月,他所见到的"第一篇纠正我的文章"应该时间不会相隔很久。至于发表的刊物,"仿佛是江西前线日报"的表述使文献钩沉的线索相对模糊。需要说明的是,《全集》版里的《关于〈明天〉》一文将"仿佛是江西前线日报"的"仿佛"二字漏掉,变成了信息确凿的"是江西《前线日报》",②着实误人不浅。

> 由于当时东南四省与西南四省交通隔绝,消息不通,我在福建,无法见到西南各省的书刊,只有从浦江情、沈从文的书信中,知道我这篇文章,在重庆、昆明引起了许多反应文章。③

施蛰存在《怀开明书店》、《说〈明天〉·引言》、《〈弗洛伊德在中国〉序》三篇文章里均提到了可能是从浦江清、沈从文的书信里获知自己的《鲁迅的〈明天〉》引起了许多反应文章。可惜这些书信均未见出版,大概已经遗失也未可知。北岳文艺出版社 2002 版的《沈从文全集》中收录的所有致施蛰存的信件里也未有相关内容。④ 至于浦江清那里,也未见到相关书信问世。更遗憾的是,浦江清 1940 至 1941 年的日记遗失,已无从知晓他是否告知过施蛰存何种信息。1942 年

---

① 施蛰存·《关于〈明天〉》,中国社会科学院文学研究所鲁迅研究室编:《鲁迅研究学术论著资料汇编》(3),中国文联出版公司 1987 年版,第 772 页。

② 施蛰存:《关于〈明天〉》,《施蛰存全集》第 10 卷,华东师范大学出版社 2012 版,第 523页。可对照该文在《施蛰存全集》与《鲁迅研究学术论著资料汇编》(3)里的文字差异。

③ 施蛰存:《说〈明天〉·引言》,《施蛰存全集》第 10 卷,华东师范大学出版社 2012 版,第503 页。

④ 沈从文:《沈从文全集》第 18 卷,第 389—394 页;第 25 卷,第 94—96 页;第 26 卷,第30—33、68—69、519 页。

10月8日12日浦江清倒是曾路过厦门大学见到施蛰存，但这几日的日记里也并未记载施蛰存评论《明天》一事。① 看来，对施蛰存的这条回忆内容的确认还有待更多文献的发掘。

施蛰存还在《怀开明书店》一文里提及文章发表后在改进出版社的黎烈文、福建省图书馆的董秋芳曾告知他了一些批判他文章的信息，查览香港作家书局的《黎烈文全集》、董秋芳的《董秋芳散文：我和笔杆》一书，②并无发现，具体情况还有待进一步的钩沉。

余论：争论结束的原因

至于这场争论的结束，施蛰存晚年有朱自清授意结束的说法——"记不得是浦江清，还是沈从文，从昆明来了信……来信又传达朱自清的意见，希望我继续给《国文月刊》写几篇讲解新文学作品的文章，但不必再分析鲁迅的小说。"③的确，《国文月刊》自刊出施蛰存的回应文章《关于〈明天〉》后，一直到1949年8月的最后一期（第82期），除了在第81期有署名"庆兰"的《〈儿时〉非鲁迅所作考》一文涉及鲁迅外，竟再无一文讨论鲁迅作品。不敢妄断这是否是因为编者对施蛰存的文章引发的争论印象过于深刻所致。不过，施蛰存此后不再给《国文月刊》写稿也是事实。至于是不是朱自清授意结束这场争论的，笔者倒是愿意存疑。

朱自清日1941年6月6日有："接施蛰存信，彼现在福建永安，中正大学旅费事没有提到，到底还没还？真是怪事。"④可见施蛰存的两篇文章发表之间的那一年里，二人是有书信往来的，是否需要经浦江清或沈从文转致施蛰存停止评论鲁迅小说呢？尤其是，朱自清这

---

① 浦江清：《清华园日记　西行日记》，三联书店1987年版，第198—202页。
② 黎烈文：《黎烈文全集》，作家书局2011年版；董秋芳：《董秋芳散文：我和笔杆》，浙江文艺出版社1993年版。
③ 施蛰存：《怀开明书店》，《施蛰存全集》第2卷，华东师范大学出版社2012版，第350页。
④ 朱自清：《朱自清全集·日记》第10卷，江苏教育出版社1998年版，第129页。

一时期同样在写关于鲁迅小说的评论,1940 年 10 月底他曾作《鲁迅〈药〉指导大概》一文,①之后收入 1942 年 3 月由朱自清和叶圣陶合署,重庆商务印书馆出版的《略读指导举隅》一书。如果对照《鲁迅〈药〉指导大概》和《鲁迅的〈明天〉》,不难发现,两文在给小说段落加序列号,逐段详细讲解的形式上是颇为类同的。所以,朱自清不大可能授意施蛰存结束对鲁迅小说的解读,这似乎也不符合他的行事风格。

反倒是,作为《国故月刊》编辑的朱自清的鲁迅小说解读,是否也从施蛰存的文章写作形式上得到了启发? 这恐怕是个虽饶有意味,但同样几乎难以索解的谜了。

---

① 姜健、吴为松:《朱自清年谱》,光明日报出版社 2010 年版,第 198 页。

辑二

寻找鲁迅研究的迁流

"鲁迅怎么看我们"：王富仁的鲁迅研究断想 [*]

　　若是依据王富仁老师的为人为文，由我来妄议下他的鲁迅研究，自然也是可以的。那原因之一在于他不会以身份、成就之类鄙夷每一位热爱鲁迅的普通人。谈起他来恐怕说"王老师的为人为文"比"王先生的道德文章"更接近他本人一些，这大概是我感受中他的真实存在，平民气胜于学者范，宽厚、亲切。更重要的，他始终如一的深切体认、发展着鲁迅的精神和思想，在他那真诚、朴茂且别具启发性的研究里，对鲁迅感同身受的情感催生出了绵密的思想，思维的拓展又唤醒了更多的体悟，他那行文论说的率真和勇敢常常令人心向往之。他的研究不仅值得学术性的汲取，恐怕还将成为测量新一代研究者精神成色的重要思想资源。他曾对远离所谓上流京海文化界、已沦落至外省小校的卑微的当代鲁迅研究者乃至一般知识分子的悲哀与尊严有着动人的体察。^① 作为正粉墨登场的 1970 年代鲁迅研究者的一员，本人恰恰正过活在相类的处境里。这其实也不足为怪，每

---

* 本文缘起于黎保荣兄 2017 年年初的约稿，草于 2 月下旬，3 月 2 日写就。其时毫不知晓王富仁老师的病情，他于 5 月份去世时，笔者深感自己撰文的唐突和鄙陋，尤其担心当时会不合时宜。时隔一年，业师朱德发先生于 7 月也因病逝世了。灵堂前、归家后笔者都禁不住地潸然泪下，感念师恩外，还为了朱老师和王老师一样，身上那种五四精神的倔强。

① 王富仁：《中国文化的几个层面——段国超先生〈鲁迅论稿〉序》，《宝鸡文理学院》2004年第 5—6 期。

个人都得为自己散在中国社会各处的生命负责,虽然和鲁迅一样,"我自爱我的野草,但我憎恶这以野草作装饰的地面"①。王老师热爱鲁迅却不曾躲在鲁迅的背后唯唯诺诺,我们自不必猫在王老师的研究文章里掩饰属于自己的困惑,以下关于他的鲁迅研究的点滴断想,自然是立足于自己的问题意识的,只是限于篇幅也只能讲些梗概的东西了。

一、"鲁迅怎么看我们"

我愿意借用王老师未必偏爱的大儒朱熹的那句"新知培育转深沉"来综括他的鲁迅研究。这里的"新知",是指以鲁迅为杰出代表的中国现代文化里最宝贵的精神传统、思想追求熔铸成的"新知";这里的"培育"既是指他的研究本身就是这一传统的传承和发扬,又是指迄今为止这一传统并不像时人想像的那样强大,反倒是常常被涂油抹粉、抽筋敲骨,依然需要用心"培育"乃至激动的争论,林林总总的以冷漠、温热乃至苛严的情绪对待这一传统的评说虽然也提出了特定的问题,但在骨子里毕竟是隔膜的。"转深沉"的"转"既是指这一传统本身的生长性、转化性,也是指王老师作为研究者与社会思想变动高度同步的动态感,"深沉"则是一种渗透着理性的有风骨的深刻,有深度的风骨,它是鲁迅这一精神传统培育出的人格力量。

当初阅读时,王老师的《中国反封建革命思想革命的一面镜子——〈呐喊〉、〈彷徨〉综论》(以下简称《镜子》)给我印象最深的,还不是他那高度自洽的系统性研究范式多么高明,而是他那绵延不绝、层层皴擦、枝枝蔓蔓的文风。这文风恐怕到现在都令不少有深厚文言修养尤其有着咬文嚼字嗜好的同行头疼。奇异的是,在这涌动着情绪、裹挟着类比、直白着好恶的语流里,竟然流淌出了令人应接不

---

① 鲁迅:《野草·题辞》,《鲁迅全集》第2卷,人民文学出版社2005年版,第163页。

暇的对于鲁迅作品无与伦比的真切感受。譬如：这是他讨论小说《在酒楼上》里的吕纬甫的温情的一段文字："吕纬甫所表现出来的种种温情，就其本身而言，并无可以深责的地方，是在正常状态下的人之常情，但在当时的思想环境中，却成了沉埋吕纬甫的陷阱，这里的条条葛藤都把他拴住、捆住、缠住、绑住，把他牢系在封建现实关系的网络中，再也动不得、挪不得。"[①]这句子里的情绪以"但"字为界，由贴心的理解逐渐紧张乃至最后推向恐惧、窒息，与吕纬甫的生存轨迹却是高度偃贴的。再譬如，这是分析《孤独者》里的魏连殳的失败的文字："他的失败，不像吕纬甫那样是被封建传统传统势力的流沙掩埋了的一株灌木，也不像涓生、子君那样是被封建思想势力的巨浪颠翻的一叶小舟，而是被封建思想势力的狂飙摧折了的一株巨木。"[②]这论断一波三折的总体节奏是铿锵的，但这语流里充盈的却是发散性想像带来的三幅生动的生命景象图，对比之下魏连殳的悲剧性命运愈加昭然可见。再看如下关于鲁迅本身的直白文字："只有在压迫者面前，鲁迅的面目才是可怕的，他会因神情紧张而脸色变得铁青，因用力而肌肉抽动、面目变形，但在我们这些贫弱者面前，他会同我们一起哭，一起叹息，一起诉说人生的艰难，一起袒露内心的矛盾，一起哀叹斗争的疲惫，一起在混茫的人生之途中困惑地辨识着每一条似路非路的东西摸索着前进着。对我们，他不是审判者、训导者、指挥者，而是亲人和朋友。在他的意识中，不是他应当审判我们，而是我们，我们这些属于平民百姓的华夏子孙，我们这些对他来说属于未来的人们，应当审判他，审判他的一生，审判他的未经证实的言行和追

---

① 王富仁：《中国反封建思想革命的一面镜子——〈呐喊〉〈彷徨〉综论》，北京师范大学出版社 2000 年版，第 88 页。

② 王富仁：《中国反封建思想革命的一面镜子——〈呐喊〉〈彷徨〉综论》，北京师范大学出版社 2000 年版，第 94 页。

求"。这段话简直是一处炽热心曲的激流,热腾腾的,鲁迅的神情紧张点燃的是王老师的激越,一方面他热情地呼唤着我们一道去亲近鲁迅,另一方面似乎又迫不及待,隐隐的似乎要失去对我们的信任,转而又为鲁迅的身后命运嘘唏,在微妙心思的转换中,语言的闸门打开,郁积的情感索性一股脑朝我们倾泻过来,并最终将我们拥抱、淹没。

王老师的行文,正如他感受到的鲁迅小说那样,"感情的热焰包容着他的理性认识,他的明确的知性认识给他的感情的热焰续这燃烧不尽的柴薪"[2]。我以为不能领会王老师如此文风的力量和热度,恐怕是很难真正进入到他的研究世界里的。我们也的确要承认一个事实,中国文化强大的文言传统锻造的文章多非这样急切的遄流,多的倒是四六句顿挫的文字方塘,鲁迅称许的庄周那样的"汪洋恣肆,仪态万方",苏东坡被称道的"涣然如水之质,漫衍浩荡"毕竟是极少数卓越的生命才迸发出的异彩,即使鲁迅自己何尝不也认为自己的文章是"挤"出来的。有意味的是,王老师自己倒是常常感叹自己的文章究竟还是属于学院派的,和鲁迅作为一个伟大作家的传统还得分属两类,大概是认为学院派偏重于理论的推衍而短于情感体验的凝结吧。他深以为憾、感受到差距的、也是他努力靠近的,其实正是全部鲁迅研究的基础,那就是对鲁迅这样一个生命个体的真实感受,由此出发才能展开对鲁迅的情感、愿望、意志、思索的评头论足。在王老师的鲁迅研究里,希望建立的也是以鲁迅的文学尤其《呐喊》、《彷徨》里的小说为根柢的世界。它可以以情感的吸附力吸引到与鲁迅心灵相通的人,这是在社会政治、文化的思潮频繁变迁后鲁迅研究

---

① 王富仁:《中国反封建思想革命的一面镜子——〈呐喊〉〈彷徨〉综论》,北京师范大学出版社 2000 年版,第 167 页。

② 王富仁:《中国反封建思想革命的一面镜子——〈呐喊〉〈彷徨〉综论》,北京师范大学出版社 2000 年版,第 5 页。

的重生之源;与此同时它也以情感的真挚性测量着各类围观之人的真实心思。这和包括我自己在内的众多鲁迅研究者更倾向于以某种思想资源为凭依、寻找某种思想、心理支点撬起(翻)鲁迅的做法是决然不类的。在鲁迅研究史上,以"文学"而非思想作为鲁迅精神世界最深沉的所在,也不乏其人,如日本学者竹内好在《鲁迅》一书里也曾提出过鲁迅身上"文学家"与"启蒙者"的对立问题,但像王老师这样执着的其实并不多见。他几乎把中国现代社会、文化发展的诸多命题都纳入到了鲁迅文学世界里描述的种种人生图式中加以审视,例如他对《孔乙己》里鲁镇酒店格局的分析就是这样。他视这一格局就是迄今为止中国社会权力结构的文学性表达,自己就是当代的孔乙己而已,小说高度容纳了他作为当代知识分子最真实的私人情感和社会感受。① 他的绝大多数研究都是如此,他是想借鲁迅的眼看清生活的世界,所以他的很多表达可以说都是在以自己的语言重新唤醒、推衍鲁迅的感受和思致。他那急切、热烈、绵长的文风正是自己努力贴近鲁迅文学世界,感悟鲁迅文学世界里各种情感振荡的表征。每个研究者的性情自然是不同的,但恐怕也得承认,没有敏锐多感的体悟,在对鲁迅作品的分析时是不可能写出这类随处可见的文字的,譬如:"鲁迅是以极其强烈、极其深厚的同情,以即将迸裂的心,以即将断弦的忍耐,来叙述魏连殳的悲剧命运的。"②再比如:"在《在酒楼上》的吕纬甫的悲剧是深沉的,浓郁的,它更多地唤起的是人们的忧郁的情思,而较少压抑着的愤懑。他是被琐细的温情蚕食掉的觉醒者的形象,在这一过程中他有着哀婉的叹息,但却无剧烈的痛苦,鲁迅对他的同情也由于这种性质而呈埃着浓郁而不炽热的色彩。③

---

① 王富仁:《中国文化的守夜人》,人民文学出版社 2002 年版,第 209—224 页。

② 王富仁:《中国反封建思想革命的一面镜子——〈呐喊〉〈彷徨〉综论》,北京师范大学出版社 2000 年版,第 91 页。

③ 王富仁:《中国反封建思想革命的一面镜子——〈呐喊〉〈彷徨〉综论》,北京师范大学出版社 2000 年版,第 92 页。

王老师自己是这样"体验"着研究鲁迅的,也是以这样的标准衡量鲁迅研究的,在他《鲁迅研究的历史与现状》一书里或礼赞或批评最多的就是鲁迅生前身后各色人等、研究者的真实人生体验。在这个意义上,王老师自己感受到的自己的学院派属性不利于理解"文学"的鲁迅的矛盾是有普遍意义的。也恰恰在这一点上,王老师的鲁迅研究,的确如前文所说"恐怕还将成为测量新一代研究者精神成色的重要资源"。反躬自省,恐怕当下不少所谓的鲁迅研究文字是既无"力"也无"心"的,甚至是反鲁迅精神的,是一种可悲的研究的变异,这是那些文字里唬人的权威腔调、浮夸的才子气,精明的大述小引套路(按王老师的说法这是绅士、才子、流氓气)等等都无法掩饰的。

记得在"纪念鲁迅诞辰 130 周年大会"上做总结发言时,王老师曾说,鲁迅研究无非两个问题,"我们怎么看鲁迅"和"鲁迅怎么看我们"。他的研究表明,他是把"我们怎么看鲁迅"时是胡说八道还是言不由衷的标准放在"鲁迅怎么看我们"那里的。虽然,本质上他体悟到的鲁迅只能是他自己的鲁迅,是不可以霸道地成为普遍的鲁迅研究的标准的——这也是他常常既谦卑又豁达地承认的,但全部的鲁迅研究要接受"鲁迅怎么看我们"的诘问却是真切的,严肃的,不容回避的。这个诘问其实是要确立我们研究者的品质和身位,老实说是巨大的精神拷问,我本人就常怀有"对他入谜又心怀恐惧"的感受。在王老师看来,他的研究要持守的立场是明确的,那就是"中国文化本位论"。[①] 他的研究是有前提的,"鲁迅与中国文化的研究永远是一个有前提的研究……我们这些生活在中国文化内部,身受着这个文化结构的束缚,希望中国文化继续朝着更加科学、民主、自由的现代化方向发展……"[②]我以为,王老师确认的这些前提并非没有反对意

---

① 王富仁:《先驱者的形象》,华东师范大学出版社 2014 年版,第 453 页。
② 王富仁:《中国文化的守夜人》,人民文学出版社 2002 年版,第 6—7 页。

见,譬如想以"基督信仰"、"儒家礼制"等等重新规化中国社会、文化的人就未必首肯。思想界的歧途与对峙是不可避免的,王老师的很多论说我们新一代鲁迅研究者自然不必盲从,争辩与挑战时有点"太岁头上动土"的张狂恐怕也是可以宽容的,但就鲁迅研究来说,尤其是对于"我们这些生活在中国文化内部,身受着这个文化结构的束缚,希望中国文化继续朝着更加科学、民主、自由的现代化方向发展"的研究者来说,他倾心热爱鲁迅的热情、意志、浸润着鲁迅精神的风骨是我们应感佩且传承的。离开了这些深厚沉实的精神动力,鲁迅研究者只会离鲁迅的精神越来越远,攀缘着各种精明的管道成为又一个成功的"做戏的虚无党",那简直是一定的。

二、"我们怎么看鲁迅"

在各个时期,王老师在鲁迅研范式的更新上高度的自觉和探索的开拓性是引人瞩目的。最为鲁迅研究界熟悉的,莫过于《镜子》一书以社会思想革命与政治革命对局,以两者之间的偏离角为切入点,最终在二者异同之间的细致辨析中建立起了庞大的论述系统,颇有马克思的博士论文《德谟克利特的自然哲学和伊壁鸠鲁的自然哲学的差别》的方法论神韵。在《鲁迅与中国文化》的长文里他先以共时性的文化空间观念审察了"纯客观或流线体的文化历史观"的不足,然后以文化的创造性、超越性又将历时与共时,断裂与延续两者合二为一,建立了研究"鲁迅与中国文化"的文化空间架构,结构感十足。①其他具体问题的论述中每每也是先从调整人们习以为常的研究观念入手的,如《鲁迅小说的叙事艺术》一文很明确就是要以"文化分析与叙事学研究的双重变奏"实现以具体的分析取代传统叙事学偏好抽

---

① 王富仁:《中国文化的守夜人》,人民文学出版社 2002 年版,第 2 页。

象的旨趣。① 再譬如《中国文学的悲剧意识与悲剧精神》一文是以人的自由意志与宇宙意志的对局研究悲剧,以悲剧性的生活感受与悲剧性的精神感受的对局来讨论中国人的悲剧意识。② 至于借用鲁迅对自己思想的自陈——"个人主义与人道主义的消长"那样的对局来分析鲁迅的作品更是自然晓畅,譬如:"假若说《在酒楼上》是对失去了个性主义骨架的人道主义的否定。《孤独者》则是对失去了人道主义枝叶扶持的个人主义的否定。但它们的否定又都不是简单的否定,而是在二者的消长情势中的相对的否定,其否定的对象都不是人物本身,而是导致觉醒知识分子发生这种思想变化的社会思想的现实状况。"③ 诸如此类的具体论述不胜枚举,不必赘引。可以说,无论从宏观还是微观,王老师都自觉地建立起了一个属于他自己的鲁迅研究的解释系统。

这一解释系统最显著的特点是,在不同论述层次上都建立起了一对对局的核心概念,以这一对核心概念的对立、差异、偏离、互相转化乃至在更高层次上的对立统一的运动逻辑构成思考、行文的骨架。对立概念的其中一个常代表着某一时期人们习以为常的解释角度,它在特定历史阶段、特定社会位置上自然有其合理之处。但随着它的覆盖范围日渐扩张、其内在的生命力却愈见枯竭,其合理性超出了边界后必然因脱离鲁迅的生命体验本身变得虚伪和言不及义起来。此时,人们或出于惯性还在继续使用这些概念但也因此了无新意、虚情假意乃至现出了残酷的吃人面相,或出于情绪上的厌恶对其嗤之以鼻,不屑一顾。其实,最需要的是在更高层次上理性地打捞它的合理性乃至宝贵的精神潜力,从而审定它的边界,安放它的位置,寻找

---

① 王富仁:《中国文化的守夜人》,人民文学出版社 2002 年版,第 149 页。
② 王富仁:《中国文化的守夜人》,人民文学出版社 2002 年版,第 293 页。
③ 王富仁:《中国反封建思想革命的一面镜子——〈呐喊〉〈彷徨〉综论》,北京师范大学出版社 2000 年版,第 90—91 页。

它的更生。不如此而一味趋新,企图依靠万花筒一样的新词汇、时髦观念的轰炸、覆盖其实是另一种虚浮的表面功夫,究其根本也是不诚实的,这当然也是看重对鲁迅的感受、体验的王老师同样不以为然的。当然,王老师的尴尬在于,旧习惯浸透的人会固执地反感王老师的更动,《镜子》出版后对其偏离马克思主义理论的指控正是如此;他们实在批判错了对象,在王老师的研究中,他从来不鄙薄任何关于鲁迅的观念,总是努力揣摩其创造者、提出者真实的人生体会、问题意识,然后将其安放在鲁迅研究历程的适当环节和位置上,他是努力将知人论世的宽厚、真诚和社会理性批判的严肃性高度相结合的;其实若仔细思量,这不正是鲁迅本人在整个中国现代社会思想文化发展过程中开展文化批评的真实写照吗?

虚浮的趋新者自然也是不以为王老师有先锋性的,王老师自己的思想理论资源的确也没有那么丰富、新锐和高明,他视 19 世纪的文学才是最有深、广度的文学资源,虽然谙熟大多数马恩著作却连《资本论》都没看过,思想资源、现代艺术趣味的单一都是显豁的。他更仰仗的还是现实社会与鲁迅的精神世界之间双向激发的生命感受。王老师也不是很看重自己研究方法的抽象化和理论化,对概念的分类、使用也不那么的精密,只要能传达出他真实的感受和认知他是更倾向于得鱼忘筌的,这和当下人文学术高度的科层化、刻意经营的品牌化潮流都是相逆反的。然而这种研究方法在鲁迅研究这里却是高度贴切的,与朴实的活泼和睿智相伴的是它强大的解释力量。何以能如此呢?那秘密是值得细细体会的。

我以为,王老师的研究方法其实就是生命本真的"辩证法",只是他没有大量援引辩证法的理论表述罢了。黑格尔以无比抽象的哲学系统写出《精神现象学》等著作后,辩证法的真意被封存在了晦涩的理论高墙内,王老师自己零星提到过精神辩证法,根据我的阅读印象他对马恩的一些引述里不乏辩证法的影子,但未见引述过《精神现象学》。当然,读不读黑格尔的《精神现象学》并不能成为是否具有辩证法精神的标准,鲁迅自己更喜欢的倒是敌视黑格尔的诗性的尼采。不过,熟读黑格尔的《精神现象学》,有助于对王老师乃至鲁迅的运思方式进行理性审视,这点阅读心得我倒颇想敝帚自珍。譬如,黑格尔讲到作为植物的花蕾到花朵的流动性时说:"它们的流动本性却使它们同时成为有机统一体的诸环节,它们在有机统一体中不但不互相抵触,而且彼此都同样是必要的,并且正是这样同样的必要性才构成完整的生命。"[①]的确,如若我们把整个中国现代文化作为一个正在发展的"有机统一体",与鲁迅有各种差异、对峙关系的各类文化的代表人物也应该在他特定的位置上成为一个"环节",情感上的好恶不能影响判断的理性,这其实正是王老师在考察鲁迅与中国传统文化、现代文化的各种人物时所主张的。

按照邓晓芒的研究,黑格尔的辩证法,究其根本是一对对立的概念构成的矛盾的运动,即作为矛盾双方的努斯精神与逻格斯精神之间既对立又互相转化形成的否定之否定过程。这里的努斯精神与逻格斯精神,在西方哲学的精密分析中自然有其复杂的意涵,如略而言之,其实就是人灵魂的超越性、自发性和语言、思维的规范性、一致性之间的矛盾,前者追求自由,后者强调必然性,但其实二者又必须互为基础,最终在"理性"中合而为一。[②] 黑格尔在《精神现象学》里步步为营,层层递进,为我们展示了人类的精神由从最简单的感觉开始,在自身的否定之否定(自否定)的不断新生中生成人的全部精神世界的过程。我在阅读时每有辩证法内在的精神(自否定)与鲁迅的精神特征可以相对照的强烈印象,譬如,黑格尔说:"精神的生活不是害怕死亡而幸免于蹂躏的生活,而是承担起死亡并在死亡中得以自存的

---

① 邓晓芒:《黑格尔〈精神现象学〉句读第一卷》,人民出版社 2014 年版,第 59 页。
② 邓晓芒:《黑格尔辩证法演讲录》,北京大学出版社 2005 年版,第 7—10 页。

生活。精神只有在绝对的支离破碎中把持住其自身时才赢得它的真理。精神之所以是这样的力量，不是因为它作为肯定的东西对否定的东西根本不加理睬，就像我们对某种否定的东西说这是虚无的或虚假的就算了事而随即转身他向那样；相反，精神之所以是这种力量，仅仅是因为它敢于面对面地正视否定的东西并停留在那里。"①我认为这可以看作是对体现鲁迅精神深度的散文诗集《野草》里的"野草"、"过客"、"死火"、"枣树"等等意象的精神实质，对鲁迅"野草"式的生存哲学最深湛的哲学化阐释了。或者说，鲁迅精神世界内部的运动性本身是内蕴着"辩证法"的特征的，这才是王老师充盈着情感体验的辩证法的研究方法的源头。

　　这里需要为自己通过黑格尔《精神现象学》的哲学智慧审视王老师的研究范式乃至鲁迅的精神特征这样一种方法略做解释。如果说仅仅把黑格尔的思考定位成金科玉律，以此鞭打出鲁迅的浅薄以自高，那自然是可笑的。毕竟辩证法的内在精神是属于全人类的，不仅在中国的道家哲学、《易经》等文化典籍里有着相类的丰富的思想，重要的是在人们的现实社会生活里也是不缺乏"辩证法"的生活智慧，这一点在深谙中国社会人情世故的鲁迅那里更是不在话下，各种揭露所在多有。从思维方法上，王老师的鲁迅研究中体现出的力量、深度与此都息息相关。但若是承认辩证法的成熟理论形态的确是由黑格尔完成的，对他精深的思考刻意拒绝怕也不是鲁迅主张的"拿来主义"的气度。鲁迅是不以诘问自己、批判中国传统文化的缺失为耻的，自己倒是愿意遍引人类精神世界的各路豪杰大德，如拜伦、达尔文、尼采、陀思妥耶夫斯基、克尔凯郭尔、耶稣、佛祖等等的眼光来审视自己和中国，晚年他更是欢迎真正的马克思主义者对自己展开批评。看来，"援引某种精神资源看鲁迅"这种看鲁迅的方式并非没有

---

① 邓晓芒：《黑格尔：〈精神现象学〉句读第一卷》，人民出版社2014年版，第280—281页。

它的价值。其实这不恰恰是人类精神活动、尤其是学术思想活动的常态吗？王老师的鲁迅研究里，也是很强调比较的研究方法的，甚至在不同文化传统、人物之间进行同中之异和异中之同的比较，正是王老师无比娴熟的拿手好戏。

但他的确是不太强调理论本身的自足性的，他更重视的是在中国的境遇里某种表达的社会功能，恐怕对"援引某种精神资源看鲁迅"的方式也是疑虑大于信任。生活的经验、某类挟洋以自重的中国现代文化人物的表现，鲁迅的感受等都提醒着他，这种"援引某种精神资源看鲁迅"的做派是很容易催生出当代的"假洋鬼子"的，因为"援引某种精神资源看鲁迅"是很容易在这种精神资源与鲁迅之间建立起等级关系的。毕竟中国社会从其本质上还是一个法家的法、术、势这套系统才能深切解释的社会，在这种境遇里文化活动中的权力、等级关系导致的文化的变质，是一切有良知的中国现代知识分子都深恶痛绝、异常警惕的。鲁迅对中国社会的很多批判，王老师对围绕在鲁迅世界的各色人等的评价，常常首先就会考虑这种权力关系，反抗这种权力关系。从某种意义上，如果说在鲁迅自身精神世界的探讨中，王老师的研究方法主要来自于生命本身的辩证法的话；那么在讨论鲁迅与社会的连接时，他首先要做的就是先理清、揭露这种权力关系，这在他对如梁实秋、陈西滢、胡适等留洋文化人的剖析中、在对中国现代文化现象的各种评论中都是异常清楚的，甚至会给人以一种常以鲁迅是非为是非的印象，尤其那些不从这种权力关系着眼而只从儒家式的私人道德的角度臧否人物的就更会如此认定。我本人高度认可这种"反用法家"的智慧——反抗权力、捍卫权利，并认为深入研究"鲁迅与法家的关系"应是鲁迅研究最为重要的内容之一。悲哀的是，对此，除去王老师的研究、日本学者木山英雄的一篇短文《庄周韩非的毒》以外，似乎并无太多切实的研究积累。

然而，我在理解王老师更强调"人生体验"、尤其对中国社会、文化处境的真实体验的时候,也想依据辩证法的智慧指出,在生活中更真诚的体验、在行动中更理性的思索是中国社会的现代化同样需要的。而后者是必须援引诸如黑格尔关于辩证法的理论论述等全世界最杰出的思想资源才能得到磨砺和提升的。我们不是不需要而是浸润太少了,这才会使得"假洋鬼子"有了投机的空间。对于鲁迅研究来说,依据辩证法的精神,体验与思辨本是互为自否定的过程,体验经过思辨的测试才能成为凝结的理性而非易变的感慨,思辨接受体验的检验才能化为灵魂的沉实、意志的坚定。当然,对于新一代的鲁迅研究者来说,以理论资源的摆弄掩饰社会人生体验的匮乏、心灵的苍白是令人心伤的;以忠实于自我的感受为由封闭起来也不能算勇敢,最理想的状态当然是如王老师那样体验与思辨互相激发的才好,至于那些等而下之的操持着学术套话招摇于学术江湖的,不说也罢。

三、"我们"是谁?

以上挂一漏万地讨论了王老师提出的"鲁迅研究无非两个问题,'我们怎么看鲁迅'和'鲁迅怎么看我们'"。我所说的"援引某种精神资源看鲁迅"并非王老师没有意识到的鲁迅研究的第三个问题,它只不过是"我们怎么看鲁迅"的其中一种方式罢了,且有着自身易变质的风险。不过认真说起来即使变质也并非研究方法本身的错,变质的只能是人,真正的问题出在"我们怎么看鲁迅"和"鲁迅怎么看我们"的"我们"身上。

"我们"是谁?

在回答"'我们'是谁?",更具个体性的"'我'是谁"这两个问题上,王老师自己讲过很多坦率的话,比方说自己只是一位公民,一个吃鲁迅饭的学者,一个教书的,一个窝窝囊囊的知识分子等等。或许有人认为这太不雅驯了,可如果我们在整个现实的社会权力结构中看"我们","我们"可不就是这样的吗?

其实,王老师的回答还是暗暗地以鲁迅为榜样的,他是自觉的"鲁迅党"的一员。那么,鲁迅又是谁呢?

"中国文化的守夜人"——这是王老师"心目中鲁迅的样子","鲁迅是一个醒着的人","他是一个夜行者","鲁迅原本也是有条件趁机捞一把的,但他非但没有捞,反而把中国知识分子的那些小聪明、小把戏、戳破了不少,记录了不少。"[①]这是我看到过的关于鲁迅之于中国文化、之于中国社会极朴实也极深刻,极诗意也极犀利的定位。在我看来,这几乎也是继毛泽东关于鲁迅的定位——"现代中国的圣人"之后唯一真正具有自身力量的定位了,因为这是回归到鲁迅作为一个知识分子而存在、发挥社会作用这一客观事实的定位,这可以说是王老师早年曾提出的"回到鲁迅那里"命题最动人的凝结。我在不少尊敬的前辈学者那里都能感到他们对鲁迅由衷的热爱,他们同样试图凝结出"心目中鲁迅的样子",但结果却并不理想。要么沉溺于鲁迅的精神世界不能自拔,跟随、隐藏在鲁迅的身后被鲁迅巨大的阴影所吞没;要么采撷些鲁迅身上的各种零碎,咂摸味道独自取温;要么热情地把鲁迅拉到自己更喜爱的另一位国外精神巨人的身旁一同或明言或暗喻地礼赞,视之为中国的尼采、中国的陀思妥耶夫斯基、中国的高尔基、中国的耶稣、中国的苏格拉底……这些当然都属于鲁迅精神向中国知识分子群体渗透时的正常现象,"我们"对鲁迅的接纳未必全是以最具有鲁迅精神气质的方式进行的,有多少"鲁迅梦"就会有多少"鲁迅梦魇",不足为怪。不过把鲁迅作为"中国文化的守夜人"加以定位,我以为是有着鲁迅精神的神韵的。受王老师的启发,我自己的理解是:守夜人最大的特征是必须清醒,这或许也不并是他始终乐意的,甚至有时是以之为苦的,然而这是他的职责,他的使命,也是他的价值。守夜人是更习惯于从黑夜看待世界的,白天的

① 王富仁:《中国文化的守夜人》,人民文学出版社 2002 年版,第 1—5 页。

色彩斑斓在他这里均归于黑色，它们之间微妙的色差将会被捕捉，虽然也会有出现幻觉看错的时候。守夜人得不停地走动，在警惕小偷出没的同时也防止自己因疲倦而昏睡，因为一直清醒并非易事，对职责的热爱、意志的锻造一直持续着方可做到。比照鲁迅，他作为"中国文化的守夜人"的特点不是太清楚了吗？他是清醒的，也常以之为苦、烦闷。他习惯于把喧闹归于简约，喜欢从拆穿权力、等级把戏的角度看待世界，以至于被人骂为"刀笔吏"。他还不停地走动，关心、感应着社会生活中并无永恒价值的各种小细节，警惕着那里的瞒与骗。

不过，当我说鲁迅作为"中国文化的守夜人"的定位是基于"回归到鲁迅作为一个知识分子而存在、发挥社会作用这一客观事实"并非全然没有问题。因为，如果继续追问，对鲁迅作为"中国文化的守夜人"的定位是否能直接成为"我们"这些鲁迅研究者乃至更广泛的知识分子共同的定位呢？恐怕是不可以如此类推的。"我们"并不能以"守夜人"自居，虽然严格说来从社会功能上看理当如此。前文提及王老师提出了研究"鲁迅与中国文化"的前提，在我看来，"我们"的鲁迅研究恐怕还得有一个前提，这个前提就是："'我们'不是鲁迅"。这是句大实话，但这个事实首先提醒"我们"，鲁迅既属于作为知识分子群体的"我们"，又不完全属于"我们"，他以自己的全部生命活出了超越"我们"这个群体的风采，才成为孤独的"守夜人"的。被他作为"守夜人"守护着的不仅仅是"我们"，他属于全体生活在中国文化里的中国人。这句大实话还提醒我们，如果没有"守夜人"的存在，如果"我们"自己没有习得一点"守夜人"的精神，其实"我们"是很容易走散的，甚至愚蠢的自相残杀起来的例子也比比皆是。王老师感慨中国现代知识分子迄今为止依然没有建立自觉的共同体意识，他创设"新国学"立意也在此，这是他禁不住的大声疾呼。我敬佩但谨慎乐观王老师的呐喊，那原因很简单，那个叫权力的幽灵恐怕还常蛰伏在当代中国知识分子的心灵深处,有的恐怕已爬上了眉梢,那是"我们"所处的现实社会植入到"我们"身体内部的病毒,毒性不可小觑,发作起来是不以"守夜"为然的。更何况,"我们"要"守夜"就需要"夜行"的自由,品尝了自由的好处还想把它延伸到白天去,然而社会需要"我们""守夜"的原因却首先在于维护秩序,是不许乱走乱动的。社会对"我们"的需要并不以"我们"的自由、感受为基础,与塑造秩序、等级的权力相比,"守夜人"的精神力量是微茫的,当然正因为此也是宝贵的。

这里不揣浅陋想和王老师对照下我自己关于鲁迅的定位。我曾摸索着提出鲁迅的历史定位,我称之为"作为试毒剂的反讽者"。① 这说法自然是和王老师从自己的生活感受中直接提取出的"守夜人"这一生动的形象不能相提并论,我的定位仅仅是功能性的。我尝试以古希腊社会以雅典为代表的城邦文明出现危机时,苏格拉底的出现及其特殊的思维方式与西方文明深刻的变迁这一关系相参照,来审视鲁迅在中国历史变动中的作用,这自然也是一种"援引某种精神资源看鲁迅"的方法。对于苏格拉底,意识到他的思维与历史变迁之间的关系并做精深研究的是鲁迅并不陌生的克尔凯郭尔,他称苏格拉底的思维方式为"反讽",其精义是"通过提问而吸空表面的内容",有着"无限绝对的否定性"。他认为在世界历史的转折点上必然会出现这种思维方式。我以为鲁迅的思维方式,身处的历史转折处境都和苏格拉底的情况有着相当的类似性,是可以相对照的。在写作此文的过程中我在王老师著作里发现到了一点类似的感触,他在考察周作人评论《阿Q正传》时提出的鲁迅的"反语问题"时说,这"接触到了鲁迅语言风格的主要特征,扩大开来,深入下去,就可以发展为'反讽'这个现代文论中的重要概念。似乎至今人们还没有从'反讽'的

---

① 拙作《颓败线的颤动——鲁迅与中国文学的现代》,上海三联书店 2011 年版,第 239 页。

意义上解读鲁迅及其作品的整体意蕴。"①老实说,我在无意中恰恰是按照王老师描述的这个递进的逻辑进入鲁迅研究的,我的结论是:鲁迅的历史功能就是"作为试毒剂的反讽者"而存在的。"反讽"是他的思维方式,"试毒剂"是他的社会、历史功能。其实,就是"试毒剂",在王老师那里也是可以找到相类的感触的,例如王老师在鲁迅作品中看到,"严格说来,鲁迅所选取的人物典型主要不是以自身存在价值的大小和自身行为的优劣为基准的,在很大程度上他们只是封建思想环境的试剂,谁能在更充分的意义上试出这个环境的毒性,谁都有可能进入鲁迅小说形象的画廊。"②鲁迅与他作品中的人物尤其真诚的知识分子在精神上有着高度重合性,把这段话里作品人物与环境的关系置换成鲁迅与他所在的思想、社会环境的关系是同样成立的。

我举出自己关于鲁迅的历史定位与王老师的相对照,并非想谬托知己。王老师的"守夜人"更富诗性,也更温暖,他对鲁迅的情感也更宽厚。我的"作为试毒剂的反讽者"的说法拗口而冷冰冰,全无心肝,有些问题也没想清楚,例如"辩证法"与"反讽"的异同。这大概是包括我在内的新一代研究者的问题之所在,王老师那一代的前辈由中国走向鲁迅,我们却是由鲁迅走向中国的。在前辈们常怀着对鲁迅的深情的时候,"我们"却狠心地首先把鲁迅当作一个问题,要经由对他的逼问才能探究我们并不深切了解的中国,这是很残酷又令人惭愧的,但也别无选择,因为鲁迅是为数不多的不会欺骗我们的人,只好从他这里下手。"把鲁迅当作一个问题"自然有先天的不足,但也应该被接纳为"我们怎么看鲁迅"的一种方法,我以为王老师会乐见这样尝试的,其他的前辈也不必深恶痛绝,因为我们同样要接受

---

① 王富仁:《中国鲁迅研究的历史与现状》,福建教育出版社 2006 年版,第 32 页。
② 王富仁:《中国反封建思想革命的一面镜子——〈呐喊〉〈彷徨〉总论》,北京师范大学出版社 2000 年版,第 238 页。

"鲁迅怎么看我们"的诘问。

我当然也明白,在作为"试毒剂"试出社会思想处境的"毒性"这一功能上,和王老师一样,"我们"都是"守夜人"鲁迅的子嗣。这是充满反讽的命运——"守夜人"的反讽,这自然是"我们"共同的悲哀,然而又何尝不是"我们"共同的尊严,一个鲁迅研究者的尊严。

2049 年的鲁迅研究

以"2049 年的鲁迅研究"为题笔谈,由头还得追溯到同辈学人 2015 年 10 月在深圳大学举办的首届"鲁迅研究青年工作坊"。二十余人的工作坊了无禁忌,紧张高效,午休都不许,只准思考、诘问,以至于北京的姜异新君发出了"学术集中营"的感慨时,众人都连呼传神。会后不久有机会请教山西的傅书华先生,他也颇为赞许一干人等认真的劲头。兴之所致,率而相约:何妨以"2049 年的鲁迅研究"为题,"安得促席,说彼平生"?

现在看来,我们分明低估了这题目的分量,一年来倡议者不免为笔谈稿件搔首延伫,倒不是担心良朋悠邈,而是着实体味到了,通往"2049 年的鲁迅研究",这次第,怎一个"兴"字了得?

——题记

选择 2049 作为想像鲁迅研究未来形态的特定时间节点,自然有呼应"新中国"自 1949 伊始的考虑。老实说,我希冀中的"2049",色彩上是偏平和的暖色调的,和"1789"(法国大革命),"1917"(十月革命)之类的不同,也和"1911"(辛亥革命)不同,当然最不愿的是和奥威尔笔下的"1984"之类的太多藕断丝连。"2049",在我的臆想里,是希望和鲁迅《灯下漫笔》里提到的"第三样时代"相勾连的,这自然反映了自己的肤浅和一厢情愿,然而这的确是我愿意的。

如果说在对"2049"的想像中暴露的是自己的幼稚——其底色或许是柔弱与善良,那么得承认,在阅读乃至自诩研究鲁迅的过程中,我则无可避免地走过了懵懂的单纯,也习得了一些所谓研究的经验。这里无意就鲁迅研究的诸多细节做些辨章学术、考镜源流的工作,就把自己对"2049"的想像当作是多年阅读鲁迅过程中的"绘事后素"吧。事实上近来愈发觉察,关于鲁迅,在为人常称道的深刻之上,他提出的"第三样时代"、"理想的人性"之类的命题更具源发性的意义。

当然,鲁迅与中国思想文化资源的纠缠还是学人更谙熟的。深具反省精神的鲁迅在《写在〈坟〉后面》曾说自己的写作,因"看过许多旧书","苦于背了这些古老的鬼魂,摆脱不开,时常感到一种使人气闷的沉重","思想上,也何尝不中些庄周韩非的毒,时而很随便,时而很峻急",[①]我疑心这依然是当下中国知识分子内在的精神摆动图形。在对现实权力世界剖析时,韩非的"法、术、势",在沉入精神世界徜徉时,庄周的"逍遥"、"齐物",依然是最重要乃至规定性的思想资源。以古绳今,鲁迅以现代的语汇所做的表述,诸如"人道主义与个人主义这两种思想的消长起伏",其真意恐怕依然是"这些古老的魂魄"导致的"时而很随便,时而很峻急"。

要紧的是需要辨析鲁迅的"峻急"和韩非的"峻急"有何异同,鲁迅的"随便"和庄周的"随便"又何以能区分。吊诡的是,越想凸显鲁迅的现代性,就会看到他身上深重的古意,而相反的,刻意去张扬他的古风遗韵,却又不得不肃然于他对传统的激烈抗拒和挣扎。他分明是一个漩涡,情思的内在振荡使得进入他精神世界的人常不免迷茫。我对能坦诚出这种迷茫感的研究者常心怀敬意,日本学者竹内好写《鲁迅》一书时说他难以理解《故事新编》,我直觉这真诚的祖露里蕴含着很多可思考的问题,现在仍未有深切稳妥的解决。这和并

---

① 鲁迅:《坟·写在〈坟〉后面》,《鲁迅全集》第1卷,人民文学出版社2005年版,第301页。

非鲜见的颂圣心态的研究自是不同，更无论那些等而下之的政治、学术投机一路的货色。不过，事实的真相倒是，即使到 2049，鲁迅研究的生态怕是未必会有根本的改变。这或许会令人沮丧，但其实也事出有因，思想文化世界里的真实博弈应得到尊重，当下围绕着鲁迅林林总总的义理、考据、辞章里，自有源流的各色文化传统对鲁迅精神的借径、涂抹、改写、质疑等等，更宜以平常心待之，"时而很随便，时而很峻急"的心态并不可取。鲁迅本身的生命体验也提醒我们，峻急的过客势必会迅速抵达至行走的边界，若没有坚韧、审慎的节制，张扬生命纵意所如的"随便"、"欢喜"，恐怕也只能抵挡一阵，虚无主义的黑洞终究会逼近、笼罩、吞蚀一切。以生命哲学的决绝不顾一切，让生与死在临界状态对撞、摩擦成别样的大欢喜，这是艺术的狂欢，同样何尝不是精神深处的绝望。将鲁迅笼而统之地打扮成"旧学邃密，新知深沉"之人加以膜拜固不可取，以艺术的名义沉浸、把玩其精神世界的临界状态，最好也能有些"察渊者不祥"的意识。我晓得不少学人对鲁迅《野草·题辞》里"我自爱我的野草"的语态多有感同身受的会意和礼赞，这当然是对的，但也不妨参照下康德《纯粹理性批判》里对生命哲学的理性批判，他提出的诸如"自爱的准则只是劝告，德性的法则则是命令"一类的思考会让我们的激动往审慎上走。^① 当然，若是慕道者援引基督信仰来看鲁迅的"自爱"又将是另一幅景象，大概这绝望感十足的"自爱"是会被认定为是克尔凯郭尔所说的"致死的疾病"的。

这其实涉及近来鲁迅研究方法论上的一些动向。略而言之，以鲁迅为问题（媒介）的研究正在暗暗地积聚能量。所谓以鲁迅为问题（媒介），是区别于以鲁迅本身为目的（回到鲁迅）的研究。它更强调鲁迅之于中国的问题性，发掘他特定的情感、价值偏爱和思致折射的

---

① 康德：《实践理性批判》，邓晓芒译，人民出版社 2003 年版，第 49 页。

中国问题而非将其定于一尊加以圣化，实则是把着眼点锚在"鲁迅与中国"的"与"上了。不难体会到，这一方法论的动向既有强大的合理性，也有着内在的危机。

王富仁先生在纪念鲁迅诞辰120年的会议上曾言及，鲁迅研究无非两个问题，"我们怎么看鲁迅"和"鲁迅怎么看我们"。我的理解，"我们怎么看鲁迅"的"我们"毕竟各色人等，其眼光、思维、偏爱各有根由，"看鲁迅"难免不走型，有人看到"硬骨头"、"刀笔吏"，也有人看到"慈悲"、牺牲，还有人看到"后殖民"、"西崽"。"我们怎么看鲁迅"实则是以有一个统一甚至崇高的"鲁迅"为预设的，所以对这一终极鲁迅的争夺就成为"我们怎样看鲁迅"的必然要求和结果，围绕鲁迅的风波，势所必至。问题是，"我们"已经不仅仅有鲁迅这一个精神资源，"我们怎么看鲁迅"可以是更强调"我们"的主体性、多样性，也可以是更强调"鲁迅"的恒定性、内在规定性。可见，"我们怎么看鲁迅"其实存在着内在的矛盾性。对这一内在矛盾，王先生落脚点是"鲁迅怎么看我们"，这其实是他前些年提出的"回到鲁迅那里去"的变体。不难看出，他呵护的、愿意更多学人习得的是鲁迅那样的眼光。这恐怕也正是从事鲁迅研究的一代代学人首先要继承的，鲁迅式的理解世界的方式。很多时候我们的焦虑正来自于鲁迅对我们巨大的压力，或者说我们需主动接受它的塑造、浸润。但"我们"毕竟不同于鲁迅，理解世界的方式不仅仅是思想，更内在的是隐秘的生命体验。当"我们"不是从相类的情感体验与鲁迅相遇，而是仅仅从各类思想的命题、论断中揣摩、汲取他的智慧，难免不走样，失去了生命的体味甚至会现出做戏的虚伪。

加之，鲁迅的文章、思致每每有着内在的反讽性，各种具体的"文化偏至论"在字句、文脉、语境构成的场域中有其特定的意蕴，细思则每每有自我反讽的浓重意味。所谓反讽性，其实根子在于生命本身的辩证法——"自否定"是它的运动轨迹，在更高的层次上回到自我是它的精义。以鲁迅为问题（媒介）的研究就是正视鲁迅的"反讽"性的结果。尼采曾以动物为喻说精神需要三变，先要成为承受重担的骆驼，再变为有力量说不的狮子，最后才能成为自由创造的婴孩。我们的鲁迅研究，若以"骆驼"、"狮子"、"婴孩"为分类的依据，恐怕还是貌似"骆驼"的居多吧。我说"貌似骆驼"，是因为鲁迅在《狂人日记》里提醒我们还存在着另外三种精神的变形——"狮子的凶心，兔子的怯弱，狐狸的狡猾"。只要承认，即使到 2049 乃至更长的时间，这三种精神的变形，在关于鲁迅的各种言语中一定仍会所在多有。那么，在寻找鲁迅研究的迁流时，就得思考，"骆驼"如何变成"狮子"乃至"婴孩"？

柄谷行人在近著《世界史的构造》中提出了他的"跨越性批判"的方法，"从康德入手阅读马克思，或者从马克思入手阅读康德，毋宁说是透过一前一后的两位思想家来阅读中间的黑格尔。就是说，这将意味着对黑格尔予以重新的批判"。① 在我看来，这种"跨越性批判"也并不神秘，就是以思想家为问题（媒介）的研究方法，努力以不同思想家的眼光去审视另外一位思想家理解世界的方式，在思想的相互对比中互为映照、互相批判，寻找更高的综合、创造，这不恰恰符合尼采所说的精神的三变吗？

现在，走过百年的鲁迅研究也亟需这种精神的三变。某种程度上，若不经过"精神的三变"又如何能"回到鲁迅那里去"呢？甚至，真的"回到鲁迅那里去"，以鲁迅理解世界的方式也并不能直接解决我们如何看世界的问题。相反的，竹内好就曾感慨过，鲁迅作为"中国文学的影子"，只有破除才能新生。我们刻意模仿起鲁迅看待世界的方式，躲在鲁迅的身后，难免不现出"狮子的凶心，兔子的怯弱，狐狸的狡猾"。我当然明白，鲁迅的眼光对于理解中国社会的结构、本质

---

① 柄谷行人：《世界史的构造》，赵京华译，中央编译出版社 2012 年版，第 1 页。

依然具有极大的启发性,譬如 2015 年人们以戏仿的方式推出"赵家人"一词来表达对中国社会的看法,流布甚广,就再一次显示了鲁迅眼光的透辟。但这对于认真的研究者而言,感慨之余,是否可继续思考,鲁迅的眼光,对权力世界的剖析,和中国的法家以权力的唯一视角峻急地分解世界的方式又有何异同? 理解当今世界,民族、国家、资本可谓三个重要的维度,鲁迅痛苦的思索改造"国民性"问题,概而言之思索的重点可以说偏重在"民族"一维,他对"国家"、"资本"的思索就显得不够深透,虽然真挚的或热爱或厌恶的情感自不待言。这不能不影响到他,他对现代中国的看法在极具穿透力的同时又有其盲点,这一结论看似冒犯实则应是打破某种禁忌之后的常识。

我理想中的 2049 年的鲁迅研究,就是要努力走上"骆驼"、"狮子"、"婴孩"这样"精神的三变"。在变动的中国当下,自我与鲁迅需要不断地对话。这不是反身而诚即可"回到鲁迅那里去",这是以鲁迅为问题(媒介),经由与鲁迅的对话、论争来思索中国的问题。《周易·系辞》有言:"将叛者其辞惭。中心疑者其辞枝。吉人之辞寡。躁人之辞多。诬善之人其辞游。失其守者其辞屈。"这是中国的智慧和告诫,期待 2049 年的鲁迅研究,认真继承,更勉力超越、创造。

鲁迅研究的 "承敝通变"

　　本年(2016),时逢鲁迅逝世 80 周年纪念,鲁迅研究的"历史与当下"成为焦点议题之一也在情理之中。不乏学人对鲁迅的思想资源在"当下"的某种式微深感不安,言辞之间作为研究者的诘责和自省每每既悲且愧,令人动容。大体说来,批评主要指向的是研究的经院化倾向,这是值得留意的。

　　其表现之一大略是得之具体,失之细碎,在经院化的套路里费尽心机辗转腾挪,收获的却是作为整体的鲁迅精神的消散,加之研究者有意无意间"龌龊于偏解,矜激乎一致",难免见树不见林,"此庭间之回骤,岂万里之逸步哉"的质疑不无道理。其表现之二应该是"西学为体、中学为用"的研究时尚。西洋的海德格尔、东洋的柄谷行人等庞大的理论资源,被援引进鲁迅研究时的合法性与适用性问题,需严加检讨。尤其年轻学人,摆弄新近各派理论的热情及技术大有后来居上之势,话题选出引人侧目,不免招致"近附而远疏"、"竞今疏古"一类的讥讽。

　　这研究时尚和相应的批评里都存在着不少似是而非、习焉不察的问题,"明是非、定犹像"并非易事。在鲁迅研究的故实与新声之间,如何实现良性的互动,看上去似乎是鲁迅研究的学术史变迁、范式转型等问题。其实,鲁迅的精神遗产有其特殊性,非狭义的"学术"一维所能限定。不劳知识社会学的提醒,我们都知道,鲁迅研究的真正活力在于与"当下"社会的同步振荡,影响所及,必定是"善言古者必有节于今"。

问题恰恰正在"节于今","今"者,何谓也? 笔者曾说过,对鲁迅的理解实则根植于对何谓"现代中国"("今")的论定,可以说"现代中国"在何种意义上具有其道义上的合法性、应匹配怎样的法权制度、人性设定等才是人们在鲁迅精神的价值判断上出现分歧的根由。譬如,若是认定"现代中国"是可悲的不能归化于基督信仰的匮乏之地,就会对鲁迅"以头偿目"、"以恶抗恶"、礼赞"指归在反抗"的撒旦精神的种种做法不以为然乃至恶语相向,似乎惟有基督信仰才能、必能解决国民性改造问题;若是认定"现代中国"仍必须以儒家的礼乐秩序为立人、立国之本,需要做的只是些现代的改良而已,自然也会对鲁迅的反传统言辞皱眉蹙额,深恶痛绝;若是认定"现代中国"的根柢在于现代法权、市场制度的建立,而这又非蹈空的"文人政治"风行所能奏效,全然不顾文明传统与法权制度之间的互动关系,则鲁迅大概不过是愁绪善感的一介文人,政治上的浪漫派而已;若是认定"现代中国"不过是从晚清被动地进入民族国家形态,当下又正迅速地展示它原本就有的"帝国"恢弘气象,若是认定政党政治才是"现代中国"的重中之重,若是认定法家"法、术、势"式的理解中国才最切实,那么对鲁迅的理解又得另当别论……

不难看出,以上对鲁迅的描写、陈述背后自有来自中西左、中、右各路思想资源关于"今"的认定和争夺,它们并非没有自己的渊源和力量。仅仅苛责这些思想资源在鲁迅研究时的合法性与适用性,甚至还有着压抑不住的厌恶与隔膜,则未免显得过于虚弱了。相较于鲁迅晚年呼吁真懂马克思主义的人展开对自己的批评,精神强大上的差距真的不可以道里计。在这个意义上,钱理群先生曾期望的,鲁迅研究的重要突破或许需要某些"外行"的介入并非无的放矢。这里所谓的"外行"大概是指与通常意义上的学院化的、乃至学科化的鲁迅研究学者不同,自有其独特的思想资源、艺文实践和生活经验的人士。钱先生对"外行"的期待其实内蕴着对所谓"内行"陷入既定思维的泥沼,循环相因不能自拔的批评。更可怕的是,这种不能自拔有时还会以"护教"的面目出现,然而这类几乎激动的对鲁迅的礼赞其实何尝不是又一种"几乎无事的悲剧"。"无事",是指研究者无切身的问题无心灵的挣扎,这不是可以靠卖弄虔诚或侨装超脱所能掩饰的。譬如,鲁迅以"奴隶"意识烛照起全部的中国历史,抑或相类的做法——《狂人日记》里以"吃人"的恐惧审判全部的中国文明,《阿Q正传》里以阿Q的"精神胜利法"统摄起中国人的国民性,难道不存在着"片面性"? 甚至可以说鲁迅杂文的引墨行文中同样处处都有着"片面性"才是真相吧。鲁迅研究的传统中直接证成鲁迅此类"文化偏至论"别具合理性、甚至唯一真理性的做法代不乏人,且判教意味浓烈,其中或有真诚之处,但这真诚能否经得住"外行"理性的诘问,笔者并不乐观。因为,研究者的思维方式,恰如黑格尔批判的那样,把真理与错误的矛盾视为固定的,这是违背"辩证法"的精神的,"通常也不知道把这种矛盾从其片面性中解放出来或保持其无片面性,并且不知道在看起来冲突矛盾着的形态里去认识其中相辅相成的环节"。[①]其实,鲁迅这些具体的"片面性"论断多极富内在的生长性,也常有着自我反讽、出离自身的内在自否定的动力,深具黑格尔所说的"从其片面性中解放出来或保持其无片面性"的内在精神力量,不可视为凝固的乃至教条主义的结论的。

此处援引黑格尔的"辩证法"智慧以做说明或许又被讥讽理论先行,言不及义。这种囿于形而上学思维模式的做派自然也可以有中国式的诊断,那无非就是《文心雕龙·通变》所言的"通变之术疏"。而言及"通变",自然不妨以着"究天人之际,通古今之变,成一家之

---

① 黑格尔:《精神现象学》(上),贺麟、王玖兴译,商务印书馆1979年版,第2页。

言"的伟大使命的太史公的史学智慧在做参照。

司马迁在《太史公自序》里提出，"礼乐损益，律历改易，兵权山川鬼神，天人之际，承敝通变，作八书"，由此"承敝通变"成为中国史学史上的优秀传统。对于鲁迅来说，其激越又坚韧的精神劳作，何尝不是中华文明史上又一次可以和太史公相媲美的"究天人之际，通古今之变，成一家之言"之举。1926年他曾写下如下文字："不知道我的性质特别坏，还是脱不出往昔的环境的影响之故，我总觉得复仇是不足为奇的，虽然也并不想诬无抵抗主义者为无人格。但有时也想：报复，谁来裁判，怎能公平呢？便又立刻自答：自己裁判，自己执行；既没有上帝来主持，人便不妨以目偿头，也不妨以头偿目。"①笔者曾指出："这是一段典型的鲁迅式的表述，涉及行为选择（理想的状态是有'人格'，'公正'）的历史文化因素（'往昔的环境的影响'）、个体生命的性情（'不知道我的性质特别坏'）和行为选择的价值空间（'没有上帝来主持'）。可以说，这三个因素正是所谓中国的现代性问题（其核心是寻找现代中国人的价值根基）中最棘手的问题。"②自然，鲁迅的"究天人之际"因为有来自西方的"上帝"的参照变得更加复杂，"通古今之变"也在"通"与"变"之间多有摆荡，"古今之争"的对峙更为尖锐，和太史公相同的是，在熔铸了自己的血脉后他也卓然深切著明，"成一家之言"。

司马迁的"承敝通变"的史学方法，"承敝"意在承认、接纳弊端、发现问题，"通变"则着眼于"物盛而衰，固其变也"之内在之"变"进而通晓、变通，这和上文黑格尔以"自否定"为特质的精神辩证法若合符节。就鲁迅研究的"历史与当下"而言，从"当下"出发的种种"望今制奇，参古定法"，若没有"承敝"的问题意识和积极审理各类关于"当

① 鲁迅：《坟·杂忆》，《鲁迅全集》第1卷，人民文学出版社2005年版，第236页。
② 拙著《颓败线的颤动——鲁迅与中国文学的现代性》，上海三联书店2011年版，第279—280页。

下"言说的主动性和经验,无论是做具体而微的史实考证还是空论鲁迅的伟大,都难脱陈陈相因的停滞感;在这个意义上,视鲁迅的精神遗产为"现代中国"一问题而非答案或许更有价值,诚如日本学者竹内好所言:"中国文学只有不把鲁迅偶像化,而是破除对鲁迅的偶像化、自己否定鲁迅的象征,那么就必然能从鲁迅自身中产生出无限的、崭新的自我。这是中国文学的命运,也是鲁迅给予中国文学的教训。"①把竹内好这里的"中国文学"置换为"现代中国",庶几可以作为"当下"我们关于"现代中国的鲁迅"这一命题"承敝"式的态度了。至于鲁迅研究的"通变",一方面是通达的承认"有一偏之见,有相反之论",毋滥做了无力道乃至真诚的党同伐异之文;另一方面更重要的是,立意若从某些杂语、片断、命题"固其变也"的"自相矛盾"、"自否定"的各个环节中发掘真问题,结果则可期"虽复轻采毛发,深极骨髓",在这方面鲁迅的《魏晋风度及文章与药及酒之关系》一文足资参照,笔者也就不必多词费了。

---

① 竹内好:《鲁迅》,李心峰译,浙江文艺出版社 1986 年版,第 38—39 页。

从"私欲中心"到"自欺欺人"：汪卫东《国民性批判：中国现代转型的最深视点》评议*

　　"国民性批判"曾是鲁迅研究界最为重要的议题之一。数年前海外学者刘禾等的"国民性话语质疑"也可谓搅动了一池寒碧，惹动了几多义愤。① 这也不足为怪，鲁迅的"国民性批判"毕竟是牵一发而动全身的问题。不过得承认，在意识形态、学科趣味、后殖民理论、民族主义等话语的缠绕中"国民性批判"议题业已显出枯干无血气的败相，相关讨论、争辩的命意和思致多有重复沉滞之感，别开生面之格局阙如，少有切实的学术掘进，更无论精神的洗礼之类了。需要思索的是，这其中的原因究竟何在？

一、私欲中心作为逻辑原点

　　《国民性批判：中国现代转型的最深视点》（以下简称《视点》）乃汪卫东《现代转型之痛苦"肉身"：鲁迅思想与文化新论》一书里集中深入讨论鲁迅"国民性批判"命题的章节。笔者在阅读时直觉，其论述的旨趣、运思时的某种犹疑、援引思想资源上的摆荡都真切地体现出了当下鲁迅研究界在思索"国民性批判"命题上的一些内在的特

---

* 本文缘起于香港大学黎活仁先生的约稿。其时他正在独自编辑一本《国际鲁迅研究辑刊》，因为深港两地的便利，也指导我做些校勘、审稿的工作，受益良多。黎先生策划的对汪卫东兄著述的书评，要求下沉到章节，进行真诚的对话和批评，这才是对著者的尊重，笔者深以为然。

① 刘禾：《跨语际实践》（第二章），宋伟杰译，三联书店，2008 年版。

质,可以作为反思鲁迅的国民性批判这一命题的坚实起点。汪君在《视点》里继续思索他曾提出过的"鲁迅国民性批判的内在逻辑系统"的创见,当年这一创见甫一问世即在鲁研界激起过一泽涟漪。事实上,汪君提出的命题迄今仍蕴含着可赓续的讨论意向。笔者的如下思考,并不想阑入过多枝节性的问题,有限的篇幅内更愿回应汪君的努力,检讨其思路,共同寻觅可能的致思方向。

　　《视点》的方法论是值得特别留意的。汪君试图建构鲁迅国民性批判的内在逻辑系统,借此找到解读鲁迅思想的"密码",此绝大抱负足令人闻之心感。如何操作呢？如其自陈:"其具体理路是,在鲁迅国民性批判的文学性描述中,抽象出一些范畴,整合其内在逻辑,并试图发现其逻辑原点——鲁迅对中国国民性的根本性认识。"①所谓"抽象"、"范畴"、"逻辑"、"原点"、"根本"等的用词语已显明了著者旨趣。汪君深谙理论研究与内容叙述毕竟不同,倾力寻找具有统摄性的研究支点,将鲁迅充满体验性的本质直观转化为自具系统性的学术言述,殊为可贵。笔者阅读时不由得想起康德在《道德形而上学的奠基》一书里对其著作方法论的表述:"我相信,我在本书中所采用的方法是最合适的,只要人们愿意沿着这条路来走,即分析地从普通的知识进到这种知识的至上原则的规定,再反过来综合地从对这个原则的检验和它的来源,回到它在其中找到自己的应用的普通知识。"②细检《视点》的立论部分——题为"鲁迅国民性批判的内在逻辑系统"的第一部分的篇章结构、行文脉络,可以说颇为类似康德的那种融分析与综合于一体,且二者相得益彰的研究思路。

　　汪君在确认"私欲中心"为鲁迅国民性批判的逻辑原点时可以说曾克服了重重困难。首要的就是鲁迅本人那种作为一个作家的"体

① 汪卫东:《现代转型之痛苦"肉身":鲁迅思想与文化新论》,北京大学出版社 2013 年版,第 74 页。
② 康德:《道德形而上学的奠基》,杨云飞译,人民出版社 2013 年版,第 9 页。

验——本质直观——例证"的言述方式。[1] 他对国民性的描写呈现出散点透视的特点,他的笔下诸如卑怯、奴性、自欺欺人、退守、惰性、麻木、健忘、巧滑、无特操、看客、做戏等以丰富的用词构成了具有"家族类似"形态的庞大话语谱系,并不有利于做严密的逻辑归纳。汪君自然也注意到了,"国民劣根性在鲁迅的描写中不是完全分类独立的,而是彼此渗透,相互发明的……"[2]这表达上既有"家族类似"特点又星散各处的事实本身并未给汪君以强烈的方法论启发,此时他更着意的是隐藏在这"家族类似"多样性背后的逻辑原点,他要追问的是"它们背后,应该有一个抽象、概括的根本之'性'"。[3] 笔者阅至此处体会到的是汪君理论推衍的强悍意志,而这强悍里又弥漫着浓郁的焦虑感。为了演绎、揭示和印证此一变动不居的"原点",汪君对囿于特定历史语境,拒绝做先验抽象的国民性分析的历史主义的处理问题方式(汪君称之为"存在论分析")多有批评。他指出:"这一分析有一定合理性,但如果认为鲁迅国民性批判仅仅停留于此层面,显然不符合其思想固有的深度模式,他应走得更远。"[4]笔者以为,这句话可以说透露出了汪君在探讨鲁迅"国民性批判"命题时在方法论上的真切心态,这一心态在诸多鲁迅研究者那里恐怕有着相当的普遍性。所谓"其思想固有的深度模式",依据解释学的智慧,分明是此时汪君自身强烈理论旨趣的投射。所谓"他应走得更远",尤其那"应"字则有着更耐人寻味的意蕴。笔者并不想简单把它当成汪君基于自身的理论旨趣对鲁迅的强行阐释,这是一种过分偷懒的说辞。多请思虑

---

[1] 汪卫东:《现代转型之痛苦"肉身":鲁迅思想与文化新论》,北京大学出版社 2013 年版,第 58 页。

[2] 汪卫东:《现代转型之痛苦"肉身":鲁迅思想与文化新论》,北京大学出版社 2013 年版,第 61 页。

[3] 汪卫东:《现代转型之痛苦"肉身":鲁迅思想与文化新论》,北京大学出版社 2013 年版,第 62 页。

[4] 汪卫东:《现代转型之痛苦"肉身":鲁迅思想与文化新论》,北京大学出版社 2013 年版,第 61—62 页。

的倒是,"应"一词提示出的,不正是鲁研界学人们熟悉且常异常心仪的,鲁迅国民性批判的三个命题中的第一个——"怎样才是最理想的人性"(按:其他两个命题是"中国国民性中最缺乏的是什么"和"它的病根何在")那样的思维方式吗?[①] "理想"正是"应"的意思。真正激励鲁迅毕生致力于国民性批判的不正是这种源于"应"的坚韧意志吗? 扪心自问,这不也正是我们阅读、领悟、敬仰鲁迅的潜在心理吗? 对鲁迅的国民性批判命题的研究真正构成挑战的,从来并不在于鲁迅身后关于这一命题差强人意的学术积累,而在于我们无从摆脱,也常常难以创造性地更生这种"应"的思考方式吧! 这是我们共通的内在的焦虑! 这其中当然有基于民族情感、知识分子的良知、文人的道统等复杂且合理的因素,一如汪君所言:"鲁迅的国民性批判是现代中国人的一个沉重包袱,但它曾鞭策了中国人的深刻反省和发愤图强。"[②]但除此之外,是否也有思想资源(学统)的欠缺,文人的某种思维惯性,乃至知识资源不够丰富所以不自觉地出现自我设限等原因呢? 这个苛责还是请汪君及鲁研界同仁和笔者一道铭记在心吧,面对鲁迅,我们的确需要更自信、更开放的反省与批判,虽然多数时候面对鲁迅的我们内心常常羞愧得很。

"怎样才是最理想的人性",笔者以为此可谓鲁迅的国民性批判命题里作为至上依据的原则问题,尽管它经常隐而不张。汪君在确立"私欲中心"为鲁迅国民性批判的逻辑原点时,看上去重点是在中国文化的"文化根源"上诊断国民劣根性,也即是在中国的文化传统脉络里回答"中国国民性中最缺乏的是什么"、"它的病根何在"的问题。但发现问题是因为有了参照,评定优劣则需要标准,从其论述中启用的文化人类学关于"'自我'设定"的思想资源,还有关于人格与

---

① 许寿裳,《怀亡友鲁迅》,《我所认识的鲁迅》,人民文学出版社1978年版,第7页。
② 汪卫东:《现代转型之痛苦"肉身":鲁迅思想与文化新论》,北京大学出版出版社2013年版,第90页。

"名格"的区分的论述,都分明显示出,汪君确定、评估"私欲中心"的最终依据,并不来自于中国的历史文化。下面是汪君对私欲中心的界定:"'私欲中心',即中国人的个人感性欲望中心,它的另一面即无特操,即唯独缺少超越个人感性存在及其欲求的精神上的原则和信念、执著和坚韧,精神上无特定追求和操守即无精神,与黑格尔老人所诊断之中国'无宗教——无精神'同。"①这番话从字面上即显示出了,"私欲中心"沉溺于"感性欲望"、"无特操"的缺陷确认有着黑格尔历史哲学的镜鉴,至于"中国'无宗教——无精神'"的论断更是触目得很。若大而言之,认定汪君的做法仍是以西方文化传统的某种内在精神烛照中国的幽暗文化传统,应该不算谬见吧!看来,在汪君这里,"怎样才是最理想的人性"的答案,还得需要在异域异质的文化精神里寻觅。笔者并不以为这种做法有何不妥。在当下某种民族主义情绪日渐浓烈之时,鲁迅的国民性批判命题似乎正变得不合时宜,援引"最理想的人性"、西方的精神文化资源对我们的民族文化中的幽暗之处加以批判更显得不够精明了。然而,越是在此处境中,越是应对鲁迅的国民性批判有更深切的体会。鲁迅的国民性批判究其本质是一种谋求民族更生的自我批判,若没有此种直面现实的勇气和诚实,只能沦为林林总总的"瞒"与"骗"的把戏。

二、从"私欲中心"到"自欺欺人"

不过,真正令笔者惊讶的却是,汪君对自己严密论证出的鲁迅国民性批判的逻辑原点——"私欲中心"的持守并不那么坚决、执拗。先是在业师钱理群先生的提醒下,退守为:"现在看来,更确切地说,

---

① 汪卫东:《现代转型之痛苦"肉身":鲁迅思想与文化新论》,北京大学出版社2013年版,第63页。

应是那些其实只有'私欲'却以种种高尚面目出现的人。"①继而在与鲁研界同道的交流及自我反思后竟然最终以"虚伪——自欺欺人"置换了"私欲中心"——"与其说鲁迅国民性批判的基点是'私欲中心',不如说是'虚伪'——'自欺欺人'。"②精心建构的逻辑原点怎能轻易置换?作为鲁迅国民性批判的逻辑原点,"自欺欺人"较"私欲中心"又有何高明之处?这一转换的内在原因究竟是什么?难道是引入了更有说服力的思想资源才导致如此转换的?如此转化可以轻易实现是否也源于鲁迅的国民性批判这一命题本身的特质呢?最后,如此置换是否与汪君对其操持的方法论的内在理解有关呢?这一系列令笔者感到困惑的问题可以说都值得细细思量。

笔者自己近年来也试图尝试多从中国历史文化的脉络里思索鲁迅的眼光。即以"私欲中心"为例,在某种意义上,以韩非子为代表的法家传统提供的思想资源在深度和广度上,甚至超出西方思想史传统中的马基雅维利、霍布斯等的著述,至少也是不遑多让。笔者直觉,汪君最终以"虚伪——自欺欺人"置换掉"私欲中心"作为鲁迅国民性批判的基点,这其中既存在着对中西思想资源哪个更熟悉的问题,恐怕也存在着对哪个更偏爱的问题。对西方思想资源更熟悉、更偏爱与我们的历史处境有关,与我们作为研究者的知识结构有关,也具有相当的合理性,这一点毋庸置疑,倒是那种以过分狭隘的民族主义旗号蛊惑研究者的思想要重新封闭起来的倾向值得警惕。同样需要自觉警惕的是,也许我们的熟悉、偏爱本身也未必那么可靠,尤其当下各种理论资源花样翻新,难免不出现一切都只是驻停于流转的话语中,甚至一切"都付笑谈中"的结果,刘禾等发起的"国民性话语

---

① 汪卫东:《现代转型之痛苦"肉身":鲁迅思想与文化新论》,北京大学出版社2013年版,第75页。

② 汪卫东:《现代转型之痛苦"肉身":鲁迅思想与文化新论》,北京大学出版社2013年版,第75页。

质疑"引发的反应已经清楚显现了这一特点；而相应的，对中国的思想资源未有深入的了解无论如何终究是个极大的隐患。当下鲁迅的国民性批判命题难以在研究者那里保持其真切、犀利的力量，原因不能说与此无关。

当然对鲁迅国民性批判命题的讨论并非是仅仅回到中国传统思想资源的内部、煽动些虚浮的民族主义情绪即可完成的事。中西思想资源只有在深切的对话中方能实现活力的激发，才会达成"理想"的效果，因此为对话建立引导性的、意向性的"理想"方向是极为关键的。在鲁迅的国民性批判命题的讨论中，茅盾、王瑶诸前贤都点出过"怎样才是最理想的人性"这一问题的重要性。徐麟先生更是赋予其无与伦比的优先地位和创造性价值。在他看来，"'理想人性'的问题一旦被提出，它就潜在了一个巨大的意向性空间，无论它当时是一个模糊的概念，一个朦胧的意象，还是一种理想主义的直觉和期望，它都远远穿透了家族的盛衰，国家的命运，或者民族的历史等等可能意识到的范围，而指示着某种无法言说的生命意向。"[1]徐麟在此强调的是"理想的人性"对于现实的民族主义语境的超越，这启发我们，鲁迅的国民性批判需要在更具普遍性的中西人性论的对照背景下才能得以深入研究。徐麟还提出了以"人格"为枢落实鲁迅"国民性批判"的思路，"在鲁迅那里，'国民性'当然是一个抽象的整体概念，但作为启蒙主义的对象时，它的实际含义是'国民人格，则是一个个体概念'……在鲁迅看来，所谓改造'国民性'，就是把一个由'国民性'控制的盲目的民族群体，改变成由独立的个体人格组成的现代社会集体"。[2]这是将"理想的人性"坐实到现代的个体性的"国民人格"上，就笔者所见从这一思路着眼的还并不多见。笔者在汪君的文章里同

---

[1] 徐麟：《鲁迅中期思想研究》，湖南师范大学出版社1997年版，第4页。
[2] 徐麟：《言说语生存的边缘》，山东文艺出版社1997年版，第17页。

样捕捉到了相类的思考,这既包括在分析中国儒家文化时使用的人格与"名格"的对照性论述,还包括如下的论断:"'国民性'在鲁迅这里,指的是精神萎顿、沦亡与缺失的精神状态及其在国民身上的人格化体现……"①不过笔者也感到,汪君在讨论鲁迅国民性批判问题时对"人格"的使用可能还是非自觉的,还未将其上升到应有的统摄性的地位。这或许是因为,我们对"人格"这一概念背后西方精神文化传统的理解还未臻系统和深入。

意向性的"理想的人性"需落实到现实的国民个体的现代人格上,的确是鲁迅国民性批判棘手的践履问题。毕竟,中国文化的人性论中并无此个体性的"人格"意识,有的是汪君所谓的"名格"而已。"人格"概念在西方自有其渊源,现代以降西方关于人格的各种论述看上去不胜枚举,显示出"人格"意识的高涨本身也应是现代性自我确认的结果。就笔者阅读所见,直到康德那里,"人格中的人性"这一命题方真正出现,这就是康德在关于道德定律的一种表述中提出的,"你要这样行动,把不论是你的人格中的人性,还是任何其他人的人格中的人性,任何时候都同时用做目的,而绝不只是用做手段"。②"人格中的人性",可谓西方现代人性论的内在结构。饶有意味的是,汪君置换"私欲中心"的"自欺欺人"的"自欺",正是西方人格论的核心问题。存在主义哲人萨特更是把自欺当作人类意识的内部分裂——"在它的存在中是其所不是又是其所是"这一悖谬的表征——"自欺希望成为的正是这种分裂"。③ 康德则把自欺当作人最严重的"蓄意的罪",视它为"人的本性的根本恶",且认定从自欺到欺人有着内在的逻辑,"这种自我欺骗的以及阻碍在我们心中建立真正的道德

---

① 汪卫东:《现代转型之痛苦"肉身":鲁迅思想与文化新论》,北京大学出版社 2013 年版,第 79 页。
② 康德:《道德形而上学的奠基》,杨云飞译,人民出版社 2013 年版,第 64 页。
③ 萨特:《存在与虚无》,陈宣良等译,三联书店 1997 年版,第 109 页。

意念的不诚实,还向外扩张成为虚伪和欺骗他人".① 很明显,汪君摸索到的"自欺欺人"作为西方现代人格论的核心命题,的确自身就牵引出了可资援引的深厚思想资源,这大概也是汪君愿意以"自欺欺人"取代"私欲中心"作为鲁迅国民性批判逻辑原点的潜在原因吧。

三、"私欲中心"与"自欺欺人"的共存

对诸如"自欺欺人"背后的现代人格、"人格中的人性"等西方精神思想资源的汲取必将有助于对鲁迅国民性批判命题的深入理解。《视点》提出了"国民性批判:中国现代转型的最深视点"的命题,所谓"最深视点"可否在康德言及的"人格中的人性"这一问题意识里得到开拓呢?笔者感到,汪君提出的"自欺欺人",真正逼近了"怎样才是最理想的人性"这一命题的密码。稍感遗憾的是,汪君的逼近,凭依更多的仍是一种"本质直观"的体验,尚缺乏更细密的逻辑证成,这大概可以作为我们今后努力的方向吧!

笔者说"稍感遗憾"云云是基于对《视点》的第二部分——题为"国民性:作为被'拿来'的历史观念"的细致阅读。概而言之,《视点》的第二部分和第一部分确有相当的分野:第一部分侧重于在中国的民族文化中找到国民性何以如此不堪的根性,其结果是"私欲中心"的发现;第二部分则在西学东渐的历史大格局中做思想史的察照,结果是与西方的人格意识、人性论思想更有内在关联的"自欺欺人"浮现了出来。所谓"稍感遗憾",是因为在《视点》第二部分里,汪君对笔者期许的何以以"自欺欺人"置换"私欲中心"的论证着墨甚少。这一部分是以思想史研究的粗线条勾勒了欧洲现代民族国家意识兴起后国民性批判议题的流转过程,要处理的是国民性批判命题生成与传播过程中的异域历史及文化生态,其中着重探讨的是欧洲民族主义

---

① 康德:《单纯理性限度内的宗教》,李秋零译,中国人民大学出版社 2003 年版,第 25 页。

思潮尤其是德国民族主义的思想资源经明治维新之后的日本中转后对鲁迅的深刻影响。汪君异常留心鲁迅置身于这些思潮时的特殊性乃至某种超越性,鲁迅对德国浪漫主义民族主义思想的扬弃,与晚清国粹派观点上的差异都成为了论述重点。但无可否认,思想史的研究思路最易凸显的仍是国民性批判命题流转的历史潮流中鲁迅的同而非异。尤其那些更擅长于文献比对、史料钩沉、还原历史语境方法的学者恐怕是更相信这一点的。在论述过程中,由于思想史理路的内在制约,不同于在确认"私欲中心"为鲁迅国民性批判的逻辑原点时对历史主义的分析方式的不满,此部分对历史语境也多了些同情之理解。同样不同于第一部分执着地要在中国文化根源处寻找国民性批判的"逻辑原点",此部分甚至发出了这样的疑惑:"鲁迅的国民性批判虽然形成了文化批判的视点,但如果说,鲁迅把国民性的根源仅仅归之于思想形态的民族文化传统,似乎缺乏足够材料的支持"。①论域的转换、视野的开阔分明带来了不一样的思考触点,这当然无可指责,甚至是令人欣喜的。要想开拓性地探讨鲁迅的批判国民性批判命题,需要的不正是这些吗?

不过反复阅读《视点》的这两部分内容,笔者对是否有必要以"自欺欺人"置换"私欲中心"还是心存疑问。这里有两个层面的问题。

其一,从文化更生的视角看,汪君的论证已清楚表明,"私欲中心"确为中国社会、文化的晦暗之处,基于"理想的人性"对其的批判应是鲁迅国民性批判的艰巨任务。而且,笔者虽未暇细论但犹可提醒的是,如果我们同样以"私欲中心"审视欧洲社会自中世纪到现代社会的转型过程,同样不难发现相类的自我反省与批判——诟病本民族的历史文化、质疑传统德性、信仰的不可靠,激辩人的自私自利、

---

① 汪卫东:《现代转型之痛苦"肉身":鲁迅思想与文化新论》,北京大学出版社2013年版,第81页。

痛心人性的沉沦等等,"私欲中心"也是可以作为对欧洲社会转型观察的重要基点的。我们熟知的马基雅维里、霍布斯等思想家冷静到冷酷、理性至有毒的著述里均有着对人性里存在着"私欲中心"的预设和推衍。欧洲社会走向现代化的道路中,诸如康德的"人格中的人性"等思想更接近"理想的人性"上的思考,在根柢上正是为了因应、化解"私欲中心"的毒性,谋求建立适应现代社会的人性论、道德论。当然,欧洲现代思想在人性论、国民性、民族性等问题上并非铁板一块。汪君对德国民族文化精神对鲁迅的影响已经有深入的认识。如果我们扩大视野,譬如将与德国有着相当不同气质的苏格兰启蒙思想家休谟的《人性论》、亚当·斯密的《道德情操论》等这些同样思考民族文化更生,建立适应现代社会的人性论、道德观的思考拿来与鲁迅的国民性批判相对照,势必会产生不一样的感受,也许竟会意识到鲁迅的国民性批判有着浓郁的"中国气质"也未可知。从这个意义上,轻易放弃"私欲中心"是颇为可惜的事。

其二,从研究方法论的角度看,"私欲中心"与"自欺欺人"明显可构成"家族类似"的思想矩阵,其实是不必定于一的,共存倒是个不错的选择。众所周知,20世纪的著名哲学家维特根斯坦在其早年的《逻辑哲学论》一书里曾试图把整个世界规约为有限的语言模型,而在他思想更为成熟的后期,则服从了来自生活世界本身的智慧,在《哲学研究》一书里,他意识到生活世界是永远大于语言世界的,话语模型永远不能覆盖所有真实的生活。"私欲中心"与"自欺欺人"作为拟设的"逻辑基点",如同连接鲁迅生活世界与话语世界的界面上的指向标,前者更贴近具体的社会历史,后者则可提供更深入的哲学思索,它们会导引我们更方便地从不同门径走进鲁迅深沉的心灵世界,如此足矣。至于这路标是一个还是两个,倒不妨更宽容些。毕竟,从任何一点出发都将遭遇全部的问题,那才是我们的真正挑战。

走进"不透明"的鲁迅：盐田图书馆"山川上的中国"演讲实录[*]

在公共场所里做鲁迅的讲座是不大适合的，因为他是个国民作家，国民作家就是谁都可以说上几句。虽然新的一代对鲁迅的理解发生了很大的变化，包括我们做研究的人，当然我也无法代表更年轻的一代，但是我知道整个年轻的一代对鲁迅的研究出现了一些变化，我今天会把这样一些变化带给大家。

今天国内青年鲁迅研究者的微信群里有个信息，一所大学的同仁他有一个本科论文要指导，这本科生就给老师说："好像孔乙己也不对。"老师说："为什么他不对？""孔乙己也不应该去摸小尼姑。""孔乙己怎么会摸小尼姑？"摸小尼姑的是谁？是阿Q，老师说："孔乙己没有摸过小尼姑。"我们的大学生对作品已经不熟悉了。学生回嘴说："孔乙己好像也很受压迫。"老师说："他受谁压迫？"本科生说："他受鲁四老爷压迫。"受鲁四老爷压迫的是谁？是祥林嫂，是吗？这是今天让人很感慨的，因为时代发生了很大变化，我和魏总我们这一代属于"敢问路在何方"的一代，但是现在更年轻一代属于"大王派我来巡山"的一代。时代发生很大变化了，我们的鲁迅研究也发生了很大变化。

---

* 这讲座是 2017 年 12 月 28 日发生的。感谢韩湛宁先生的邀请，魏甫华兄的主持、瘦竹老师的文字记录。这是笔者第一次在公开场所和读者谈鲁迅。除必要的技术处理外，文稿的确是实录性的。

我的题目叫做《走进"不透明"的鲁迅》，我肯定得交代三个问题，为什么"不透明"？怎么理解它？"不透明"是什么意思？我讲的时候可能会串在一起讲。从字面意义说"不透明"就是不透明，反义词是透明。什么是透明呢？当毛泽东说，鲁迅就是现代的圣人，他是这个家那个家的时候，这个表述是透明还是不透明的？鲁迅本人理解自己不是这么理解的。鲁迅说要什么鸟导师，就是你自己寻自己的路。鲁迅和他的学生——以后成为他恋人的许广平通信的时候，说我自己的思想我也不大明了，你问的话我大概是在人道主义和个人无治主义之间摆荡，个人无治主义就是无政府主义。我一边想着像尼采一样更自我——鲁迅对佛教的理解就是他只信小乘不信大乘。小乘就是度自己，大乘就是普度众生，这是他的一面，他很喜欢尼采那种从高空到高空的范儿，但尼采也很残酷，他以为——你们这些人，人就是从虫子走向人的过程，你们这些人就像虫子一样，没什么生存的价值。鲁迅会觉得说得不错，因为是真相。

但是鲁迅本身又有人道主义的一面，所以他说他自己在这两个主义之间摆荡，他对自己的评价就不是一个透明的评价，他笔下的很多事情就是一个摆荡的状态，他甚至预见我们对他身后的理解都是摆荡的状态。

举个例子，大家都看过《阿Q正传》，你在阅读的时候，觉得都是写别人的，跟我一毛钱关系没有，其实你的状态就是一个活脱脱的阿Q。当你发现他写的就是我——我先前比你阔多了，我们家也是书香门第出身，我现在混得不好，你觉得写的就是你的时候，实际上你离阿Q已经离开一步了。鲁迅的作品给你一个不能透明的感觉，你会活在他设置的一个摆荡里。他自己是不大透明的。你说他是反封建的，马上他的杂文、小说里会反抗你。你说他是圣人他最不喜欢，你说他《呐喊》，他马上出了第二本小说集是《彷徨》，你说他反传统，他写了一本小说集《故事新编》，里面全部复活了中国传统的庄子、墨子,所以他的"不透明"使我们对鲁迅的理解产生了很大的困难。当你宣称他是什么的时候他的作品是反抗你的。这个特点已经被新一代的研究者深深地记得,所以我们张嘴就很困难,你告诉我鲁迅是什么? 你说一个答案的时候自己有没有那个自信,比如我现在在公共领域讲鲁迅是什么,怎么填一个词来说鲁迅是什么? 很困难,鲁迅是什么这种判断就是透明式地看鲁迅,长期在鲁迅研究史上、在公共空间里都是这样表述的。我们的教育系统里鲁迅是什么? 反封建的,封建是什么? 其实我们都搞不清楚。封建是封土建国,整个中国分裂成很多很多地方,中国自秦以后根本不是封建制而是郡县制的。所以你说鲁迅反封建是什么意思? 你使用那个词本身是什么意思呢? 我们确实面对着理解鲁迅的困难。我们在公共领域内,在写论文的时候,在交流的时候,有时很轻易地张嘴说鲁迅是什么样的人,这样的表述其实都是很值得怀疑的。况且,把鲁迅说成是一个透明的什么什么,是圣人、是导师、是伟大的什么什么,还会对人形成一个压迫,在我们中学、小学语文课本里这个形象基本上都是透明的。

其实每一个人都不应该是透明的,我今天喜欢张爱玲,明天会喜欢李宇春的,每个人都不应该是透明的。但是我们为什么会长期把鲁迅说成是透明的,一定是有原因的。包括我在内的新一代人,不大喜欢别人把他说成透明的,也肯定是有原因的。

我现在简单地说了他的"不透明",再举一个例子,这个是大家都知道的,常作为鲁迅最重要的一种罪状:这个人是怎么回事? 他竟然这样写,非常地强悍、嚣张,不符合语文老师对同学教育的笔法。其实鲁迅笔法非常好玩儿,我先给大家介绍,现在研究界关于这句话有很多种理解。

第一种,"在我的后园,可以看见墙外有两株树,一株是枣树,还有一株也是枣树。"你注意我的语气,这是第一种理解,搞笑吧? 顺便说一下,鲁迅的搞笑形象我们做研究的人开发不足,有兴趣可以开发一下。三国都可以开发成三国杀,有兴趣可以开发一个鲁迅杀。第一种是搞笑的,觉得很荒诞的,为什么这样写?

第二种,"在我的后园,可以看见墙外有两株树,一株是枣树(这个眼光转移一下,空间转移)还有一株也是枣树。"现场做摄影的老师,会觉得这个没有什么,很正常。这也是中国古代的空间意识,书画本来就是一个散点透视,好像也没有什么可指责的。

第三种,"在我的后园,可以看见墙外有两株树。"我可以写成两株都是枣树,可是我就是要一株一株写,让个体的孤独感强悍地表达出来。是我写的,我用笔法的强悍引发出来,我为什么不可以这样写?鲁迅还有类似这样的句子,"我已经真的失败,——然而我胜利了",就是要这样写,他凸显的是强悍的意志。

第四种理解,我不知道各位有没练书法的,书法里一个很简单的规则,一波三折。你看这个节奏,"在我的后园(一个情景给你),可以看见墙外有两株树,一株是枣树,还有一株也是枣树。"是一、二、三的节奏,是非常符合一波三折的,这个在中国古代的笔法里根本不算什么,很多都是这样表述的。我们对它陌生可能是我们离开中国传统写作的文章学传统很久了。而且各位,一波三折,为什么不是一波四折?大家看我找的参照的例子,这是法国作家加缪写的长篇小说《鼠疫》,这段话是一个小公务员——一个非常有文学梦想的一个小公务员约瑟夫·格朗的话,他总是想写一部关于自己心仪女子的小说,但是他很困难不知道怎么写,一直涂改、涂改。开头他就想写清晨一个漂亮女孩骑着一匹漂亮的马走过来,他改了很多稿,他很感慨地说了一句话:"一旦我的句子能跟那骑马散步的节奏'一二三,一二三'我就知道怎么写了。"这是一个很直白的话,叙述一个情境而已,他说得很直白,但是透露出来的信息却耐人寻味,其实人类叙述故事的内在的机理就是这样:"一二三"。大家不要小瞧这个规律,我个人觉得很多作家是通不过这一关的,他叙述的内在节奏如果你用很严格的一二三的节奏来评估他,他做不到。

那我们再回到"一二三",鲁迅的全部作品你可以拿来做一个分析,他基本上的内在节奏都是这个节奏,如果他要峻急的话,一二三可能会变成一二,如果他很抒情的话——出现忧伤的情绪就会把这个节奏拉长。现在我稍微说一下看似简单的"一二三",大家想一想,我们的时间意识,会觉得就是现在、过去、未来三维。如果你是一个基督徒的话,上帝是三位一体,圣子、圣父、圣灵,为什么不是四位一体? 如果你懂辩证法的话,为什么是正反合? 那肯定是有原因的,因为它符合人生命的律动。当然这也是一个很透亮的解释,我猜测,人可能非常内在的节奏就是一二三,这样说也解释不了为什么,现在霍金的理论说人类实际上是有 11 个纬度的,但是小说的世界里,在中国文学,当然可能也包括世界文学,叙述的内在节奏就是"一二三"。那这个"一二三"为什么又会不透明呢? 大家往下看,这个是《故事新编》里的《铸剑》,这是鲁迅唯一写的一个武侠小说。我和魏总说其实我小时候很不幸看了鲁迅的作品,结果就是我看不进去金庸的小说。张爱玲小时候看过《红楼梦》,她晚年写了一本《红楼梦魇》,魇就是噩梦的意思。小孩子读鲁迅、读《红楼梦》这种悲伤的文字,对孩子不是很好,我不觉得中学里大量鲁迅作品进入是特别好的现象。包括我们中学里出现《孔乙己》,待会儿会说到这个作品,孩子怎么可能理解的了,我们家孩子九岁,语文老师让她回来背《笠翁对韵》,里面的中国文史故事是非常复杂的,我们家女儿只接受一种方式,就是我把它说成搞笑的。她最喜欢的是《西游记》,尤其是我瞎编的。爸爸,今天我点猪八戒,我就说猪八戒慢慢走向了森林,下面全是我瞎编的。她喜欢游戏的东西,她不喜欢这个很正常。鲁迅的作品大部分是高冷的、严肃的,因为他承受的东西太多,待会儿再说。

这个是《故事新编》里的《铸剑》开头,它开头用一个老鼠来测试年轻人的坚持,因为小说要写一个比较弱的男孩子眉间尺,他要为父亲报仇可是又没有力量,怎么办?能不能有毅力?说白了他就是我们每一个普通人,因为我们总是也想杀贪官,也想有点侠客精神,但在现实生活中是柔弱的,这个十几岁的小孩也是这样的。在他那个房间里,这个小说开头就是一个老鼠出来惊扰他睡不着。眉间尺刚和他的母亲睡下,老鼠便出来烦他,他就做些动作,老鼠安静,他要睡,老鼠又出来。就是你以为安静的时候,鲁迅就往不安静上写,你以为不安静了他就往安静上写,他的笔法永远是左一下右一下,他的笔法好的是跌荡,不好的是"不透明",所以他的作品里大量出现然后、然而这样用词的现象。他的东西你可能要一句一句地看,你不能一段一段地看,看村上春树你可以看得很快,鲁迅的东西看不快,所以很辛苦。你说让小孩子看这个,而且他每次都是直指人内心的柔弱,他会把你吸入他的漩涡,让你进入他的漩涡。他是"不透明"的,他不是那么简单的,小说有的是一段一段写的,有的是一句一句写的,鲁迅的大概就是属于一句一句写的小说。如果你们有兴趣可以回去看看这个《铸剑》开头的笔法是不是这样。

他很著名的爱情小说《伤逝》,大概中学里面没有,大学里面可能会接触。讲涓生与子君的悲惨的故事,一对青年男女,女孩子子君冲破家庭的封锁跟男朋友走到了一起,但是生存的压力把她压垮了,两个人最后悲剧收场。我们分析的时候会说都是封建社会的迫害。这个说法很扯,我们看它的开头,小说的开头是一个涓生的手记,我要忏悔,因为我的女朋友子君逝去了。他的开篇是这样写的,"如果我能够,我要写下我的悔恨和悲哀,为子君,为自己。"那你直接说我下面要真诚地忏悔自己就行了,为什么说"如果我能够"?就是有一个缝隙,实际上他做不到。如果是一个真诚的人告诉你,我现在跟你讲话是真诚的,可是另外一个说,我现在给大家讲鲁迅,实际上我无法做到真诚,我在公共空间里讲鲁迅讲不出内心很真实的感受。你觉得哪一个更真实?很明显第二个我说了实话。如果采用第一种表述,现在,子君我在向你告别,我要真诚的忏悔,这是一个透明式的表达,或者说透明是本质主义的表达,不透明就是"如果我能够",因为我不知道我能不能够,我承认我的有限。苏格拉底说我只知道一件事,就是我知道自己一无所知。如果我能够,我要这样做,我要凸显我的意志,我的意志是愿意这样做的,可是我未必能做到。是不是这样?

从哲学上讲康德告诉我们有两种方式表达对世界的看法。一种叫做定言命令,一种叫做假言命令。"整个中国都是无比美好的",这是什么命令?这是个定言命令,全称判断。假言命令是:"如果我们努力,中国会变得更好"。"如果……那么……"这是一个假言命令。或者用康德的另外一种表述,整个世界是怎么样子?是规范性表达,它是一个全称判断,是一个规范性表达,而不是建构性表达。建构性表达就是我和你一起互动建构出来一个东西。就是"如果……那么……"我现在再多说一下,如果喜欢哲学的朋友们你们知道,20世纪分析哲学里有一个非常奇特的大师,维特根斯坦,他一辈子有过两本书,一本叫做《逻辑哲学论》、一本叫《哲学研究》。《逻辑哲学论》讲的是什么意思呢?把世界归为一个模型,维特根斯坦认为他把哲学已经终结了,他可以去玩儿了,就去教小学了。后面发觉不是这样,我们貌似高深的哲学原则取代不了生活,生活是大于归结到的那个东西的,取代不了。后来他写了一本《哲学研究》推翻了前面的想法。最后他说一个东西它的本质就等于它的用途,他后面研究了游戏,游戏是什么?规则是在游戏的过程中建立起来的,我套过来说,我们以前所呈现的透明的鲁迅就像维特根斯坦的第一个表达,像《逻辑哲学论》那样我们把鲁迅归为一个圣人,归为政府领袖、知识分子等等想要的东西,这是一个透明的表达,这是一个规范性的表达,也是一个独占性的表达。因为把他透明化就是你想占有它。

大家想什么是马克思主义?如果你规定这就是真正的马克思主

义,一定是你想独占这个,就会产生很多问题。所以我现在讲"不透明"的鲁迅,其实是维特根斯坦的第二种理解,一个东西的本质取决于它的用法。鲁迅在公共世界里取决于他的用法,如果他被用来去打击别人,那他确实就像老百姓讨厌的很多东西,他甚至是打过人的,是一个很吓人的东西,对年轻人的心灵产生很大的戕害,这有什么可奇怪的。严格地说我算是一个研究鲁迅的人,中国古人的学问传承有一句俗话叫做替祖师爷传道,但是我们现在作为一个研究鲁迅的,到底传的是鲁迅的哪个道?

理解中国传统文化大概有三篇文章很重要,庄子的《天下篇》,荀子的《非十二子》,还有司马迁的爸爸司马谈的《论六家要指》,这三篇是描述中国文化格局的文章。《非十二子》写得很长,司马谈得更简约些,我认为写得最深刻的是庄子的《天下篇》,它提供了几种对世界理解的方式。

鲁迅这个人在中国思想史上,中国人理解世界的方式上有哪些是不同于庄子《天下篇》里总结的理解世界的方式?《天下篇》讲神何由降,明何由出? 讲得很清楚。例如法家那样理解世界的方式把所有人还原成数字,儒家理解世界的方式,道家理解世界的方式都讲得很透明。我们中国文化思维的基本格局全是有各种名的机杼造成的,现在就来了一个"不透明"的鲁迅。他没有办法归类。所以梁实秋的质问是很有力量的,因为他代表大部分国人对鲁迅的隔膜和质问,你到底主张什么? 梁实秋和鲁迅论战的时候就是这样问的,你到底主张什么?

你看,我作为一个研究鲁迅的你要问我,请你一句话来说鲁迅是什么? 你就是在用本质主义、透明的方式来要求我,对不对? 毛泽东的定义是这样要求的,老百姓的定义是这样要求的,这种思维方式叫做透明式的表达。可是,透明式的表达会被别人拿走,用来打击不认可这个看法的人,所以关于鲁迅会出现有各种权利的争夺,我认为的鲁迅才是最重要的,你这个不行。

我们在鲁迅的研究里面出现这种现象,非常反鲁迅精神的。鲁迅说我确实对别人很狠,但是我更严格的是剖析自己。中国古代的心学讲心诚则灵,修身养性,我如果回到内心就可以做到忠诚慎独,鲁迅说没有那么便宜。鲁迅在《野草》里写过一个死尸看他自己,他看得越狠他越发现不了自己的本心在哪里,这是在反心学。我们知道中国从宋代以后有理学、心学,王阳明代表的心学的这个传统——王阳明我们可以很准确地说他一生的学问就是从良知走向致良知,这是可以很"透明"的。但是你说鲁迅一生特点是什么?他是中华民族的一个异类,他提供了一种非透明的理解世界的方法,他不在《天下篇》规定的各种理解方式里面,哪一个都对不上。所以我现在看到包括我的前辈在内很多人,说鲁迅是什么的时候,我心里是不大相信的。我尊重他们的人格,我也知道这些前辈,包括公共领域很多著名的前辈,我心里要打个鼓,如此说有没有问题?有没有人说得让我觉得比较亲切的,有一位,是今年五月份去世的原北京师范大学、后来到汕头大学的一个老师王富仁。他说我想了半天我关于鲁迅的理解,就是小时候在农村冬天的时候,北方的冬天很冷的晚上有一个形象更靠近我对鲁迅的理解,就是守夜人。那个守夜人他的职责就是过一个时辰出来敲一敲,提醒你要防小偷啊。他说鲁迅大概就是这个人吧。你说他思想多高深,恐怕不是所有人都认可,但是他老是睁着眼,晚上的时候其他人都睡了,其实最聪明的人就喜欢晚上出来活动,小偷啊,最聪明的人。他懂得更多,在你们都睡的时候出来偷点东西,他最害怕的就是睁着眼的人,他说鲁迅就是睁着眼的人。你说他有多高深的思想,他可能也没有预料到我们中国后面走到哪里去,他转来转去,还在所谓半殖民地、半封建制的社会里转来转去,他的文章里面所有的结论未必是可以作为真理的,他批判的未必就是坏的,他不喜欢的人未必就是坏蛋。王老师讲得真好。鲁迅的杂文里面有很多偏颇的说法。但是我们要注意的是,鲁迅的杂文的偏颇有自我生长能力,什么意思?你仔细看的话,他不是固定的结论,你如果很真诚地面对鲁迅杂文的话,你会发现他会自我否定。所谓自我否定就是辩证法,什么叫做辩证法?我们两岁时和二十岁你说是同一个人吗?是一个人又不是同一个人,这个叫做辩证法,自己否定自己来到更高的生命状态,鲁迅身上有很强的这些东西。

你看他在《狂人日记》里说字里行间一看整个中国历史就是俩字,你可以把这个作为理解中国历史的一个结论来使用吗?不可以,因为你的做法就叫做透明式的理解鲁迅。但是你从尊重人的角度一下子就会感觉到他这样说就是表明他对中国历史最恨的地方就是它不讲人。但是你能说出来什么人吗?我们每个人都意识到人应该是什么样,但是你说不出来,如果你说出来一定会发现,这个说出来的东西被人拿走了,被别人占用了,尤其是被权力者拿走了。比如说认为某个时期女人就应该像男人一样,这个才叫做人。所以你说不出来,你不可以说什么。但是我们每个人心里又都有一个鲁迅,那叫"不透明"。

所以鲁迅作品里大量出现"倘若……然而……"这样的句式,有的是明摆着写的,有的是暗暗的节奏。如果你对一个社会公共问题,比如说对我们深圳的一个公共问题有看法的话,你主张一个观点,你去找鲁迅的作品对照一下,如果是他的话他会怎么看?你会看到他经常反对你。跟他的写作笔法有关系,它的方法就是左奔右突的,他很真诚地记录自己思索的轨迹,而这个轨迹是不可以定义为固定的结论的,但无论是我们的权力支配者还是作为研究者的我们更倾向于把它固定住,我们会说他是什么什么。有人说鲁迅的作品就像一个烧热的很烫人的铁和钢熬成的那种液体,它在此刻文字突然冷却,在此刻凝结起来,也没有办法,此刻凝结就只能成这个样子。你如果把此刻的这种凝结当成一种文字来打人,这个蛮可怕。比如他说中国的文字采用拼音就好了，他说过很多类似的话。有人会说他这个人智商太低了，我们中华民族跟日本斗争最激烈的时候，你竟然对日本的批评不够充分。他其实更多的批评我们自己人，因为你批评别人只是一个透明的表达，没有用，你批评日本人有啥用，应该是批评我们自己人，但是批评我们自己人是不讨喜的。他跟林语堂说你不要玩儿那些小品文，中华民族到了什么地步了，你自己的英文那么好，你去翻译一点对我们民族有用的东西。林语堂是一个很闲适的人，他有没有追求自己生活品质还有自己个人趣味的权利呢？如果从普遍的人权原则来说——这是一个透明的表达，他当然是有的，所以林语堂和鲁迅吃过饭以后回家的日记上写，这个人就是个神经病。

鲁迅跟他的弟弟周作人两个人失和以后，周作人也玩小品文，鲁迅就悄悄地或者是在文章里批评这个思潮。周作人很聪明，一看就知道他哥批评他，他写了文章用两个概念概括了两兄弟在现代思想文化史当中的特征，他说我们无非就是两种人，要么做祭器——作为一个被献祭的祭器，向我们的前辈祖先献祭的祭器。要不做个小摆设，你认真你就错了，你就输了。周作人就是这样看的，你以为你很神圣，你不过是被别人当做祭器而已。人生就是两类，一类当祭器一类当小摆设。他是这样回应他哥哥的，事实上你不觉得周作人说得很对吗，鲁迅不是长期被我们摆上了某种祭坛，向某种合法性献祭，成为了伟大领袖忠实的学生吗？我顺便说一下伟大领袖对鲁迅的理解是相当不简单的。鲁迅有一个很著名的学生萧军，在1940年代初到延安的时候跟毛泽东有一个深入的谈话，萧军就认为中国就应该由鲁迅代表的道统和伟大领袖代表的政统相加，这才是中国现代的方向，对鲁迅最有情感的学生就是这样理解世界的。其实这种理解（道统＋政统）是儒家的理解，不是鲁迅对世界的理解，是典型的儒家的理解。

但是大家想想如果你不按这样的方式理解世界，那用道家理解世界的方式？按《三国演义》开篇那种道家理解世界的方式——没有什么是非成败，永恒的是自然、青山依然，没有永恒的人，这是道家的历史观。你或者是道家的理解世界，或者是儒家的理解世界（道通＋政统），或者是韩非子弱肉强食的理解世界，你不这样还能怎么理解世界？鲁迅是一种"不透明"的理解方式。你若是每时每刻都要进行自我反省，而且看上去没有尽头，会多痛苦。我此刻在给大家讲鲁迅，如果每一句话你都不相信我，试图跟我对抗，你会很难受，所以你觉得每句话还可以，你就会舒服。鲁迅选择了自我反诘，那写作的方式就是左突右奔，所以他的不透明的表达，这个是在中国文化史上极少有的现象，所以是中华民族的一个异端。谁跟他有点像呢？苏格拉底跟他有点像。苏格拉底会质疑你以为你相信什么？苏格拉底一直问你，你确认？你认为美是什么？美是小羊吗，美是你的衣服吗？你说的是美的衣服不是美啊。他通过追问使你的信仰被挖空，你到底信什么？鲁迅通过文学作品把你拉进去，请问你到底相信什么？你会发现你被挖空了。苏格拉底被质疑的是他破坏了城邦原来信的神，是一个罪人要审判他，作为一个共同体即使是假神都需要一个神，而你这个人没有提供新神，你最后掏空了我们信的神。你看梁实秋就是这样质疑鲁迅的，你到底信什么？你不能呈现你信什么，你到处掏空我们，所以你是一个异端。

是的，尼采是德国文化的异端，鲁迅是中华民族的异端，他自己喜欢猫头鹰，他还喜欢女吊。可是如果不是异端的话，又怎么能穿透厚厚的中国历史的尘埃看清楚我们的问题呢？如何能够写出《狂人日记》？你每天见领导就说领导好，你每天见人受伤就说道家式的爱，不谴是非、不撄人心——鲁迅最讨厌的就是不谴是非、不撄人心。你说谁不喜欢庄子呢？喜欢，鲁迅说我自己苦于摆脱不了自己身上的鬼气，受庄子、韩非子的影响太深，一个是随便，庄子告诉我们不谴是非随便点，一个是韩非子对我们的影响，是深谙操弄权力控制世界。一帮人讲上海和北京文化，这个那个，鲁迅说其实很简单，一个是近商赚钱，一个是近官有权力，说的大家都很难堪。就是用权力之眼来理解世界，无非一个钱多一个权力大，京城的学者喜欢讲什么我们很高雅，你们太铜臭了。其实你们两家早晚是要合流的，如果我们用鲁迅的这些眼光来理解深圳也会很可怕，深圳是什么？用鲁迅的理解恐怕就是，深圳不过是既近官又近商，不就是你现在钱多吗？你还有什么可嚣张的呢？

我们会这样称呼我们的城市吗？我们不会啊，我们会说我们这个城市多美好，美丽的盐田港，所以鲁迅是不大讨喜的，我如果不是误入歧途我也大概研究一下小资文化、酷文化，研究一下诗经，讨论下"彼狡童兮"、韩国电影"那小子很帅"之类的，这些常规的文化形态和鲁迅这种高冷是不一样的，质疑也确实很有必要，他走在公共世界里会让所有人不舒服。所以我们要理解孩子们对他的情绪，中学生说三怕，一怕文言文，二怕周树人，而且周树人最可怕，这个是孩子们的理解，也是对的，我是很反对跟他们说这是中华民族最好的东西所以你一定要懂，这样其实太可怕了，中华民族好的东西多了。没有阳光滋润之后他没有力量承受，你用太锋利的东西对孩子会造成伤害。鲁迅是小时候经过创伤的，创伤影响了他一生。说实话我走进鲁迅其实就是从这里走进的，他的父亲是1896年去世的，他是1889年出生的，他写过两个小孩，《孔乙己》里的小孩12岁开始做工，他写过《铸剑》里面的这个小孩12岁，我其实就是12岁失去父亲的，鲁迅在父亲病了的时候看过人情世故，一个家庭的顶梁柱去世以后整个的人情世故，这些人间的冷暖其实我也都经历过。

我们做中国人，你在现实生活里你是不可以完全按照鲁迅精神生活的，你在公共领域，公共空间里最好还是用儒家来生活，鲁迅也是一样。他对他妈妈就是这样，他妈妈说我听说我们家老大会写小说，她还看了鲁迅的小说，结论是这不怎么样啊。鲁迅就给她买张恨水写的小说看,她说还是这个好看。你在公共空间里见了领导还是按照等级名分处事,你要是想有点民间的活力最好还是按照道家来,就是兄弟江湖这些道家的东西。你要是按照鲁迅那样生活,他的做人那是太辛苦。因为你老是权利地理解世界,见了领导说我人格要独立,这怎么行? 当然你见了自己的下属,见了普通人不装,这个是好人。中国人原先儒家讲的这些东西,修己安人、外圆内方等等不是没有它的合理性的,它也不像鲁迅攻击的那样不堪,任何共同体都需要有一些温情脉脉的东西。

鲁迅只是撕破了它,他自己也清楚撕得太狠了,别人改编他的《阿Q正传》搬上舞台他不是很同意的。他当时还怕搬上舞台,现在的视觉艺术都已经出来了,视觉艺术和文字艺术又不一样。德国一个哲学家西美尔说我们看世界和听世界是不一样的,我们看世界的时候是以我为主的,我们听世界的时候是以它者为主。我们可以倾听的,佛经里面开篇就是四字——如是我闻。像这样我听说释迦牟尼在讲道,你是倾听的,不是以你为主的。我们现在的视觉艺术、电影电视是以满足你为主的,所以现代人更喜欢看电影电视,文字的像鲁迅这样的作品他的意图是其他的,这个很好理解。大部分喜欢读爱情小说《简爱》,《简爱》是不是那么漂亮的女孩子的自尊,我也有发言的权利,这个会抚慰很多人,大部分不喜欢《呼啸山庄》,因为《呼啸山庄》就是:你真的喜欢爱情吗? 我就写一个故事让爱情摧毁了一切,你真喜欢吗? 我让爱情摧毁了一切。鲁迅说的是一样的,悲剧就是把人生最有价值的东西撕毁给人看,你喜欢吗? 你真喜欢吗? 我把它摧毁了给你看,如果你还喜欢就是真喜欢了。事实上他摧毁了你就看着太可怕了,大部分人不喜欢《呼啸山庄》,就像大部分人受不了摇滚音乐,太可怕了,喜欢听流行音乐,就像许巍他老唱摇滚大概是活不下去的,他后面改成流行的抚慰你的心。鲁迅就是文学界里的摇滚,他会挑战你。

他为什么"不透明"呢？现在我再来说一个,大家很熟悉的《祝福》。一个知识分子回到乡下也不敢得罪当地的士绅鲁四老爷,我们现在回到老家村支书你敢得罪？因为我还有家里人在老家,你敢得罪？不敢得罪。现在碰见一个很穷很穷的女人,这个很穷很穷的女人觉得你是有文化的人,就问你。因为祥林嫂嫁了一个男人又嫁了一个男人,迷信的说法说你嫁了两个男人,你到地狱以后他俩会分你的。她就开始问,你告诉我究竟有没有灵魂这个事,如果我去了他俩会不会分我？你作为一个知识分子你怎么说？你说没有,或者有。你说没有,意味着祥林嫂去了另外一个世界见她想相遇的人就没有机会了,她这一生过得太苦了。

鲁迅年轻的时候就说过,伪君子很讨厌,但是迷信是可以存在的。迷信其实是底层老百姓最后的精神救济了,你说反封建,你说那是迷信,你是一个本质主义透明的要求,人生不可以迷信。鲁迅刚好相反,他说迷信是可以存在的。那你告诉祥林嫂有精神有灵魂这个事,你怎么说服她向她证明,她到那个世界以后那俩人不争呢？你其实证明不了。所以结果就是这个知识分子就很困难,支支吾吾,这个事很复杂,你看我们所谓的知识分子讲话都是这样的,我今天讲课是走进"不透明"的鲁迅,就是啥意思？我也说不出来。鲁迅说《道德经》说了五千字,其实就是三个字,"说不出"。这个知识分子面对最苦难的底层老百姓,你想这是祥林嫂对他的提问,你是读书人,你们这些知识分子还号称引进先进文化来启蒙我们,还教我们,我就问你。很多人很坦然地说我们走自由主义的道路,小政府大社会我们国家就起来了;另外一个人很自信地告诉你我们应该走马克思主义的道路,鲁迅说我不知道,我只知道她很苦,祥林嫂很苦,我只知道周围人还在消费她的苦,我只看到了祥林嫂一遍一遍讲述她苦难的故事,讲久了这个苦难就被稀释,而其他人把它变成一个玩笑在听,我也知道这些是不对的,但是我不知道怎么办。

所以鲁迅的世界,我们很多人喜欢进入他的世界的时候是进入他的思想世界,他的命题是什么,他说过什么?哪个是真理?其实真正的进入鲁迅是进入他的情感世界,进入他的文学性,你不管经历过多种思想的变迁,今天后现代主义,明天保守主义,你只要老老实实进入他的世界,你也不要把自己当个局长,就是一个普通人,你就能够感受到他情感的脉动。因为他很真诚地告诉你他看到了,他接触了,他的困惑,那你对世界的理解会从情感上全部建立起来。所以最恐怖的就是从原则进入鲁迅,从个人透明的规矩、原则、伟大思想等等进入都是非常可怕的。

但是我们做研究的来讲这恰恰是我们的宿命,因为我们经常会用其他的思想来看鲁迅,用毛泽东的思想看鲁迅,用墨子的思想、韩非子的思想看鲁迅,这个是我们现在没有办法的事。因为我们不是鲁迅。我们和他的相遇有很多的偶然性,你本来可以不喜欢他,不看他,我们人生不一定非得读鲁迅,有很多人比鲁迅深刻,太多了,康德就比他深刻,黑格尔比他更深刻,鲁迅全部思索的人类的命题、鲁迅的全部哲学就是"我自爱我的野草",生命哲学。康德早说过一个人如果用生命作为全部哲学的根据是有问题的,早就批判过了。克尔凯郭尔也直接批评过鲁迅这样的人,他有一本书叫《致死的疾病》,就是鲁迅这样的人反抗绝望就是更深的绝望,鲁迅就是这样反抗绝望的。如果你再看陀思妥耶夫斯基《群魔》,鲁迅早都被他写到小说里了,早就写了这样类型的人了。克尔凯郭尔早写过,康德早把你生命哲学的局限给讲出来了。所以我也不赞成说鲁迅是全世界最深刻的人,全世界最深刻的人对中华民族的情感的建立未必有用。柏拉图就很深刻,如果认真地讲人类世界所有一切柏拉图已经思索了。

鲁迅作为一个现代文人、思想家等等,这些我们常说的,他的思想也是基于他的文学形态存在的,不能脱离这个,如果一旦脱离就会变成透明的鲁迅。所以他作为现代知识分子,他自身的表达——知识分子的表达是语言系统,语言本身是理性的,它很倾向于是透明式的,要不然无法给你定位。所以它很容易,尤其是知识分子本身的表达就容易被透明化,比如说我现在的标签是一个做鲁迅研究的,其实我不仅做鲁迅研究,我还看其他的。但是我在社会上必须透明化才可以将我定位,我是做鲁迅研究的,一个号称青年鲁迅研究专家的角色。这就是一个透明化的定位。尤其是面对更弱小的、更没有话语权的沉默的普通老百姓,因为你的思想会在公共领域变形,你的出发点是好的,但是民众不是像你那样的理解世界,他必须定型。所以知识分子面对民众的社会他的表达本身就是很困难,就在这里。

胡适就很清晰,他的所有文字全是透明的,非常清晰。鲁迅的老师章太炎也很复杂,基本上也是透明的,虽然鲁迅思索的问题章太炎大都思索过,甚至不比鲁迅思索的差。他们师徒之间有很多相类似,也有很多相反,导致他的"不透明"。

我再讲一个作品,因为这个大家都很熟悉,《孔乙己》,因为这个小说,开始第一句话说"鲁镇的酒店的格局,是和别处不同的。"对不对?我们分析一下这个格局。这个酒店有一个小伙计站在高高的柜子后面,这个小伙计 12 岁,后面是包间,包间是不透明的,里面坐着有钱人,赵举人这样的,他们穿着长衫,崭新的长衫坐在那里,有酒有菜的喝酒。那这个小伙计前面就是一帮穷人,他们穿着短衫,站在那喝酒,他们没有其他的菜,一般就是干喝,最多要一点茴香豆,站在那喝酒。

这个小伙计就站在高高的酒台后面伺候人,这个小伙计过得不是很开心,因为他 12 岁,职业能力不强,讲到这里顺便说一句,我从职业院校来的,我们的同学恐怕现在到 17、18 岁还没有做好进入职业的准备,这个小孩 12 岁就开始,他家里人把他送到这儿,因为他的家里请托的中间人面子很大,所以这个老板也没有办法不接收,但是老板觉得你不会兑水,你没有眼色,老板对他不怎么样。这个小孩生活的世界是三波人，一个是老板，因为老板不管你是小孩子，你做的不好当然是影响他的客户，影响他的利益，老板没有错。里面坐的人有钱有势，到这希望得到更有品质的服务，也没有什么说的。人家社会生活里有钱有势，属于现实生活中公鸡中的战斗机，当然你也可以说这帮富人的人品不怎么样，说不定是人渣中的 VIP，总之人家也很难伺候。外面的穷人好不容易赚点钱来到你这里喝酒，你还给我兑水，所以他盯得更紧，那小伙子生存的世界，你看，一二三，那这个就是一个社会的结构，那就是一个利益的世界。这个利益的世界很残酷。就有一个人很奇怪，就是孔乙己，他穿长衫站着喝酒，他跟里面人不一样跟外面人也不一样。他老是显示他的长衫，很阔气地穿着。这是他的第一个特点。

其他人不把这个小孩当小孩，就当是一个工作人员、服务员，只有他把小孩当小孩，他老说我教你茴香豆的茴有四种写法，你将来开店会有用的。小孩是怎么反应？小孩说，谁要你教，我早会了。你看，我现在把这个结构图，这样一个结构，里面是包间的人，外面是穷人，高高的台子后面是小孩加老板，这个小说就把人放在这里，现在还是这样的设备、结构，只不过里面的钱老爷、赵举人变成了钱总、赵总。外面的穷人是农民工，这个小孩也不愿意成为挣很少的，愿意成为老总或者赵处长这样的人，好像也没有什么可指责。只有孔乙己很奇怪，因为在现实生活里他是权力竞争的失败者，他没有办法坐到包间里去，但是他老在抖搂他自己的长衫。其实现在我也在抖搂我的长衫，我是什么青年学者。为什么抖搂长衫，因为我没有什么权力，我们没有经济权力、政治权力，只有思想的权力，我们就愿意亲近小孩子，我们说服小孩子的时候就说，我教你文化啊。有的老师教你文化，有的老师教你技术，有的老师教你思想，有的教你职业规划，不就是茴字的四种写法吗？现在我们的学生却张嘴就是，谁用你教。那个小孩肯定也很讨厌他生活的利益的世界，但是他所有的生活经验还是来自于他老板的，你没有办法，其实唯一可以超越那个利益世界的恰恰是孔乙己教你的东西，但是我们的小孩子确实他的反应就是很真实的，我不需要你教。这是一个循环。

那对于这个结构来讲，孔乙己是对的吗？包间里的人是错的吗？农民工说我这么苦我要把你整个世界砸碎，为什么你坐在里面我坐在外面，我们包间外面就说为什么你们在里面嘀啵嘀啵就把我们的命运决定，我要把你砸碎。这是革命者处理的方式。

另外一种处理方式是请把包间打开，让我们看到你们是怎么决策的，虽然我是小伙计，虽然我是穷人我也有权利知道你们是怎么决策的，这叫民主。为什么要把包间打开呢？你学历这么低，理解力这么低，国家的决策你有什么资格参与？我只有一个理由就是我是一个人，这叫人权。所以民主里面藏着更深的东西叫做人权。你生活得是不幸福，这个社会秩序恐怕很难改变，你说起来把整个世界打碎，对不起，如果你打碎了你进到包间里，其他人出来了站在那里喝酒，结构没有改变，是不是？所以不能使用革命的方式，这种叫做理性。五四两个口号民主与科学，其实埋得更深的是人权和理性。在《孔乙己》的小说里都有了，这个小说才两三千字。那鲁迅写这个他会同情小伙计，他也会同情那个老板，他也会不那么简单地去指责穿长衫的在包间里的人，他当然也会同情孔乙己，因为他自己就是孔乙己，一切知识分子就是孔乙己。所以他的表达里面不像茅盾那样的作家直接指责民主、资产阶级，他很直白，他是透明式的表白，鲁迅会诅咒谁呢？你当老板就是要利益最大化，有什么可指责的呢？坐包间的人经过很苦很苦的努力才进入了包间，有什么可指责的呢？所有的一切看似都是合理的，但是作为一个人又是不合理的。

为什么有人那么穷？这是不合理的。但是穷人起来把富人全部杀光吗？就是合理的？所以他的笔法、他的格局、他的这一切，我用一个很浅俗的词说他的"不透明"，实际上是一种知识分子的无奈，你还能怎么说？你只能说我是一个四不像，而且知识分子就是可靠的吗？不一定，孔乙己为什么偷人家的书呢？什么心理呢？如果他进入包间未必比别人好。所以鲁迅对知识分子也太狠了，他同情又犀利地批判孔乙己，或者说他犀利地批判又同情孔乙己，他的态度不是单色的。如果我们用这个结构的视野来看，中国现代社会从传统社会转型过来的过程里面，这个设立权力的结构一直是这样，影响知识分子表达的，你的真实的地位，你的语言形态，大概我们对鲁迅这位国民作家亲近真实的原因在这里，而不是他提供了多少透明的原则，代表着新文化运动的方向。他代表着新文化运动内在的精髓，刚才我说了民主、人权、理性。

怎么理解他这个特点？大家看，就会觉察到很多的他的思想特征，我最后举这样一个，他在杂文里面说过，"你去报复，谁来裁判，怎能公平呢？"便又立刻自答："自己裁判，自己执行；既没有上帝来主持，人便不妨以目偿头，也不妨以头偿目。"以目偿头这个词的解释很怪，你用百度去看，这个词的解释是有网友抄我的论文里的话来做解释的，偿不是偿还，引申义有偿还，鲁迅这个东西它的源头是《山海经》。刑天与黄帝争霸，黄帝把他的头砍了。上帝没有头，尼采说的什么是现代社会？现代社会就是上帝死了，鲁迅喜欢的一个画家比亚兹莱最喜欢画的就是一个人把另外一个人的人头给割了，没有头了。西方哲学说上帝死了，鲁迅说我们本来就没有上帝。那怎么办？那我就是以头偿目，就像那个刑天一样，你把我的头割了，把两个乳房当眼睛，肚脐眼当嘴巴，我拿了个武器还继续跟你干。这其实是一种决绝的生命哲学。我只要有一个身体我就会这样，其实如果我们把这个变形为中国思想的话，儒家就是相当于目，头可能相当于道家，我就用这个来反对那个，你觉得有没有问题呢？肯定是有的，如果你从一个统一的透明的理解世界的方式来看，鲁迅你怎么能够不追寻统一的理解中国的方式呢？你怎么能够用分裂的方式来理解，以目偿头呢？所以对鲁迅的批评，如果基于康德的理性主义来批判鲁迅的生命哲学，觉得你这个生命哲学的根基太过朴素了，如果以基督信仰的批判，你怎么能没有统一的信仰呢？所以如果你想批判鲁迅实际上是非常简单的，要么引入理性主义的传统，要么引入基督信仰来批判他，这是很简单的批判。

但是这些批判对鲁迅又是无效的，因为你又引入了一个新的透明的原则，当然有效是可以很清楚地看到鲁迅身上的缺点，其实鲁迅有很多缺点。鲁迅的复杂在于他背后牵涉的是中华民族的精神重建问题。大家想想如果你理解鲁迅也会理解《红楼梦》，《红楼梦》里面就是中国的一个道人、一个僧人一瘸一拐去把一块玉送到人间要补天，什么意思？送到人间，贾府是儒家的世界，一僧一道，儒释道三家是中国人精神的三个支柱，曹雪芹让这三个支柱都完蛋了，白茫茫一片真干净。依据贾宝玉的纯情能不能重建中国人的精神世界？贾宝玉能重建吗？女人是水做的，男人是脏的，纯情，纯情是中国人很大的一个传统，是心学的传统。就是明代思想家李贽说的"最初一念之本心"，就是童心说。但是鲁迅拒绝了这样的思路，他反对孟子传统、心学传统，他拒绝了，他说这是假的，这是自欺，你以为你是真诚的。所以鲁迅写过《我要骗人》，我讲的话是假话。鲁迅牵涉到个体精神信仰他很决绝。民族精神的振拔，《红楼梦》之后变得越来越峻急，民族危机加深，所以这个《石头记》也变成了鲁迅这样的石头，非常地坚硬让人不舒服。个体信仰当然是拯救自己的，小乘佛教鲁迅也是认可的，但是作为整个民族大的共同体恐怕鲁迅这样的思维方式，有这么多问题，肯定是个问题。但是你主张的那个好东西需要经过思考，你告诉我那个新的黄金世界，我不要轻易地相信，所以鲁迅说我是个影子，光明的地方我也不愿意去，因为我会被消逝掉，黑暗的地方我也不便去，你说我是什么？我就是个影子，我介于光明与黑暗之间。所以我讲他是个"不透明"，准确地讲就是个影子。所以他的决绝、他的犹豫其实反映了我们这个民族内在的精神重生的艰难。

最后我用加缪的话来结束，这还是那个小公务员写作的事，他说："医生，你是个实干家，可是你要明白我写作的时候很困难，你应该明白我的意思。必要时你得在然而和而且之间作出选择，这还算容易。然而就是转折就是否定，比如我们说五四新文化否定了传统文化，这叫然而。而且就是延续我要创作性转化，像十九大党章里说要创造性转化，这叫而且，这很容易，这算容易的。要在而且和然后之间作选择就难一些了。"而且和然后是有差异的，大家体会一下。有递进的不同，很微妙。

下面更难，得选择然后或随后就更难了，然后是转折、更生，随后是跟随，又不一样了。最后其实最难的就是开始那句，但其实最难的就是连是否要"而且"我都不能判断，我不知道应该反抗还是跟随，可能最后我就是应该跟随，我就不应该发动什么五四新文化运动，我不知道。你看五四新一代的文化人有各式各样的，他们就是然后、而且、随后、不同类型的，无非如此，所以中国现代思想变化这段话可以概括，无非如此。鲁迅的特点就是他说了太多倘若、然而的话，他会设立一个起点，假设一件事情，他很快又会质疑自己的设定，让我们对他的理解变得很难透明，很折磨我们。

加缪的话是这样，鲁迅与传统、与现代世界，与梁启超、胡适等等，他们不是你死我活的关系，也不一定鲁迅是真理，他们共同构成了复杂的生态链，有的是透明的、各种透明的。这个世界分为白天和黑夜，有需要白天的透明的理解世界的方式，也有需要黑夜式的理解世界的方式，更需要在光明和黑暗之间的影子一样的理解世界的方式，鲁迅大概是影子一样的理解世界的方式，有他的"不透明"。

克尔凯郭尔曾这样看苏格拉底，苏格拉底恰恰出现在希腊城邦文明陨落的时候，大的社会转型期出现的时候，城邦文明要完蛋，城邦原先信的神被苏格拉底不再信了，苏格拉底要信的新神，按照尼采的说法就是理性神，你不经过反思的我不信，就是理性新神。我们中国的鲁迅也是中华民族大的精神转型时候出现的一个人，他们无比的相似，当然民族文化不同，鲁迅是以文学的方式实现了这个功能，苏格拉底是以哲学的方式实现它，所以他们两个的对比很有意思，如果大家有兴趣，可以对照一下。说完了。

【主持人】　谢谢张克老师带来非常精彩的演讲，这个演讲应该是会对大家产生很大影响的。可能我们之前所理解的很多对鲁迅各种各样的形象，之前每一个人都有一种概念。"不透明"的另外一个意思就是不可描述，不可揭秘。当中国不可描述、不可揭秘的时候，实际上会影响我们大家的思想，这恰恰是张克老师带来的一个很重要的思考。实际上我们看一本书，你在读一本书，当这个书非常清晰，非常舒服，你在思想上基本上是不可能长进，那我们自己的阅读、理解是这样。当这本书让你觉得非常惊人，每一句话都可能会跟你发生碰撞的时候，你坚持对话，我想你对这本书会有收获。大家等一下有半个小时的提问时间。

日本的作家太宰治，写过以鲁迅少年时代为内容的小说，相对来说对鲁迅有一个很有区别的描述。刚才张老师讲，鲁迅是有他的独特性的，鲁迅是个文体学家。为什么说是文体学家？是因为在整个时代里面他无法找到一个很清晰的文体的呈现，所以他创造了很多文体方式，用很多很多的文体，形式，小说、散文。实际上你会发现我们很多人谈鲁迅时，会认为鲁迅的文学成就不高，因为他写的小说就那么几篇，他没有写过长篇小说，只写杂文，他写的小说太少了。实际上是因为鲁迅每适应一个文体之后就不写了，他愿意用文体变动的方式去呈现一个思潮的变动，所以他实际上是很强的一个文体学家。

太宰治是日本的作家，太宰治说鲁迅是什么人？鲁迅还有一个什么形象？他是一个商民的形象，很奇特。商业的，类似于大户人家的形象，这个形象实际上跟鲁迅还是蛮妥贴的，鲁迅他家就是一个没落的人家，鲁迅也非常喜欢城市性的生活，所以你会发现鲁迅这样一个早年的形象和晚年形象有非常大的区别。鲁迅是一段一段的，当我们讲他时，他并非是"不透明"的，他有他非常清晰的东西，对鲁迅的这个形象以及他的晚年形象，他是必须清晰的，所以他才会引起争论？……

【张克】 魏总讲的这个问题非常犀利。我直接回答后面的问题，其实鲁迅意志的强悍、透明是很重要的，他的意志上的坚决、反抗性是没有问题的。我现在讲的他的"不透明"和他的透明，如果辩证地讲就是，他的透明是从"不透明"出来的，或者说他的"不透明"是从他每一个环节的透明出来的，就是他在说这件具体事情时无比坚决。但是他这个坚决会反对自己。刚才说到他的文体是说到点子上了。鲁迅的文体我现在用"不透明"来表示，实际上在哲学上这个东西叫做反讽。克尔凯郭尔说苏格拉底的特点就是反讽，鲁迅也是反讽。克尔凯郭尔说苏格拉底的反讽是他通过提出问题实现的，提问题的时候无比坚决，针对你、否定你，这是他的坚决。太宰治的这个鲁迅的形象，因为太宰治创造的是小说，确实保留了鲁迅留学时候更少年感的东西，他其实考虑到了日本文化里亲近鲁迅的东西。这个形象即使在日本也是很特别的，在日本鲁迅的形象里边，其实影响最大的一个人叫竹内好，所以在鲁迅研究界里面有竹内鲁迅的说法，因为日本战败以后要思索自己民族的问题，竹内好说你看鲁迅的做法，他正是看重了鲁迅的痛苦，看重的是和日本不一样的地方，迅速跟着西方走，这叫透明的文化，你看中国的鲁迅他每次都挣扎，他就是中国往现代上走的过程中一个否定的环节，他就是这样一个形象，可是他每次都失败，但正是因为失败他才会走向自己的主体性，这个民族才有希望建立起自己的主体。而日本你每次都跟着别人走,要不跟着中国走,要不跟着美国走,那你就没有这个主体性,所以在他理解的鲁迅里,坚决是没有问题的,但他是一个生长的形象,他是不矛盾的。我不知道我这样说行不。

【主持人】　尼采的哲学可参照。人们说到某个地方就停止了,哲学本身则是不停地反思,不停地对问题的本身,后面的东西进行追问。这使得你对认定的东西是不是真正能成立产生反思。当你觉得做到最好的时候怎么办?当一个人认为自己退无可退的时候怎么办?这个事你必须做决断。这个思想在西方的世界里比较容易理解,就是体会到虚无,在这个时刻信仰才会产生,所以鲁迅说绝望,这种绝望和失望是同等的,但这个时刻才会产生希望,这个是我理解的……

【听众】　一百多年前鲁迅先生弃医从文他想医治中国人的愚昧和麻木,现在过了一百多年,您认为鲁迅先生药到病除了没有?

【张克】　我们的文化里面不仅有鲁迅的文化,还有孔夫子的文化,还有道家的文化,王富仁老师有一个很好的观点,我们普通人理解文化就像一架马车一样,走到先秦装上了老子、孔子,走到宋代装上苏轼,走到五四装上鲁迅,然后一个马车开过来。事实上文化不可以这样线性地理解。文化需要一个空间的概念,图书馆有老子思想,这个思想一定会产生效果,鲁迅的思想是在一个空间结构里的思想,我刚才说了,这个世界是有光明的,这个世界是个光谱,鲁迅是一个影子一样的位置,他的价值就是在这里,他的缺陷也在这里,这个要承认,我不是很喜欢有人说他就是唯一的新文化运动,其实不是这样的。这个空间里面我们有各种思想,有普通老百姓的思想。你看北方的农村,现在不少地方基督教正在接管中国人的生死,原先是道教在接管,现在变了。它在变化,我们空间里是有各种东西的,鲁迅他只是一个,而且他这个传统很容易就会被别人涂抹掉,因为中国现代文化的生长是非常不容易的,具有极其现代品质的人格是极难生长的,因为庄子《天下篇》规定了那么多理解世界的方式,每一个都是很强大的。我们阅兵的时候,你能用鲁迅的方式来走正步吗?必须用法家的方式来。你打仗要不要用军国主义,鲁迅年轻的时候有人说你去刺杀谁谁谁,鲁迅说那我不去,我还有我妈呢。他自己年轻的时候也想过登高一呼,他后面想办一个杂志《新声》就没有办成,他跟弟弟周作人一起翻译外国的、东欧的小说,他认为自己翻译可以比肩佛经的翻译,他已经瞧不上严复的翻译,他说他是用中国最纯正的汉字翻译西方最先进的思想,他年轻的时候也是很狂的,他20多岁在东京写的那五篇文言文都是相当精深的,他用唐以前的古文字的本意写文言文,他是有很狂的时候,但是他写了《呐喊》之后写了《彷徨》,他写了自己的软弱,最后他写了《故事新编》。现在有一种很奇特的理解,一些非常新锐的同行留意到的,因为现在世界各个大的文明体,俄罗斯、美国很明显地出现一种情况叫做帝国化,所以出现了对鲁迅的理解,说《呐喊》代表了新文化、民族国家,原先从清王朝走向现在的民族国家,这是第一个阶段。第二个阶段就是这套不行了,所以鲁迅这样的人会写《彷徨》,代表对第一阶段的反思,最后鲁迅写了《故事新编》,全是找到了中华民族原典里的庄子、墨子,所以这是恢复中华帝国的荣耀。现在出现的这种理解,也是当下鲁迅研究的一种形态。所以鲁迅研究界也是很复杂的,有时斗争还是很激烈,左派的、右派的都有。我们现在就是这样,虽然全国做这个行当的人可能说多不多,说少不少,但是我们在这个里面也很不一样。我刚才说了维特根斯坦的两本书,鲁迅是不是医治了中国的国民性,其实国民性的讨论就是本质主义的讨论。这个问题开始浮现出来时就是本质主义的,但是鲁迅后面有很大的反省。对它的反省他也慢慢地没有那么年少张狂了,他年轻的时候是很张狂,他提出了整个中国文化改造的方案,就是内部不失我们固有的血脉,外部去引进最先进的东西,这个话就是继承和发展,都很对啊。现在很多人还在说呢,你看鲁迅多伟大,这个也要那个也要,这叫本质主义的理解,谁不会说这样的话呢,可这种话是无效的。他真正的力量来自于他的失败,他在失败中的抵抗。你要问我的话我觉得鲁迅是失败的,他不可能医治得了。因为这是一个复杂的结构,他哪有那么大的力量。就像我们不是靠那个《孔乙己》结构里面的哪一人,你仅仅寄希望于包间里的人改变,没有那个事,其实是每一个社会阶层,每一个人的觉醒,那个结构才能打破。你寄希望于包间里的人,你寄希望于穷苦人的道德的品行,农村人的单纯,你寄希望于知识分子的独立,你寄希望于童心,小孩的童心,你寄希望于老板的社会责任感。其实都是很单纯的,很善良的奢望。

鲁迅说过我们现在怨恨积得太多了,我们现在需要的是清醒的理性还有尖锐的勇气,就像这篇《杂忆》的文章里说的那样,不可能寄希望哪一个人点石成金,没有那事。包括我们现在理解传统文化的创造性转化也是。大家看,墨子这个思想,鲁迅写过一篇小说《非攻》,刘德华拍过电影,主张"非攻"的是墨子,不像儒家一样依附官府来实现自己的政治理想,这个墨子就是我靠我自己的专业技术,我就是工匠,我希望世界和平,我就靠自己的力量来做,我为了团结,就组成一个巨子集团,像我们的社团组织一样,NGO,我们一起做一点事,为了做得有效率,所以你平时工作 50%、80% 的工资要献给这个团队,严密的组织。这是多么有奉献精神的人!用专业技术祈求世界和平、维护世界的公正,墨子去阻止世界战争。但是墨子集团又是中国黑社会的源头,最有爱心的、最想匡复社会公正的最后演变成了流氓集团。什么事情都在变质、变化。

　　鲁迅的思想在公共空间里面也会变化,有人把他毒辣的一面夸大,有人把他强悍的一面夸大,有人把他非常柔和的东西夸大,那他在这样一个整体的文化空间里,你要选择什么样的方向其实是你自己的事。我们经常是把鲁迅当作前面的挡箭牌,最后其实是你自己要裸露出来,你自己得独立地面对这个空间。

　　【听众】 我有三个问题,第一个问题是鲁迅死的时候50多岁,病死的,很多人给他送葬,有一个民族魂的说法。我想问一下这个民族魂他配不配?或者评价中肯不中肯?有什么意义?第二个问题是鲁迅如果活到解放以后,活到七八十岁,新社会他会有什么待遇?什么处境?第三个问题就是现在社会有没有鲁迅这样的作品、鲁迅这样的人?很多人看鲁迅的作品长大,很崇拜鲁迅,有没有真正鲁迅精神的这种作家或者接近的。

　　【张克】 这三个问题你一定有自己的答案,尤其是第二个问题。我先说第一个。民族魂后面当然有我党的操作,这个不用说了,给他抬棺的人,包括蔡元培、宋庆龄的演讲等等,但是我觉得这样说不过分。民族魂不过分,因为我觉得有一个尺度是:日本人怎么看?日本人是中国人的交战方,他们的知识分子也是这样认为的。另外一个我刚才说了他是我们中国的异端,对本民族思索得最深刻的经常会成为那个民族的异端,尼采在普法战争的时候,德国和法国打仗的时候,德国打胜了,尼采直接说这个胜利并不能证明德国文化的高贵,相反他要说的是法国文化的高端。他对本民族的思索经常是这个特点。俄罗斯从中世纪转型的时候出现陀思妥耶夫斯基这样的人,那是质疑上帝最狠的人,但是他又是同样坚信上帝最虔诚的人,这样的人才有资格成为民族魂。整个中世纪向现代社会转型,英国出现莎士比亚,他笔下的哈姆雷特说,"去成为还是不去成为",到底应该怎么想？不知道，这是个问题。德国出现了歌德，《浮士德》告诉我们，资本主义起来，善和恶就是要一起成长。俄罗斯出现了陀思妥耶夫斯基，最深沉的爱就是质疑，最深沉的质疑就是爱上帝。他全搅在一起，所以这样的人才能成为本民族最杰出的精英，所以他成为民族魂肯定没有什么问题。我甚至有一个偏见，最伟大的人物的创作、文学作品的精神特征就是辩证法，刚才我说我们看阿Q，你觉得你不是的时候你就是，你觉得你是的时候你就不是。如果只是单面，仅有一面的思考肯定成不了民族魂，只能成为某一类思想的宣传者，或者是他只能成为一个纬度但不能成为民族魂。在这个意义上你几乎找不着可以替代鲁迅的中国人。包括写《红楼梦》的曹雪芹，都不能替代。如果说从思想复杂性来讲和鲁迅相类的其实是他的老师章太炎，章太炎有类似的一面。

第二个问题其实他在世的时候就讨论过，现在的史料也披露讨论过，大家心里都有自己的答案，不说了。

第三个问题，我们这个时代有没有？我认为有，只是形态不同。我们这一代人跟我们上一代读鲁迅的人不一样，他们经常是从苦难的生活亲近了鲁迅，我们这代人是从书本到书本的，我们大概是从鲁迅走向了中国。在情感上看鲁迅不忽悠我们，他说得很直白、很坦率，我们很信任他，由他的眼光看待中国。但是我们的前辈、经常比我们年长一代的，他底层生活非常丰富，你说什么他不信。他是在生活的苦难里接受鲁迅的，他没有其他书可读，当年除了毛选之外就是鲁选，他没的读，他是从生活走向鲁迅。所以我们有我们的问题，我们有很多问题，尤其是做研究的有很多问题。大概是这样一个区别。当然我们有我们的弱点，譬如我们还是不敢违背领导的意思，王小波讲过"一只特立独行的猪"，他讲他做知青的时候就是没有办法，领导让他杀猪他就得杀，幸好那个猪很奇怪，特立独行挣脱了他们的杀，他就觉得那个猪厉害。这是黑色幽默。就是这样，幽默有两种，一种是钱钟书说的,人很聪明,智力过剩导致的。另一种就是脑子不够用,只能嘲笑自己。我们经常是不够聪明,只能嘲笑自己。

【听众】　张老师您好,今天听了您的演讲,我这边有一些思考想跟您交流一下,您一开始问两个问题就是说是谁摸了小尼姑?我说和尚,因为和尚摸得我摸不得。第二你问鲁四老爷迫害了谁?我说四凤。

【张克】　你对《雷雨》很熟。

【听众】　您刚才讲的鲁迅思考的复杂性,他这个中华文明上的一个异端,我想的是不是跟他自己当初的教育经历有关?因为他是在日本花了好几年时间学医的,他是受现代科学教育的。您说的鲁迅的思维模式很奇怪,其实我觉得一点都不奇怪,因为每一个接受过自然科学教育的人都是这样思考的。我质疑一切,我师兄以前说过一句话,他说没有什么是可以被证明的,只是目前限于知识。鲁迅质疑一切的思考方式完全是受过自然科学教育的人的思考方式,包括他的语言习惯,就是我们科研论文就是这么写的,我的论点是什么,但是他会在什么情况下,其限定条件是什么样的,他在什么样的情况下会有什么样意外,就是从哪个方向到哪个方向,我这是一个很透明化的表达。他的思考习惯和用语习惯我们是很能理解的,包括您说的他很坚定的那种,我很坚定地质疑一切,因为我的思考方式,我的思考逻辑是成我的体系的,你不能说服我的情况下我就很坚定地质疑一些。我觉得从这个角度上来说,可能是因为像他这种既有深厚的文化底蕴又接受过现代教育的文学家比较少,所以造成他给人气质上面很不一样的感觉。这是我听了您的讲座之后的一些浅薄的思考。

【张克】　鲁迅也是人，也不比我们聪明多少，他在日本留学的时候有科目的成绩也就 60 多分。但问题很奇妙的，他的思维参照康德的理性主义你都可以分析，没有什么不能分析的。我们同样可以具有这种思维，但是我们创作不出来阿 Q，核心就在这里。所以文化最重要的就是创造力，我们分析起来都可以，但是我们就是创作不出来。

我认为喜羊羊就是一个不怎么样的创造，因为很明显他就是一个孙悟空，中国古代有，西游记的 F4 组合里面不可能出现美羊羊这样的人，因为只有现代社会里才会出现臭美的女生萌萌的可爱形象，中国古代有这样的吗？中国古代不可能有，这可能就是跟环境有关，但核心就是创造力，创造力才是一切。《道德经》没有出现之前没有这一套，阿 Q 没有创作以前是没有阿 Q 的，鲁迅创作出了阿 Q，这是创造力。我们可以分析他创造阿 Q，背后是那么深厚的文史传统，但是他写的这个小说里真正留意的却是流民文化，全部的文化都颓败以后出现的一个人物就是流民阿 Q，人们可以有很多文化但是就是创造不出来这样的人，在中国古代文史世界包括鲁迅读过的那么多的相关文献里面，没有阿 Q 这样的人，这是他创作出来的。中国古代有多少流民啊，鲁迅直接在《阿 Q 正传》那个命名缘起里面说，从正传、史传、邪传、别传都容纳不了他，没有这样的东西，只好就用阿 Q 正传，整个文明的根基都在但也只能这样做。刚才已经讲过文体的问题，只能创造，甚至没有办法连名字都起不了就只好是阿 Q。所以，问题是我们所有的思维都有，比鲁迅读古书读得深刻的人多了去了，包括他的弟弟周作人一点不比他少，可是你就是创作不出来。这个看上去是很没有道理的。我很佩服能创造出美羊羊，创造出来能接受红太狼虐待的老公灰太狼这样的人，他们是很厉害的人，但是我不认为创造出喜羊羊的人很伟大，因为那就是个孙悟空，也不认为创造出懒羊羊的人就很厉害，因为那就是贪吃的猪八戒，我们传统里有这些。

所以我刚才讲了用康德的东西、理性主义、科学主义分析鲁迅，或者信仰的东西看鲁迅那是门清，甚至可以用克尔凯郭尔的表达方式来看鲁迅，鲁迅都是有问题的。克尔凯郭尔这种基督信仰的表达方式，就是那种泉涌一样涌现的表达方式在中国文化里很少有的，鲁迅的笔法是左右奔突，还是史传的笔法，你如果看史记看得多了，从鲁迅文字工夫上你能看到大量的文章学的传统。你甚至会觉得，鲁迅的问题在于，启动这些资源来看他的时候你就会看到，比如说《文心雕龙》，你拿这个来看鲁迅会觉得都可以解释，《文心雕龙》解释了杂文是怎么回事，就是正统文体之外的杂草丛生的文体就叫杂文，多像鲁迅的说法。你借用任何资源都可以看到鲁迅那一面，你借助苏格拉底可以看到鲁迅的那个方面，如果借用耶稣的又看到鲁迅很承担的一面，我要扛的一面，这是耶稣。所以我们透过思想资源可以看到不同形态的鲁迅，看到他的缺点，所以鲁迅研究或者我们看鲁迅，基本上是两个问题，鲁迅怎么看我们和我们怎么看鲁迅，我们看鲁迅的时候，我可以选用各种资源来看他，我的选择非常强大，但是真正很吓人的是像鲁迅那样的怎么看我自己，他会看到我装模作样的，看到我的懦怯，看到我所有的人性。但是看到我就会自省，这其实就是刚才第一位朋友说的改造国民性。所以鲁迅这个人是让人很不舒服的，但也是让我们反省的。大概是这样的。

【主持人】 今天的讲座之前或许我们不知道鲁迅是什么样的，当你确定这个人是鲁迅的时候，他可能已经背过身走远。所以这才是思想真正的挑战。当然思想家有一定的修辞性，当他不确定的时候，他可能是真实的，这是从另外一个心理学的方式来呈现的。所以你读一本书跟你谈一场恋爱是一样的，每个人的理解是不一样的。我们再一次感谢张老师，也非常感谢大家利用周末来参加我们的活动。

《70后鲁迅研究学人论文集》编后小识

作为"70后鲁迅研究学人系列"的第一辑,本书可谓国内70后鲁迅研究学人的首次结集。

从来学术既有赖于前辈们的开榛辟莽,更冀望于后学年轻之踵继与转进。代际之间"一代不如一代"的感慨自然发人深省、更催人知耻而后勇,不过在成长背景、知识结构等方面皆有所不同的70后学人也不必妄自菲薄,认真地读书、勤勉地做事、真诚地发声就是了。

这其实并不轻松。在序言里钱理群先生直言不讳的批评——70后代学人在"在知识结构与思想视野方面,也是有弱点的"、"古典文学修养相对不足"、"研究者的学养与研究对象(鲁迅)的学养"有"巨大差距"……孙郁先生温和的告诫——"70后学人与象牙塔之外的风潮的距离感,也多少把言说的范围缩小了","津津乐道于学理阐释而遗漏了那些蒸腾着热气的生命内觉"……都是"细谙则深有趣味"的切肤之言。的确,鲁迅研究正面临着艰巨的挑战,对研究者在心灵与知识的广度、深度上都提出了极高的要求。对于正经历人到中年、盈科而进的70后学人来说,恐怕就更是如此!

未来是可想见的,要么继续保持"弱点",甚至自鸣得意,要么嘤鸣求友、互相砥砺,岂有他哉?

以此书为见证,但愿我们做后者!

编　者

2014年4月10日

在鲁迅研究青年工作坊的两次发言

第一届：研究无非就是三件事：义理、考据、辞章。先说"义理"。我觉得现在很需要自觉地完善、坚实研究者自身的思想资源。略而言之，鲁迅研究领域里的思想资源多来自于左派，所以对右派的思想资源的了解现在是非常有必要的，否则就失去了深度对话的能力。这些思想资源的汲取会对自己的研究带来不一样的思想触发点。再说"考据"。年轻学人入门的最好方法莫过于从考据入手了。我们现在的基础研究史料，例如张梦阳先生辛苦做的那套价值很高的资料汇编，都是有校勘错误的，那我们能不能一起把它校勘一遍？至于"辞章"——文字功夫，我们这代人也亟需提高，无须赘述。

第二届：《庄子·天下》篇曾提出过两个问题，"神何由降？明何由出？"那么，鲁迅作为我们研究的精神资源，神何由降？明何由出？他的精神性及现实智慧如何得到恰切的理解？《天下》篇提到了五种理解世界的方式。最高的当然是"不离于宗"式的"天人"家族。次之的是"以天为宗"类的"圣人"，他的特点在于"兆于变化"；从"不离于某"到"以某为宗"，体现出的正是"神何由降"的"降"落路线。"圣人"已无法做到"不离"，只好紧张地努力"以某为宗"，在精神与现实之间"兆于变化"方能应对自如。第三种以下就进入到了更具现实感的"明何由出"的层次。"以仁为恩，以义为理，以礼为行，以乐为和"的"君子"不存在"圣人"那样的紧张，他"熏然慈仁"，谋求的是与现实世界的和谐。其次是法家式的"百官"，"以法为分，以名为表，以参为验，以稽为决，其数一二三四是也，百官以此相齿"，把"君子"的道德性也祛除了，一切都还原成了可控制的数字。最后则是以活着为第一要义的民众，"以事为常，以衣食为主，蕃息畜藏，老弱孤寡为意，皆有以养，民之理也。"得承认，这五种理解世界的方式仍然有着至深的规定性，甚至鲁迅研究的形态也大体如此。鲁迅的意义恰恰在于，他不同于这五种方式。他尊重最卑微的人，他对他们的精神世界倾注了最大的心力，也经常从弱者的眼光打量世界，像谢晓霞提出的他会用儿童的眼光测试世界的成色，《孔乙己》就是这样。我们的研究要注意这些新的东西，没有这些研究是逃不出《天下》篇规定的五类模式的，甚至连这个挣脱的自觉都不会有。这是第一个问题。第二，我们得有一个意识，就是研究的反思如果真诚，一定会走向自我反思。鲁迅的运思、判断、文体等方面的反讽性正是这种自我反思的结果。王富仁老师强调研究要建立在"感受"之上。自己真实的感受，一个普通人、一个普通知识分子最卑微也最有力的感受一定会具有反思性的。第三个是思想资源的丰富问题。笼统地说，在文学研究界，左派的思想资源比较多，对右派思想资源的理解不够深透，这给我们的研究带来的影响是应该引起注意的。鲁迅作为一个作家，他真实地展示了自己对中国社会、文化思索，尤其是一些"边界"性的思索，我们对此需有很清醒的认识，要想更切实地理解这些问题需要丰富我们的思想资源。在这个意义上，鲁迅是作为一个答案对我们更具挑战，还是鲁迅作为一个问题对我们更有挑战，这是值得深思的。我们老是猫在鲁迅后面，甚至猫在某些鲁迅研究学者的后面，骨子里还是一种懦怯，这是不足取的。

对他着迷，又心怀恐惧：我与鲁迅

　　我于1978年生于河南省西平县的一家姓张的平常农家里。父亲是读书的，年轻时还教过书，之后一直当会计，算是乡村的文人；母亲也姓张，乡下人，完全不认字，劳苦了一生，脾气也烈。听人讲，我们家原本颇有些书香门第的声望，一时也曾为乡邻所重。但至父亲这一代，已是典型的破落户。到我12岁时，父亲又患上了肝癌，受折磨了一个月，死去了。我当时上初一，两年后只好去考了中等师范学校，因为这样可以尽快上班，户口也可以"农转非"——这是我们家最好的选择了。

　　师范毕业我是17岁，并不想回乡下，也颓废得很。二姐塞给我5000块钱，哥哥、三姐已辍学出外打工，以后他们均默默提供资助，让我有机会可以再读书。于是我在地区和省城的教育学院混了几年，其间自学了英文，1999年考入山东师范大学攻读中国现代文学的研究生，先是师从杨洪承先生，杨先生调至南京工作后由朱德发先生辛苦教导；2002年又考入武汉大学攻读中国现代文学博士学位，先师龙泉明先生亦多耳提面命。他于2004年因病离世，之后陈国恩先生接手了我的学业指导。2005年毕业，到深圳谋职，现忝列深圳职业技术学院人文学院副教授之席，工作之余很愿意做些服务社会的工作。

　　上学的时候，也曾写过几篇关于鲁迅的文章，浅薄得很，发表也困难。当然不知不觉间也习得了不少所谓学术研究的行话，但内心并不以为然。博士论文《颓败线的颤动——鲁迅与中国文学的现代性》修订后由上海三联出版,卑之无甚高论,只是因出书得以结识了担任责编的邱红女士,她对写书人的尊重使我既感且愧！有时也张狂地自称是一个读书人,但对"读书人"这个词里那些沉重的东西究竟还是隔膜,这两年此种感觉尤其强烈！

还是说点行话吧！我目前感兴趣的是两个话题:其一,自鲁迅追溯到章太炎,他们与法家文化的纠缠。其二,西方古典自由主义思想资源与鲁迅研究。前者似乎有着莫名的转喉触讳之禁忌,后者则易陷入主义纷争的泥潭。觇缕辨证、钩发沉伏的学理智慧才是学人的秘诀,但我进入这些话题时更多的却是回望自己从乡下走到深圳的点点滴滴,生活是那么的结实,写就的文字又是那么的绵软,真让人无地自容！更何况,还有鲁迅那既冷又热的凝视,自己在生活里的种种呆、傻、坏都无从遁形！我疑心近来自己刻意扩充知识就是想找些鲁迅未及汲取的思想资源,以便在面对他时增加些底气！对他着迷,又心怀恐惧,这恐怕才是我对鲁迅的真正感受。

辑三

朝向中国现代文学的张望

吴虞与章太炎的诸子学及 "魏晋文章"[*]

　　"只手打孔家店"（胡适语）的吴虞是新文化运动中的一员猛将。声名远扬所致，人们对其犀利而又驳杂的思想，自然有溯本追源的兴致。吴虞死后，两位高足赖鸿翲、周裕冕合撰的《吴先生墓志铭》称："当非儒之说始出，和者盖寡。一二才彦，若章炳麟、陈独秀、钱玄同、胡适之流，转相引致，喜于西南得朋。"[①]这是着眼于吴虞在以章太炎为代表的"非儒"思潮中的定位。钱基博也曾注意到吴虞的不少论断，"大抵章炳麟、康有为、梁启超早年之余论"。[②] 作为晚清民初的一代学术宗师，章太炎对新文化运动有着深刻的影响。钱穆甚至断言："民初新文化运动，实亦一套《国故论衡》，将旧传统逐一加以新观念、新批评，如是而已。"[③]不过，考察吴虞与章太炎的诸子学及"魏晋文章"，还不能仅在宏阔的"非儒"思潮中进行描述，我们更需要具体细致的分析。

＊ 本文写于笔者在武汉大学读博期间。同窗胡辉杰兄从图书馆借来《吴虞集》看，不知何故被我截留下来。我当时正对章太炎着迷，翻《吴虞集》时不免看到他对章太炎思想的继承，就索性做了些梳理。原稿有近一万字，发表时压缩了不少。原稿遗失，只好如此了。
① 参见赵清、郑城编：《吴虞集》，四川人民出版社1985年版，第490页。
② 钱基博：《现代中国文学史》，岳麓书社1986年版，第68页。
③ 钱穆：《学术传统与时代潮流》，《钱宾四先生全集》第23册，台北联经出版事业公司1998年版，第49页。

一、非儒

吴虞对章太炎思想的汲取集中在章太炎学术思想的"转俗成真"阶段,大致时间是从 1903 年因苏报案入狱到 1913 年秋被袁世凯软禁。其间章太炎既潜心佛学,又广泛涉猎希腊、德国意志哲学,同时还置身于发扬国粹与反满革命的复杂学术、政治漩涡中,是其学术思想最为元气淋漓的创获时期。1906 年他发表震动学界的《诸子学略说》,1909 年有《庄子解故》,1910 年有《国故论衡》《齐物论释》。本阶段章氏更是以传诸子哲理自命,据太炎弟子朱希祖后来回忆,章氏尝言:"经史小学传者有人,光昌之期,庶几可待,文章各有造诣,无待传薪,惟示之格律,免入歧途则可矣。惟诸子哲理,恐将成广陵散矣。"[①]与作为"客观之学"的"说经之学"不同,章太炎建立起了诸子学研究的"主观之学"的范式:"彼所学者,主观之学,要在寻求义理,不在考迹异同。"[②]这一范式平视先秦诸子,以贯通的义理"别出一种有条理系统的诸子学",[③]其核心是以摧毁"独尊儒术"的文化专制主义,否定孔教为指归,具有强烈的批判性。可以说,章太炎诸子学研究的批判精神在整体上奠定了新文化运动的学术思想根基,无疑吴虞也是获益者之一。

具体地讲,吴虞对章太炎诸子学思想的汲取的首要一点就是对儒教的抨击。吴虞的"非儒"自然不止于章太炎这一种思想资源。不过,章太炎的"非儒"自有其独特之处。独特之处表现在,章太炎是从对儒家"以富贵利禄为心"的批判入手的。章太炎的《诸子学略说》云:"儒家之病,在以富贵利禄为心……其教弟子也,惟

① 参见汤志钧编:《章太炎年谱长编》(上),中华书局 1979 年版,第 474 页。
② 章太炎:《诸子学略说》,朱维铮、姜义华编注:《章太炎选集》,上海人民出版社 1981 年版,第 358 页。
③ 参见姜义华主编:《胡适学术文集·中国哲学史(上)》,中华书局 1991 年版,第 27 页。

欲成就吏材,可使从政","儒家之湛心荣利,较然可知"。① 吴虞称赞"《诸子学略说》,攻孔子处尤佳"。② 章太炎的着眼点对吴虞有着重要的启发。他的"只手打孔家店",火力同样集中于儒家的"富贵利禄为心":"盖孔氏之徒,湛心利禄,故不得不主张尊王,使君主神圣威严,不可侵犯,以求亲媚。"③接受了章太炎的论点,吴虞还更进了一步。章太炎关注的焦点是儒家的"以富贵利禄为心"在个人道德及人格上的负面作用,因为儒家"以富贵利禄为心","故道德不必求其是,理想亦不必求其是,惟期便于行事则可矣。用儒家之道德,故艰苦卓厉者绝无,而冒没奔竞者皆是"。④ 吴虞则进一步将矛头直指儒家的这一特点与专制皇权的共谋关系:"或谓孔子学说,为帝王所利用,非孔子之过。然帝王何不利用庄周、墨翟之学说,而偏利用孔子? 则孔子学说,必有可以供帝王之利用者在,非徒然也。"⑤对这一共谋关系的看穿,使吴虞在"非儒"的犀利中自有力度与根基。更有意思的是,吴虞对章太炎中年以后"不复攻孔"的原因的分析。章太炎 1921 年公开否定自己过去诋孔之言,检讨"非儒言行",把当年的诋孔归因于"深恶长素孔教之说,遂至激而诋孔"。⑥ 1926 年,章太炎参与了当时力倡复古的军阀孙传芳的投壶古礼及修订礼制会,一时舆论哗然。对于章氏此举,周作人做《谢本师》,态度不可谓不严厉,但依然归因于"先生好作不大高明的政

① 章太炎:《诸子学略说》,朱维铮、姜义华编注:《章太炎选集》,上海人民出版社 1981 年版,第 363 页。
② 参见吴虞:《吴虞日记》(上),四川人民出版社 1984 年版,第 23 页。
③ 吴虞:《儒家主张阶级制度之害》,赵清、郑城编:《吴虞集》,四川人民出版社 1985 年版,第 97 页。
④ 章太炎:《诸子学略说》,朱维铮、姜义华编注:《章太炎选集》,上海人民出版社 1981 年版,第 366 页。
⑤ 吴虞:《对于祀孔问题之我见》,赵清、郑城编:《吴虞集》,四川人民出版社 1985 年版,第 240 页。
⑥ 参见姚奠中、董国炎《章太炎学术年谱》,山西古籍出版社 1996 年版,第 319 页。

治活动"、"太轻学问而重经济"、"出书斋而赴朝市"。① 鲁迅态度更为温和,他指出章太炎"既离民众,渐入颓唐,后来的参与投壶,接受馈赠,遂每为论者所不满,但这也不过白圭之玷,并非晚节不终"。② 与周氏兄弟不同,吴虞紧紧抓住"干禄为心"不放,推测章太炎的行为动机,做出了激烈的批评。吴虞的激烈并不只是偏至,他在抨击儒教的同时,对孔子本人仍有相当的肯定。在这一点上,又是章太炎区分孔子与孔教、人格与学说的做法给了吴虞坚实的思想根基。1927 年,就在抨击章太炎"不复攻孔"的同一文章里,吴虞在阐述自己对孔子的态度时,引以为同道的依然是章太炎:"章太炎称孔子有功文献,不佞亦称孔子自是当时之伟人,盖讨论学说之是非,不必遂关于其人格之高下,而此间人多笼统而混同之,异矣!"③章氏对于吴虞"非儒"影响之深,由此可见一斑。

二、别法家

由于吴虞在新文化运动中"只手打孔家店"的影响颇大,人们对于他的"非儒"思想的认识较为深入。相比之下,人们对吴虞思想中的其它方面还缺乏细致的甄别。再加上吴虞思想本身的驳杂,章太炎之于吴虞,其诸子学思想的影响更多时候是以众多思想资源中的一种因子的形式出现的,并不具备完整的学术形态。这也使得我们对这种影响痕迹的寻找显得较为困难。不过也有例外,这就是吴虞"别法家"的思想。

1921 年 10 月,针对胡适在《中国哲学史》中否认《解老》、《喻

---

① 周作人:《谢本师》,《周作人文类编》第 10 卷,湖南文艺出版社 1998 年版,第 379—380 页。

② 鲁迅:《关于太炎先生二三事》,《鲁迅全集》第 6 卷,人民文学出版社 2005 年版,第 565—567 页。

③ 吴虞:《对于祀孔问题之我见》,赵清、郑城编:《吴虞集》,四川人民出版社 1985 年版,第 240 页。

老》二篇为韩非所作的论断，吴虞发表了题为《辨胡适之先生〈解老〉〈喻老〉》的商榷文章，这是较为全面地展示吴虞关于法家思想认识的唯一一篇文章。在文章中，吴虞多处借用章太炎的《原道上》、《明解故上》、《论式》、《原经》、《原道》等文章中关于法家的论述。这篇文章的核心观点，被有的学人误认为是吴虞的"先秦诸子学研究中的一个成果"，"对认识法家及其与道家的离合，是有较大意义的"，这就是"吴虞将法家分为两派之说，看到了法家内部的学派差别，也说明了法家与道家的某种联系"。① 它集中体现在文章末尾的这段文字里："故管子、申不害、慎到诸人，无不言虚静无为之义。盖法家之精义，必审合形名，其本无不出于虚静，此法家渊源所以与道家同者也。不过法家所谓虚静无为，专以为用术之道而已。盖法术之士，恐人君专政坏法度，则教之以虚静无为，责其事于官，而课其效于法，假虚静无为之术，以得施行此法律之至高权；又以人君虚静无为，则臣下莫能窥其好恶所在，可因而操纵之，盖以虚静无为为教人君用术也……大抵法家而兼术家者，则必通道家；申不害、慎到、韩子之徒是也。法家而不兼术家者，则必不通道家；商鞅、李斯之徒是也。关于此点，虽梁任公亦未之明了也。"② 且不说这段话本身就是从下述章太炎的思想那儿发挥而来的："章太炎曰：儒家、法家、皆出于道（《原道》）。又曰：老子之道，任于汉文，而太史公《儒林传》言孝文帝本好刑名之言，是老子固与名法相倚。"③就是这段话本身，"虽梁任公亦未之明了也"，和章太炎却有着并不那么隐秘的关系，甚至可以说就是章氏思想的吴虞版表达。查吴虞在该文中引述的章太炎有关法家思想的文章，似乎不应该

---

① 邓星盈：《吴虞论管仲和韩非》，《四川师范大学学报》1995 年第 7 期，第 124、120 页。
② 吴虞：《辨胡适之先生"〈解老〉、〈喻老〉"说》，赵清、郑城编：《吴虞集》，四川人民出版社 1985 年版，第 183—184 页。
③ 吴虞：《辨胡适之先生"〈解老〉、〈喻老〉"说》，赵清、郑城编：《吴虞集》，四川人民出版社 1985 年版，第 183 页。

遗漏那篇可视为章太炎诸子学思想总纲的《诸子学略说》。

问题恰恰就在这里，吴虞或许不无得意的创见渊源即在于此。章太炎在《诸子学略说》中已将法家明确地分为两家，而且这种分类本身的标准之一就是法家与道家之间的关系："法家者，略有二种，其一为术，其一为法……然为术者，则与道家相近；为法者，则与道家相反。……亦有兼任术法者，则管子、韩非是也。"①章太炎"别法家"的另外一个重要的尺度就是法家在人君和臣下之间有差异的"操纵"。章太炎对于术与人君的"所执"，法与臣下的"所师"，有着一针见血的分析："术者，因任而授官，循名而责实，操杀生之柄，课群臣之能者也。此人主之所执也。法者，宪令著于官府，刑罚必于民心，赏存乎慎法，而罚加乎奸令者也，此臣之所师也。"②两相对照，就不难看出，所谓吴虞"别法家"的思想骨架就是章太炎在对法家进行分类时使用的两个尺度。当然，吴虞也有自己的识见，他看到了"法家所谓虚静无为，专以为用术之道而已"，③从而把章太炎使用的两个尺度，溶为了一个有机的整体，显得更为圆融。

三、"魏晋文章"

除了在诸子学思想上的汲取之外，吴虞之于章太炎，莫过于对其文实宏雅的"魏晋文章"的心仪。吴虞的诗文，时人也不乏有将其纳入章太炎一路的。1917年，与吴虞有着频繁书信往来的柳亚子在8月18日的《民国日报》上发表《磨剑室拉杂话》称："以诗之品格而论，当推余杭为第一；以其戛戛独造，不落唐宋人单词只

---

① 章太炎：《诸子学略说》，朱维铮、姜义华编注：《章太炎选集》，上海人民出版社 1981 年版，第 382—383 页

② 章太炎：《诸子学略说》，朱维铮、姜义华编注：《章太炎选集》，上海人民出版社 1981 年版第 382 页。

③ 吴虞：《辨胡适之先生"《解老》、《喻老》说"》，赵清、郑城编：《吴虞集》，四川人民出版社 1985 年版，第 183 页。

语……诗人之诗,温柔敦厚,丽而有则,华而不缛,我终以吴又陵为首屈一指。"①吴虞于 10 月 8 日将这些文字悉数收入日记中,认同柳氏的思致,甚至不无得意之情。钱基博在《现代中国文学史》中也把吴虞文章归入清末民初的"魏晋文",不过他认为吴虞的渊源在王闿运:"虞文章以俪为体,依仿《文选》,兼拾周秦,诋韩愈之抒意立言为不足法,而主李兆洛《骈体文钞》之说,其实亦衍王闿运《八代文粹》之余论。"②有意思的是,一向自视甚高的章太炎对时人文章多有不屑,对王闿运,则独称其"能尽雅"。章太炎与王闿运在文章上的确也"意有相契",还是钱基博说得好:"大抵晚清学者,有言《公羊》改制而嫌革命者,王闿运是也。亦有斥言《公羊》改制而革命非所嫌,则章炳麟是也。章炳麟稍后出,治经持古文,言《周官》《左氏》不言《公羊》,所学与闿运违异;而论文乃喜闿运,至以为闿运能近雅者,则以闿运文出《萧选》而散朗,不贵绮错,与炳麟之衡文魏晋者意有相契焉。"③不过,钱基博视"虞文章以俪为体"、"亦衍王闿运《八代文粹》之余论"。这与他认定的"闿运文出《萧选》而散朗,不贵绮错",似乎有些自相矛盾。事实上,认定"虞文章以俪为体"也没有多少事实根据。吴虞的文章,多的是"不贵绮错",而不是"以俪为体",原因在于他的重要文章多为述学或思想批判而起。不然就难以理解他的如下感慨了:"文学之书当以《国粹学报》学篇文篇为依据,择善而从,庶无泛滥之敝。"④吴虞能以述学的学

① 吴虞:《吴虞日记》(上),四川人民出版社 1984 年版,第 348 页。
② 钱基博:《现代中国文学史》,江苏文艺出版社 2008 年版,第 69 页。
③ 钱基博:《现代中国文学史》,江苏文艺出版社 2008 年版,第 71 页。吴虞对章太炎与王闿运的比较则从新与旧着眼:"章太炎、王壬秋皆怪人也。章富于世界知识,其学去国家社会近;王缺于常识而甚旧,其学去国家社会远。远则遨游公卿,依隐玩世,而可以自全;近则影响政治,切激人心,而常不免祸。王怪于旧,章怪于新也。"吴虞:《吴虞日记》(上),四川人民出版社 1984 年版,第 216 页。吴虞曾把此意思说与廖季平。参见吴虞:《爱智庐随笔》,赵清、郑城编:《吴虞集》,四川人民出版社 1985 年版,第 94 页。
④ 吴虞:《吴虞日记》(上),四川人民出版社 1984 年版,第 122 页。

术论文("学篇")为文学依据,足见其文章的着力点在于学术识见和思想阐发而不在于骈俪与文采。在近代的文坛学苑中,无论是思想的机锋,还是述学的文体,最为文实宏雅、笔力遒劲的莫过于章太炎的"魏晋文章"。这就无怪乎吴虞对章太炎的文章思想多加注意了。

在《〈国文撰录〉自序》中,吴虞引述了章太炎《论式》中那段推举魏晋文章的名文:"章太炎曰:'雅而不核,近于数诵,汉人之短也。廉而不节,近于强钳;肆而不制,近于流荡;清而不根,近于草野,唐宋之过也。其有利无弊,莫如魏、晋。'"①他的如下议论更有着章太炎表扬魏晋六朝而贬斥唐宋以降的文章学背景:"自先秦以至六朝,其文词皆精金美玉,宝气夺目,非如唐宋人文,枯俭迫促,意味淡薄也。文学一道,断自隋止,有唐一代,分别取览,宋以来文,最宜慎矣。昔昌黎非三代、两汉之书不敢观。余则当言,自隋以上文字乃敢观也。"②不仅如此,吴虞对章太炎的称许里,甚至已经捕捉到了章太炎推举魏晋六朝文中出现的新质。吴虞在日记里自陈:"余此后学文,断自隋以前各专史所收之文,而诗则以为曹、张、阮、陶、嵇、左、鲍、小谢、郭、江为法。"③吴虞对"断自隋以前各专史所收之文"的注意来自于章太炎的启发。章太炎 1910 年《国故论衡·论式》独辟蹊径,推举"隋以前各专史所收之文":"近世或欲上法六代,然上不窥六代学术之本,惟欲厉其末流……余以为持诵《文选》,不如取《三国志》《晋书》《宋书》《弘明集》《通典》观之,纵不能上窥九流,犹胜于滑泽者。"④章太炎推举"隋以前各专史所收之文",原因在于要寻找一种博而有约、文不淹质的述学文体,"文章

---

① 吴虞:《〈国文撰录〉自序》,赵清、郑城编:《吴虞集》,四川人民出版社 1985 年版,第 166 页。
② 吴虞:《吴虞日记》(上),四川人民出版社 1984 年版,第 169 页。
③ 吴虞:《吴虞日记》(上),四川人民出版社 1984 年版,第 170 页。
④ 章太炎:《国故论衡·论式》,《章太炎全集》,上海人民出版社 2014 年版,第 84 页。

华采"倒在其次。所以章太炎有如下的批评:"韩、李之徒,徒能窥见文章华采,未有深达理要,得与微言者。"①究其原因,"深深吸引太炎先生的,首先是六朝学术(或曰'魏晋玄理'),而后才是六朝文章(或曰'魏晋玄文')"。② 在《复王光基论韩文书》中吴虞征引章太炎贬斥韩愈文章的言辞里就有"议申确质,不能如两京;辩智宣朗,不能如魏晋"的话。③ 可见,他对章太炎的"魏晋文章"里的这一看重"学术之本"、"尤多名理"的特点是多有领会的。

自然,吴虞对"魏晋文章"的推举不止于汲取章太炎一人的思路。特别是章太炎在文章上推举的王闿运、刘师培,都给予了吴虞不少启发。吴虞在述及"魏晋文章"的时候,更是喜欢章刘并举。例如 1919 年吴虞为刘师培的古文选本《国文撰录》所作的序言中就有:"章太炎曰:'雅而不核,近于数诵,……莫若魏、晋。'刘君是录,'彻玄'一类尤合斯旨。章、刘所见,俨若符契。辨析精微,穷极攻守,汗漫错忤之病,孰此可免矣。"④当吴虞为《国文撰录》作些补充时,所采取的标准也是章刘并举:"悉依刘君之例,且于章氏平日为其弟子所讲授、著述所标举之文,多为采入。"⑤吴虞对章太炎、刘师培的"魏晋文章"的趣味和理念浸润之深,使后者俨然已成为他自己审视他人文章理念时的一个潜在的"前理解"。1916 年,当他看到梁漱溟论国文"不宜杂取古今各代之文"、"取材莫若限于一代二代"时,不禁浮想联翩:"王壬秋之学《后汉书》、屠京山之学《宋书》,皆是此意。余当注意于《宋书》、《南齐书》,以此二史作者,皆

---

① 章太炎:《检论·案唐》,《章太炎全集》,上海人民出版社 2014 年版,第 459 页。
② 陈平原:《中国现代学术之建立》,北京大学出版社 1998 年版,第 388 页。
③ 吴虞:《复王光基论韩文书》,赵清、郑城编:《吴虞集》,四川人民出版社 1985 年版,第 49 页。
④ 吴虞:《〈国文撰录〉自序》,赵清、郑城编:《吴虞集》,四川人民出版社 1985 年版,第 166 页。
⑤ 吴虞:《〈国文撰录〉自序》,赵清、郑城编:《吴虞集》,四川人民出版社 1985 年版,第 166 页。

六朝人之工文者也。梁氏之说，至为精卓，可祛余向来之谬见。其论唐宋八家及桐城派古文之弊尤足与章太炎相发明，而补沈黯斋之不足，桐城派更无自立之地矣。"①

梁漱溟的"不宜杂取古今各代之文"、"取材莫若限于一代二代"的看法和刘师培"文章最忌驳杂"之说更能互相发明。对王壬秋（闿运）、屠京山的留意似乎也印证了前述钱基博认定的吴虞的"魏晋文"渊源在王闿运的提法。不过，驳杂之中自有主次。事实上，如果没有前述章太炎对史传之文的大力推举，从梁漱溟论国文"不宜杂取古今各代之文"直接联想到"王壬秋之学《后汉书》、屠京山之学《宋书》"，恐怕也没有那么顺当，至于说梁漱溟之"论唐宋八家及桐城派古文之弊尤足以与章太炎相发明"，吴虞当然也是以自己对章太炎这方面的言论的谙熟与领悟为前提的了。

---

① 吴虞：《吴虞日记》（上），四川人民出版社 1984 年版，第 240 页。

中国现代文学史上的日记体小说 *

一、日记体的界定

　　1932 年孙俍工在《小说做法讲义》中将小说体式分为四类。日记式位列其首，另有书简式、自叙式、他叙式。日记式被定义为"是一种主观的抒情的小说"，自叙式则被定义为"是一种以自叙作为表现的样式的小说，借主人公自己底笔意语气，叙述自己底阅历、思想、感情以及周围之物象等"。① 同时期清华小说研究社出版的《短篇小说做法》一书也将小说分为日记体、书札体、混合体三种，并把第三人称及第一人称相并列，其分类和界定的模糊性在当时颇有普遍性。不过分类的混乱倒提醒出了五四时期大量日记体小说的文本形态，它可能就是和诸如自叙传、书信体等样式纠缠在一块难以界定。有庐隐《丽石的日记》、《父亲》、《曼丽》，石评梅的《祷告》、《林楠的日记》，倪贻德《玄武湖之秋》，冰心的《疯人笔记》，丁玲的《莎菲女士的日记》，穆时英的《贫士日记》等大批抒情的日记体小说为佐证，不难得出"主观的抒情的"这一概括。这种概括是一种共时的小说形态考

---

　*　本文是笔者硕士论文的第一部分，也是自己发表的第一篇所谓学术论文。当杨洪承师告知我它被人大复印资料转载时，我似乎已经意兴阑珊。留在记忆中的只剩下到图书馆借民国杂志找日记体小说时的种种不便了，近年来因缘际会，自己与此类中国现代文学的研究更是多有隔膜，惭愧惭愧！
　①　严家炎：《二十世纪中国小说理论资料》第 2 卷，北京大学出版社 1997 年版，第 340 页。

察,且多从小说内容和传达的情绪入手,注意到了日记体小说浓郁的内倾色彩以及个人私密性的表达方式。关于日记体,时人吴界三的观点颇应注意,他认为:"日记是个人写给自己的亲密信,大致可分为写实和理想两类。"①吴氏将日记分为写实、理想两类,其特征把握颇为精当。因为日记体小说的命名本身是以"日记"的命名为前提,而"日记"在纯粹形式意义上给予日记体的只不过是一个虚拟的时间框架而已,至于表达什么内容,表达是否隐括或坦率、平实或激烈并无限定。比如就日记而言,鲁迅的日记是只叙事不抒情的,郁达夫则多洋洋洒洒。不过五四时期许多第一人称主情小说,表面上并不使用日记体外在时间标示,但是表达的私密性、主观性、片段性上又具有浓厚的"日记"意味。这给日记体小说的界定带来了困难。笔者倾向于在日记体外在形式——虚拟的时间框架与日记体特有的心理真实意味的结合中把握其文体特征。只重视后者完全不顾前者势必把日记体小说与第一人称主情小说混同。强调其外在时间标示是因为这一时间框架本身为日记体小说提供的是不拘泥于抒情一隅的更大的时空组织的可能性。从时间框架着眼,"写实"的日记体小说像沈从文的《一个妇人的日记》、张天翼《鬼土日记》等也不会遗漏。当然,写实的这一路实则体认的是日记体小说的另外一些文体记忆。

大体上五四时期对日记体形式的这一虚拟时间标示是不太在意的。如果说清末民初半新半旧的第一篇长篇日记体小说——徐枕亚的《雪鸿泪史》中,使用这一时间框架还有"章回"感,有所顾及,少有时空不断置换和心绪的忽此忽彼,跳跃动荡,那么五四日记体小说的内在结构便多以情绪为凭,任情任性剪辑时间,再加上心绪本身繁杂多变,居无定所,小说无以形成凝定的内在结构。总体上五四日记体小说体认的是日记体形式带来的第一人称叙事视角的直抒胸臆的方

---

① 严家炎:《二十世纪中国小说理论资料》第2卷,北京大学出版社1997年版,第134页。

便,表达的私密性及浓郁的心理氛围,其实质是第一人称叙事的变格。以巴金小说《海上梦》为例,小说结构上分为两部分。上部分是第一人称叙事,已有"我"邂逅的一个女人的大量独白。小说下篇为了女主人公倾诉的方便,索性借助女主人公的日记用起了日记体。上下篇对照,上篇"我"的口吻和下篇女主人公的口吻毫无二致,下部分日记体不过是第一人称叙事变格而已。

二、五四时期日记体小说的特征

五四日记体小说的主情倾向和倾诉笔调,以五四时代一种普遍的人生形态为依据,传达出一代人觉醒时的真的心音,因而这一文体形式本身浸润着浓郁的时代色彩,这是现代日记体文体自身记忆的重要内容。张扬抒情功能,与其他第一人称抒情小说一道,对庞大臃肿的章回小说进行彻底冲击,在中国小说叙事模式的转变中功不可没。需要指出的是,因为"中国知识分子思想意识的转变和新的审美追求的建立,更是从西方文化的影响下产生的,而不像西方近现代知识分子一样是从自我生存方式的变化中产生,所以一旦离开对民族前途、社会命运的整体思考,情绪相对松弛地返回个人的日常生活及细微生活感受上来"。[①] 五四日记体小说除了《狂人日记》对"民族前途、社会命运的整体思考"外,绝大多数正是"返回日常生活及细微的生活感受"。个人日常生活及细微感受一方面提供了日记体小说真实性的深厚土壤,另一方面身边琐事直接进入文本也使日记体小说难以有在整体意义上的超越性,缺之思想的深度和力度。日记体抒情功能的强调又导致它与中国传统抒情接通。这本身也潜藏着传统文人抒情惯性中病态的、顾影自怜的情调复活的可能。郁达夫小说有着柔弱的传统文人心态,庐隐小说里的意境多脱不了旧诗词的痕

---

① 王富仁:《中国现代小说发展历史轨迹》(上),《鲁迅研究月刊》1999 年第 9 期,第 49 页。

迹就是例证。五四日记体小说仰仗"个人日常生活及细微生活感受"过甚,也使其在时空组织这一意义上,缺乏更丰富的表现形态。如果说抒情在本质上是一种时间行为,五四日记体小说还需强化小说的空间意识和整体的结构意识,而不是一味地挥洒情感。《狂人日记》作为中国现代日记体小说的引领之作,自然和五四日记体小说有许多共同之处。例如以前述《雪鸿泪史》为参照,它们都迥异于《雪》的骈四骊六、套话连篇,是一种"最经济的文学手段"。① 但《狂人日记》与其引领的五四日记体小说有着质的不同,这不仅仅是在主题的宏大和深邃上,更在于它体现出一种非常独特的时空组织方式和特殊的空间意识。《狂人日记》是一次"读史"行为。狂人的入思,是一种高强度的思想行为,而非可以用时间的前后来标示的现实行为。所以,日记体形式的时间框架根本无法附着在狂人思维上获得现实性。狂人视几千年中国历史为一个整体,这种解读方式是将时间凝定后的再审视,时间流程变得虚妄起来。狂人极度压缩时间是因为他找到了时间表象下永恒不动的支点——"吃人",立于此处可以将几千年的时间一网打尽。一切影影绰绰的灵魂表演都或明或暗曲折通幽地通达到"吃人",时间围绕它旋转才获得"真"意。历史再不是时间框架中的种种具体活动。一切时间的碎片围绕"吃人"旋转,旋转成了一个只有"吃人"的恐怖感笼罩的空间。狂人置身于此,从本应处在时空两个坐标交叉点同时具有时间意识和空间意识,变得只有空间意识、失去了时间感。这种对时间流动的不信任感,深层心理上是对生命常新的不信任,因而执著于生命的一次性。这种独特的生命体验借时空奇特的组合获得存在。《狂人日记》是一个空间意识独特且强烈的日记体小说,它的时间框架的空间化在现代日记体小说中

---

① 胡适:《论短篇小说》,赵家璧编:《中国新文学大系·建设理论集》,上海良友图书公司1935年版,第272页。

是绝无仅有的,它和五四众多日记体小说对日记体时间的体认有着根本的不同。在后者那里,无论是顺时逆时的同时启用,还是对时间框架的任意切割,在本质意义上都是一种时间行为,是居于其中的一种时间意识。五四日记体小说对情绪的偏执给日记体小说带来了形态的单一,缺乏更深广的对现实生活的介入。鲁迅亦认为《狂人日记》是很"幼稚,而且太逼促"了。[①] 异常看重情绪的成仿吾 1923 年也说:"我时常觉得感情浓厚的小说,用第一人称,弄得不好,便难免不变为单调的伤感或狂热。""弄得不好"还是作家的事,而时代的巨变使"'在自我的表现'转变到'社会表现的时代',这种主情主义的样式,自然要被抛弃了"。[②] 日记体小说主情倾向在中国现代文学后两个十年迅速弱化,日记体形式本身也开始遭到了冷遇,失去了五四时一派热闹的景象。据王任叔在 30 年代的一次抽样分析,结论之一便是:"第一人称的写法绝对减少。"[③]第一人称叙事在反映复杂万端的时代的某些弱势,令日记体小说难以搭乘时代的列车,穆木天便在1934 年关于第一人称与现实小说的讨论中认为:"在现在的中国,写工农兵用自白与日记是不可以的。"[④]因为,"譬如《杨妈的日记》一见就知道是虚构的。杨妈的生活是可以客观地描写的,可是叫杨妈写出那一段漂亮日记来,则是滑稽的了"。[⑤] 穆木天认为日记体形式与30 年代日益成为小说中主角的工人、农民形象结合上存在着困难。对此,陈君治反诘道:"仿佛杨妈的日记必是要杨妈自己去写,而且要写得那样拙劣才像是合乎真实性的。"[⑥]二人的分歧纠缠于日记体小

---

① 鲁迅:《对于〈新潮〉一部分的意见》,《鲁迅全集》第 7 卷,人民文学出版社 2005 年版,第 236 页。

② 穆木天:《再谈写实的小说与第一人称写法》,《申报·自由谈》1934 年 1 月 7 日。

③ 王任叔:《中国现代小说发展的动向的蠡测》,吴福辉编:《二十世纪中国小说理论资料:第 3 卷,北京大学出版 1997 年版,第 387 页。

④ 穆木天:《谈写实小说与第一人称写法》,《申报·自由谈》1933 年 12 月 29 日。

⑤ 穆木天:《再谈写实的小说与第一人称写法》,《申报·自由谈》1934 年 1 月 7 日。

⑥ 陈君治:《论写实小说答穆木天》,《申报·自由谈》1934 年 1 月 14 日。

说的真实性上。穆木天强调的是："若是叫农工自己写呢,恐怕不成为艺术品,因为中国的农工都是文盲。若是知识分子去写他们的自白呢,情绪、口吻都是很难以逼真。"①由此可见,日记体小说真正症结不是不能与工农社会角色结合,而是把握不好他们的"情绪、口吻"。作家已习惯于五四日记体小说那种作家与叙述者的几乎重合,情绪既是创作心理源头又是表达对象的写作套路。另外许多五四日记体中大量身边事直接进入文本,重"写"轻"做",与天地不宽的生活经验难以剥离,很大程度上遮蔽了日记体形式具有的虚构功能。日记体小说要模仿农工的情绪、口吻使作家个人体验进入文本的道路阻隔了,从发自己的心声到发出农工的声音,已远不是艺术技巧和日记体小说形式自身限制的问题了。

三、二十世纪三四十年代日记体小说的变化

日记体小说形式的使用在二十世纪三四十年代锐减且零散,甚至难以概括其总体特征。但它依然存在,且继承着五四日记体小说的优势而又有拓开新径的努力。下面将着眼于日记体小说表达方式和文体功能的拓展,重点点击几部具有文体示范意义的作品。1940年代茅盾长篇日记体小说《腐蚀》值得首先讨论。它刻画了一个参与血腥勾当又蒙受着良心谴责的女特务赵惠明的形象。作家的笔深入人物内心深处,写出其痛苦曲折的心灵律动,有着动人的艺术魅力。但对于采用日记体的形式,茅盾后来颇为低调:"如果我现在要把蒋匪帮特务在今天的罪恶活动作为题材而写小说,我将不写日记体⋯⋯"②文学史家则颇为欣赏:"就表现一个身陷魔窟而不能自拔,参与血腥的勾当又蒙受着良心谴责的女特务的心潮起伏,矛盾错综

---

① 穆木天:《关于写实小说与第一人称写法之最后答辩》,《申报·自由谈》1934 年 2 月 10 日。
② 茅盾:《茅盾文集》第 5 卷,人民文学出版社 1986 年版,第 300 页。

复杂的心理来说……这种日记体无疑是最好的形式。"①这是着眼于日记体对人物复杂性揭示上的适宜。茅盾的低调是因为:"腐蚀是采用日记体体裁的……如果太老实地从正面理解,那就会对赵惠明发生无条件的同情。"②茅盾担心读者太老实地从正面理解小说内容会和小说序言中故意渲染日记的真实性产生自相矛盾。日记体小说的似真性就是要求读者贴近主人公坦白的心灵,这无疑是"从正面理解"。其实,正是启用日记体形式,小说的真实感成为一种心理意义上的真。当然,赵惠明的社会角色和政治角色外壳也会被日记体小说的心理化倾向冲淡,这势必影响政治批判的直截了当。但日记体形式并不影响对国民党极为黑暗的特务统治批判的深刻性,相反,这种批判从赵惠明人性的血肉搏斗中生发出来更为惊心怵目。可以说,日记体小说的心理开掘的文体功能使《腐蚀》擎起了人性批判的尺度。可以试想,茅盾不用日记体形式又去增加对赵惠明的政治及道德审判的话,人物心灵的鲜活很有可能被窒息。

《腐蚀》日记体形式还和茅盾坚守的整体结构上的现实主义品格相得益彰。在《腐蚀》中,客观环境、情势和矛盾不仅仅是人物性格、心理形成的依据,而且是直接推动人物性格、心理发展的动力。人物不再仅仅独思冥想,而是随时对现实环境做出快节奏的应对。《腐蚀》现实主义品格的加强是日记体小说结构意识强化的标志。时间的切割和故事逻辑的暗合,使小说结构真正从零碎的片断的杂凑转变成了有逻辑性的故事情节,这对于日记体由五四时期多是短制发展到 1940 年代出现长篇无疑具有重要意义。《腐蚀》中扩大日记体对现实生活的包容性的努力在同时期巴金的日记体小说《第四病室》中也有突出的表现。它借一间病室,容纳了当时中国社会的缩影。

① 荒煤、洁泯:《序言》,杨继业,范文瑚编:《中国新文学大系 1937—1949 年·长篇小说卷》(一),上海文艺出版社 1990 年版,第 11 页。
② 茅盾:《茅盾文集》第 5 卷,人民文学出版社 1986 年版,第 300 页。

《第四病室》的现实化品格更在于小说叙事者"我"的叙述地位的变化。他不再是一般日记体小说中唯一的发言者,而是退身为一个病室里各种声音的倾听者,一个冷静的观察者,一个视点。日记体小说的这种探索,是社会生活与日记体形式尽可能结合的尝试,拓展了它反映社会生活的广度和深度,也使其自身厚重起来。

沈从文的日记体小说长短兼备,有《不死日记》、《呆官日记》两部长篇。不过体现他文体丰富性的还是短篇。《篁君日记》走的是五四日记体小说心理剖析的路子,对中年男子篁君在情欲与道德发生矛盾时心理的种种细微波澜都做出了深度透视,其神似处足以与《莎菲女士的日记》相媲美。但因《莎菲女士的日记》在前,因此在日记体小说的形态演变中它就显不出特异之处了。倒是短短的《一个妇人的日记》唤起了日记体小说自身的另一些文体记忆。《一个妇人的日记》少见的平缓从容,它波澜不惊地记录了几天里琐碎的生活,无非是谈话、吃饭、接信等日常细节,平静悠然,一段俗事而已,并不是什么"事实中最精彩的一段"。① 这篇小说不是不涉及情事,不过它发乎情止乎礼,笔法节制。这种节制笔法的有意为之倒现出另一种情趣来。沈从文在这里提供的,是日记体小说中作家主体精神存在于日记体形式的另一种形态,即有别于五四日记体小说作家的坦率和显豁,进入了一种隐括的境地。

据朱光潜先生考证,在传统日记兴起之前还有一个过渡的体裁,就是笔记。唐代传奇小说盛行起来后,笔记日渐发达。笔记的内容与日记其实没有太多差异。② 现代日记体小说的日记体概念与笔记体自是不同,但在其发生期,即自 1899 年林纾翻译《巴黎茶花女遗

---

① 胡适:《论短篇小说》,赵家璧编:《中国新文学大系·建设理论集》,上海良友图书公司 1935 年版,第 272 页。
② 朱光潜:《日记:小品文略谈之一》,《朱光潜全集》第 9 卷,安徽教育出版社 1993 年版,第 358 页。

事》时对茶花女临殁前数页日记的译写开始,西方现代意义上的日记进入中国现代小说,日记体就和笔记体混杂在一起。鸳鸯蝴蝶派林林总总的笔记专栏里冠以"某某日记"的屡见不鲜。五四日记体形式有着传统笔记体没有的新质,这就是私密性的心理倾诉的表达方式和情绪宣泄的功能。由于迎合了现代知识分子骚乱的心理欲求,这种功能日渐发达。日记体与笔记体的文体相通处却日渐淡去了。日记体与笔记体,相对于从民间艺术沃土中孕育的"说话体"来说,都不是群体意识的载体,而是致力于主体精神的反省和修养,指示的同样是自我精神完善的渴求。不过,传统笔记体书写节制。主体精神的隐括,正是饱经风霜后的宁静,凝聚着深刻的人生体验和无我之境的诗学意识。《一个妇人的日记》显示了向源远流长的笔记体精神旨趣靠拢的迹象。它是现代日记体小说向历史回溯、寻求民族文学中可资补充自己的资源的努力。在现代日记体小说文体记忆更多来自西方的情况下,这种或自觉或无意识的努力,都弥足可贵。这篇小说的开头也很别致。开篇只一句话:"题目是《一个妇人的日记》,接着写——",这和五四以降日记体小说多用序言营造似真效果截然不同,仅此一句就给人以完全不同的心理暗示,将日记体小说的虚构性和盘托出,暗示读者阅读时心理上需有必要的间离感。坦言虚构性,正是基于所述写的人生形态不过是作家主体精神一次操练的道具而已,真的精神志趣,在于笔致里隐括的主体精神。

和上述作家不同,张天翼日记体小说里抒情笔调少得可怜。他的独特风格在长篇日记体小说《鬼土日记》中有着充分的展示,这种风格在他以后的日记体小说中,例如《严肃的生活》里仍可以看出其连续性。《鬼土日记》记载了韩士谦在阳世社会走险进入"鬼土社会"所经历的种种荒唐、滑稽的所见所闻。借韩士谦的眼将阳世社会中有闲阶级的附庸风雅、统治者的虚伪狡诈、荒淫无耻加以变形夸张,调以可笑,移植到了"鬼土社会"。作为日记体小说,《鬼土日记》有三点值得注意：一是它几乎完全放弃了日记体小说擅长的心理开掘，日记体小说中常见的独白和私语被有着强烈嘲讽意味的粗线条的叙述和描写所取代。相对于五四日记体小说多发哀音的绵软，它是硬朗的。明快泼辣幽默的语言风格也是对日记体小说惯常的深情诉说、哀婉悲切的一种反动和补充。二是它将文本世界设置为一个荒诞的世界，这在现代日记体小说中凤毛麟角，不像五四日记体小说那样将时代情绪裹挟身边事赤裸裸地进入文本，不失为别求新径。三是它将整体意义上的反讽引入了日记体，丰富了日记体的艺术功能。但是，《鬼土日记》放弃日记体小说擅长的心理开掘，加之人物行为的连贯性很强，使日记体的时间框架显得毫无用处。如果说五四众多日记体小说擅长利用时间框架的虚拟性任意对时间切割，以呼应情绪和情节，那么《鬼土日记》人物行为的连贯性已完全不需要这种功能的辅助了。《鬼土日记》对日记体形式最为有效的利用，可能只在于日记体形式带来的似真性和文本世界提供的荒唐的内容之间形成的反讽张力。

综上所述，日记体小说在中国现代文学史的三十年间提供了这一艺术文体形式的多种形态。鲁迅《狂人日记》的特殊的时空意识，五四日记体小说对心理的深入开掘和抒情功能的执著，茅盾心理分析和现实主义品格的融汇，沈从文唤起日记体与笔记体的精神旨趣上的内在勾连，张天翼引反讽入日记体形式，都约略表明：它忠实于真实的人生形态和人生感受，又不断将触角伸向更深广的现实生活，日记体小说本身在发展，在丰富。

中国现代日记体小说的文体特征 *

　　西方日记体小说的发生动因可以说是现代人的私密性体验要求进入公共空间。这在哈贝马斯的《公共领域的社会结构》一文里有着简括的描述。① 自晚清以降首先出现于鸳鸯蝴蝶派然后在五四时期蔚为大观的中国现代日记体小说同样分享着相类的动机。② 这一发生的动因里既有作家私密性体验表达的冲动，也有读者通过阅读获得一种窥视欲望的满足和想象性交流的需要。中国现代日记体小说的重要文体特征由此孕育。

一、真实与虚构的交织

　　现代日记体小说发生的动因决定了真实性必然成为它的首要文体特征。但是作家表达的私密性并不等于真实性。且不说作家在表达私密性体验时不可能完全地敞开，即使主观上想这样客观上将最为隐秘的体验表达出时也有一个表达本身的形式问题。加之作家的表达冲动与读者的窥视欲望并不完全一致。所以，日记体小说的真实性势必和虚构性相共生，在真实与虚构之间有着繁多的技法。

---

* 本文是笔者硕士论文关于中国现代日记体小说文体特征的理性分析，青涩得很，只是略有一点耐心和细致罢了。

① 哈贝马斯：《公共领域的结构转型》，曹卫东等译，学林出版社 1999 年版，第 116 页。

② 参见本书前揭《论中国现代文学史上的日记体小说》一文。

　　大致说来,叙述者对日记文本的态度有两类,一类是信誓旦旦地强调真实性。这一类利用日记体小说的第一人称叙事的重要职能,即第一人称天然地具有沟通现实生活与小说文本的直接性。在此意义上,日记体小说可视为"第一人称叙事的变格"。[①] 这类做法的核心任务是淡化日记文本的虚构性。作家惯用的技法包括给日记文本加序言或编者的话(如茅盾的《腐蚀》、沈从文的《篁君日记》),为日记的写作、获得、出版寻找确凿的理由等等。所有五花八门的理由都以一种信誓旦旦又自然妥帖的语气写出,意在强调日记文本的私密性和真实性是无可质疑的。例如,《小说月报》16卷署名翼女士的《消夏杂记》开头:"容易消逝的流光,又是絮飞莺咽的春末了!几次的柔风将梦里的韵华吹去,空留下这不尽的惆怅牵挂在心头!"中间有:"午睡醒后见窗上的槐阴增密了几许,眼看又快到了夏季。且想到去年消夏山中的时光,不觉写出上面的几句话来,无聊中将去年的日记找出,选了几段重抄一过;虽然都是孩子话,但我个人的心中却觉得在这些字迹之内留下了不可拭灭的印痕。竟在清夜不寐的时候常常的想念它,所以我便不嫌弃的发表了。"[②]小说的叙述语气不可谓不自然妥帖、不动声色。但即使这样,读者出于窥视欲望本身的贪婪仍会进一步苛求作家创作动机的真正秘密。所以,日记体小说的魅力与其说来自于它的真实性,还不如说来自于作家呈现的私密性体验的有限性与读者窥视欲望的贪婪之间的一种共谋。日记体小说诸多看似信誓旦旦实则是欲盖弥彰的叙述手法挑逗的正是人的贪婪的窥视欲望。

　　对日记体文本的另一种态度则是坦言虚构性。这种态度在中国现代日记体小说中并不多见,但却反映了日记体小说的多种可能性。

----

① 陈平原:《中国小说叙述模式的转变》,《陈平原小说史论集》(上),河北人民出版社1997年版,第331页。

② 翼女士:《消夏杂记》,1925年《小说月报》16卷第11号。

例如,《小说月报》16 卷第 1 号中庐隐的《父亲》的开头设置了一个无聊的情景,绍雅和逸哥和我为了振作精神,打发时光念了一部小说,这个小说就是一部日记体小说。严格地说,这是一种对日记文本的真实性漠不关心的态度。沈从文的《一个妇人日记》开篇便将日记的虚构性和盘托出,开篇只一句话:"题目是《一个妇人的日记》,接着写——"这和五四以降日记体小说多用序言营造似真效果的做法截然不同,仅此一句提示就给人以完全不同的心理暗示,将日记体小说的虚构性和盘托出,暗示读者阅读时心理上必要的间离感。这种故意的和盘托出映现了日记体小说的另一些文体记忆。《一个妇人的日记》与传统笔记体小说在小说韵致上有着至深的勾连,显示了中国现代日记体小说向源远流长的笔记体靠拢的迹象。这种靠拢,主要是对传统笔记体的发乎情而止于礼的节制性笔致的吸收,作家的主体精神由宣泄进入隐括。① 在这种视日记体小说仅为作家精神操练的一种形式而已的情况下,日记文本的真实与虚构便显得无足轻重了。

日记文本的真实性与虚构性通常有一个潜在的判断标准,即日记文本的呈现内容与第一人称叙述者(有时就是作家本人)背后的生活实感是否统一。但问题没有那么简单,作为一种小说形态,日记体小说在生活的真实和小说的虚构之间并没有一个可以厘定的界限。一方面借助于虚构的幌子作家可以大量倾诉内心的隐秘,另一方面日记体小说与生活的粘连过紧又使作家颇为惧怕读者贪婪的窥视欲望,常常是调动各种障眼法有意搅浑真实与虚构之间的界限,这两种情况在中国现代日记体小说中都不鲜见。更为特殊也更具现代意味的是鲁迅的《狂人日记》的做法。它有意拉大日记文本与生活实态的间离感,构建一个更具象征性的意义系统。它的日记文本因其第一

---

① 参见本书前揭《论中国现代文学史上的日记体小说》一文。

人称叙述者是一个疯子从而出现了真实与虚构都无从判断的情况。这种真实与虚构、现实与象征的混乱其实反映了人的私密性体验表达本身如何可能的问题。正如西方日记体小说的发生过程可以说是人的私密性体验逐渐进入公共空间的过程,中国现代日记体小说也不例外。但问题正在于如果这种极为特殊的个人的体验无法与公共空间对流时,它将如何表达?《狂人日记》彻底阻断了读者窥视的视线,因为狂人的叙述本身就是一种分裂的状态,无从导引读者以任何一种稳定的窥探视线。这时,如果纠缠于真实与虚构,我们反倒进入不到这个日记文本的意义系统了。

其实,不少日记文本的真实性本身并不那么神圣。现代日记体小说的"著述化"导致的虚伪和矫情,在鲁迅那里早就遭到了警惕,他指出了日记体的著述化"不免有些装腔",害怕"仿佛受了欺骗"。① 鲁迅在这里指出的"装腔"和现代日记体小说中出现的模拟不同人物口吻说话的"代用腔"不是一个层次的问题。它主要来自于鲁迅对日记体小说以其私密性为招牌,迎合读者较为低级的心理需求的做法的警惕。因为在这种情况下,极能传达出作家真实精神体验的日记体小说已经失去了它最为珍贵的东西——真实性。我们以 1934 年《现代》杂志第 4 卷第 6 期推荐的吴似鸿的日记体小说《流浪少女的日记》为例。《现代》杂志的广告词说"本书包含三个短篇,内中主要的一篇是用日记体写成的。吴女士的生活,使她写成了这样出色的以流浪少女为题材的小说。这和其他女性作家所写者,有显胜的不同。书内每节日记里都附有小诗一首,富有流浪的罗曼味,这集子里是充溢着其吉卜赛的情调的"。其用词里透漏出的审美的夸饰显然是为了讨好读者,"流浪少女"的题材更是着眼于挑逗读者的窥视欲望。

---

① 鲁迅:《三闲集·怎么写——夜记之一》,《鲁迅全集》第 4 卷,人民文学出版社 2005 年版,第 24 页。

诸如《流浪少女的日记》这样的日记体小说在数量上很是可观。它的写作机制背后有着商业利润和读者的窥视欲望相激荡产生的强大推动力。只要翻看一下西方日记体小说在中国的最早落脚地，林林总总的鸳鸯蝴蝶派的杂志，类似《流浪少女的日记》的做法早已是屡见不鲜，便不难理解鲁迅的警惕了。

现代日记体小说的"代用腔"，同样存在着一个真实与虚构的问题。叙述者的语词使用须符合他的身份，这在五四时期似乎不成问题，因为作家和自己笔下的第一人称叙述者多有重合，日记体小说也多是知识分子的语调或者学生腔。但到了三十年代情况就不同了。日记体小说要容纳各色人等，就有一个如何使用代用腔的虚构问题。当丁玲的《杨妈的日记》仍然沿袭者五四时期的口吻让仆人杨妈写下颇为漂亮的日记时，在是否忠实于日记文本的真实性上立即引起了争议。[①]后来的文学史表明，对第一人称叙述者口吻的关注确实给现代日记体小说的真实性增色不少。以冯铿的《红的日记》和《遇合》为例，前者的主人公是充满着革命浪漫蒂克，性情粗放、豪爽的女战士。她的语言就充满了革命的暴力色彩。小说开头第一句写到："把印着他妈的什么遗像等东西的硬封面连同已经涂上墨迹的上半部一起撕掉，这册日记马上就变成赤裸裸的白纸簿子，还附着日历的……哈哈，你以后是我的朋友了。"人物的精神形态几可触摸。后者则是写感情细腻的革命女性的三角恋爱故事，语气感伤缠绵，颇有些才子佳人的味道。不同身份的叙述者，不同口吻的精彩虚构在同样是沈从文笔下的《篁君日记》和《一个妇人的日记》、张天翼的《鬼土日记》和《严肃的生活》等作品中也有着精彩的表现。但总体上说，现代日记体小说的叙事口吻基本上是以知识分子直接袒露心灵的语气为主，而代用腔则在三十年代以后有所丰富。

---

① 参见本书前揭《论中国现代文学史上的日记体小说》一文。

二、时间形式的建构

中国现代日记体小说在使用虚拟的时间框架上变化之大,随心所欲之自由使我们对日记体形式的认知里似乎时间框架已经隐去,日记体小说只给人一种第一人称变格的印象。日记体的时间标示似乎可有可无,日记体小说的时间标示对日记体小说整体的意义系统生成似乎并没有太大的作用。实际上,中国现代日记体小说在外在时间标示的运用上也有着复杂的表现形态,并引起了人们的关注。[①]瑞士学者冯铁也曾对《狂人日记》、《莎菲女士的日记》、《自杀日记》、《鬼土日记》等日记体小说中时间标示的使用有着精彩的论述。[②]

中国现代日记体小说的时间形式和时间观念还必须从近代以来知识界获得的新的时间观念上考察。"近代以来,由于进化论的介绍和科学实证的思潮,使得当时的知识界获得一种新的时间观,即时间是发展的,是建立在因果关系上的。这就意味着个人经验的独特性、有效性,对小说艺术的人物创造来说,就必须需要在时间发展的链条上塑造人物性格的变化,并且,当这一时间——情节链条出现矛盾时,就从个体经验的外部和内部寻找因果关系,这样的人物创造就会显示出真实性、丰富性。"[③]时间观的变化导致个人经验独特性的凸现,这是日记体小说得以出现的重要原因,当然这种关系并不是想象中的那么简单。因为无论是利用特定时间标示与人物精神状态的勾连(《莎菲女士的日记》),还是日记文本内部"叙述主体的分化"(《狂人日记》),或者依靠过去和现在之间的时间和心理距离,构成并强化作品的内在冲突(《腐蚀》),亦或外在的时间标示对小说切割叙述的

---

① 参见本书前揭《论中国现代文学史上的日记体小说》一文。
② 冯铁:《略论中国现代文学中的时间运用》,《鲁迅研究月刊》1998 年第 11 期,第 46—47 页。
③ 郑家建:《隐喻与〈故事新编〉的时间形式》,《鲁迅研究月刊》2000 年第 1 期,第 46 页。

时间、影响叙述的节奏上的影响(《鬼土日记》),说到底,都不仅仅是一个叙述的技术问题。① 日记体小说的时间形式和时间意识最终根植于现代知识分子在特定的历史空间内人生体验的变化,并由此产生了时间标示这一虚拟的时间形式的复杂形态。

和西方日记体小说勃兴于西方文明在时空观念出现深刻变异(启蒙主义将基督教义中的末世论时间观念改装成一往无前的线性时间观念)的十八世纪相似,中国现代日记体小说勃兴的五四时期恰好是中国文化出现深刻变异,寻找它的现代性形态的第一个高峰期。"在人类历史上某些剧变的世纪里,在其时的诗歌上,哲学或宗教文献上,会出现对'时间'与'存在'的不安意识。其时,我们发现'时间'是锐利地为人所感觉,并为最摇荡的心态所处理……它带上无限的个人色彩,变成了一个如鬼魅般不断作祟的意象,一个对一去不回的力量的心灵投注处……时间,本是一个一般化的概念,现在被感觉为一实体,可视的,活生生的,充满个人性的。"②中国现代日记体小说,可以说正是这种"带上无限的个人色彩"的时间意识在文学表达上的便利文体。

当然,中国现代日记体小说中的时间意识不能完全等同于现代性理论上的时间观念。时间意识与现代性问题的勾连依据常依赖现代性的西方词源学梳理,"现代性概念首先是一种时间意识,或者说是一种直接向前、不可重复的历史意识,一种与循环的、轮回的或者神话式的时间框架完全相反的历史观"。③ 事实上,在我们对中国现代日记体小说的直接阅读感受中,时间形式确实是蔽而不显的。这可能提醒我们,即使在深度吸收西方现代时间观念的过程中,也有一

① 参见本书前揭《论中国现代文学史上的日记体小说》一文。
② 陈世骧:《论时:屈赋发微》,叶维廉等:《中国古典文学比较研究》,台北黎明文化事业公司 1977 年版,第 50 页。
③ 汪晖:《韦伯与中国的现代性问题》,王晓明编:《批评空间的开创》,东方出版中心 1998 年版,第 331 页。

个文化间性的问题。更何况在理论与文学之间,还有一个审美与哲思的间性问题。如果说现代日记体小说只受"时间是发展的,是建立在因果关系上的"的时间观念的影响,并不符合实际。且不说日记体小说可任情任性地对时间链条做任意切割,并不"就必须需要在时间发展的链条上塑造人物性格的变化",就是日记体小说中"个人经验的独特性"是否就不包含有循环的时间观念呢?我们需要警惕的是,从现代时间意识的角度来探讨中国现代日记体小说,并不能全面确立其真正的文体特征。那么,日记体小说的文体架构到底是什么呢?当然不仅是第一人称叙事,也不仅是模糊的无迹可寻的虚拟时间标示,而应是在整体意义上得益于二者相互作用的独特的话语方式。日记体小说这种独特的话语方式的核心是营造一个特殊的心理空间。

人的特定时空感其实就是人真实的生命体验,它应是文学发生的人生源泉。日记体小说的时间形式也应从这个角度来理解,它实际是营造一种特殊的心理空间的手段,其自身并不具备独立的价值和意义。《狂人日记》和《莎菲女士的日记》在使用时间的外在标示上是不同的,前者时间标示极其模糊,后者则清晰到了小时,《鬼土日记》则一律以"某日"记时,这些差异是服务于它们各自营造的心理空间的。

三、私人空间的开掘

日记体小说要表达人的私密性体验的写作要求决定了日记文本应是一个相对封闭的私人空间。相比之下,"在书信体小说中,这种孤独与封闭感因听者或读者的介入而锐减。而日记体小说的形式要素则使读者的视角被限制在日记体自身"。① 需要辨析的是,如果书

---

① 王建平:《西方日记体小说》,《国外社会科学》1996年第1期,第13页。

信体小说的听者不是实存的,并不对书信作者的叙述产生任何影响的话,它实际上可以说是日记体小说,例如郭沫若的《落叶》、许地山的《一封无法投递的邮件》、向培良的《六封信》等书信体小说均可作如是观。

我们检阅西方日记体小说,无论是厄普代克的《某月的星期日》主人公曼斯菲尔德牧师的信仰危机是在与世隔绝的斗室里进行,还是歌德的《少年维特的烦恼》、雨果的《死囚的末日》、高尔基的《卡拉莫拉》、弗里斯的《我不是斯蒂勒》中主人公身心受到社会习俗、法规、道德等等沉重的压力,会发现所属的社会空间对日记作者的排斥是一个共同和普遍的模式。中国现代日记体小说同样也不例外,《狂人日记》中狂人的语言及思维逻辑遭到他所在的社会空间的排斥是彻底的,《莎菲女士的日记》中莎菲处在最要好的朋友的关心下却有一种不被理解的悲哀,常怀着离群索居不被打扰的念头,最终选择的道路也是往无人认识自己的南方出走。巴金的日记体小说《第四病室》中的病室更是一个毫无交流的公共空间,每个人在继续着自己的伤痛,自己的空间又都本能地排斥着他人。《鬼土日记》中韩士谦的眼里的鬼土社会不可理喻,这一社会将他完全地排斥,以至于需要朋友的不停解释他才能理解这个社会。还有另一种情况。在这一类日记体小说中,私人空间的封闭感不是很强烈,虽然也刻意表明日记的写作在隐居状态完成的,但这种隐居更多的是展现出一种边缘化的生活态度(如《消夏杂记》)。这种边缘化的生活态度其实是私人空间的封闭感稀释的结果。这在五四时期的庐隐、时评梅的日记体小说中有着鲜明的体现。现代日记体小说私人空间的营造其实是人的内心世界被社会空间所排斥的社会现实的文学表现。它显示了生活空间在人生命体验中的异己感。令人惊诧的是,接纳这种异己感(表现内容)的日记体小说(表现形式)又是人的私密性体验得以逐渐进入公共空间的载体,日记体小说正是这种内容和形式相悖反的奇特混合体。

　　基于日记文本的私人空间性质,西方日记体小说对封闭性主题以及相关的自我关照主题(反思"自我"、追问更具形上意义的生存的意义)有着深入的展开和探究。[①] 总体上讲中国现代日记体小说对私人空间的封闭性的自觉性较强,而在更具深度的利用私人空间的封闭性进行自我关照的主题开掘上有着较大的差距。就笔者所见,只有《狂人日记》、张天翼的《黑的微笑》(1928 年 8 月 15 日《贡献》旬刊 3 卷 8 期)、冰心的《疯人笔记》等为数不多的几个较有这种意识因而也有较强的智性色彩。例如后两篇对生命与死亡有着深沉的思辨、很有象征意蕴,具有在整体意义上思考生存问题的深度。在这些作品中,日记本身是作为曲折反映人的本质的一面镜子来处理的,形式与内容已变得不可分离。日记的实与虚的关系已被赋予了一种形而上的意义。虽然这类作品不多,却代表着现代日记体小说的"现代性"方向。中国现代日记体小说中的自我关照主题的表达一般走的是日记作者对所记述的日记全方位认同的路子。也就是说,日记体小说自我关照的主题是在一个叙述视点上生成的。作家营造了一个封闭的私人空间,但却无力在整体上审视它。唯一的例外是鲁迅的《狂人日记》。它用小序中交代狂人最终命运归宿的形式建立了审视狂人的另一视角,并且在小序视角和日记本身提供的视角之间建立起了极具反讽性的张力。

　　对照西方日记体小说弗里希的《我不是斯蒂勒》,"我们则看到日记体小说在表现自我反照这一主题时的另一类变体,其主要特征为,与前一类相反,日记作者通过谎言,曲解、兜圈子等手段极力否认日记与自身的联系,否认通过日记可以关照、认识自我的能力,甚至于最终否定语言本身,陷入不可知论。但无论怎样否认,日记这种形式

---

① 王建平:《西方日记体小说》,《国外社会科学》1996 年第 1 期,第 13 页。

仍然是日记作者透视自我、反观世界不可缺少的媒介"。[①] 在这种情况下,"对形式的困惑和依赖始终缠绕着主人公及其叙述过程,正是在这种不可解脱的矛盾中,主人公的复杂的内心世界在日记的创作中得到曲折的反映"。[②] 日记体的这种形态表征着对人的私密性体验表达的可能性的深切怀疑,关涉到的是对语言、表达、自我等最为根本的质疑,显得极具深度。再回过头来看中国现代日记体小说,能在这一深度上与西方日记体小说对话的寥寥无几。更多的是类似许地山的《无法投递之邮件》和向陪良的《六封书》等的做法,虽然也表达了对人生的感触和对命运问题的思考,有时还颇为深入,但日记本身从故事情节中自然衍生出来的同时与生活实态的粘连过紧,缺乏生成象征意蕴必要的间离感和提升力。在这个意义上,中国现代日记体小说所营造的私人空间在切断与世俗生活联系上仍显得优柔寡断,藕断丝连。至于众多以情绪的宣泄作为唯一目的的日记体小说,其私人空间只是提供了无所顾忌的倾诉平台而已。

以上笔者对中国现代日记体小说文体特征的分析多以西方日记体小说为参照。需要指出的是,中国现代作家的精神体验以及他们在小说中所要处理的问题和西方日记体小说毕竟是不同的。即以日记体小说营造的私人空间而言,一方面中国现代日记体小说有着和西方日记体小说相同的特征,但更有着自己的特点。这个特点就是,中国现代日记体小说的私人空间可以说是形式上的封闭与情感上的外向的结合体。特别是三十年代以后中国现代日记体处理的问题转移到了如何接纳更多的社会内容,形式上的私人空间的封闭性也无法得到保证,与此相关的自我关照性的主题开掘更是无从展开。即使就五四时期的日记体小说来说,一代"梦醒了无路可走"的青年要

---

① 王建平:《西方日记体小说》,《国外社会科学》1996 年第 1 期,第 14 页。
② 王建平:《西方日记体小说》,《国外社会科学》1996 年第 1 期,第 14 页。

发出"真的声音"的急切,代替了对自我深入审视的冷静,在日记作者封闭、边缘化的写作姿态下包裹的是极其渴望表达、交流、理解的焦虑。三十年代以后,日记体在接纳更多的社会内容的现实考虑下,逐渐向着客观的现实主义方向转变,连心理分析的浓度都在日渐淡薄,只有到了四十年代初茅盾的《腐蚀》里,以心理现实主义的折中方式保留了日记体小说的自我关照的主题,但是也因为反映社会生活的需要,人物身陷于各种社会矛盾的斗争中,每一个心理的活动都成为对现实环境的迅疾反映,私人空间及其自我关照主题被全面的意识形态化的表述所取代了。

综上所述,笔者从三个方面分析了中国现代日记体小说的文体特征。真实与虚构的交织,时间形式的建构,私人空间的开掘分别联系着中国现代日记体小说的叙述、结构形态和主题,构成了一个立体的透视镜,希望有志于此的学人做出进一步的探讨。

李金发戴望舒诗歌的比较 *

比较李金发和戴望舒的诗歌须有一个坚实的基点,这个基点就是诗歌语言与现实生存世界的关系。从生存论上讲,中国新诗要重建的就是这种关系,这是它与古典诗歌相抗衡时获取合法性的根本原因。这种合法性根植于现代人人生感受、精神气质、艺术观物方式的深刻改变。在此意义上,中国象征主义诗歌,首先是精神上的,感受上的,体验上的,而不是形式上的,艺术技巧上的。当年周作人说李金发的诗歌是"别开生面,国内所无",就是真正看透了李氏精神气质中的颓废感与其人生感受的契合。后人多从周作人提出的象征与兴的关系上探讨象征诗人与法国象征主义的关系,已稍微偏离了其从精神实质上研究中国象征主义诗歌的意图。有鉴于此,本文将从精神体验及诗人对这种精神体验的诗性表达的独特方式入手,对李金发和戴望舒的诗歌进行比较,清理出他们精神形态的大致轮廓并加以对照论析。

---

* 本文是笔者硕士期间在李掖平师指导下的一篇习作。从她那里笔者领略了充满灵性的对诗作进行细腻分析的风采。论文写作时印象最深刻的一个小发现是,戴望舒早期的有些诗作竟然有着李金发那样的气质,这大概是只学文学史教科书不看原始文献的学人绝难发现的。

一、对生命的揶揄与无以挣脱的烦忧

李戴诗歌的可比性不仅在于其诗艺上的相通性——人生经验（尤其是涉及情爱的）表达的私密性，主要通过幻觉营构诗境的诗艺技法的相类等，更在于诗人精神的相通——对环境重压感的体认、个人情感经历的悲剧性和人生理想的幻灭感、青春期的苦闷、对时代主潮的疏离、恐惧感等。这种相通之处很大程度上就是他们与法国象征主义契合之处，即如鲁迅所说的"世纪末果汁"。翻阅一下当时富有象征主义气息的作品就会发现，它们大都充满了对压抑人迫害人的现实的愤慨和否定，在精神色调上则一律是阴冷、灰暗、痛苦。只有从这种精神感受和体验中去理解中国现代文学中的象征主义，才能真正确认其底蕴和要义——它是诗人在现实的生存环境中无法生成和确证其生存意义时，内心深处体验到的精神和现实之间强烈的分裂感。在现实世界真切地感到了意义的缺失后，诗人在寻找失去的意义时所营造的精神世界就是象征的世界。精神世界和现实世界的对立是象征精神生成的根本原因。这也是法国前期象征主义诗歌基本的精神形态，不过由于它刚脱胎于浪漫主义，又把大自然看作一个象征的森林，肯定物质世界和精神世界的相通性，强调色香味各感官的交错，因此仍保留着追求诗歌内在秩序感的特点。法国后期象征主义则较大地偏离了这种诗歌内在的秩序感，在生存现实与个人精神意志的对立和分裂感上走得更远。理解了这一点将有助于我们真正深入到李戴诗歌的精神实质处。

当然，李金发和戴望舒在生命意识的至为敏感处的不同也是明显的。李金发有着强烈的对生命的揶揄，戴望舒则多无以挣脱的烦忧。接触李金发的诗作，首先感受到的是他挣扎于人生的幻灭、虚妄和绝望感中那种歇斯底里的情绪以及语言本身的极度扭曲。这是精神深度抑郁焦灼后的挣扎和发泄，有着强烈的自虐性、恶毒性、毁灭

性,但同时又不乏寻求精神慰藉的渴求,冷酷里有温爱,乖张里有脆弱,丑陋里有幻美。李金发的诗作绝少直接取材于现实,大多是诗人主观意绪的观念化。或者说,李金发所要处理的诗学主题并不那么具体,他密切关注的往往是缠绕于心的幻灭感、虚妄感和绝望感以及由此抽象出的生存哲学意蕴。中西文化的差异感导致传统文化规范和传统价值体系难以为继,诗人生命的体验已经异常地驳杂分裂:"悲愤纠缠在膝下/我已破之心轮/永转动在污泥下"(《夜之歌》),"悲剧、狂歌、乖恶的笑/在四周查视"(《我背负了》),仇恨"如强盗磨其心剑在我心头"(《远方》),这是他真实的生命体验。要为这种生命体验寻找到存在的现实价值和意义,这是李金发诗歌最基本也最内在的问题。李金发的回答方式有两种:其一,他对生命存在的真谛给予了整体上的揶揄:"如残叶溅/血在我们/脚上/生命便是/死神唇边/的笑《有感》》";"死! 如同晴春般美丽/季候之来般忠实(《死》)"……对生死的嘲弄讥笑是他这种揶揄最为集中的体现。他看到了生命本质上的虚妄,但从他对生命的嘲笑口气中,又不难体味出揶揄本身的虚妄。诗歌执着书写的对美好情爱的憧憬、往日温暖的回忆、乡恋、亲情等,又对这种揶揄不断地加以反驳,这也正是在李金发揶揄意味强烈的诗歌中会出现过多断语式句子的原因。诗人力图依仗这种断语来加强揶揄的语势。其二,他放弃在整体意义上的形上追问,任由潜意识的自然主义欲念自由奔突——"诗人因意欲而作诗,结果意欲就是诗",欲念与本能于是成为他文学表达的焦点,甚至为欲念的自由自在流动不惜伤害和牺牲诗美。李金发宣称:"我绝对不能和人家一样,以诗写革命思想,来煽动罢工流血,我的诗是灵感的记录表,是个人陶醉的高歌,我不希望人人能了解。"[1]

欲念中情爱和恶感是主要的动力。情爱比较好理解,需要辨析

---

[1] 李金发:《诗问答》,《文艺画报》1 卷 3 号,1935 年 2 月 15 日。

的是恶感。李金发在新诗发展中的重要地位不仅在于作为象征主义诗歌的第一人,准确地讲,他还移植了一种新的诗歌美学品格——审丑。他对波特莱尔在恶中发掘出狰狞之美、怪异之美的诗美追求一见钟情并倾力效法,但却始终未及波氏的深刻与圆融。

在波德莱尔那里,恶有着深厚的社会、文化及哲学背景。波氏的恶的诗学意旨不仅仅是狭义的对浪漫主义审美格调的反动,它更凸显出强烈的生存意志力和尖锐深刻的理性批判色彩。李金发对波德莱尔这一诗学主旨的领会是隔与不隔并存。李氏对波氏背后依凭的文化背景和现代哲学思潮虽有一定的领悟,如波氏强烈的生存意志力色彩、控诉诅咒意味在李氏诗歌中有着鲜明的体现,但骨子里仍缺乏生成这种精神体验的文化支撑,在诗性的把握世界层面,他的思维惯性依然是中国诗歌的缘情感物。

戴望舒深沉庄严的人生态度与李金发对生命的揶揄讥嘲决不雷同,其诗歌体验中的世界是一个寂寞悲凉忧郁的世界。和李金发那种精神与现实撕裂后心灵的狂躁难安相比,戴望舒诗歌有着沉静的底蕴,这是一种沉静的忧郁而非波特莱尔式的热忱的忧郁。戴望舒从不张扬和夸饰心灵内部的激烈冲突和大悲大喜,意志论色彩和存在论意味较之李金发显得较弱。但这并不意味着他没有咀嚼过李金发类似的情感体验,只不过他对情绪的衍生与传达采取了较为审慎和克制的态度,讲究内在情感的张弛顿挫和自我调适,以维护艺术的本分和尺度。因此,他对生、死、生命等具有逼近生命本体意味的诗学主题并不敏感,而是热衷于对现实生活各种情绪体验的细细体味和打磨,力求探幽发微其精妙的美感。即使是在人们认为他诗歌中智性因素增加的后期,戴氏心仪的仍是"用抒情的诗句表现他迷人的诗境,远胜过其他用着张大的和形而上学的辞藻的诸诗人"。[①] 戴望

---

① 戴望舒:《保尔·福尔译后记》,《戴望舒译诗集》,湖南人民出版社 1983 年版,第 39 页。

舒排斥李金发有意凸现欲念和潜意识的做法,唯恐内心真实的奔突会伤害诗美的建构,他常常把痛苦郁懑的"幻灭感"诗化为"一种绝望的自我陶醉和莫名的惆怅",[1]力求一种表达和遮掩之间的优雅合度。在他这里,诗歌是心灵的慰藉,需要绵柔温润的精神滋养,而不是李金发式的在挣扎中的粗暴发泄。因而,当他渐渐发现"不幸一切希望都是欺骗"之后,也就必然放弃了诗歌的写作。[2] 当然我们可以在这里看到他身上承袭的传统文人脆弱的性情和追求中庸和谐的审美惯性,但其意图更多的是力求以审美方式消弥冲突获得心灵慰藉和净化,从而实现精神的平衡。这正是他"诗是由真实经过想象而出来的,不单是真实,亦不单是想象"的诗学理念的内在支撑。[3] 他既不满李金发对象征主义神秘性的硬性移植,也排斥波德莱尔的恶感。当他在 1940 年代编选《恶之花缀英》时,波氏二十四首具有恶魔色彩的诗竟全部被他滤除,这正是他取舍有据的证明。

从孜孜以求心灵的慰藉和平衡这一艺术追求出发,戴氏展示出远比李金发更丰富的传统精神资源的支持。他一方面承传了传统文人委婉曲折而又飞扬灵动的伤情传统,塑造了一个敏感多情甚至是带有柔弱的脂粉气的自我抒情形象,其真意在于借助对弱势身份的自我确认,于灰色人生的孤寂中寻求慰藉。另一方面,他大量汲取道家文化的精神营养以滋补诗之情思意蕴。道家以相对主义的眼光解释世界,但落脚点却在对相对主义的超越上,此所谓乘物游心。对相对主义进行绝对化的整合,标举无求无欲,以弥合现实与精神世界的分裂,正所谓道家的看破。道家的美学意旨在于容括各种对立因素于一体,通过对骚乱和紧张进行相对减压与稀释来实现整体的和谐。而骚乱和紧张恰是现代精神体验的显著特征,戴望舒希望通过对道

---

① 卞之琳:《戴望舒诗集序》,《卞之琳文集》中卷,安徽教育出版社 2002 年版,第 348 页。
② 杜衡:《望舒草序》,《现代》3 卷 4 号,1933 年 8 月。
③ 戴望舒:《诗论零札》,《现代》2 卷 1 期,1932 年 11 月。

家文化的吸纳,将象征主义的精神放逐变成古典主义的精神栖息。

如果说李金发还只是停留在从自己喜爱的法国象征主义诗歌出发来确认自己的诗艺,人生体验未免显得浮面和夸张的话,那么戴望舒则隐藏着另外一种弱势。较为绵软细腻的性格和深得古典诗文精髓的诗美积淀,使他本能地接通和移用了古典的文化信息和表情方式,因而其诗歌的审美质地更为优雅优美,更具传统文化的亲和力,但似曾相识的意象和表述使诗歌的精神体验建立在浸润了传统思想和感情气息的语言之上,诗歌作为读者与诗人心灵直接相会场所的精神气氛被稀释,破坏了诗的凝聚感和张力,影响了诗歌的精神强度。李戴诗歌看似不同的困境,究其原因,还在于他们均缺乏强烈的意志力对自己的精神体验做出直接的剖析,反映出诗人主体的纤敏柔弱性本质。这也正是他们与波德莱尔之间的差距所在。

二、欲念与伤情

以李金发和戴望舒同样爱写的记梦诗为例,戴望舒的梦总是充满了温情脉脉的理想浸染:"梦是会开出花来的,/梦会开出娇妍的花来的/去求无价的珍宝吧。/在青色的大海里,在青色的大海的底里,/深藏着金色的贝一枚。"(《寻梦者》)然而在《雨巷》、《秋天的梦》、《寻梦者》等诗作的梦境中,除了对现实人生的净化慰藉之外,还是浸淫着哀伤忧怆的气息,这是一种由残破的现实人生投下的忧伤和缺憾……《寻梦者》在历尽磨难攀登到理想境地时的感慨却是"你的梦开出花来了,/你的梦开出娇妍的花来了,/在你已衰老了的时候",艰辛的追求后只留下疲惫的悲怆和无限的感伤。李金发对现实感受扭曲后的堆积成梦与戴望舒现实和梦境的互为掩映自是不同。李金发的梦的形态总与潜意识欲念相连,多自然主义笔调的记录,显得古怪异常。《我做梦儿》、《巴黎的呓语》等均是如此。如《夜起》一诗:"我梦见先帝西永的足迹/及老父之颅/呵,他们多么可怕/挥手而摸索在我的胸之深谷里，摆动了一切谐和之气息，/我的心不能再有微笑/在这回避之围里/无力的光影使他羞赧而灰心了。/咸的盐，关心的眼泪，/在这生命里——/转四个回旋以是去了。"其实这些奇特神秘的意念流转，不过是现实碎片和心灵惊悸扭曲后的堆积而已。

李戴诗歌中呈现的自然观也是非常不同的，李金发诗歌鲜明体现了波德莱尔"自然不过是罪恶的教师"的意旨。他更喜欢对自然的变形："夜间的无尽之美，是在万物都变了原形"。[1] 变形方法之一是经常单方面地使用意象的一个自然特征，夸大它对感官刺激的强度。严格地讲，李金发诗歌中意象的自然性大多属于丑怪范畴且故意进行夸饰渲染，意在唤起人的孤独、恐惧、荒诞、厌恶甚至作呕的感觉。变形后的自然大大强化了诗歌在生命体验上的新异感和扭曲性，从而体现出非理性的审美本质。戴望舒则不同，他诗中的自然常常是"人化自然"（朱自清语），自然意象里包含着丰富的承载了中国诗歌经验的文化信息。不过二者在一些怀乡怀旧诗作中（譬如李金发的《故乡》和戴望舒的《过旧居》），自然意象又都同样呈现出一种宁静和谐温馨的暖色调，充满着追忆逝水年华时重生的眷恋与感动。这表明在用乡村记忆来抵御或消解都市印象的心理重负上，李戴有着许多相通处。

情爱的隐秘性在李金发那里却是另一种表现形态。对照法国象征主义诗人的爱情诗就会发现那是潜意识，是本能冲动，是欲念，又有抽象化的色彩。象征诗人把爱情当作个体生命内在的底蕴，关涉到人的本体性，因而在爱情诗里倾注了对人自身本体性的探讨，爱情本身也具有了形而上的色彩。在李金发的诗歌里，经常采用直陈感情本身的抽象化词语，如痛苦、忧伤、幽怨、悲苦、烦恼、焦躁等，这说明他已注意到了象征诗歌的抽象化特点。但李氏在淤积的情爱焦虑

---

① 李金发：《艺术之本原与其命运》，《美育》3 卷，1929 年 10 月。

驱使下无力进行深度的智性探讨，不是在整体上对极为复杂的情爱加以揶揄，就是走上了歇斯底里虐待文字本身的路子，有时又沦为在女性崇拜遮盖下的占有欲的展示，例如《汝可以裸体……》。戴望舒的隐私性则造成了朦胧，其思路和中国诗歌经验中的伤情传统多有类似（感情上的隐晦和形式上的隐以复意为工），这与李金发的抽象化有着本质的不同。戴望舒的情爱体验是沉痛细密的，这是一种本己的生命体验，并已成为他各种社会性体验的底子。这份沉痛和细密使他不像李金发那样，一旦敏感到象征诗歌独特的精神气息和表达方式后就不惜一切地往上靠，而是有意地后退以拉开一定的距离。戴望舒没有李金发似的强力色彩，却有着女性一样的哀怨和柔弱，其情爱的感伤每每在细碎而沉实的感受上盘旋，这种内向柔弱而较为具象细致的心理感觉，自然与法国象征主义诗人那样注视自我灵魂分裂的抽象的痛苦和绝望不同调。

李戴诗作的道德感也值得留意。李金发诗作中对传统道德伦理习惯（比如生命的美丽、死亡的恐惧等）毫不顾及，初看起来似乎是因为对法国象征主义诗歌非理性的一味移植的结果。然而我们在其"旧燕的平和之羽翅，／象是生命的寓言"（《夜歌》）；"生命便是／死神唇边／的笑"（《有感》）；"我的灵魂是荒野的钟声"（《我的……》）等这些颇有波德莱尔恶中掘美神韵的诗行中，仍能体味到浓郁的感伤气息，感觉到其精神气质与戴望舒的相勾连处。戴望舒诗歌的道德感则是他容受象征主义的重要精神平台，他是在现实生存的苦难意识上与象征主义的悲剧性体验得以沟通的。象征主义悲剧性体验源于传统价值的全面崩溃，虚妄和绝望感浓烈，社会的苦难又不断激起诗人强烈的社会责任感和道德使命感。戴氏诗歌的灵动清新纤细谐美使熟悉中国古典诗歌的读者会感到亲切，但其诗歌最打动人心的并不是这份亲切，而是那极为深沉的生命痛苦的"底子"。这个"底子"是文字上的灵动清新谐美柔和掩饰不住的，这个"底子"在自我稀释时就是生命的"烦忧"。与其说戴望舒的成功在于他融合中西诗艺于一体,不如说是他在精神诉求与情感体验之间矛盾的无法挣脱和超越。李金发是想放弃深度的精神诉求的,仅仅去"表现了波德莱尔的沉郁气氛,愁苦精神和病态情绪"。① 然而他又无力审视自己的精神体验,其诗作终于沦为了"大约如画画的人东一笔西一笔,尽是感受的涂鸦,没有一个诗的统一性"。②

三、拗峭和舒缓

李戴诗歌在语感上表现出拗峭和舒缓的差异,其根本原因在于诗歌运思机制的不同。李金发认为"诗人因意欲而作诗,结果意欲就是诗……是意欲在他周围,升起一种情感及意象的交流,在他引动下,建立一个流动的诗。"③所以李金发的诗歌其实就是繁杂多重的意欲的幻影,其运思逻辑始终置于潜意识的统摄之下,这就使读者很难跟随他的文字进入诗歌内在的意义空间,所以他的诗歌文字本身就凸现了出来,李金发诗歌的全部价值其实都必须从这个特点讲起。应当承认,尽管在意义诉求时会无从索解,但诗歌语言的扭曲本身也能散发出一种精神信息。意欲正是处于意义生成的前一个阶段。它的话语机制有逻辑性,但那只是心灵的潜意识逻辑。李金发的词语粗暴地撕裂了它们原本与所属文化版图的关系,如屈原这个符号,在他笔下竟成了"逃遁在上帝/腐朽十字架之下/老迈之狂士"(《屈原》)。更为严重的是,他常常随心所欲或生造语辞或滥用文言虚词和法文单词,致使句式洋文、中文、文言、白话夹杂,形容常乖戾失类,语句多生硬怪僻,文法也不伦不类。

---

① 袁可嘉:《现代派论·英美诗论》,中国社会科学出版社 1985 年版,第 362 页。
② 废名:《论新诗及其他》,辽宁教育出版社 1998 年版,第 115 页。
③ 李金发:《卢森著〈疗〉序》,转引自王泽龙《中国现代主义诗潮论》,华中师范大学出版社 1995 年版,第 95 页。

戴望舒早期也颇沾染些李金发的神韵。如《望舒草》中的《灯》："士为知己者用，/故承恩的灯，/遂作了恋的同谋人：/作憧憬之雾的/青色的灯，/作色情之屏的/桃色的灯。"再如《流浪人的夜歌》："残月是已死美人，/在山头哭泣嘤嘤，/哭她细弱的魂灵。//怪枭在幽谷悲鸣，/饥狼在嘲笑声声，/在那莽莽的荒坟。//此地黑暗的占领，/恐怖在统治人群，/幽夜茫茫地不明。//来到此地泪盈盈/我是漂泊的孤身/我要与残月同沉。"诗歌在色调，语气、诗思上与李诗几乎雷同，特别是前首诗中"故"、"遂"等词语断句的陡峭、"之"字的运用和意象跳跃的生硬，是典型的李金发式诗句。不过戴望舒很快便开径自行了。他一再强调诗思的核心是诗情："诗最重要的是诗情上的 Nuance（法文意即变异），而不是字句上的 Nuance"；"诗的音律不在字的抑扬顿挫上，而在诗的情绪的抑扬顿挫上，即在诗情的程度上。"[①]其实这也正是象征派以及广义西方现代派的重要诗学理念，瓦雷里提出的"纯诗"就是从维护诗情的纯正出发想创作一种完全排斥非诗性情感的诗歌。当然瓦雷里的诗情并非戴望舒意义上的诗情，作为后期象征主义诗人，瓦雷里的诗情是智性化的，象征主义背后的宗教及哲学背景决定了他的诗情不会回旋在具体感受上，而是充满了提升性和超越感，这自然与戴望舒的感发式的缘情感物不同。戴望舒对情感有着浓郁中国化的升华。譬如《雨巷》，既汲取了魏尔伦《无字之歌》单凭诗的音调就可感受到诗情的微妙，又有波德莱尔诗歌行断意不断的流畅的旋律美。但它的最为卓绝之处，是在梦一般凄婉迷茫的诗境笼罩里，痛苦和感伤被回环往复连绵不断的音调所冲淡，所融化，所升华，成为一种淡雅、绵延而又辽远的极具幻美感的诗情，这是典型的中国古典式的诗情。《雨巷》的关键诗句是"我希望逢着/一个丁香一样地/结着愁怨的姑娘"，这表明诗歌并非实写，而是循着诗人

---

① 戴望舒：《诗论零札》，《现代》2 卷 1 期，1932 年 11 月。

诗情的遐想来构思的,它更像一幕戏剧性的幻象,通过假定的诗的情境对这种感伤的情绪进行装饰:"像梦中飘过/一枝丁香地,/我身旁飘过这女郎;/她静默地远了,远了,/到了颓圮的篱墙,/走尽这雨巷",从而达到间离化和审美化的效果。戴望舒从诗情是诗歌生成的核心这一理念出发,甚至试图超越古今中外不同文化的差异对于诗歌的影响,《诗论零札》最后一则写道:"只在用某一种文字写来,某一国人读了感到好的诗实际上不是诗,那最多是文字的魔杖,真的诗的好处并不是文字的长处。"①

有意思的是李金发诗歌恰恰就是在文字的魔杖意义上被胡适讥讽为笨谜的。不过应该注意的是李金发较为成功的作品也多用倾诉的笔调。看来以诗情来左右诗歌的运思,在李金发这里也不鲜见。李金发三部诗集,从《微雨》里对肉体世界的诅咒,经《食客与凶年》的过渡,到《为幸福而歌》便转向了生命痛苦的稀释和化解,伤感哀怨的气氛笼罩着,一派在情爱世界的陶醉中寻找生命慰藉的景象,诗章伤情渐浓的演进之迹非常明显。这表明李金发的诗歌发展有着和戴望舒的某种趋同性,这个"同"就是感伤。感伤既是李金发、戴望舒从小濡染的中国诗歌的伤情传统,又是西方浪漫主义诗歌的重要特征。作为现代主义的先行者,西方早期象征主义正处在对浪漫主义的反驳阶段,但反驳也有衔接的一面,它本身也难免沾染上感伤的调子。这在魏尔伦身上体现得最明显,而魏尔伦恰好是李金发、戴望舒共同感兴趣的象征诗人。

李戴诗歌中的兴与象征的问题也值得留意。兴,虚静内敛,是物我两生的思维,诗人在物中找到生命情感的韵律,不断返回内心世界,协调不已以求整体上和谐。象征则充满了亢奋张扬、宗教化的迷狂和对智性事物和抽象概念的深切关注。兴的本质在于一瞬间回到

---

① 戴望舒:《诗论零札》,《现代》2卷1期,1932年11月。

天人合一状态的微妙体验,象征的物象则建立在精神与物质的对立之上,纯属主观意志的产物。周作人谈兴与象征的相同仅仅着眼于在具体物象表达抽象思想感情上这一普泛意义上的相似,显然有偏狭之嫌。其实兴和象征对想象力的规定是相当不同的,兴对诗人主体心境的内敛化要求,势必弱化想象力的锐利性和诗人主体的意志力。象征则因为纯属主观意志的产物,因而它的想象力少有羁绊,一任海阔天空上天入地的自由联想。中国古典诗歌强调"故比类虽繁,以切至为贵,若刻鹄类鹜,则无所取焉"(《文心雕龙·比兴》),明显排斥想象力的随意性。在某种意义上,兴与象征反映出的思维特质更多的不是相似性,而是互补性。对照李金发、戴望舒二人诗歌,前者将兴与象征进行了生硬的对接,后者意识到了这种互补性,但如果从诗歌应当或尽量穿越既定诗歌传统的遮蔽,直接呈现诗人的精神感受上考虑,戴望舒的诗歌又最终被庞大的中国诗歌的审美惯性所笼罩。李戴诗歌的形态,的确给我们反思兼有中西两种诗歌资源的现代新诗的发展提供了良多的启示。

郭沫若的文化选择及其“生命底文学” *

　　中国新诗的发展是在特定的文化语境中展开的。这一特定的文化语境就是中西文化的碰撞与误读，传统与现代的矛盾与重塑，它既是中国新诗的生地，也可能是中国新诗的死地。正是在这一复杂的文化困境中，中国新诗的文化选择成为影响其形成和发展的重要原因。鉴于此，探究作为中国新诗奠基之作的《女神》在文化选择上的特点以及形成这种特点的深层原因，或许会给我们的新诗研究带来一些饶有意义的启示。

一、“欧化”与新诗的文化属性

　　谈郭沫若的诗歌宜从五四时期新诗所处的文化氛围谈起。概而言之，这一文化氛围的核心命题就是如何应对西方的冲击。在抉择路径的区分中，形成了不同的立场和思潮，如全盘西化和文化守成之类。尽管对于中国新诗来讲，它的至深的生长动力恐怕并不在于其文化资源的纯净。但不可回避的是，由于中国新诗在其发生期正处于中西文化的大碰撞中，应对西方文化冲击的焦虑使得人们对它的文化身份异常的敏感。《女神》出版后，闻一多、梁实秋、朱自清等都

---

* 本文是先师龙泉明先生给刚读博士的笔者的命题作文。文章写成后并没有遭到太多批评，笔者自己倒是很惶恐，发觉自己其实也很容易沾染上某种模式化的东西。现在明白了，那种东西大概就叫“学科”吧。

曾指出《女神》主要受的是西方的影响，闻一多更是明确表示了对郭沫若诗歌"欧化"倾向的不满。闻一多在1923年的《女神之地方色彩》一文中，以《女神》为批评个案，对中国新诗的文化选择与文化身份问题提出了至今仍深有影响的论述。针对新诗的欧化倾向，他指出："我总以为新诗迳直是'新'的，不但新于中国固有的诗，而且新于西方固有的诗……他要做中西艺术结婚后产生的宁馨儿。"在对东方文化的"恬静底美"的赞美中，他不无遗憾地指出，《女神》过于"醉心"于"西方文化"："《女神》的作者对于中国，只看到他的坏处，看不到他的好处。他并不是不爱中国，而他确是不爱中国的文化。我个人同《女神》底作者底态度不同之处是在：我爱中国固因他是我的祖国，而尤因他是有他那种可敬爱的文化的国家；《女神》之作者爱中国，只因他是他的祖国，因为是他的祖国，便有那种不能引他敬爱的文化，他还是爱他。爱祖国是情绪底事，爱文化是理智的事。一般所提倡的爱国专有情绪的爱就够了；所以没有理智的爱并不足以诟病一个爱国之士。但是我们现在讨论的是另一个问题，是理智上的爱国之文化底问题。"①在这里，闻一多关于中国新诗的思考就是以其文化选择和文化身份为第一要义的，因为诗歌是"理智上的爱国之文化底问题"。关于"中西艺术结婚后产生的宁馨儿"的设想更是影响深远。这是他基于新诗"不但新于中国固有的诗，而且新于西方固有的诗"的性质所做的设计。在一定程度上，闻一多对新诗性质的判定是犀利和准确的，不过他"中西艺术结婚后产生的宁馨儿"的设想却只有有限的合理性。中国新诗实质上存在着文化身份归属上的尴尬。因为它已经无法原汁原味地回到传统，它也不可能完全真正地西化，它的幸运在于它同时拥有了中与西、传统与现代两种资源，然而它也必然同时遭遇中西两种诗歌及文化资源的撕扯，而这一点更为重要。

---

① 闻一多：《女神之地方色彩》，《闻一多全集》，人民文学出版社1998年版，第197页。

闻一多的"中西艺术结婚后产生的宁馨儿"的设想对这一点显然估计不足。他貌似公允的设想里却潜伏着新诗在形式和审美趣味上回归传统从而丧失其发展动力的危机。从根子上讲,中国新诗想成为"中西艺术结婚后产生的宁馨儿"只是一个心造的幻影。恰恰相反,它必须在体认中与西、传统与现代之间的矛盾的文化困境里获取自己发展的动力。

二、"绝端的自由"和"动的文化精神"

五四时期,"白话诗的难处正在于他的自由上面,在诗上面,白话诗与白话的分别,骨子里是有的"。[①] 检阅一下当时的新诗,白话诗的诗味流失是普遍的,白话诗人的焦虑在于在对古典诗词音律句法的老调厌弃后,并没有得到诗的自由。正是在这种普遍的不自由中,郭沫若酣畅淋漓的"绝端的自由"愈加令人瞠目结舌。而且,在郭沫若这里,并没有许多五四作家在文化选择和生命感受上的对立与纠缠。五四一代知识分子在自己的生命感受中,一个极其重要的方面就是在情感与理智上承受在中与西、传统与现代之间选择的焦虑。例如,鲁迅的生存感受很大程度上有着对自己所居属的文化空间的反抗,其反抗的激愤使他在文化选择的态度上主张"文化偏至论"。郭沫若在五四时期,既和鲁迅等激烈地抨击传统文化不同(他对孔子的别一种理解和推崇甚至可以说颇有点出人意外),又和学衡派那种文化守成主义者不同,在他这里,似乎就没有中西文化以那个为本位的问题。在五四知识分子关于东西文化异同的思想论战中,郭沫若的态度确实显得别致。以动静之别去区分中西文化,他是不同意的,也不尽同意胡适那种高扬西方文化精神的做法。

在郭沫若自身的文化谱系中,既有庄子、王阳明,又有泰戈尔、歌

---

① 俞平伯:《社会上对于新诗的各种心理观》,《新潮》,第 1 卷第 4 期。

德、斯宾诺莎、惠特曼、雪莱、加皮尔,呈现出一种混杂的状态。以他的泛神论为例,他在 1921 年的解释足以反映出他在文化抉择上的特点:"泛神便是无神。一切的自然只是神的表现,我也只是神的表现。我即是神,一切自然都是我的表现。人到无我的时候,与神合体,超越时空,而等齐生死。……忘我之方,歌德不求之于静,而求之于动。"①这里既有斯宾诺莎神是"无限存在"的"实体"理念,又有《奥义书》"梵我不二"的主旨,更有王阳明"吾心之良知,即所谓天理",庄子"万物本体在道"的思想。② 在这种六经注我的方式中,郭沫若的中西对比差异的文化意识是相当淡薄的,或者说,在他的文化选择里,在中与西、现代与传统之间并没有一个先验的对立意识。

郭沫若的文化选择有一个鲜明的特征,那就是充溢着自身强烈的精神体验特征。这一精神体验特征的核心是"动的文化精神"。由此出发,郭沫若运用六经注我的方式对中国传统文化进行了大面积和大幅度的重组。他总结出的"中国文化之传统精神"值得注意,他把中国传统文化的实质概括为:"把一切的存在看作动的实在之表现","把一切的事业由自我的完成出发"。③ 这里不准备详细讨论郭沫若具体的重组策略和惊人的高论,笔者有兴趣探究的是:郭沫若诗歌那种酣畅淋漓的"绝端的自由"和他对中西文化富有个性化的诠释是否有着内在的关联?笔者以为,郭沫若体现出的文化心态是以他的生命感受为轴心和统摄的,生命的体验和感受跃居第一位,中与西、传统与现代之间的文化选择退居为第二位。这一特点正是闻一多在《女神之地方色彩》中指出过的"但是既真爱老子为什么又要作'飞奔','狂叫','燃烧'的天狗呢"的原因。闻一多的诘问是因为,他

---

① 郭沫若:《〈少年维特之烦恼〉序引》,《创造季刊》1922 年创刊号。
② 陈永志:《郭沫若思想整体观》,上海文艺出版社 1992 年第 1 版。
③ 郭沫若:《中国文化之传统精神》,《郭沫若全集·历史编》第 3 卷,人民文学出版社 1982 年 10 月版,第 262 页。

的思考有一个中西文化比照的框架,而且明显地有以中国文化为本位的要求。从这个意义上讲,闻一多关于中国新诗建构的起点是在中西文化比照的层面上进行的,其核心就是新诗的文化选择。所以,闻一多关于新诗要做"中西艺术结婚后产生的宁馨儿"的设想在骨子里更为焦虑的是新诗的文化归属。郭沫若的突破正在于,他的文化选择已咬破了闻一多那样只在中西文化比照框架内运思的蚕茧。郭沫若以他的生命感受为轴心和统摄的文化心态使他有可能在新诗建构的基点上与闻一多那种把新诗的文化中国身份作为中国新诗建构的核心来对待有所不同。事实上,郭沫若一开始就是从诗歌表达的主体上起步的,他在诗歌创造的主体考虑上首先是生命意义与情绪层面上的人,而不是人的文化身份的归属。对于诗歌,他的思考焦点是生命意识和文学表达的关系,按郭沫若的表述,就是:"本着我们内心的要求,从事于文艺的活动。"①文化、国别的界限并不那么在意。所以,在他看来:"胡怀琛先生说:'各国诗底性质又不同',这句话简直是门外话。"②这无疑表明,郭沫若的诗歌的起点是超越闻一多意义上的新诗的文化选择和文化身份的。历史恰恰就是这样,没有那种身陷其中的焦虑才使他如此轻松地在另一种路径上开始了中国新诗的奠基。这一路径就是"情绪的直写"。关于诗歌是"情绪的直写",郭沫若的论述比比皆是。如:"本来艺术的根底,是立在感情上的。"③再如:"我这心情才是我唯一的法宝,只有它才是一切的源泉,一切力量的,一切福祉的,一切灾难的。"④在我们以往讨论郭沫若这种"情绪的直写"时,多在浪漫主义的诗学框架内进行,不过,郭沫若给出的诗

---

① 郭沫若:《编辑余谈》,1922 年 8 月 25 日《创造季刊》第 1 卷第 2 号。
② 郭沫若:《论诗三札》,《文艺论集》,人民文学出版社 1979 年 9 月版,第 206 页。
③ 郭沫若:《文艺之社会使命》,《民国日报·觉悟》,1925 年 5 月 18 日。
④ 郭沫若:《〈少年维特之烦恼〉序引》,《创造季刊》1922 年创刊号。

歌的公式却是："诗＝（直觉＋情调＋想象）＋（适当的文字）。"[①]在这一公式中，值得注意的就是，在情绪、想象这些浪漫主义诗学的关键词前面，郭沫若异常地强调了直觉。这当然与他曾接触过克罗齐的《美学原理》中"艺术即直觉"的理念有关。不过考虑到郭沫若同样异常地强调诗歌"写"的即兴性——他在《论诗》中说："不容你写诗的人有一章的造作，一刹那的犹豫，正如歌德所说连摆正纸位的时间也都不许你有"，再认真思量一下他在《三叶集》里所用的语词——"只要是我们心中的诗意诗境底纯真的表现，命泉中留出来的 Stain，心琴上弹出来的 Melody，生的颤动，灵底喊叫，那便是真诗，好诗，便是我们人类底欢乐的源泉，陶醉的美酿，慰安的天国"，便会发现，郭沫若所注重的是诗歌里充溢的那种生命冲动的气息。从《女神》体现出的勃发的生命的奔突与激情及其所展现的抒情主人公充满欲望的放纵恣肆状态，从郭沫若以生命感受为轴心和统摄的文化心态以及他在文化选择上对"动的文化精神"的极端强调，我们便会发现郭沫若诗歌内在的精神驱动力：这便是"生命底文学"。

三、中西汇通与"生命底文学"

《生命底文学》是郭沫若在《女神》创作期间重要的诗论文字。它是反映郭沫若吸收现代生命哲学的直接文献证据。在此文中，郭沫若写道："Energy 底发散便是创造，便是广义的文学。宇宙全体只是一部伟大的诗篇。未完成的、常在创造的、传大的诗篇。""Energy 底发散在物如声、光、电热，在人如感情、冲动、思想、意识。感情、冲动、思想、意识纯真的表现便是狭义的生命底文学。"[②]郭沫若对整个宇宙的把握是一种充满生命冲动的诗意的把握，他认为生命与文学同样

---

① 郭沫若致宗白华函，田寿昌、宗白华、郭沫若：《三叶集》，安徽教育出版社 2000 年版，第 11 页。

② 郭沫若：《生命底文学》，《时事学报·学灯》，1920 年 2 月 23 日。

归属于一个具有本体性质的"Energy"里,因而极力压缩生命意识与文学表达之间的距离,这就是他"绝端的自主,绝端的自由"的真意。至于郭沫若的"Energy"到底指什么,在《〈少年维特之烦恼〉序引》里说得再清楚不过了:"此力即是创造万物的本源,即是宇宙意志,即是物之自身。""能与此力冥合时,则只见其生而不见其死,只见其常而不见其变,体之周遭,随处都是乐园,随处都是天国,永恒之乐溢满灵台。"①这是典型的现代生命哲学意识,不过涂抹上了希冀和乐观的色彩。这自然和郭沫若对以柏格森为代表的现代生命哲学的吸收有关。他说:"《创化论》我早已读完了。我看柏格森的思想,很有些是从歌德脱胎来的。凡为艺术家的人,我看最容易倾向到他那'生之哲学'方面去。"②在《论节奏》一文中郭沫若还曾引用柏格森的"绵延"理念,他准确地抓住了"绵延"的思想中极端强调生命的绝对运动性的精义,强调运动中的每一刻都有新东西的出现。在《印象与表现》、《文艺之社会的使命》、《西厢艺术上之批判与其作者之性格》等文章中,生命哲学特有的冲动与创造气息都流贯于内。其实,就是《女神》中的"涅槃"、"创造"这些语词本身也都分享着"绵延"的意识。《女神》中极端渲染生命的毁灭与新生共在的涅槃情结,与其说"是以哲理做骨子"(宗白华语),还不如说是生命意识的汹涌喷薄。

郭沫若正是在生命意识绝端自由地表达上建立起自己的诗歌美学的。《女神》可谓五四时期狂飙突进的时代精神最典型的标本,是那个时代的骄子。它的决绝与新生的涅槃情结、破坏与创造的呐喊狂吼是在与长期压抑人的生命冲动的社会禁锢对抗时爆发出的一种纵情恣肆的状态和情绪,洋溢着中国新文学在其初期激发出的极端自由、芜杂、放纵的精神气象。这是个性解放的狂欢,当然,在《女神》

---

① 郭沫若:《〈少年维特之烦恼〉序引》,《创造季刊》1卷1期,1922年5月1日。
② 郭沫若致宗白华函,田寿昌、宗白华、郭沫若:《三叶集》,安徽教育出版社2000年版,第42页。

的字里行间,也充盈着对祖国无比眷恋的情绪。闻一多当年是看到这些的,但他仍不满意它的"地方色彩的不足",即在文化选择上诗歌在中国文化身份的模糊。这是一个相当有趣的现象。在这个意义上,《女神》可以说是我们重新反思中国新诗文化身份认定标准的经典文本。

郭沫若对生命哲学的吸纳有其特点。郭沫若在五四文化选择上走的是中西汇通的路子,误读是其显著的标志,在生命哲学的吸纳上也不例外。郭沫若从"歌德"这一浪漫主义的窗口看待柏格森的生命哲学这一特点,已有学者注意到了,[①]更有学者在浪漫主义诗学的范畴内将郭沫若的诗歌本体称之为"情绪的本体论"。[②] 从某种程度上讲,《女神》的生命意识确实停留在情绪的层面上,尽管他因强调情绪的高峰体验和即发性,与生命意识中较为深层的直觉、无意识已挂上了钩,但其诗歌基本的调子仍显得浮泛与明朗。这当然与柏格森生命哲学的精神格调有着极大的差异。在郭沫若理解的柏格森的生命哲学那里,他抓住的是其生命哲学的核心理念"绵延"极端强调生命变动的思想。在柏格森那儿,正是由于生命绝对的变动导致了人生存的无根。柏格森试图在人的主体意志中解决这一寻找人的生存依据的问题。但他的寻找最终被无根的生存意识所淹没,柏格森的生命哲学也因为充满了彻底的悲观和幽暗体验最终滑入到神秘主义的深渊。相比之下,郭沫若的生命体验本身达到的程度,是相当浅表的,他的"生命底文学"在精神气质上和柏格森那种深沉的幽暗和彻底的悲观甚至是南辕北辙的。因为在他看来,"创造生命文学的人只有乐观;一切逆己的境遇乃是储集 Energy 的好机会。Energy 愈充

---

① 王富仁、罗钢:《郭沫若早期的美学观和西方浪漫主义美学》,《中国社会科学》1984 年第
3 期。

② 孙玉石:《郭沫若浪漫主义新诗本体观探论》,《北京大学学报》1993 年第 4 期。

足,精神愈健全,文学愈有生命,愈真、愈善、愈美"。① 值得注意的是,郭沫若在"生命底文学"里注入的这种与柏格森生命哲学相当隔膜的进取乐观的精神取向恰恰与他总结的中国文化之传统精神相沟通,甚至可以说就是异曲同工的表述,这就是"把一切的事业由自我的完成出发"。② 这"自我"非柏格森的"自我",而是中国式的"自我",《女神》的"气"、"势"磅礴有着中国文化的底子。《女神》的巨大艺术感染力有着诸多原因,例如不能排除它与五四时代人们的精神焦虑相契合等等。单就作品本身来看,《女神》具有直击人心的艺术魅力的重要原因,是在其恢宏阔大的空间里,一种"气"和一种"势"流贯其中并相互作用的结果。

先说"气"。《女神》的"气"是一种"大"气、理想主义之气、勃发之气、破坏之气、更生之气。气须有所恃,在《女神》中它大致是以两类意象为依托的。第一类是大海。郭沫若在解释《立在地球边上放号》时曾说:"没有看过海的人或者是没有看过大海的人,读了这首诗的,或者会嫌他过于狂暴。但是与我有同样经验的人,立在那样的海边上的时候,恐怕都要和我这样的狂叫罢,这是海涛的节奏鼓舞了我,不能不这样叫的。"③另一类意象是火以及火的宇宙形象太阳。在这一类意象中还有两个特殊的意象:煤(见《炉中煤》、《无烟煤》)和血。煤是凝聚的、处于燃烧的临界点上的火,血是人自身流动的火,都具有火的势和能,是火这一意象的特称形式。当然,这两类意象常是相互映衬的,比如在《浴海》、《太阳礼赞》、《沙上的脚印》、《新阳关三叠》、《海舟中望日出》等作品中,审美空间的恢宏感就得益于这种火、太阳与大海的交相辉映。在《女神》中,大海、太阳、火都是具有宏大

---

① 郭沫若:《生命底文学》,上海《时事新报·学灯》,1920 年 2 月 23 日。

② 郭沫若:《中国文化之传统精神》,《郭沫若全集·历史编》第 3 卷,人民文学出版社 1982 年 10 月版,第 262 页。

③ 郭沫若:《论节奏》,《郭沫若文集》第 10 卷,人民文学出版社 1959 年 6 月版,第 229 页。

的象征性的意象。在郭沫若的笔下,现代都市同样具有大海的形象:"哦哦,山岳的波涛,瓦屋的波涛","涌着在,涌着在,涌着在呀!"(《笔立山头展望》)火则是生命的涅的象征:"火便是你。/火便是我。/火便是他。火便是火。"(《凤凰涅》)太阳在《女神》中更是具有最为辉煌的人格形象,"他眼光耿耿,不转眼睛地,紧觑着我。/你要叫我跟你同去吗?太阳哟!"(《新阳关三叠》)《女神》携带冲动的激情,张扬着生命形式的运动与变化,高扬生命主体的无限扩张、膨胀的生命欲求,开拓了诗歌的内在空间。《女神》的"气"实际上正是郭沫若在生命哲学里注入他所认同的中国文化之传统精神(尤其是"自我的完成")的结果。

再说"势"。《女神》在郁积着的几乎爆裂的生命冲动的推动下,生命力极度张扬的诉求目标是"我剥我的皮,我食我的肉,我吸我的血"(《天狗》),以求"一切的一,更生了","一的一切,更生了",将生命个体极度扩张从而使有限的个体生命与无限的宇宙和永恒统一起来。对《女神》高度紧张和充满理想主义色彩的精神取向,已有学者从它这种"现代性"的乌托邦色彩提出了质疑:"它无意识地受到某个'神'(历史新纪元)的内在牵引;它感兴趣的也不是无目的的精神壮游,而是明确地向某一既定目标凝聚,以求最终有所皈依……而所谓'紧张'与其说存在于作品内部,不如说存在于偶然在世的个人和即将到来的'历史新纪元'之间。""正是在《女神》式的'现代性'热情中埋藏着新诗后来遭受的毁灭性命运的种子。"①

《女神》式的"现代性"热情中是否埋藏着新诗后来遭受的毁灭性命运的种子,是一个值得深入思考的问题。不过,这种"现代性"热情在《女神》中确实遮蔽着另一种力量,笔者称这种力量为一种"势",因

---

① 唐晓渡:《五四新诗的现代性问题》,《唐晓渡诗学论文集》,中国社会科学出版社2001年版,第25页。

为它是潜隐的但却具有内在的能量,对《女神》整个文本的构成的作用是蓄而待发的。在《女神》中个体生命与宇宙、永恒的关系无非有两种:一是用宇宙的无限来充实和扩张个体生命(如《天狗》);二是个体生命向宇宙与永恒的溶入(如《凤凰涅》)。然而,这两类关系是以首先意识到个体生命和宇宙与永恒之间巨大的分裂感为前提的,都必将隐藏着强大的悲剧性倾向。事实上,我们称之为"势"的这种强大的悲剧性倾向是《女神》的诗歌主题本身就具有的,因为生命的毁灭与新生本身就是互为因果的。

生命的毁灭与新生是自叔本华至柏格森的现代生命哲学至为核心的命题,尽管郭沫若对生命哲学的吸纳还停留在较为肤浅的层次,但生命哲学深渊中漂浮上来的悲剧性气息是《女神》的诗歌主题本身就埋藏下的基因。所以,在辉煌热烈的《太阳礼赞》中,"我"乞求太阳"永远照在我的面前,不使退转",因为"太阳哟!我眼光背开你时,四面都是黑暗!"这是摆脱不掉的恐惧。在《凤凰涅·凤歌》里,"我"以屈原《天问》的方式对宇宙的存在提问,同时又追问"你(指宇宙)的当中为什么又有生命存在?/你到底还是个有生命的交流?/你到底还是个无生命的机械"?天、地、海都无从回答"我"的追问,最后,"我"只能感慨"我们生在这样个世界当中,/只好学着海洋哀哭。"这无疑表明,郭沫若在对生命存在本身的追问已展现出对生命哲学的形而上的思考,伴随着这一思考,生命哲学特有的悲剧性体验的精神基因已经渗入到了《女神》中。

从上文对《女神》中的"气"与"势"的粗略分析中叮以看出,《女神》式的"生命底文学"已经处在现代生命哲学特有的悲剧性精神体验的临界点上。但也仅此而已,就在这一临界点上,郭沫若的脚步停止了。他对生命哲学做出了乐观主义式的接受。这正是郭沫若基于他所认同的中国文化的传统精神所做出的选择。当然,他对中国文化的传统精神所做出的概括已经有着生命哲学渗透的鲜明烙印。由此可见,在郭沫若诗学思想的核心——"生命底文学"与他对中国传统文化精神的理解之间有着内在的关系,可以说他的"生命底文学"有着中国文化精神的鲜明烙印。郭沫若并不纠缠于闻一多意义上的中国新诗的文化身份问题,但他的"生命底文学"在中西文化的交汇状态中不但没有失去中国的血脉,反而是一种突破中的再次确认。《女神》提醒我们,中国新诗的文化选择和文化身份是极为复杂的,面对这种复杂的状况,应该多一份迂回进入的勇气,少些简单的中西文化的标签意识。在反思中国新诗的"现代性"路向时,这份勇气也应是我们的一份精神资源。

虚无与王安忆的小说品质

　　王安忆的小说帝国巍巍乎大哉,文势与语脉的精当之处甚多,明辨精详、开示蕴奥实非易事。笔者拈出"虚无"一词来揣摩其小说品质,这份追(小说)魂摄(小说家)魄的"险恶"动机其实来自她本人的蛊惑。王安忆在评价张爱玲时拉上鲁迅做参照,目光如炬,聚焦点正在于面对"虚无"的分野:"张爱玲的人生观是走在了两个极端之上,一头是现时现刻的具体可感,另一头则是人生奈何的虚无。在此之间,其实还有着漫长的过程,就是现实的理想与争取……当她略一眺望到人生的虚无,便回缩到俗世之中,而终于放过了人生的更宽阔和深厚的蕴含……我更尊敬现实主义的鲁迅,因他是从现实的步骤上,结结实实地走来,所以,他就有了走向虚无的立足点,也有了勇敢。"①本文欲叩问的是,既然有着如此自觉的认识,那"虚无"在王安忆自己那里,是阴影还是方向呢?

一、以实为虚:小说的物化

　　得直接面对王安忆的写作理想。其核心是与"致力于破解生活和世界的谜"的做派作别,沉浸于"创造一个心灵世界,以及这个世界

---

① 王安忆:《世俗的张爱玲》,《王安忆说》,湖南文艺出版社 2003 年版,第 321 页。

与现实世界的奇特关系"。① 与此相应,强调"小说是有科学性的、机械的、物质的部分"。② 因而小说的叙述方式的四个理想是:1. 不要特殊环境特殊人物,2. 不要材料太多,3. 不要语言的风格化,4. 不要独特性。③ 与此相关的关怀包括写作的职业化(突破经验的有限性)、生活材料的变形(实与虚)、虚构故事的技巧(动机与逻辑)等等。一言以蔽之:以实(材料)为虚(虚构):小说的物化。

这决非仅是一种小说写作技术上的招式展示,更像是有着特定趣味和祈向的小说现象学。事关原则问题,一些批评的老手马上嗅到了其中的"转变",更有激动的学人祭起"道德感"的利剑,援引马尔库塞的批判理论亦或萨特的介入思想,伤心、愤怒于王安忆的固执,致远恐泥之虞的提醒可谓情真意切。笔者无意加入讨论,只是想指出,王安忆持守的这四个理想本身并不排斥强烈的道德感。君不见"子绝四——毋意,毋必,毋固,毋我"(《论语·子罕》)不恰恰是孔夫子成圣的标示吗?作为一个小说家,王安忆无论在趣味还是技术上都有着浓郁的道德感,且是偏爱古典气质的那种,某些聒噪的批评除去激烈岂有他哉?这其中的隔膜实在有点黑色幽默的味道。就说讲故事的技术吧,她那"以实为虚"的作风绝对称得上老实巴交,你何曾见过她讲过类似黑色幽默的故事,就连《遍地枭雄》这样书写江湖儿女的故事都写得结结实实。她那异常强调按照生活本身的逻辑来推动情节的做法显得笨拙有余,虚灵不足,倒是事实。《纪实与虚构》中对"茹"家这一母系家族追溯的写法可谓这一老实劲的最好代表。《叔叔的故事》大概是她仅有的想做些黑色幽默感的叙述尝试,但总觉得别扭,最后也只得以温情包裹了反讽。

当下写小说的,说起德行,大概就像西天取经路上唐三藏的三个

---

① 王安忆:《重建象牙塔》,上海远东出版社 1997 年版,第 177 页。
② 王安忆:《漂泊的语言·小说的物质部分》,作家出版社 1996 年版,第 339 页。
③ 王安忆:《漂泊的语言·我的小说观》,作家出版社 1996 年版,第 330—332 页。

徒弟,要么虚灵如悟空、要么食色性也如八戒,要么刚毅木讷如沙悟净。王安忆的叙述自然也有机灵的一面,《发廊情话》就讲得沉静而机智,也曾有对食色性也的涉猎,"三恋"(《荒山之恋》、《小城之恋》和《锦绣谷之恋》)等也有令人血脉贲张的情绪,但更多时候,她更像一个挑担子的沙悟净,那叫小说的担子里道德气和承载都太重。笔者倒觉得王安忆应多些悟空与八戒的气质,正如她所说:"二十世纪的作家,总是难以走出影射、象征式的描绘,我们实在被现实缠绕得太紧了。"①在这个意义上,笔者认定《小鲍庄》就是个青涩的败笔。它试图启用童心来洗涤沉甸甸的"小鲍庄"的千年尘垢,这显得过于实诚。试比较一下,同样是启用童心来抚慰"文革"后人们的创伤,汪曾祺的《受戒》就虚灵得多,当然这虚灵里自然也隐匿了士大夫的狡猾,因为刻意的审美化必然模糊道德的界限,沦为轻飘飘的虚境。《小鲍庄》的实诚还在于,王安忆把自己对童心("捞渣"的仁义)到底有多大作用的疑虑甚至幻灭也都真切地写了出来。"小鲍庄"里形形色色的人们在捞渣之死中都捞到了好处,这肯定是不道德的。王安忆把自己这样的写法归为"反讽",对人们没有看到自己的良苦用心感到委屈。②

　　这其实不是反讽,这是"道德感"逼视下的真诚,沉重而不快乐怎么能叫反讽呢?反讽是什么?反讽有反省、质疑之意不假,但其核心却是立于虚无的深渊对实有世界的善意戏谑,必然伴随着快乐的气息。正像尼采说悲剧是酒神精神与日神精神的融合一样,反讽是"虚无"与"实有"的一次邂逅,轻捷而有快意,就像苏格拉底那样,从"我只知道我一无所知"(知识上的"无")出发,追着问饱学或一知半解之士(知识上的"有"),直到他们哑口无言或气急败坏,让围观的人忍俊

---

①　王安忆:《小说家的十三堂课》,上海文艺出版社、文汇出版社2005年版,第16页。
②　王安忆:《从现实人生的体验到叙述策略的转型》,《王安忆说》,湖南文艺出版社2003年版,第31页。

不禁。《叔叔的故事》也许是最有可能接纳反讽的,因为"我"这一代的"虚无"想要戏谑"叔叔""实有"的生命历程,但很遗憾,王安忆似乎非常警惕戏谑的杀伤力,其结果只能是"温情包裹了反讽"。《香港的情与爱》也可作如是观。笔者担心这种"道德感"的逼视太重,以至于王安忆的小说令人每有密不通风的紧张与压抑,譬如《流水十三章》、《启蒙时代》等均是这样。《上种红菱下种藕》其实也有浓重的道德味,虽然小说是以一个孩子的眼光扫描世界的,已经稀释了不少。

夸张地说,反讽的稀薄其实是王安忆小说的内伤,这才是她"以实为虚:小说的物化"的要紧处。王安忆认为:"在二十世纪开始之前和开始之初,艺术家是下苦力下死力的,而不是技巧性的。"①所以,在她看来,"成为一个小说家"就必须比拼内力——"虚构"。② 问题是,虚构其实也存在着至少"以实为虚"与"以虚为实"的生存论差异,即使同样"以实为虚",比拼内力也绝非神色凝重这样一种表情。

以王安忆尊敬的鲁迅为例,王安忆看到的更多的是他结实的一面。鲁迅其实也有"于一切眼中看见无所有"、"于无所希望中得救"的一面(《野草·墓碣文》),这肯定是"以虚为实"。他对希望的体验更是"以虚为实"的:"希望,希望,用这希望的盾,抗拒那空虚中的暗夜的袭来,虽然盾后面也依然是空虚中的暗夜。"(《野草·希望》)最准确的说法也许是,他是"终于彷徨与明暗之间"的影子而已。(《野草·影的告别》)即便鲁迅那些深具现实批判精神的"以实为虚"的作品,其实并不拒绝"致力于破解生活和世界的谜"的,同样也致力于"创造一个心灵世界,以及这个世界与现实世界的奇特关系"。以《阿Q正传》为例,"致力于破解生活和世界的谜"是异常清晰的,谜底即精神胜利法,它"心灵世界"与"现实世界的奇特关系"更值得留意。

---

① 王安忆:《小说家的十三堂课》,上海文艺出版社、文汇出版社2005年版,第165页。
② 王安忆:《小说家的十三堂课》,上海文艺出版社、文汇出版社2005年版,第165页。

马蹄集

这个关系可以简约表述为：我们在"现实世界"阅读《阿Q正传》，当根据"现实世界"的作为理直气壮地判定自己根本无阿Q的半点特征的那一刻，其实我们有的恰恰是一副阿Q的嘴脸；与此相反，当我们羞愧难当地认定自己在生活中就是一阿Q的那一刻，其实阿Q已经悄然从人身上隐退。唯有这种关系才是一种"奇特关系"，它的实质就是"反讽"，"无"与"有"的善意游戏，泪与笑的深情拥抱。王安忆的小说帝国里，又有多少这样的"奇怪关系"呢？

小说的物化，绝非仅仅攫取材料以虚构如此简单，庄子的"庄周梦蝶"可视为关于"心灵世界"与"现实世界的奇特关系"的绝好说明，字数不多不妨一引："昔者庄周梦为蝴蝶，栩栩然蝴蝶也，自喻适志与！不知周也。俄然觉，则蘧蘧然周也。不知周之梦为蝴蝶与，蝴蝶之梦为周与？周与蝴蝶，则必有分矣。此之谓物化。"（《庄子·齐物论》）庄周可看作是一位像王安忆那样的小说家，他在自己的梦境——"心灵世界"无比的欢愉，在此"心灵世界"里，其实是无所谓材料与虚构的，正像我们无须辨别王安忆的《纪实与虚构》里纪实与虚构各占几成一样，在此意义上偷窥式的作家心理分析或传记研究显得多么愚蠢。可怕的是——"俄然觉"，对于小说家来说，"心灵世界"的完成意味着它终究会滑落为面对读者的话语的集置，一本小说而已，它还得回到"现实世界"。小说家与其"心灵世界"，多么像一次"有"（人生经验）与"无"（虚构）的邂逅，虽依依不舍也必须分离，"必有分矣"——必有界限。"此之谓物化"，此之谓"有"与"无"的善意游戏，此之谓"反讽"。

笔者注意到，王安忆的写作理想，着眼处更多的是材料变成虚构的孤独旅程，"虽千万人我吾往矣"，几乎不愿给俗世的芸芸众生回眸一笑，更刻意不被芜杂的现实语言所污染（譬如王朔、王小波），充满了文学修女式的坚贞。如此凝重，怎有"反讽"之机会！睿智的小说家卡尔维诺谈及未来文学的品质，提出的关键词是轻逸、迅速、确切、

易见、繁复,他暗示一个作家最好具备这些美好品质的全部。① 这其
实大可不必,但这些关键词作为讨论王安忆小说的参照倒不失为一
种善意的提醒。

二、有无相生:小说的品质

说到小说的品质,这是相对主义这只怪兽肆虐的地方。小说家
的品质偏好,其实是自己与小说的私人性契约。当然,这份私人性并
不纯粹,得受某种社会共识的规训。譬如中国古代对小说的共识就
很不厚道:"小说家者流,盖出于稗官,街谈巷语,道听途说者之所造
也。"(《汉书·艺文志》)孔门十哲中的子夏以"文学"见长,说话稍客
气些,"虽小道,必有可观者焉。"但也赶紧打住,落脚点仍是"致远恐
泥,是以君子不为也"(《论语·子张》)。从子夏的紧张可以看出,"小
道"是可以伤害君子品质的。由此可知,小说的品质其实即是小说家
的品质无疑。

王安忆偏爱怎样的小说品质呢? 她礼赞鲁迅时说:"先生颂扬
的,是'如广大的黑土的化身,有时简直显得笨重……'这样沉重与深
刻的品质。这品质的由来其实是一个义务,担当着人类的不平,苦
痛,开凿未来。"②这其实是她的夫子自道,小说在王安忆这里,绝非
"道听而途说,德之弃也"(《论语·阳货》),也并非昆德拉那样视小说
为勘探"未知的存在"的"发现之旅",极尽卖弄玄思之能事。③ 在王安
忆这里,小说的品质和担当、苦痛、劳作以及精神的光芒有关,这是一
份沉甸甸的小说契约,几乎有了信仰的味道。

笔者想"切问"的是,为什么是"小说"而非诗歌或戏剧成为了这

① 卡尔维诺:《未来千年文学备忘录》,杨德友译,辽宁教育出版社 1997 年版,第 11、32、
  50、87 页。
② 王安忆:《永不庸俗》,见《王安忆说》,湖南文艺出版社 2003 年版,第 327 页。
③ 米兰·昆德拉:《小说的艺术》,董强译,上海译文出版社 2004 年版。

信仰的容器？王安忆也许会回应道："小说是一个虚无的存在，但它利用的是对这世界的相似性，这是通往人们的理解与同情的桥梁。所以，对这个世界认识的真实性就是我们创造的基础。而认识世界的主体——我，首先必须真实。"①取足于己又空诸依傍的小说成为了由"有"走向"无"的桥梁，精神世界的"掩体"，在其中有无相生、广博精微。但问题依旧，为什么是小说而非其他？小说与诗歌、戏剧有着怎样的品质差异？

　　这种文类间的品质差异恐怕是生存性的。选择小说而非其他作为信仰的容器，小说家需要从本能走向自觉。人类最本原的生存事实是人是必死的，希腊的诗哲们说人时常加个定语"必死的"。由此，人生命的存在首先是时间的存在。"人的时中之在有现在、过去、未来三维，故文类有抒情、叙事、戏剧三种，分别言说人的现在之在——我是谁、过去之在——我从哪里来、未来之在——我往何处去，并分别为情感—听的文学、理智—看的文学、意志—信的文学。"②这里所说的文类是在生存性的差异上讲的，不可混淆于诗歌、散文、小说、戏剧、报告文学等的分门别类，当然，抒情的文类以诗歌为代表，故事（古典）与小说（现代）即叙事，再加上戏剧，这其实代表着人在世的三种言述品质：情感主义的、逻辑主义的、唯信主义的。小说家王安忆制作的显然就是"理智—看的文学"，具有"逻辑主义"的言述品质是毫不奇怪的。她经营编故事的各种技法、强调逻辑即小说的想象力，可以说是一个小说家的本分。即使她的小说中有着古典的道德感也不为过。克尔凯郭尔把人的生存境界分为三个阶段：审美（感性）、道德、宗教。略做对照就可发现，抒情的诗歌对应着感性的审美，叙事的小说对应的正是道德的世界。小说的世界就是个时间流逝的世

---

① 王安忆：《充满梦幻的年代》，《王安忆说》，湖南文艺出版社 2003 年版，第 315 页。
② 参见刘光耀：《诗学与时间》一书内容提要，上海三联书店、华东师范大学出版社 2005 年版。

界、逻辑主义(理性)的世界,"大道废仁义出"的道德世界,它的独特性正在于它是世俗与虚无亲近的掩体。王安忆说:"我的工作是,极力攫取现实中的可能性来加以发扬光大。这也是一种真正失望之后的权宜之计。"①其实是不必失望的,小说家的工作也并非"权宜之计",她理当如此:"我觉得从此我的生命要走一个逆行的路线,就是说,它曾经从现实的世界出发,走进一个虚妄的世界,今后,它将从虚妄的世界出发,走进一个现实的世界。"②在小说的世界里,世俗与虚无既亲近又疏离,"有无相生"的参差多态才是其本色。

王安忆几乎没有诗作,这是否能说明她存在着与抒情类的"情感—听的文学"的隔膜,笔者不敢妄评。笔者注意到,她对散文的看法倒是饶有意味。她强调的是散文要将情感裸呈于文字与现实面前,没有任何凭依,赤手空拳。③ 其实诗歌所代表的抒情文类,也有这个问题,诗歌的实质在于个体立于某一特定的瞬间,欲求一段孤独的对话,当然这对话的另一方一定是神圣的,天、地、神、自我、伊人等。诗歌的节奏感、音乐感,其实就是为了给这次对话造就一个封闭的空间,屏蔽世俗的侵入。王安忆认为诗歌和小说一样,也有虚构性。笔者以为这虚构却是为了精神的裸露,和散文有亲近之处,它和小说世界里世俗与虚无"有无相生"的景象判然不类。

王安忆对小说品质的认识异常精准,还兼顾操作性,譬如:"爱情真是个好东西,它可将人互相契入得那么透彻,从而建立起深刻的关系。它推动结合的力量和手段,是无可比拟的。它还富有可操作性,也是无可比拟的。我想,命运和欲念是其中的两大法宝。"④"命运"就是居于未来的"有",它对于现在的我来说看上去只能呈现为"无",但

---

① 王安忆:《纪实与虚构》,人民文学出版社 2009 年版,第 371 页。
② 王安忆:《乌托邦诗篇》,《陆地上的漂流瓶》,中国盲文出版社 2008 年版,第 316 页。
③ 王安忆:《情感的生命——我看散文》,见《王安忆读书笔记》,新星出版社 2007 年版,第 221—240 页。
④ 王安忆:《纪实与虚构》,人民文学出版社 2009 年版,第 305 页。

对这"无"的期望或拒绝使人丧失了童心,这是真正的"有无相生";欲念呢,"欲念的联络决不都是深刻的联结,但我断定,最深刻的联结必须要通过欲念来抵达"。① 无论多么深刻的"无",都必须与欲望这个感性的"有"相亲近,这就是"有无相生"的小说律令。

三、知白守黑:小说家的位置

小说作为叙述文类,其实划定了小说家的位置。所谓"不在其位,不谋其政",我们动辄以中国文化的守夜人或解毒剂的超高标准将小说家拔苗助长,只能落个"迥回其辞,使昏然也"的郁郁寡欢。《道德经》有"知其白,守其黑,为天下式",笔者以为"知白守黑"可做小说家的护身符。这里所说的小说家,就是指王安忆这样将小说本身作为信仰的人,不是指鲁迅、昆德拉那样的,他们属于那种从小说世界攫取出来就再也还不回去的一类。

"知白守黑",就是得承认抒情、叙事、戏剧这三种文类有着生存性的差异,小说家就是从个人性情上亲近叙事的一类人,这叫小说的精神类型学。诗歌与神圣孤独对话,戏剧多操演命运与未来,惟有小说无可逃遁,只能在世俗与虚无交接的地方辗转腾挪。相对于诗歌、戏剧的神圣与高尚,小说就是灰色地带的"黑"。"成为小说家"只能"知白守黑"。"成为小说家"同样困难重重,需要野心、敏锐、逻辑,更需要忍耐,在文字的操练中"守静笃而致虚极",禁止与引诱之处若存若亡,如我等外行得其涯略已吃尽苦头,更何况如王安忆这样奋不顾身的虚构者。

"知白守黑",在虚构的操作上就是要留给"黑"色的情绪以适当的空间,这恐怕是现代小说的宿命。王安忆说:"如果说,古典主义的作家是在地平线上空创造辉煌境界,现代主义作家则转了个向,在地

---

① 王安忆:《纪实与虚构》,人民文学出版社 2009 年版,第 295 页。

平线下方开拓黑暗的深渊。我们很难指望他们给我们提供一些更美好的图画。"①"开拓黑暗的深渊"是王安忆不擅长的,她要虚构的是有着圣光照耀的古典景象。她像《酒徒》里那个酒可散但魂不可散的酒徒一样,有着坚硬的底线,只喝到温润的微醺,决不探底。

看起来,王安忆持守的立场是:"知黑守白",以古典的澄明来对抗现代的黑暗。她已经走到小说古今之争的核心地带,并且立场坚定,大有挟 19 世纪以前文学整体的高古来鄙视 20 世纪文学在整体龟裂后的穷凶极恶。这自然有她的深刻处。但笔者想提醒的是,没有虚无映衬的现代古典,更像是一个仿造的古董。有虚无映照的古典,譬如《红楼梦》才真是高尚、审慎与悲悯的结晶,才不会导致中国人精神信仰的重建问题在文字的世界里失去应有的重量。在这个意义上,古典与虚无并不矛盾,这是更高境界的"有无相生",需要更高境地的"知白守黑",自然如此的境地怕是要推开小说的界桩了。无从得知王安忆岂有意乎?若存立意较然,不欺其志的雄心壮志,笔者惟有敬佩与祝福! 如此则中国当代文学幸甚!

---

① 王安忆:《小说家的十三堂课》,上海文艺出版社、文汇出版社 2005 年版,第 205 页。

乡土哲学的价值偏爱及其现代性焦虑：路遥的文学遗产

对人生创伤和屈辱感的刻骨铭心，对身处困厄处境时生存意志的砥砺，对青春的过失和迷茫的兄长一般的宽容，对黄土地的炽热眷恋，这一切都是路遥给予人们的长久的感动。阅读路遥作品的情感投射，有着路遥作品本身的因素，但更应引起人们注意的是，或许是它唤起了当代复杂的社会心理结构中人们的某种情感诉求。

一、路遥研究的问题

全部路遥研究需要回答的核心问题，借用朱德发先生的话，就是："路遥是位主流作家，其作品以主旋律为基调，但却消解了概念化、理念化的通病，这里的主要窍门是什么？"①这一看似朴素的问题至少牵涉到：路遥的写作理想与整个国家的意识形态（其核心是党的政党伦理）有着怎样的内在契合，这种契合是否有着更为复杂和潜隐的背景；他对其文学精神之父柳青的继承和认同是否能在这种背景下得到审视；是否乡土文学本身就存在着与主流意识形态内在的契合性。自然，我们也不能忽略来自读者一方的社会心理学的分析。事实上，路遥对青春的过失、迷茫和悲剧的"巨大的同情"和"兄长般

---

① 见张丽丽：《路遥研究的新祝获：宗元〈路遥论〉研讨会纪要》，《徐州教育学院学报》2001年第 1 期。

的宽容态度"①,对被侮辱与被损害的社会底层奋斗者精神尊严的捍卫,都成为了当代青年人尤其是社会底层的青年人在成长的心路历程中对人生问题思索时的重要精神资源。

关于路遥研究的大致情况,已有研究者作了认真的梳理工作,②但笔者无法同意路遥研究逐渐深入的结论,尽管形式上研究的系统化进程是明显的。事实上,路遥研究不仅仍局限于陕西、甘肃、山东等少数几个地域,而且就已有的研究成果来讲,也陷入了重复的尴尬境地。尤其是,就整个研究的问题意识来讲,并没有从根本上超越李星于1987年《平凡的世界》(第一部)发表之后所写的《无法回避的选择》一文所创制的问题视阈。③《无法回避的选择》一文至少在以下方面作出了深入的探讨:《平凡的世界》的"诗的血肉"与"史的骨架"的整体结构,路遥作品中的道德承诺及其潜在的人生信仰,从《人生》到《平凡的世界》的变化,现实主义创作方法的选择及其突破,地域文化以及童年经历对路遥创作心理的深刻影响,路遥对柳青文学遗产的继承与超越,路遥作品中的悲喜剧的交织与转换等。该文对路遥的人生哲学作出了精辟的概括:"《平凡的世界》对现实关系中各式各样的人的理解,体现为一种包容万象的人生哲学。这种人生哲学的突出表现是:理解各种人的存在、生活方式的价值和意义"。④ 李星认为"将农村一代又一代人生活的悲哀和辛酸,同农村家庭生活、人伦关系的温暖情愫,溶解于人的经济、政治关系中,让严酷的人生氤氲着温馨的人情味是《平凡的世界》成熟的人生态度的又一表现",⑤这

---

① 路遥:《路遥全集》第2卷,陕西人民出版社1993年版,第422页。
② 梁向阳:《路遥研究述评》,《延安大学学报》2003年第2期。
③ 李星:《无法回避的选择:从〈人生〉到〈平凡的世界〉》,《山花》1987年第3期。
④ 李星:《无法回避的选择:从〈人生〉到〈平凡的世界〉》,《山花》1987年第3期。
⑤ 李星:《无法回避的选择:从〈人生〉到〈平凡的世界〉》,《山花》1987年第3期。

一精彩论断为后来者不断地抄袭(而非引述)。① 这一行径对于视劳动的创造性为生命价值所在的路遥来说,无疑是极大的亵渎。李文在研究方法上已经突破整个 1980 年代普遍存在的狭隘的文学反映论的分析框架,将路遥研究置放于路遥与乡土生存的人生哲学之间的关系这一高度。路遥对乡土人生哲学的态度也被李星准确地把握,由此引发的创作上的许多特点都得到较为准确的描述。不过,李文对于路遥那种对乡土人生哲学的价值偏爱的透视,仍局限于一种传统道德与现代文明之间二律悖反的问题意识中,当然这也正是路遥本人提出的"交叉地带"这一概念的意旨所在。正如路遥所说:"当历史要求我们拔腿走向新生活的彼岸时,我们对生活过的'老土地'是珍惜地告别还是无情地斩断? 这是俄罗斯作家拉斯普京的命题,也是我的命题。""我迄今为止的全部小说,也许都可以包含在这一大主题之中。"②这种传统与现代二律悖反的问题意识曾给路遥以极大的成功,但同时又正是路遥创作的局限所在,也是路遥研究急需突破的临界点,因为,"当代社会的文化危机和道德危机已经不能简单地视为中国传统的衰败(因而有人反过来说这些问题是传统的失落的结果),因为许多问题恰恰产生于现代化的过程中",③所以,在一种更为复杂的现代性视野内分析路遥的创作,应成为我们的选择。

二、乡土文学的价值偏爱

我们从把路遥作品作为"乡土文学"的研究说起。路遥对黄土地的生存哲学有着深刻的体认和十分动人的描写。他借孙少平的"深刻认识"写到:"这黄土地上养育出来的人,尽管穿戴土俗,文化粗浅,

---

① 这一结论来自于笔者撰写此文时对中国期刊网自 1994 年到 2003 年所发表的有关论文内容的甄别。
② 路遥:《路遥全集》第 2 卷,陕西人民出版社 1993 年版,第 66 页。
③ 汪晖:《死火重温》,人民文学出版社 2000 年版,第 46 页。

但精人能人如同天上的星星一般稠密。在这个世界里,自有另一种复杂,别一种智慧,另一种哲学的深奥,另一种行为的伟大!"①这其中对乡土的眷恋和认同的价值偏爱是明显的。值得注意的是,在这方面的研究上历来存在着一个过与不及的怪圈。一方面,如果没有对乡村生活的深刻体验(对生活的体验是路遥异常强调的),研究者知识演绎的唯一结果只能是暴露出对路遥艺术世界的隔膜与指责。另一方面,深切的乡土体验又使研究者难以挣脱对路遥价值偏爱取向的认同,从而使路遥研究变成了其思想的转述而非审视。有研究者似乎意识到了局限于乡土与城市的对峙思路上难以摆脱这一研究困境,从而试图弱化路遥作品的乡土性,转而开掘其作品的心理、生命体验内涵以及相关的童年经历对于创作的影响等问题。② 实际上,面对路遥对土地的价值偏爱,在 1980 年代就有研究者以清醒的理性提出了有相当力度的质疑:"但问题是千百年来究竟是土地养活了'我们',还是'我们'开辟了并耕种着土地呢?"③不过,这种质疑既是有力的,又是无效的,因为它仍没有切入到前述路遥研究的核心问题本身。

对这一问题的探讨必须有一个乡土文学的价值论背景,这需要我们回溯到乡土文学的发生语境中。中国乡土文学的发生自鲁迅起,着眼点强调的是对乡土中国的国民性批判与改造,这表明乡土文学一开始就是实现整个中国现代性意识建构的一部分。但问题的复杂性在于:"现代中国思想的价值偏爱结构受民族及其精神文化理念的生存性比较支配。由于西方列国的殖民拓展,不仅传统的中华帝国(所谓'天朝')的政治统治面临着危机,而且传统的精神价值理念

---

① 路遥:《路遥文集》第 3 卷,陕西人民出版社 1993 年版,第 199 页。
② 刘新生:《对一种现实主义的重新解读——路遥小说创作新论》,《山东社会科学》1999 年第 1 期。
③ 李劼:《高加林论》,《当代作家评论》1985 年第 1 期。

和制度理念的正当性亦遭到质疑……中国何以能富强,中国文化精神和政教制度何以能继续生存,是在与西方的社会制度和文化理念的民族性生存比较中提出的关涉中国之生死存亡的问题,它成为现代汉语思想的基本语境。"①这一基本语境规定着鲁迅对于乡土文学,不仅有着"人"的尺度,更有着浓厚的民族国家意识上的焦虑。正像我们看到的那样,鲁迅在其乡土小说中一方面"哀其不幸,怒其不争",另一方面也为乡土中国的生存哲学对知识者启蒙立场的反驳留下了空间。很明显,弥散在这一空间内的,除了知识者对乡土子民的人道主义同情外,更有着强烈的民族精神更新上的焦虑。可以说,乡土文学里的民族国家意识在鲁迅这里是以激烈的批判的形式(反题)提出的。实际上,在中国现代乡土文学的发展历程中,这一问题更多的是以正题的形式出现的。这就是茅盾提出的乡土文学要写出乡土生存哲学的提倡。茅盾于1936年就提出:"我以为单有了特殊的风土人情的描写,只不过像看一幅异域的图画,虽能引起我们的惊异,然而给我们的,只是好奇心的餍足。因此,在特殊的风土人情而外,应当还有普遍性的与我们共同的对于运命的挣扎。一个只具有游历的眼光的作者,往往只能给我们以前者,必须是一个具有一定世界观与人生观的作者方能把后者作为主要的一点而给与了我们。"②茅盾关于乡土文学的以上看法成为继鲁迅之后最为经典的论断,它反映了乡土文学最内在的价值诉求。在这个意识上,有的学者主张的将"地方色彩"和"风土画面"认定为乡土文学的主要标尺的看法恰恰有可能遮蔽了乡土文学深刻的价值论背景。③ 路遥研究作为"乡土文学"研究的过与不及,乃至整个乡土文学研究的困境,正是根植于这种民族国家意识建构中的现代性焦虑。

① 刘小枫:《现代性社会理论绪论》,上海三联书店1998年版,第381页。
② 茅盾:《关于乡土文学》,《茅盾全集》第21卷,人民文学出版社1991年版,第89页。
③ 李星:《无法回避的选择——从〈人生〉到〈平凡的世界〉》,《山花》1987年第3期。

路遥的写作理想与整个国家的意识形态(其核心是党的政党伦理)之间内在契合的奥秘也正在这里。党的政党伦理的价值偏爱同样是在现代中国的民族国家意识的建构过程中形成的。这一过程就是"要通过有效地将社会组织到国家目标中,使落后的中国凝聚成一个统一的力量来完成民族主义的任务"。① 很明显,党的政党伦理以及建国后以此为核心的国家意识形态的建制都受制于民族国家之间进行生存比较的国际竞争环境。在这个意义上,民族主义的价值偏爱才是建国后乡土文学繁兴的内在原因,整个乡土文学也成为了寄寓民族主义情绪的重要场域。当然,仅从乡土文学与党的政党伦理所内蕴的民族国家意识认同上的焦虑来探究其中的内在契合还是不够的。我们需要深究的是,一直到今天乡土文学中的那种乡村/城市的二元对立结构(或"交叉地带")与民族国家意识建构中的中/西之间对峙的同构性。从读者接受的角度讲,在一种城乡二元的等级结构并没有发生根本性改变的社会现实下,路遥作品缓解了正在挣扎着的当代"高加林"们在遭到城市排斥时的身份认同危机;而对于已经成功的当代"高加林"们来讲,在对城市市民身份认同的急切欲求中,由于城市文明本身存在的问题,乡土又会以温暖的回忆和怀旧状态带给他们心灵的安慰。这种心理机制和中国民族国家意识建构过程中中国人在面对西方文明、振荡于传统与现代之间的心态何其相似。

三、眷恋与怨恨

党的政党伦理和国家意识形态的价值偏爱并不能掩盖自近代以来中国社会结构的冲突和社会阶层之间怨恨的积累。"从现代社会理论看,'文革'事件作为怨恨的爆发,是社会主义民主国家的社会实

---

① 汪晖:《死火重温》,人民文学出版社 2000 年版,第 49 页。

在内部结构性冲突的结果。"①路遥他们这一代人正是在置身于其中的人生体验中成长起来的。"这一代人大致都出生于50、60年代的农村，在困难时期度过了童年、少年时代，而恰巧又在动乱结束、经济复苏的70、80年代之交赶上了人生的青年阶段。置身于城市文明与农村文明的"交叉地带"，他们强烈渴望摆脱农民屈贱的生活地位及其困顿的生活处境，但既无'平反'之殊遇，又无'返城'之资格，他们不得不和社会发生实力殊绝的直接冲突并注定要承受难以摆脱的人生悲剧。"②但问题是，随着这一切作为最刻骨铭心的生活经历的结束，如何面对故乡成为一个新的问题。受制于当时主流伦理价值偏爱的当代乡土小说，也正因为对社会结构的冲突和社会阶层之间怨恨的掩盖和扭曲，遭到人们深刻的质疑。这种质疑已经波及到写作的方方面面，意识形态规训过甚的"现实主义创作方法"当然也难逃此劫。在这种情况下，路遥创作《平凡的世界》时对当时现代主义意识觉醒的警惕和选择现实主义创作方法的悲壮也许正是一个文学时代结束的悲剧性标志。这种悲壮的阴影迄今为止仍然笼罩着路遥研究，使其呈现出浓郁的"怀念"意味。路遥以全部的生命投入到《平凡的世界》的创作中的做法对人们的心灵冲击是巨大的。这种献祭式的写作方式，成为对当下文学的乱象纷呈感到不满的一些研究者自然而然的怀念对象，在走向路遥艺术世界的路途中他们携带了不可遏制的指责和愤慨。在一篇有关路遥研究著作的书评的开头，作者写到："如今的文坛真让人觉得有些喧嚣而无聊，'一点正经也没有'的胡写乱说让人深深感到'什么都无所谓'了……但在这时我们情不自禁地想起了路遥——这位真正将文学当成'事业'来干的'愚人'。

---

① 刘小枫：《现代性社会理论绪论》，上海三联书店1998年版，第402页。
② 张均：《沉沦与救赎：无根的一代：重读莫言、刘震云》，《小说评论》1997年第1期。

然而正是这样的愚人，却可以让我们由衷地为他对文学的献身而'感动'。"①这种以"怀念"语气开头，甚至以这种怀念情绪推动整个研究思路的路遥研究论文可以说屡见不鲜。路遥的写作理想及其现实主义创造方法在什么意义上能成为审视当下文坛的重要参照（而非标准），这需要我们相当审慎地回答。有学者从具体的"自我奋斗"的主题和"对故事和情节的重视"来说明路遥的创作对于当下文学的某些不足所具有的参照意义，说服力似乎有些单薄。② 李建军在"为纪念路遥逝世十周年而作"的题为《文学写作的诸问题》一文真正触及到了在当下文学的多元格局中如何审视路遥的写作理想及其方式的问题。③ 然而遗憾的是，尽管该文也提及路遥的不足之处（"道德叙事大于历史叙事"、"激情多于思想"、"宽容的同情多于无情的批判"等），但他立于"站在路遥这边"的先验立场划分出了泾渭分明的路遥的"正路"与当下文学创作中的"歧途"。把路遥的写作膨胀成为某种写作的标准和"正路"的做法，只是人们在对当下文坛手足无措的焦虑而已，它滋生起的是对别的写作方式的怨恨，这种道德义愤的高涨也许会掩盖真正需要探悉的问题。

事实上，当时现代主义意识的觉醒，契合了一代人在对待故乡的心理上出现的复杂变化。1990 年代乡土小说"多元与无序的格局"的形成莫不与这种心理的变化有关。④ 这一切并不像路遥愤慨的已经失去了对生活的严肃和热爱。这些复杂的心理变化同样来自于和路遥有着相似的乡村生活经历的心灵所遭受的创伤与屈辱。不过他们

---

① 李继凯：《一次漫长的心灵叶话：评宗元〈魂断人生——路遥论〉》，《小说评论》2000 年第 5 期。

② 熊修雨：《穿过云层的阳光：论路遥及其创作时中国当代文学的反思》，《学术探索》2003 年 3 月。

③ 李建军：《文学写作的诸问题：为纪念路遥逝世十周年而作》，《南方文坛》2002 年第 6 期。

④ 丁帆：《乡土小说的多元与无序格局》，《文学的玄览》，北京出版社 1998 年版。

不再领受《人生》中德顺老汉的那种教诲，他们也不愿做高加林式的愧疚，这些同样是土地之子的作家对故乡表现出前所未有的反叛、调侃、揶揄、冷漠和怨恨。莫言就曾借一农村青年的口诅咒："我不赞美土地，谁赞美土地谁就是我的不共戴天的仇敌；我厌恶绿色，谁歌颂绿色谁就是杀人不留血痕的屠棍。"(《欢乐》)类似的情绪在其他作家那里也不绝于耳。例如在刘震云那里，他觉得故乡"没有任何让人心情兴奋的地方"。① 有这种切齿的怨恨和冰凉的冷漠的强烈对比，路遥对乡土的眷恋和皈依显得更为触目。对于从小就咀嚼了生活的贫困、创伤、屈辱，并亲自参与体现出社会阶层之间的冲突与怨恨总爆发的"文革"中的文攻武斗的路遥来说，他的宽容来自于那里？他寻求道德上的温暖的做法是否同样有着深层的"怨恨"动机？

四、创伤与尊严

这里笔者需要先交代一下以"怨恨"为切入点分析路遥作品的必要知识背景。"嫉妒或怨恨本是一种人性的心理情感，在中西方古代思想家那里均可找到关注妒忌或怨恨的言论。但是，现代社会理论关注嫉妒或怨恨现象，是与现代性问题勾连在一起的。"② 对怨恨问题做出详尽的辩识不是本文的任务，只是借用对于怨恨的如下理解："怨恨心态的现象学描述当为比较者在生存性比较时感到自惭形秽，又无能力采取任何积极行动去获取被比较者的价值，被比较者的存在对他形成一种生存性压抑。"③ 在生存论意旨上，"怨恨涉及到生存性的伤害，生存性的隐忍和生存性的无能感，因此，怨恨心态在本质上是一种生存性伦理的情绪"④。"如果说，怨恨心态在个体上定位于

---

① 刘震云：《整体的故乡与故乡的具体》，《文艺争鸣》1992年第1期。
② 刘小枫：《现代性社会理论绪论》，上海三联书店1998年版，第353页。
③ 刘小枫：《现代性社会理论绪论》，上海三联书店1998年版，第363页。
④ 刘小枫：《现代性社会理论绪论》，上海三联书店1998年版，第362页。

资质、禀赋等个体性的存在价值比较,在社会上则定位于社会角色、身份、地位、与社会政制结构和文化理念体系的关系"。① 在这个意义上,"怨恨之源关涉到一种种在体性的把自身与他者加以比较的社会化心理结构"。② 当一种社会心理结构相对稳定并压制生存性价值的比较时,怨恨的积累相对缓慢,而当社会结构处于急剧变动,阶层发生重构时,生存性价值的比较自然被激发起来,怨恨的积累就会急剧膨胀。不难看出,1980 年代后期乡土小说中出现的对故乡的反叛、调侃、揶揄、冷漠和仇恨的情绪正是这种怨恨积累急剧膨胀的结果。回头再看路遥的创作。从反映的生活上看,路遥主要着力于城乡"交叉地带",这正是社会结构变动和阶层重构最为活跃的地带。从对生活的体验来看,底层人生的创伤、屈辱、痛苦的隐忍等是最为路遥刻骨铭心的。他笔下在挣扎中奋斗的人物几乎全部都在进行着痛苦的关于个体生存价值的一次又一次的比较。《在困难的日子里》里马建强挣扎在自己的极度贫穷和同学们的富裕之间"强烈的对比"所产生的屈辱感中,"自卑感很快笼罩了我的精神世界"。这种强烈的屈辱感驱使他对好心帮助自己的女同学吴亚玲产生了莫名的怨恨。他以优异的学习成绩和自戕式的激烈捍卫尊严换得了心理上的平衡。在《人生》中高加林卖馍时"感到就像要在大庭广众面前学一声狗叫唤一样受辱"的心理严重失衡同样基于他以农民身份与城里人的比较。煌煌百万言的《平凡的世界》的全部叙述就是从孙少平为了免遭无言的耻笑,充满屈辱感地最后去取那两个不体面的黑面馍开始的。在路遥的艺术世界里,像高加林与巧珍,孙少安与田润叶,孙少平和田晓霞等等人物之间基于社会角色、身份、地位的生存价值的比较时刻都在煎熬着他们的心灵。与其说路遥小说的全部命题是他所认为的

---

① 刘小枫:《现代性社会理论绪论》,上海三联书店 1998 年版,第 365 页。
② 刘小枫:《现代性社会理论绪论》,上海三联书店 1998 年版,第 363 页。

思考"当历史要求我们拔腿走向新生活的彼岸时,我们对生活过的'老土地'是珍惜地告别还是无情地斩断",①还不如说是他将如何处理这种比较带来的屈辱和怨恨。

路遥的选择确实与众不同。他以乡土人生哲学的博大和深邃为乡土子民的奋斗提供了强大的精神尊严,他以乡村道德人伦的温暖安慰着在生存价值的比较中饱尝创伤和屈辱的心灵。当然,在其前期作品中,这种德性的持守由于还没有提升到乡土生存哲学的高度上,或者已略备乡土生存哲学的意识但尚不够从容,还显得直白和浮泛,只有到了《人生》以及后来的《平凡的世界》中,它才成为了路遥的乡土生存哲学体认的一部分。对路遥这种泛道德主义的倾向,已经有研究者从它的儒家理念性质上加以探讨,②还有研究者意识到了它与当代新儒家的道德理想主义在价值取向上的相似之处。③值得注意的是,路遥秉持着"如果不能投入严峻的牛马般的劳动,无论作家还是作为一个人,你真正的生命也就将终结"的信念,把艰辛的劳动树立成为判定一个人生存价值的唯一尺度,从而使那些挣扎在底层、进行着艰辛劳作的"高加林"、"孙少安"、"孙少平"们获得了在与其他社会阶层成员进行生存价值比较时沉甸甸的分量。所有这一切可以浓墨重彩地加以描述的路遥的文学特质,都可以视为对社会阶层重构中急剧膨胀的社会怨恨情绪的激烈道德反应。这种社会怨恨情绪并不仅仅是当代特有的事,而是有着近代以来深刻的社会结构冲突上的根源。正像有学者指出的那样:"近代中国社会主义精神与怨恨的关联,既在以儒家理念为主导的中国思想面临西方思想的压迫时的生存性比较之中,亦在社会变动的阶层重构之中。"④作为继承柳青

---

① 路遥:《路遥全集》第2卷,陕西人民出版社1993年版,第66页。
② 赵学勇:《路遥的乡土情结》,《兰州大学学报》1996年第2期。
③ 李继凯:《矛盾交叉:路遥文化心理的复杂构成》,《文艺争鸣》1992年第3期。
④ 刘小枫:《现代性社会理论绪论》,上海三联书店1998年版,第384页。

文学遗产、心仪柳青那种"将自己所获得的那些生活的细碎的切片,投放到一个广阔的社会和深远的历史的大幕上去检查其真正的价值和意义"的路遥来说,①强调历史理性、在透视历史的变动中把握人的心灵变化无疑是他创作最为重要的动机。

综上,路遥的乡土哲学在与党的政党伦理相契合的价值偏爱中折射出了现代中国民族国家意识建构中的焦虑,弥散在他作品中的道德承诺更触及到了乡土中国在社会结构与阶层重组的变动中社会怨恨积累的复杂问题。在这个意义上,路遥的创作仍是二十世纪中国乡土文学史上一个难以回避的问题,一份需要领会的文学遗产。

---

① 路遥:《路遥全集》第 2 卷,陕西人民出版社 1993 年版,第 432 页。

参考文献

基础文献：

《鲁迅全集》，人民文学出版社，2005 年版。

《鲁迅译文全集》，福建教育出版社，2008 年版。

《鲁迅年谱》(增订本)，人民文学出版社，2000 年版。

《鲁迅辑录古籍丛编》，人民文学出版社，1999 年版。

《鲁迅佚文全集》，群言出版社，2001 年版。

《鲁迅回忆录》，北京出版社，1999 年版。

《鲁迅研究学术论著资料汇编》，中国文联出版社，1987 年版。

《鲁迅生平资料汇编》，天津人民出版社，1981 年版。

《鲁迅丛书》，福建教育出版社，2006 年版。

《沈从文全集》，北岳文艺出版社，2002 年版。

《朱光潜全集》，安徽教育出版社，1993 年版。

《施蛰存全集》，华东师范大学出版社，2012 版。

《吴虞日记》，四川人民出版社，1984 年版。

《郭沫若全集》，人民文学出版社，1982 年版。

《路遥全集》，陕西人民出版社，1993 年版。

《舒芜集》，河北人民出版社，2001 年版。

国内学术论著：

B：

鲍晶编：《鲁迅"国民性思想"讨论集》，天津人民出版社，1982
  年版。

C：

曹聚仁：《鲁迅评传》，东方出版中心，1999 年版。

陈方竞:《鲁迅与浙东文化》,吉林大学出版社,1999 年版。

陈方竞:《多重对话:中国新文学的发生》,人民文学出版社,2003
　　年版。

陈子善:《沉香谭屑》,上海书店出版社,2012 年版。

陈平原:《中国现代学术之建立》,北京大学出版社,1998 年版。

陈漱渝:《说不尽的阿 Q》,中国文联出版公司,1997 年版。

D:

邓云乡:《鲁迅与北京风土》,河北教育出版社,2004 年版。

董玥:《民国北京城:历史与怀旧》,三联书店,2014 年版。

邓晓芒:《〈精神现象学〉句读》第 1 卷,人民出版社,2014 年版。

邓晓芒:《黑格尔辩证法演讲录》,北京大学出版社,2005 年版。

邓正来,杰弗里·亚历山大:《国家与市民社会——一种社会理论
　　的研究路径》(增订版),上海人民出版社,2006 年版。

F:

废名:《论新诗及其他》,辽宁教育出版社,1998 年版。

G:

高旭东:《鲁迅与英国文学》,陕西人民教育出版社,1996 年版。

郜元宝:《鲁迅六讲》,上海三联书店,2000 年版。

郭沫若:《十批判书》,东方出版社,1996 年版。

郭沫若:《郭沫若全集·历史编》第 3 卷,人民文学出版社,1982
　　年版。

顾炎武:《历代宅京记》,中华书局,1984 年版。

顾准:《顾准文集》,中国市场出版社,2007 年版

J:

蒋梦麟:《西潮·新潮》,岳麓书社,2000 年版。

L：

梁漱溟：《梁漱溟全集》第 2 卷，山东人民出版社，2005 年版。

李长之：《鲁迅批判》，北京出版社，2003 年版。

李书磊：《都市的迁徙》，时代文艺出版社，1993 年版。

刘光耀：《诗学与时间》，上海三联书店、华东师范大学出版社，2005
年版。

李楠：《晚清民国时期上海小报》，人民文学出版社，2006 年版。

梁伟峰：《文化巨匠鲁迅与上海文化》，上海文化出版社，2012
年版。

刘丽华　郑智：《鲁迅在北京》，北京工业大学出版社，1996 年版。

李欧梵：《铁屋中的呐喊》，岳麓书社，1999 年版。

李欧梵：《上海摩登——一种新都市文化在上海 1930—1945》，毛
尖译，北京大学出版社，2001 年版。

李天明：《难以直说的苦衷——鲁迅〈野草〉探秘》，人民文学出版
社，2000 年版。

李翔宁：《想象与真实——当代城市理论的多重视角》，中国电力出
版社，2008 年版。

李伟江：《鲁迅粤港时期史实考述》，岳麓书社，2007 年版。

李怡：《日本体验与中国现代文学的发生》，北京大学出版社，2009
年版。

林毓生：《中国意识的危机——"五四"时期激烈地反传统意识》，穆
善培译，贵州人民出版社，1988 年版。

刘禾：《语际书写——现代思想史写作批判纲要》，上海三联书店，
1999 年版。

刘小枫主编：《人类困境中的审美精神》，东方出版中心，1994
年版。

刘小枫：《拯救与逍遥》(修订本)，上海三联书店，2001 年版。

刘小枫:《现代人及其敌人——公学法家施密特引论》,华夏出版社,2005 年版。

刘小枫:《现代性社会理论绪论》,上海三联书店,1998 年版。

M:

毛泽东:《毛泽东早期文稿》,湖南人民出版社,2008 年版。

孟悦、戴锦华:《浮出历史地表》,中国人民大学出版社,2004 年版。

N:

倪墨炎:《鲁迅旧诗探解》,上海书店出版社,2002 年版。

P:

彭晓丰、舒建华:《S 会馆与五四新文学的起源》,湖南教育出版社,1995 年版。

Q:

钱理群:《心灵的探寻》,河北教育出版社,2000 年版。

裘士雄等:《鲁迅笔下的绍兴风情》,浙江教育出版社,1985 年版。

秦晖:《共同的底线》,江苏文艺出版社,2013 年版。

钱基博:《现代中国文学史》,岳麓书社,1986 年版。

S:

单演义:《鲁迅在西安》,西北大学出版社,2009 年版。

山东师范学院聊城分院中文系图书馆:《鲁迅在广州》,山东师范学院,1977 年版。

上海鲁迅纪念馆:《六十年纪程(1951—2011)》,上海社会科学院出版社,2011 年版。

上海鲁迅纪念馆:《人物类博物馆、纪念馆现状与发展前瞻学术研讨会论文集》,百家出版社,2002 年版。

《纪念鲁迅定居上海 80 周年学术研讨会论文集》,上海社会科学院出版社,2009 年版。

沈建中:《施蛰存先生编年事录》,上海古籍出版社,2013 年版。

孙玉石:《〈野草〉研究》,中国社会科学出版社,1982 年版。

孙玉石:《现实的与哲学的——鲁迅〈野草〉重释》,上海书店出版社,2001 年版。

孙玉石:《中国现代主义诗潮史论》,北京大学出版社,1999 年版。

孙逊、杨剑龙:《阅读城市:作为一种生活方式的都市生活》,上海三联书店,2007 年版。

T:

汤锦程:《北京的会馆》,轻工业出版社,1994 年版。

谭君强:《叙述的力量——鲁迅小说叙事研究》,云南大学出版社,2000 年版。

唐晓渡:《唐晓渡诗学论文集》,中国社会科学出版社,2001 年版。

W:

王安忆:《小说家的十三堂课》,上海文艺出版社、文汇出版社,2005 年版。

王富仁:《鲁迅前期小说与俄罗斯文学》,陕西人民出版社,1983 年版。

王富仁:《中国反封建思想革命的一面镜子——〈呐喊〉〈彷徨〉综论》,北京师范大学出版社,2000 年版。

王富仁:《中国文化的守夜人——鲁迅》,人民文学出版社,2002 年版。

汪晖:《反抗绝望——鲁迅及其文学世界》,河北教育出版社,2000 年版。

汪晖:《死火重温》,人民文学出版社,2000 年版。

汪民安、陈永国、张云鹏:《现代性基本读本》(上),河南大学出版社,2005 年版。

王乾坤:《由中间寻找无限——鲁迅的文化价值观》,陕西人民教育出版社,1996 年版。

王乾坤：《鲁迅的生命哲学》，人民文学出版社，1999年版年版。

王晓明主编：《批评空间的开创》，东方出版中心，1998年版。

王学泰：《游民文化与中国社会》(增修版)，同心出版社，2007
　　年版。

汪毅夫：《鲁迅与新思潮——论鲁迅留日时期的思想》，陕西人民教
　　育出版社，1996年版。

王元化：《思辩录》，上海古籍出版社，2004年版。

王瑶：《鲁迅与中国文学》，陕西人民出版社，1982年版。

王世家：《青年必读书：一九二五年〈京报副刊〉"二大征求"资料汇
　　编》，河南大学出版社，2006年版。

吴俊：《鲁迅评传》，百花洲文艺出版社，1997年版。

吴虞：《吴虞集》，赵清、郑城编，四川人民出版社，1985年版。

吴虞：《吴虞日记》，四川人民出版社，1984年版。

汪卫东：《现代转型之痛苦"肉身"：鲁迅思想与文化新论》，北京大
　　学出版社，2013年版。

　　X：

薛绥之：《鲁迅生平资料丛抄》，天津人民出版社，1978年版。

许广平：《许广平文集》，江苏文艺出版社，1998年版。

许广平：《鲁迅回忆录手稿本》，长江文艺出版社，2010年版。

许广平：《欣慰的纪念》，人民文学出版社，1981年版。

萧军：《人与人间——萧军回忆录》，中国文联出版社，2006年版。

徐绍武：《追寻鲁迅在南京》，中国画报出版社，2007年版。

徐麟：《鲁迅中期思想研究》，湖南师范大学出版社，1997年版。

徐麟：《鲁迅：在言说与生存的边缘》，山东文艺出版社，1997年版。

许寿赏：《挚友的怀念》，马会芹编，河北教育出版社，2001年版。

许寿裳，《我所认识的鲁迅》，人民文学出版社，1978年版。

Y：

严家炎：《二十世纪中国小说理论资料》第 2 卷，北京大学出版社，
　　1997 年版。

杨宽：《中国古代都城制度史研究》，上海人民出版社，2003 年版。

姚奠中、董国炎：《章太炎学术年谱》，山西古籍出版社，1996 年版。

余英时：《中国思想传统的现代诠释》，江苏人民出版社，1998
　　年版。

余英时：《士与中国文化》，上海人民出版社，2003 年版。

余英时：《现代危机与思想人物》，三联书店，2005 年版。

袁可嘉：《现代派论·英美诗论》，中国社会科学出版社，1985
　　年版。

乐黛云主编：《国外鲁迅研究论集》，北京大学出版社，1981 年版。

乐黛云主编：《当代英语世界鲁迅研究》，江西人民出版社，1993
　　年版。

Z：

张典：《尼采与主体性哲学》，中国社会出版社 2009 年版。

周国伟、柳尚彭：《寻访鲁迅在上海的足迹》，上海书店出版社，2003
　　年版。

张竞：《鲁迅在广州》，广东人民出版社，1977 年版；

张克：《颓败线的颤动：鲁迅与中国文学的现代性》，上海三联书店
　　出版社，2011 年版。

张克、崔云伟：《70 后鲁迅研究学人论文集》，上海三联书店，2014
　　年版。

张瑛：《鲁迅在教育部》，天津人民出版社，1977 年版。

张京媛主编：《后殖民理论与文化批评》，北京大学出版社，1999
　　年版。

朱水涌、王烨编：《鲁迅：厦门与世界》，厦门大学出版社，2008

年版。

中山大学中文系:《鲁迅在广州》(资料专辑),广东人民出版社,
　　1976年版。

郑家建:《被照亮的世界——《故事新编》诗学研究》,福建教育出版
　　社,2001年版。

郑欣淼:《鲁迅与宗教文化》,陕西人民教育出版社,1996年版。

周策纵:《五四运动史》,岳麓书社,1999年版。

周作人:《中国新文学的源流》,华东师范大学出版社,1995年版。

周作人:《知堂回想录》,群众出版社,1999年版。

周作人:《周作人文类编》,钟叔河编,湖南文艺出版社,1998年版。

周作人:《鲁迅小说里的人物》,北京十月文艺出版社,2013年版。

章太炎:《章太炎选集》,朱维铮、姜义华编注,上海人民出版社,
　　1981年版。

朱维铮:《音调未定的传统》(修订版),浙江大学出版社,2011年版。

周勋初:《韩非子校注》,凤凰出版社,2009年版。

国外学术论著译本:

日本:

北冈正子:《摩罗诗力说材源考》,何乃英译,北京师范大学出版社,
　　1983年版。

柄谷行人:《日本现代文学的起源》,赵京华译,三联书店,2003
　　年版。

柄谷行人:《世界史的构造》,赵京华译,中央编译出版社,2012
　　年版。

木山英雄:《文学复古与文学革命》,赵京华编选,北京大学出版社,
　　2004年版。

山田敬三:《鲁迅世界》,韩贞全、武殿勋译,山东人民出版社,1983

年版。

斯波义信：《中国都市史》，布和译，北京大学出版社，2013 年版。

藤井省三：《鲁迅比较研究》，陈福康编译，上海外语教育出版社，
　　1997 年版。

藤井省三：《鲁迅〈故乡〉阅读史——近代中国的文学空间》，董炳月
　　译，新世界出版社，2002 年版。

丸山真男：《日本政治思想史研究》，王中江译，三联书店，2000
　　年版。

丸尾常喜：《"人"与"鬼"的纠缠——鲁迅小说论析》，秦弓译，人民
　　文学出版社，1995 年版。

伊藤虎丸：《鲁迅、创造社与日本文学》，北京大学出版社，1995
　　年版。

伊藤虎丸：《鲁迅与日本人》，李冬木译，河北教育出版社，2002
　　年版。

竹内好：《鲁迅》，李心峰译，浙江文艺出版社，1986 年版。

竹内好：《从绝望开始》，靳丛林译，三联书店，2013 年版。

竹内实：《中国现代文学评论》，程麻译，中国文联出版社，2002
　　年版。

植树邦彦：《何谓"市民社会"——基本概念的变迁史》，赵平等译，
　　南京大学出版社，2014 年版。

法国：

巴什拉：《空间的诗学》，张逸婧译，上海译文出版社，2009 年版。

弗朗索瓦·于连：《迂回与进入》，杜小真译，三联书店，1998 年版。

德国：

本雅明：《巴黎，19 世纪的首都》，刘北成译，上海人民出版社，2006
　　年版。

恩格斯：《马克思恩格斯选集》第 3 卷，人民出版社，1995 年版。

哈贝马斯：《公共领域的结构转型》，曹卫东等译，学林出版社，1999年版。

黑格尔：《精神现象学》，贺麟、王玖兴译，商务印书馆，1979年版。

黑格尔：《历史哲学》，王造时译，上海书店出版社，2001年版。

黑格尔：《法哲学原理》，范扬、张企泰译，商务印书馆，1961年版。

卡尔·曼海姆：《文化社会学论集》，艾彦、郑也夫、冯克利译，辽宁教育出版社，2003年版。

卡尔·雅斯贝斯：《时代的精神状况》，王德峰译，上海译文出版社，2003年版。

康德：《道德形而上学的奠基》，杨云飞译，人民出版社，2013年版。

康德：《实用人类学》，邓晓芒译，上海世纪出版集团，2005年版。

马丁·海德格尔：《海德格尔选集》，孙周兴选编，上海三联书店，1996年版。

马克斯·韦伯：《非正当的支配——城市的类型学》，康乐、简惠美译，广西师范大学出版社，2005年版。

尼采：《历史对于人生的利弊》，姚可昆译，商务印书馆，1998年版。

尼采：《苏鲁支语录》，徐梵澄译，商务印书馆，1992年版。

尼采：《查拉斯图特拉如是说》，孙周兴译，商务印书馆，2010年版。

尼采：《看哪这人》，张念东、凌素心译，中央编译出版社，2001年版。

尼采：《论道德的谱系·善恶之彼岸》，谢地坤等译，漓江出版社，2000年版。

韦伯：《新教伦理与资本主义精神》，于晓等译，三联书店，1987年版。

西美尔：《时尚的哲学》，费勇等译，文化艺术出版社，2001年版。

西美尔：《货币哲学》，陈戎女等译，华夏出版社，2002年版。

西美尔：《金钱、性别、现代生活风格》，刘小枫选编，顾仁明译，学林出版社,2000 年版。

舍勒:《舍勒选集》,刘小枫选编,上海三联书店,1999 年版。

美国:

奥斯瓦尔德·斯宾格勒:《西方的没落》,齐世荣等译,商务印书馆,1991 年版。

本尼迪克特·安德森:《想象的共同体》,吴叡人译,上海人民出版社,2003 年版。

丹尼尔·贝尔:《资本主义文化矛盾》,赵一凡等译,三联书店,1989 年版。

费正清:《剑桥中国晚清史》(下),刘广京编,中国社会科学院历史研究所编译室译,中国社会科学出版社,2006 年版。

黄仁宇:《中国大历史》,三联书店,1997 年版。

理查德. 利罕:《文学中的城市——知识与文化的历史》,吴子枫译,上海人民出版社,2009 年版。

列文森:《儒教中国极其现代命运》,郑大华、任菁译,中国社会科学出版社,2000 年版。

刘易斯·芒福德:《城市发展史》,宋俊岭、倪文彦译,中国建筑工业出版社,2005 年版。

刘易斯·芒福德:《城市文化》,郑时岭、宋俊岭译,中国建筑工业出版社,2009 年版。

卢汉超:《霓虹灯外——20 世纪初日常生活中的上海》,段炼、吴敏、子羽译,上海古籍出版社,2004 年版。

马泰·卡林内斯库:《现代性的五副面孔》,顾爱彬、李瑞华译,商务印书馆,2003 年版。

史书美:《现代的诱惑:书写半殖民地中国的现代主义(1917—1937》,何恬译,江苏人民出版社,2007 年版。

塞缪尔·P. 亨廷顿:《变化社会中的政治秩序》,王冠华等译,三联书店,1989 年版。

谢林:《冲突的战略》,赵华等译,华夏出版社,2011 年版。

张灏:《寻找秩序与意义——危机中的中国知识分子》,高力克等译,山西人民出版社,1988 年版。

周策纵:《五四运动:现代中国的思想革命》,周子平等译,江苏人民出版社,1996 年版。

英国:

齐格蒙特·鲍曼:《现代性与矛盾》,邵迎生译,商务印书馆,2003年版。

诺曼·费尔克拉夫,《话语与社会变迁》,殷晓蓉译,华夏出版社,2003 年版。

宾默尔:《自然正义》,李晋译,上海财经大学出版社,2010 年版。

宾默尔:《博弈论和社会契约·公正博弈》,潘春阳等译,上海财经大学出版社,2016 年版。

捷克:

雅罗斯拉夫·普实克:《普实克中国现代文学论文集》,湖南文艺出版社,1987 年版。

马蹄集

后 记

本书收录了笔者进入中国现代文学专业后的一些习作。字句略做了些修订,不合时宜的篇什也未收,竟然这么庄重地集中起来,真是"小子无所畏",贻笑大方那是一定的。自己也不满意。怎奈先天愚钝加后天慵懒,虽乱翻书的习惯还顽固地保持着,但撰写论文的热情却一直不高,近来更是有每况愈下之势,集中起来也算是对自己的警示吧,惭愧惭愧!

书名题为"马蹄集",这原因需要和读者诸君解释下。笔者自己属马,这"马蹄",也在努力倒腾,但绝不敢高攀"春风得意马蹄疾"那样的意境,万马奔腾的学界也不需要我这一匹笨马去添乱。自然,不会阿Q式的冷眼嘲笑这你追我赶的动人画面,毕竟也算是局中人,怎么会不晓得学界各位好马的风采和不易呢?

只是还是会常常想起庄周的《马蹄》篇,尤其是那开头:"马,蹄可以践霜雪,毛可以御风寒,龁草饮水,翘足而陆,此马之真性也。虽有义台路寝,无所用之。及至伯乐,曰:'我善治马。'烧之,剔之,刻之,雒之,连之以羁馽,编之以皂栈,马之死者十二三矣;饥之,渴之,驰之,骤之,整之,齐之,前有橛饰之患,而后有鞭笑之威,而马之死者已过半矣。"

您仅看这一遍大概也会悲从心来,快意不再,这不是多读几遍马克斯·韦伯的《学术作为一种志业》那样深刻的教诲就能冲淡的。

这"马蹄集",对自己是立此存照,同时也算是对同行(xíng)的各路好马的一份理解和致敬吧。当然,笨马也得干活,不然实在对不住自己的一份口粮。尤其对于好的东家,更得懂得感恩,按规定,正式的表述是这样的:

马蹄集

本书由深圳职业技术学院学术著作出版基金资助出版，谨致谢忱！

张　克
2018 年 9 月 10 日

图书在版编目(CIP)数据

马蹄集/张克著.—上海:上海三联书店,2019.3
ISBN 978 - 7 - 5426 - 6610 - 9

Ⅰ.①马… Ⅱ.①张… Ⅲ.①鲁迅研究－文集②中国文学－现代文学－文学研究－文集 Ⅳ.①K825.6 - 53②I206.6 - 53

中国版本图书馆 CIP 数据核字(2019)第 024960 号

马蹄集

著　　者 / 张　克

责任编辑 / 张大伟
装帧设计 / 徐　徐
监　　制 / 姚　军
责任校对 / 项行初

出版发行 / 上海三联书店
　　　　(200030)中国上海市漕溪北路 331 号 A 座 6 楼
邮购电话 / 021 - 22895540
印　　刷 / 上海惠敦印务科技有限公司

版　　次 / 2019 年 3 月第 1 版
印　　次 / 2019 年 3 月第 1 次印刷
开　　本 / 640×960　1/16
字　　数 / 250 千字
印　　张 / 19.5
书　　号 / ISBN 978 - 7 - 5426 - 6610 - 9/I·1492
定　　价 / 58.00 元

敬启读者,如发现本书有印装质量问题,请与印刷厂联系 021 - 63779028